KB034558

무당거미의 이치

무당거미의 이치

下

교고쿠 나쓰히코 지음 ― 김소연 옮김

京極夏彦

손안의책

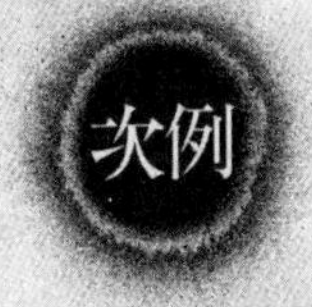

◎ 축시 참배 [丑 時參]

축시 참배는 가슴에 거울을 하나 감추고
머리에 세 개의 초를 켜고,
축삼시[1]에 신사에 가서 삼나무 줄기에 못을 박는 것이다.
덧없는 여자의 질투에서 일어나는데
사람도 잃고 몸도 잃게 된다.
다른 사람을 저주하려면 무덤을 두 개 파라는 것은,
이에 가까운 좋은 비유이다.

——금석화도속백귀(今昔畫圖續百鬼) / 상권 · 우(雨)

1) 축시를 넷으로 나눈 셋째 시각. 오전 두 시부터 두 시 반까지를 가리킨다.

9

학교는 돌로 만들어져 있어서 매우 차갑다. 벽도 바닥도 천장도, 한없이 평평하고 곧다. 그리고 단단하다. 마치 감옥이나 뇌옥 같은 ——아니. 여기는 이미——.

그냥 감옥이었다.

미유키는 갇혀 있다.

학생은 거의 남아 있지 않다.

많은 부모와 교사, 경영진과 경찰과 변호사와 정체를 알 수 없는 어른들이 저마다 자기가 옳다고 소리치고 있고, 그 외치는 목소리는 반향을 일으키고 증폭되어 청각뿐만 아니라 진동으로 몸에 느껴질 정도다. 시끄럽다. 성가시다.

체면이고 도의고 법률이고 계율이고 알 바 아니다.

——사요코는 죽고 말았다.

하지만 친구가 죽었는데도 미유키는 끈적끈적하고 축축한 기분은 들지 않았다. 유코의 죽음을 재확인했을 때와 똑같이, 메우기 어려운 상실감이 있을 뿐이었다. 메말라 있다. 텅 빈 도시락을 손수건에 싸서 소중하게 들고 있는 듯한, 그런 기분이다.

큰 소동이었다.

검은 성모——스기우라 다카오가 붙잡히고 나서도 경찰은 당장은 찾아오지 않았다. 그 틈을 타서 교사들은 스기우라를 추궁했다. 그건 경찰이 할 일이잖아, 라고 미유키는 생각했다.

어쨌거나 그 무렵, 예배당 뒤에는 아직 사요코의 비틀린 시체가 쓰러져 있었던 것이다. 그것을 생각하기만 해도 미유키는 미칠 것만 같았다. 그런데도 자각 없는 교사들은——탐정과 마스야마가 그렇게 주장했음에도 불구하고——유체에는 별 감시도 붙이지 않았다. 직원들 사이의 연락도 제대로 되지 않아서 학교 안은 곧 공황 상태가 되었다. 학장 이하 직원들이 총동원되어 학생들을 진정시켰지만, 거기에 경찰이 대거 몰려와서 혼란은 정점을 찍었다.

미유키는 경찰과 접촉이 금지되고 다시 교직원 건물에 있는 방에 유폐되었다. 스기우라는 고문실에 감금된 모양이다. 마스야마는 재빨리 도쿄로 출발했지만, 탐정은 발이 묶였고 역시 교직원 건물에 연금된 모양이었다. 그 이상한 탐정은 교사들의 지나친 어리석음에 정나미고 뭐고 다 떨어졌는지, 반쯤 자포자기해서 따른 것 같다. 그리고 미유키가 조금 놀란 일은 그 미도리도 외출을 삼가라는 말을 들은 것이었다.

철저하게 경찰의 개입을 막으려는 속셈인 것 같다.

——바보 아닐까.

법치국가에서 그런 무법이 통할 리는 없다.

다만 학원 측도 그 점을 알고서 한 대응이다. 학원은 이미 배수의 진을 치고 있다. 그——사람 좋은 청년인——시바타 전 이사장조차 씁쓸함으로 가득 찬 경영자의 얼굴을 하고 있다.

이유는 간단하다.

학생의 매춘이 사실이었기 때문이다.

스기우라의 진술은 미유키의 추리를 모조리 뒷받침하는 내용이었다. 그 내용은 놀랄 만큼 적중했던 것이다.

매춘이 실제로 이루어지고 있었던 점은 우선 틀림없었다. 다만 스기우라는 실명을 밝히는 것을 거부하고, 미도리와의 관계에 대해서는 침묵하고 있다. 그래서 미유키의 추리 중에서 뒷받침할 수 없는 부분은 미도리가 관여하고 있었는가 아닌가 하는 한 가지로 좁혀졌다.

그래도――학원 측은 매춘은 없다고 주장했다.

미유키는 처음에――그것도 미도리의 힘이라고 생각했다. 아무리 증거가 나와도, 증언자가 몇 명이나 있어도, 미도리가 희다고 하면 희고 검다고 하면 검다. 이 소녀는 마성(魔性)이다. 사람을 현혹하는 마력을 갖고 있다――.

그렇게 생각했다.

그러나 그것은 조금 틀렸다.

표면상으로는 아직 알랑거리고 있지만, 학장도 사무장도 교무부장도 스기우라의 증언을 들은 후로 어딘가 미도리에 대한 태도를 바꾼――것 같다고 미유키는 생각한다. 어딘가 서먹서먹하다. 성미에도 맞지 않게 고뇌하는 시바타의 모습도, 미도리에 대한 불신과 우려에 뿌리를 두고 있는 것이 아닐까.

미유키는 복잡한 심경이 되었다.

학장도 시바타도, 스기우라가 진술을 해 나감으로 미유키가 세운 가설에 따른 일이 학교 내에서 정말로 일어나고 있었던 점을 인정하지 않을 수 없게 되었을 것이다.

그렇게 되면 아무리 기회주의자에 형편주의자에 보수적인 놈들도 역시 깨달았을 거라고 생각한다.

스기우라는 말하지 않지만, 정세는 암묵적으로 미도리를 지명하고 있는 것이나 다름없었다.

스기우라의 진술은 9할이 미유키가 세운 가설에 들어맞는다. 이 경우 나머지 1할이 빗나갔다는 건 아무래도 생각하기 어렵다. 그 가설이 이치에 맞는 추론이었다면, 미도리의 관여를 포함한 모든 사실이 깨끗하게 들어맞는다. 따라서 매춘 조직이 있고, 악마숭배주의자가 있고, 유코가 살해되었다면 역시 매춘 조직——악마숭배집단의 중심에는 미도리가 있고, 미도리는 유코 살해의 실행범이다——라고 미유키는 생각한다.

학원 사람들에게도 분별은 있다. 그 정도는 생각할 수 있을 테고, 그렇게 생각했음이 틀림없다. 다만. 그 결론은 그들에게 터무니없이 곤란한 점이었던 것이다.

물론 매춘이 발각되는 일은 그것만으로도 매우 곤란하다.

다만 매춘을 한 사람이 일반 학생이었다면 그것은 처분하면 끝날 일이기도 하다.

오히려 엄하게 지도하는 태도를 보여서 기강을 바로잡을 수도 있다. 죄를 학생 개인의 책임으로 되돌리고, 감독 불이행을 사과하는 뜻을 선언해 버리면 세간에 대한 체면도 지킬 수 없는 것은 아니다. 일부 무분별한 자들 때문에 대다수의 선량한 학생들까지 부당하게 폄하되는 것은 본의가 아니다, 라고 눈물 작전을 펼 수도 있다.

그러나——.

오리사쿠 미도리는 잘라낼 수 없다.

창립자의 손녀이며 이사장의 처제, 재계 실력자의 딸이기도 한 오리사쿠 미도리는 간단히 잘라낼 수 있는 존재가 아니다.

자르려면 오리사쿠 가를 통째로 잘라내야 한다. 이것은 각오가 필요한 일이다. 그 이전에 학원은 오리사쿠 가를 잘라낼 수는 없다. 유착하고 있다기보다, 둘은 이미 처음부터 일체인 것이다.

미도리의 불상사는 치명적이다.

학원 측으로서도 쉽게 인정해 버릴 수는 없을 것이다. 인정하는 건 자살행위나 마찬가지이고, 할 수 있다면——은폐 공작을 해서라도 장사지내 버리고 싶을 것이다.

미도리를 위해서——가 아니다. 미도리가 바라든 바라지 않든 상관없이 학원을 위해서——이다. 그러나 이번 일은 단순한 비행(非行)이 아니다. 연쇄살인사건이다. 뭉개 버리거나 변명하는 것은 불가능하다.

따라서 학원 측이 사실인 줄 알면서도 부정하는 것도, 스기우라를 경찰에 인도하지 않는 것도, 전부 대응책을 검토할 시간을 버는 것에 지나지 않는다. 끝까지 숨길 수는 없다는 것도 충분히 알면서 하는 저항일 것이다.

미도리가 규탄도 적발도 당하지 않고 안녕을 유지할 수 있는 건 이제 미도리 자신의 마력이 아니라 오리사쿠 가 자체의 마력——정치력 덕분이라는 뜻이다.

그렇다고 해도 경찰이 언제까지나 순순히 따를 리도 없으니, 모든 것이 백일하에 드러나는 것도 이제 시간문제일 것이다.

——그렇다. 시간문제다.

끝이 오는 것은 오늘일까 내일일까. 아니면 지금 당장일까.

긴박한 상황인데도 많은 관계자들이 패기가 없는 건 그 대부분이 체념과도 비슷한 감정을 품고 있기 때문이다.

미도리도 민감하게 그런 공기를 느끼고 있는 것 같았다. 시간이 지남에 따라 그 인형 같은 사랑스러운 입매에서도, 그 자신감에 가득 찬 미소가 서서히 엷어져 가는 듯――미유키의 눈에는 그렇게 보였다. 물론 기분 탓일지도 모르고, 그렇게 생각하고 싶다는 바람을 갖고 있어서 느끼는 착각일지도 모른다. 미도리도 자신과 똑같은 사람이다, 고뇌도 있고 좌절도 있다――미유키는 그렇게 생각하고 싶었을지도 모른다.

――어떤 기분일까.

미유키는 짐작도 할 수 없는 일이다.

줄곧. 줄곧 연극이라고 생각하고 보고 있었지만 어쩌면 정말로――미도리는 겁먹고 있었는지도 모른다.

그런 생각을 하다 보니 미유키는 어느새 미도리에게 연민의 정마저 품게 된 자신을 깨닫는다.

이상한 일이다.

불가침의 강인함을 느끼고 있었을 무렵에는 무서워 보이기까지 했는데. 미유키의 증언이 전혀 신용 받지 못하던 시기에는 원망스럽기도 했고, 입장의 차이에 질투마저 느꼈는데. 그 겁이 없는 연기력은 불쾌했고, 사랑스러운 용모 앞에서는 부당한 양심의 가책마저 느꼈는데――.

사람은 사람을 올려다보거나 내려다보면서 살아가고 있다고, 미유키는 절절하게 생각한다. 미도리는 이제야 미유키의 시선이 닿는 데까지 내려왔다는 뜻일까.

——그것만이 아니다.

——역시 살인자로는 보이지 않는 것이다.

사람을 외모로 판단해서는 안 된다고 하지만, 그 덧없는 용모는 아직도 의심받는 것을 거부하고 있다. 미도리에게 불리한 상황이 전개되고 나서, 그 덧없음은 한층 더 효력을 발휘하고 있는 것 같다.

——그래도——이 소녀는 천사인 걸까.

그런 생각도 들었다.

그날.

경찰과 함께 도착한 사요코의 부모님은 울부짖고, 고함치고, 힘이 빠져 통곡했다. 미유키는 도저히 똑바로 볼 수가 없었다.

미유키의 부모님도 밤에는 달려와 주었다. 다만 미유키는 면회를 허락받지는 못했다.

그때 미유키는 학장들의 간살스러운 목소리를 문 너머로 들었다.

——괜찮습니다. 전혀 걱정하실 필요는 없습니다.

——신속하고 신중하게 대처해야 합니다.

——따님은 중요한 증인이기도 합니다.

——범죄에 관여하지는 않았습니다.

——사실관계가 분명해지면 곧 연락드리겠습니다.

——학교를 믿어 주십시오.

그런다고 믿는 부모도 부모라고 미유키는 생각한다. 미유키는 확실히 괜찮지만 걱정할 필요가 없는 것도 아니다. 그런 것을 멋대로 결정하지 말았으면 좋겠다. 그러나 미유키는 부모를 원망하거나 경멸하지는 않는다. 아마 학교에서는 부모님에게 당장 오라고 연락하지는 않았을 것이다. 쫓아 보낼 때와 똑같은 말을 했을 것이다.

따라서 그것을 무릅쓰면서까지 미유키의 몸을 걱정하고, 보러 와 준 것만으로도 그나마 낫다고 생각한다. 아버지도 어머니도 선량한 사람이다. 들어올 때는 머리를 숙이며 입학시켜 달라고 부탁했을 테고, 작은 수산회사의 사장이 재벌을 뒷배로 둔 명문 학교에 대들 수 있을 리도 없다. 그건 어쩔 수 없는 일이다. 미유키는 오히려 아무것도 모르고 있을 할아버지를 생각했다.

——미도리는 가족을 만나고 싶지 않을까.

미유키는——몇 번인가 그런 생각을 했다.

오리사쿠 가 사람들은 아직 학교를 찾아오지 않았다.

그 후로 줄곧, 미도리는 혼자다. 거미의 종 동지들과는 떨어뜨려지고, 부하인 스기우라는 포박되고 말았다. 학력도 생활 태도도 신앙심도 도움은 되지 않는다. 이제 오리사쿠 미도리에게는 그 가문과 재력과 정치력과——그리고 용모와——그런 무미건조한 힘밖에 없다.

그 이튿날, 남아 있던 학생 대부분은 부모 곁으로 돌려보내졌다. 경찰은 그 일에 대해 격렬하게 항의한 모양이다. 용의자는 넘겨주지도 않고 목격 증언도 받을 수 없다면 이야기가 안 된다, 이래서는 제대로 된 수사를 할 수가 없다——당연한 주장이라고 생각한다.

이 일에 대해서 학원 측은 범죄와 관련이 없는 일반 학생들을 무방비하게 현장에 놔둘 수는 없다고 반론했다. 범인으로 보이는 인물은 보호하고 있지만, 상세한 내용이 판명될 때까지는 아무것도 판단할 수 없다, 백 명 이상 남아 있는 학생들의 안전을 경찰이 보장해 준다면 생각해 볼 수도 있지만, 그게 안 된다면 위험하다——는 것이다.

그것도 맞는 말일지도 모른다.

미유키는 잘 모른다. 어차피 본심이 아니고, 통상 그런 지연 공작은 통하지 않는다. 모두 배후에 시바타 재벌이 버티고 있기 때문에 가능한 흥정인 것이다.

미유키는 생각한다. 미도리는 지금 어디에 있을까. 무슨 생각을 하고 있을까. 막이 내려가는 순간을 목전에 두고, 혼자서 두려워 떨고 있을까. 아니면.

——태연하게 다음 대책을 짜고 있을까.

이제 쓸 방법은 아무것도 없을 텐데.

그리고 사흘째 아침이 왔다.

여전히 바깥은 소란스럽다.

드디어 경찰도 본격적으로 시작한 것일까.

뭔가 하나라도 증거가 나오면, 스기우라는 즉시 사직 당국의 손에 인도되게 되어 있다. 스기우라의 지문이 사요코의 유체에서 검출되거나, 또는 혼다 고조나 오리사쿠 고레아키가 살해되었을 때 검출된 지문과 일치하기라도 하면, 그것이 막이 내려가는 신호인 것이다.

창문이 없는 방에 있으면 아무것도 알 수 없다.

문을 두드리는 소리가 났다.

"네."

죄수 같기는 하지만 용의자는 아니라서 다른 사람이 방문을 잠가놓은 것은 아니다. 그러나 미유키는 조심하기 위해 안쪽에서 문단속해 두었다.

문을 열자 노부인이 있었다.

"구레 양. 학장님이 부르세요."

미유키는, 곧 채비할게요, 라고 말했다.

채비라고 해도 상의를 입을 뿐이다.

노부인은 당장에라도 쓰러질 것 같을 정도로 초췌했다.

그래도 노부인은 어린양을 향해, 괜찮으세요, 정신 똑바로 차리세요, 하고 말했다. 그때 격려해야 하는 건 이쪽인데, 하고 미유키는 생각했는데 그것은 사실이었다. 노부인은 딱딱한 복도에서 두 번 정도 비틀거렸다.

학장실의 응접실에는 학장과 사무장과 시바타와——그리고 기모노 차림의 귀부인이 있었다.

미유키의 얼굴을 보자마자 학장은 실로 기괴한 표정을 지었다.

"구레 양——이쪽으로. 자네는 물러가게."

노부인은 말없이 목례를 한 번 하고 방문을 닫았다.

미유키는 조금 어색한 동작으로 옆으로 다가가 지시를 기다렸다.

학장은 한숨을 쉬는 김에 미유키를 소개했다.

"사모님. 이쪽이 구레 미유키입니다. 구레 양, 인사드리렴."

미유키는 머뭇머뭇 목례를 한 번 하고 나서,

부인을 보았다.

——무서운——여성이다.

"오리사쿠 미도리의——어미입니다. 구레 미유키 양이지요?"

부인은 그렇게 말했다.

"——이번에 힘든 일을 당하신 모양이던데——이제 진정이 좀 되셨나요?"

"어——네."

등을 곧게 편 아름다운 자세. 의연한 태도.

꺼림칙한 데라곤 전혀 없는 곧고 강한 시선.

미유키에게도 꺼림칙한 것은 없다. 부끄러워할 것도 없다. 마주 보면——.

안 되었다. 미유키는 눈을 내리깔았다.

"왜 그러니, 구레 양. 사모님은 네 이야기를 꼭 듣고 싶다면서 오신 거다. 평소처럼 떠들어대 보지 그러니? 아니면——네게는 뭔가 꺼림칙한 데라도 있는 거냐? 어이, 구레 양!"

"학장님. 괜찮습니다. 미유키 양도 여러 가지로 피곤하시겠지요. 자, 미유키 양에게 의자를——."

사무장이 알겠습니다, 하며 의자를 내놓았다. 미유키가 앉자마자 시바타가, 긴장하지 않아도 돼, 아주머니는 다정한 분이시니까, 하고 말했다.

부인은 말했다.

"미유키 양의 의견을 들려주시겠어요?"

"의견——이라고요?"

"거리낄 필요 없어요. 본 대로 느낀 대로, 당신이 생각한 그대로 이야기해 주시면 됩니다. 나무라거나 하지는 않을 테니까요——."

"하지만——."

——말하기 어려운 게 당연하지 않은가.

직접 미도리와 이야기하면 될 텐데. 몸이 움츠러든다는 건 이런 기분일까. 미유키는 시선을 내리깔았다.

"미도리 씨는——."

"그 아이에 대해서는 신경 쓰지 않아도 됩니다. 나는 미도리의 어미이기도 하지만 학원 창립자의 딸이기도 해요. 지금은 오리사쿠 가의 총대표로 여기에 있는 겁니다."

"네?"

"설령 어린아이라도 죄는 죄. 정이 통하는 범위를 뛰어넘은 짓은 벌을 받아 마땅하지요. 전통 있는 우리 학원의 명예에 상처를 내는 행위를 정말로 미도리가 했다면, 그건 단죄해야 합니다. 당신에게도 폐를 끼쳤겠지요?"

——정말——부모 맞나?

왠지——.

몹시 차갑다.

왠지 인정사정이 없다.

논리는 알겠지만, 보통은 그렇게 간단히 잘라낼 수는 없을 거라고 생각한다.

미유키가 계기를 잃고 망설이고 있자니 학장은 다시 한 번 큰 한숨을 쉬고, 귀찮다는 듯이 일러바치기라도 하는 듯 이렇게 말했다.

"사모님, 보세요, 이렇게 우물거리지 않습니까. 이 아이가 하는 말은 하나도 믿을 수가 없어요. 그러니까——."

그 숨소리 같은 패기 없는 욕설 도중에, 부인은 쇠를 내리치듯이 울림이 좋은 목소리로 말했다.

"학장님——당신은 사람 보는 눈이 없습니까."

"예에?"

학장은 이마에 주름을 잔뜩 지으며 오리사쿠 가의 여자를 보았다.

"이분은 허언을 늘어놓아 어른을 속일 아가씨가 아닙니다. 보면 모르시겠어요? 그러고도 용케 학장이 되셨네요."

"시, 실례가 될지 모르겠지만, 사모님, 이 학생의 말이 사실이라면 그, 그, 미도리 아가씨는."

"그 아이는——사람을 잘 현혹시키는 아이입니다. 당신들은 그것도 꿰뚫어보지 못하고 지금까지 줄곧 교직에 있었던 건가요? 미도리를 입학시킬 때도 나는 분명히 말씀드렸을 텐데요. 오리사쿠 가 사람이라고 해서 특별대우는 일절 하지 말도록 하라고. 고쳐야 할 것은 고치고, 꾸짖어야 할 것은 꾸짖어 달라고——듣지 못하셨나요?"

——사람을 현혹시키는?

그것이 어머니가 할 말인가?

"미유키 양. 이야기해 주실 수 있겠지요."

——이 시선은 싫다. 거부할 수가 없다.

미유키는 띄엄띄엄, 신중하게 말을 골라가며 이야기했다.

그리스도를 모독하는 집단. 흑미사라는 이름의 매춘. 그리고 거기에 얽힌 다툼과 해결을 위해 이루어진 주술. 그 주술의 성취를 보여주는 몇 건의 살인사건. 아사다 유코의 배신과 죽음. 사요코의 관여와 자살 미수. 그리고 검은 성모의 분장을 한 스기우라에 의한 범죄. 혼다 고조의 악행과 그 대가. 오리사쿠 고레아키의 공갈 행위와 그 전말. 가이토의 재난과 사요코의 죽음. 시체의 산——.

그것들의 중심에 얼핏얼핏 보이는 오리사쿠 미도리.

많이——정말 많이 죽었다.

오리사쿠 부인은 탁한 데라곤 없는 눈으로 시종 미유키를 바라보았고, 미유키는 시선이 마주칠 때마다 눈을 피했다.

"——증거는 없는 거군요."

"없어요. 제 추측이에요. 그러니까 틀렸다면 미도리 씨에게는——그——."

"틀렸다면으로 끝날 일이냐!"

"조금은 발언을 삼가세요, 학장님."

오리사쿠 부인의 시선이 학장을 똑바로 바라본다.

"애초에 유지 씨의 이야기를 들으니 여기 있는 미유키 양은 처음부터 아주 공정하게, 틀렸을지도 모르니 조사해 달라——고, 정중하게 전제하고 나서 증언했다면서요. 당신도 동석하고 계셨지요."

"그, 그렇습니다만, 트, 틀렸다면."

"틀리지는 않겠지요."

"어——하지만——그."

"왜요. 이제 와서 허둥지둥 꼴사납군요. 미도리를 불러오면 알 수 있는 일이에요. 유지 씨, 불러주시겠어요?"

"괜찮으시겠습니까, 아주머니."

"당연히 괜찮지요. 가족이든 딸이든 범죄는 범죄입니다. 미성년이라고 해도, 그런 끔찍한 행위를 저질렀다면 한시라도 빨리 대가를 치르게 해야지요. 오래 끌면 당신들에게도 피해가 미칠 거예요. 이미 미치고 있겠지요."

"그건 그 말씀이 옳습니다. 하지만 미도리 양은."

"더 이상 오리사쿠 가의 사람이 시바타 재벌 및 시바타 관련 기업에 폐를 끼치는 건, 오리사쿠 가에 있어서도 바람직한 일이 아닙니다. 이 학원도 마찬가지고요. 창립은 아버지, 오리사쿠 이헤에이지만 현재 경영하고 있는 쪽은 실질적으로 시바타지요. 고레아키의 불상사도 있었어요. 무엇보다 그런 이유로 이 학원이 망한다면, 아버지의 유지(遺志)에도 등을 돌리는 게 되겠지요. 오리사쿠 가의 불상사는 오리사쿠 사람이 처리하도록 하겠습니다. 모든 건 본인에게 물어보면 될 일이에요."

시바타는 잠시 고민한 끝에, 알겠습니다, 하고 말했다.
"미유키 양——여러 가지로——미안해요."
오리사쿠 부인은——상냥하게 그렇게 말하며 목례를 했다.
——미도리가——마지막 뒷배를 잃었다.
집에서 버림받으면 더 이상 의지할 곳은 없다.
——정말로——이래도 되는 걸까?
미유키는 뭔가 말하려고 했지만 그럴 때마다 할 말을 찾을 수가 없어서 제대로 인사도 하지 못한 채 시바타에게 이끌려 학장실을 나왔다.
"저어——."
미유키는 시바타에게 뭐라고 말을 걸어야 할지 알 수가 없었다.
반걸음 앞을 걷고 있던 시바타는 돌아보며 어두운 눈을 하고,
"걱정할 것 없단다. 저분은 훌륭한 분이시니까——."
하고 말했다.
그리고 깨달은 듯이 미유키를 알아보고는 좋은 청년의 모습을 약간 되찾고,
"아니——미안하구나, 구레 양. 싫은 일만 겪게 해서. 좀 더 빨리 네 생각을 진지하게 받아들였다면, 와타나베 양도 뜻밖의 재난을 당하지 않아도 되었을지도 모르지. 그 생각을 하면 나는 할 말이 없구나. 내——책임이야——."
하고 말했다. 입가는 웃고 있지만, 눈은 진지했다.
"저, 저어——."
미유키는 그런 말이 듣고 싶었던 것이 아니어서 다시 한 번 입을 열었지만, 역시 시바타를 뭐라고 불러야 좋을지를 알 수가 없었다.

시바타는, 나중에 또 볼일이 있을지도 모르겠다, 창문도 없는 방이라 답답할 테니까——라고 말하며 미유키를 이사장실로 들여보냈다.

"잠깐 여기 있으렴. 너는 벌써 이틀이나 바깥을 보지 못했겠지. 여기에서는 교정이 보인단다. 차든 뭐든 좀 마시고——아아, 저기 있으니까. 나중에 부르러 올 때까지 여기 있도록 해."

"하지만 그, 저."

"도망치지 않을 거라는 건 알아."

시바타는 그렇게 말하고 발길을 돌렸다. 미유키는 물론 도망칠 생각 같은 것은 없고, 반대로 불안했지만——.

——말하지 않으면 통하지 않아.

시바타는 결코 나쁜 인간은 아니다.

그냥 둔한 거라고 미유키는 생각한다.

미유키는 매우 호사스러운 방에 혼자 우두커니 남겨졌다.

——정말로 그걸로 좋았던 걸까.

미유키가 시바타에게 묻고 싶었던 것은 자신에 대해서도 사요코에 대해서도 아니다.

미도리에 대해서다.

예를 들어 영문을 알 수 없는 현실이 있고, 어떻게든 이치에 맞게 이해하려고 노력하고, 그 결과 얻어진 가설을 차례차례 증명해 나간다——이것은 실로 정상적인 세계 인식의 방법이라고, 그건 미유키도 그렇게 생각한다. 그러나 이렇게 뒷맛이 나쁘고 어딘가 미심쩍은 것은 대체 왜일까.

이치에 맞기만 하면 된다는 뜻은 아니다.

예를 들어, 예측한 단계에서는 그 예측 자체는 옳다고 치자.

그러나 예측을 한 것 자체가 실을 헝클어뜨리고 말아서, 다른 결과를 불러들이고 마는 경우는 없을까. 시바타의 말처럼 미유키의 추론을 일찌감치 받아들였다면 참극은 피할 수 있었을까. 미유키가 취한 행동이 지금 일어나고 있는 비참한 사건을 끝내는 역할을 할 수 있었다고, 적어도 지금의 미유키는 생각할 수가 없다. 오히려 그것은 사건을 현재의 형태로 전개하는, 또는 유도하는 역할을 갖고 있었던 것은 아닐까 하는 생각마저 든다.

——미도리가 범인이 아니라면.

터무니없는 착각이었다——는 일은 절대로 없다고, 정말로 단언할 수 있을까?

그것은 단언할 수 없다. 미유키는 아무도 믿어주지 않았기 때문에 발끈해 있었을 뿐이었던 것은 아니었을까. 그 증거로 모두가 믿게 된 지금, 미유키는 책임을 느끼고 몹시 동요하고 있다. 앞에서 했던 말을 전부 철회해 버리고 싶을 정도의 중압감이다.

——미도리가 범인이 아니라면.

예를 들어 유코의 방을 도청하고 있던 인간이 달리 없었다고 단언할 수 있을까. 사요코가 뛰어내린 옥상에, 또 한 명 누군가가 숨어 있지 않았다고 단언할 수 있을까. 미도리가 실신한 건 거짓말이라고 해도, 위증을 강요당하고 있다고는 생각할 수 없을까.

애초에 미유키는 눈알 살인마와 거미의 종의 관계에 대해서 결론 같은 것은 고사하고 제대로 고찰을 해 보지도 않지 않았는가. 미유키는 소리 내어 말했다.

"미도리가 범인이 아니라면——."

"그건 아니야."

"와아!"

미유키는 기절할 정도로 놀랐다.

갑자기 목소리가 들렸기 때문이다.

"응. 꽤 좋은 비명이야. 넌 장래성이 있어!"

이사장의 커다란 의자가 빙글 회전했다.

거기에는 탐정이 도자기 인형 같은 얼굴을 하고 깊이, 거만하게 몸을 묻고 걸터앉아 있었다.

"타, 탐."

"그래. 나다! 여자애는 꺄악꺄악 비명을 지르는데, 굳이 말하자면 나는 와아, 나 오오, 같은 비명이 취향이거든. 넌 소박해서 아주 좋아!"

탐정은 그렇게 말하더니 일어서서 양팔을 들고 길게 기지개를 켰다.

"계, 계속 거기에?"

"자고 있었지. 잘 수밖에 없어. 심심하거든. 이 의자는 크고 부드러워서 일하는 용은 아니야! 수면용이지. 너도 여기서 자렴."

탐정은 그렇게 말하더니 뚜벅뚜벅 경쾌한 발소리를 내며 이사장 자리를 떠나 미유키가 있는 응접 공간 쪽으로 와서 다관 안에 남아 있던 차를 옆에 놓여 있던 찻잔에 아무렇게나 따라 단숨에 들이켰다. 식은 차는 테이블 위에 왈칵 쏟아졌지만, 탐정은 신경 쓰는 기색도 없다.

"정말 맛없는 차로군. 그보다 너는."

"구, 구레, 구레 미유키예요. 저어, 그."

"나한테 이름을 말해도 소용없어, 미요코 양. 그보다 넌 그 오리즈메인지 고리쇼인지 하는 애를——."

탐정은 눈을 반쯤 감는다.

"——아아. 그 시체 여자애의 친구로군. 뭐, 가엾긴 하지만 애도해도 시체는 살아 돌아오지 않아. 좀 더 긍정적으로 살아보렴. 응? 꽤 긍정적인가."

뜻은 알 수 없지만 어딘지 모르게 격려가 된다.

미유키는 아무 말도 하지 않았는데도——시바타와는 정반대다.

그리고 그쯤에서 겨우, 미요코라는 건 자신을 말하는 것이고 오리즈메라는 건 오리사쿠를 가리킨다는 것을 미유키는 깨달았다.

"미도리 씨——오리사쿠 미도리 씨는——."

"그 노란색인지 갈색인지 하는 이름을 가진 여자애는 꼭두각시 인형이야. 좋지 못한 짓을 많이 했지. 그러니까——."[2)]

탐정은 거기에서 말을 끊고, 아무렇게나 응접용 의자에 걸터앉아 다리를 꼬았다. 그래도 모양이 난다.

"——네가 고민할 필요는 없어. 그——기모노 입은 부인을 만나면 되는 건가?"

"기모노?"

미도리의 어머니일까. 하지만 그, 라는 말은 무슨 뜻일까. 그가 자신의 마음속을 꿰뚫어보는 듯한 기분이 들어서 미유키는 저도 모르게 교복 자락을 여몄다.

"잘 모르겠군. 범인이 없어. 심심하니까 시끄러운 녀석이 오기 전에 해결이라도 해 볼까 했는데, 귀찮아졌군."

---

2) 일본어로 '미도리'는 '녹색'이라는 뜻.

탐정은 그렇게 말하며 커다란 눈을 부릅떴다.

"시끄러운 녀석?"

"그래. 뭐, 내가 불렀지. 이런 절조 없는 사건에 나 혼자만 관여하는 건 부아가 치미니까."

"탐정——동료인가요?"

"탐정? 바보 같은 말을 하면 곤란해. 이 세상에서 탐정이라면 이 에노키즈 레이지로 단 한 명이잖니. 신은 유일무이한 거라고 배웠을 텐데. 그 녀석은, 굳이 말하자면 사신이지. 악마일까?"

"악마——착한 악마?"

"착하지 않아. 말을 잘하지."

탐정은 그렇게 말하며 일어섰다.

악마가——오는 걸까?

"알겠니? 이 세상은 되어야 하는 대로 되게 되어 있어. 그러니까 네가 책임을 느낄 필요는 없단다. 그리고 되어야 하는 대로 되니까 어떻게 될지는 실은 뻔하지. 하지만 되어야 하는 대로 되게 하기 위해서는, 왜인지 모르겠지만 그 남자가 필요해. 자세한 건 본인한테 듣도록 하고!"

탐정은 잘 알 수 없는 말을 하고는, 자야겠다——하고 소리 높여 선언하더니 의자로 돌아갔다. 정말로 전혀 이해할 수 없었지만, 미유키는 조금 마음이 편해졌다.

의자가 회전한 지 1분도 지나지 않아, 새액새액 하는 잠든 숨소리가 들리기 시작했다. 정말 잠든 모양이다. 숨소리는 이 방에 들어왔을 때도 들리고 있었겠지만, 설마 이런 곳에서 저런 사람이 자고 있을 거라고는 아무도 생각하지 않을 테니 인식되지 않은 것이리라.

미유키는 창밖을 보았다. 견고한 건축물은 인기척이 없어도 전혀 달라진 데가 없다. 건물은 사람이 살아야만 건물이다. 사람이 살지 않는 건물은 폐허가 된다. 하지만 이렇게까지 견고하고 흔들림 없는 구조물은 폐허도 되지 않는다. 마치 —— 유적이나 유구(遺構)[3] 같다.

—— 미도리는 지금쯤 ——.

그 어머니와 무슨 이야기를 하고 있을까.

노크 소리가 났다.

문은 곧 열렸다.

시바타가 있었다. 그리고 그 뒤에 고개를 숙인 ——.

오리사쿠 미도리가 있었다.

진지한 얼굴을 한 시바타는 낮은 목소리로 말했다.

"구레 양. 미도리 양과 잠깐 이야기해 봐 주지 않겠니?"

"제가 —— 왜요?"

"그게 말이지 —— 자, 미도리 양."

시바타는 거기에서 절반 정도밖에 열리지 않은 문을 통해 미도리를 방에 들여보냈다. 미도리는 공기처럼 저항 없이 시바타 앞으로 끌려 나와, 고개를 숙인 채 소리도 내지 않고 안으로 들어왔다. 시바타는 교대하듯이 미유키를 복도 쪽으로 끌어당기더니, 귓가에서 속삭이듯이 말했다.

"실은 구레 양. 미도리 양은 역시 아무것도 모른다고 말하고 있어. 하지만 아주머니 —— 미도리 양의 어머니는 그걸 믿으려고 하지 않아. 그분은 구레 양의 추리를 거의 전면적으로 지지하고 있거든. 하지만 나는 미도리 양도 잘 알고 있으니까. 좀 가엾다는 마음이 들어서.

---

3) 옛 건축의 잔존물. 옛 건축의 구조를 알아볼 수 있는 실마리가 될 구조물.

물론 구레 양의 이야기도 큰 틀에서는 믿고 있어. 그러니 너희 둘이서 이야기를 해 보고, 그, 의견 차이를 좁힐 수는 없을까 싶어서. 그럴 수만 있다면 어머니도 믿으시겠지. 그러니까 직접 얘기해 봐 주지 않겠니?"

"어째서——그렇게 되는 건가요?"

이 남자는 선량하지만 역시 약간 어긋나 있다.

한쪽은 범죄자라고 지적하는 사람, 다른 한쪽은 그런 지적을 받은 당사자인데 어떻게 의견 조정을 할 수 있다는 걸까. 반쯤 했습니다, 반쯤 하지 않았습니다, 라는 어중간한 해답이라도 얻을 수 있다는 것일까.

복도 저쪽에서 대표님, 하고 부르는 목소리가 들렸다.

"실은 지금 경찰이——아니, 지바 본부의 본부장과 도쿄 경시청의 형사가 경관들을 많이 데리고 와 있어. 나는 처음부터 사직 당국의 손에 맡겨야 한다고 주장해 왔지만, 이렇게 되고 보니——이대로 진실을 알지 못한 채 그들에게 전권을 맡기는 건 확실히 괴롭구나. 미도리 양——도 걱정되고."

시바타는 정말 걱정스럽다는 듯이 미도리의 뒷모습을 보았다.

——욕심쟁이다.

시바타 유지는 욕심쟁이다. 진실과 신념을 양립시키려고 하고 있다.

미유키의 말은 진실인 것 같다, 그것은 믿고 싶다. 한편 학원을 지킨다는 대의명분, 경영자로서의 신념도 버릴 수 없다. 그리고 나아가서는 오랫동안 알고 지낸 소녀, 오리사쿠 미도리도 믿어 주고 싶다는 정도 있다.

진실, 신념, 심정(心情)——이것은 결코, 반드시 나란히 서는 것은 아니다.

진실 앞에 굴복하는 신념도 있고, 신념 아래 스러지는 심정도 있을 것이다.

시바타라는 남자는 그 모든 것을 버리지 못하고 있는 남자다. 그래서 어중간하게 대응하게 되는 것이다.

다만 미유키는 말로 잘 표현할 수가 없다. 그러니 미도리와 이야기할 것도 없다. 탐정은 신경 쓰지 말라고 했지만, 지금 미유키에게는 미도리를 범죄자로 단정 지을 만한 확증은 없다. 아니, 단정 지으려는 의욕이 없다. 딸의 말을 믿지 않고 미유키가 하는 말을 그대로 받아들이는, 그 어머니의 마음도 미유키에게는 이해가 되지 않는다.

시바타는, 구레 양, 부탁해, 하고 말했다. 복도 맞은편에서 소란스러운 목소리가 들렸다. 경찰과 입씨름이 시작되었을 것이다. 대표님, 이사장 대리님, 하고 부르는 목소리가 들린다. 시바타는 씁쓸한 시선을 복도 저편으로 보냈다.

"자, 미도리 양. 구레 양과 이야기해 보렴. 아까 아주머니께 이야기한 걸——."

미도리는 고집스럽게 고개를 숙이고 있다.

연극일까. 진심일까.

세 번째로 시바타를 부르는 목소리가 났다. 이번에는 가깝다. 교무부장이 복도를 달려왔다.

"이사장 대리님, 큰일입니다. 스기우라의 소지품에서 채취한 지문과 오리사쿠 저택의 서재에서 채취한 지문이 일치했다고——스기우라를 즉각 인도하도록 하라고, 그."

“변호인단은?”
“이제 무리입니다. 게다가 그, 무슨 흉악범이 이 근처에 숨어 있을 가능성이 높다고 해서.”
“흉악범? 그 경관들은 그것 때문에 온 겁니까?”
시바타는 가볍게 입술을 깨물고, 알았소, 내가 대응하지요, 하고 말했다. 그러고 나서 미유키의 어깨를 두들기고, 어떤 경우든 최선을 다하자, 하고 낯간지러운 대사로 말을 맺고는 미유키를 다시 이사장실에 밀어 넣다시피 들여보냈다.
시바타는 한 번 애원하는 듯한 얼굴을 보이고 나서 조용히 문을 닫았다.
“——어쩌라는 거야!”
미유키는 문을 향해 그렇게 말했다.
목소리는 튕겨 돌아오고, 이윽고 사라졌다.
조용해졌다.
뭐가 최선을 다하자, 냐.
깨끗이 체념하지 못하는 것뿐이다.
흠칫, 하고 등이 수축했다.
——시선.
누군가가 보고 있다.
——미도리.
그러고 보니 뒤에 있었다. 미유키의 온몸에 소름이 돋는다.
천천히 돌아본다. 느릿느릿 시야가 돈다.
천사는 역시 고개를 숙인 채 가만히 서 있었다.
검은 머리카락이 힘을 잃고 곧게 아래를 향해 뻗어 있다.

표정은 보이지 않는다. 울고 있는 것처럼 보이기도 한다.

가느다란 어깨가 희미하게 떨리고 있다. 울고 있다.

어머니의 말이 가슴에 사무쳤던 것일까. 뒷배를 전부 잃어서 불안해지기라도 한 것일까.

아니면——.

——정말 누명일까?

미유키는 한 발짝 내딛는다.

"오——오리사쿠 씨."

대답하지 않는다.

그 탐정은, 미도리는 좋지 못한 짓을 했다——고 말했다.

하지만 탐정은 미도리에 대해서 아무것도 모른다.

만일 미도리와 관련이 없다면——.

이유도 없는 누명을 쓰고 깊이 상처를 입었다면——.

그렇다면.

그 무렵.

붕괴하기 시작한 자신을 회복하기 위해, 미유키는 필사적으로 논리를 세웠던 것이다. 결국 심한 착각 끝에, 미유키는 돌이킬 수 없는 짓을 저지르고 만 것은 아닐까.

그렇다면——.

미유키는 미도리 옆으로 다가갔다.

"미——미도리 씨? 아."

울고 있지——않다?

——웃고 있어?

"우후후후후."

미도리는 웃고 있다.

오리사쿠 미도리는 웃고 있다.

"구레 씨."

"네?"

"구레 씨 당신, 그때——."

아직 성대가 발달하지 않은 어린 목소리.

"——하느님을 믿지 않는다, 고 하셨지요?"

"미도리 씨, 당신——."

"후후후, 좋아요."

"다——당신 역시!"

미도리는——거미의 종이다——.

미유키는 순식간에 얼어붙었다.

미도리가 가볍게 얼굴을 들었다.

거기에는 천사가 서 있었다.

곧게 뻗은 윤기 도는 검은 머리카락. 눈처럼 하얀 피부.

커다란 눈동자에는 얼어붙은 미유키가 비치고 있다.

그것을 에워싸고 있는, 젖은 듯한 검은색의 길고 긴 속눈썹.

동성도 넋을 잃을 정도의 미소녀.

——아무것도——무엇 하나.

달라지지 않았다.

"——난 그때부터 구레 씨가 마음에 들었어요. 가볍게 동지, 동지라고 말하는 주제에 모두들 어차피 반쯤 흥미로 노는 거였으니까요. 정말로 하느님을 믿지 않는 사람은 없었어요."

미유키는 뒤로 물러난다.

미도리는 미소를 지으며 앞으로 나온다.

"——이 학원의 학생들은 모두 좋은 집안의 아가씨들뿐이에요. 그래서 조금쯤 불장난을 해도 어떻게든 될 거라고 생각하고 있지요. 물러설 곳이 없는 곳에는 가지 않고, 돌이킬 수 없는 일 같은 건 없다고, 그렇게 생각하고 있어요. 그런, 도망칠 길을 준비해 놓은 모독은 없는 거예요. 그건 흑미사도 사바트도 아니지요. 질 나쁜 놀이일 뿐이에요. 악마숭배가 아니라 그냥 비행이에요. 동지 대부분은 마음 어딘가에 하느님이 있을 곳을 확실하게 준비해 놓고 있어요——."

"하느님이 있을 곳?"

"그래요. 돌아갈 장소. 양심. 애정——뭐라고 불러도 좋아요. 아무리 모독적인 행위를 해도, 반드시 돌아갈 장소가 있다——진정한 나는 이렇지 않다고 생각할 수 있도록 도망칠 곳을 마련해 두는——그런 건 거짓이에요. 나는 하느님을 증오한답니다. 그러니까 내 안에 하느님은 없어요. 그래서 아무렇지도 않게 거짓말도 하지요. 사람도 죽일 수 있어요. 아사다 유코 같은 여자는 절대로 용서할 수 없으니까요."

——죽인 거다. 이 애가.

"당신이——유코를——."

미도리는 투명하고 아름다운 목소리로 웃었다.

"떠밀었어요. 당신의 상상대로."

그리고 가볍게 문 앞으로 이동했다.

미유키의 퇴로를 끊은 것이다.

"왜, 왜 유코를."

미도리는 갑자기 엄한 말투로 내뱉듯이 말했다.

"그런 어중간한 태도가 용인될 리가 없어요!"

"다, 당신이 끌어들여 놓고, 그런."

"나는 처음부터, 조금이라도 싫다면 각오가 없다면 동지가 되는 건 그만둬 달라고——여러 번 말씀 드렸어요. 하지만 아무도 멈추지 않았어요. 유코 씨도 즐거운 듯이 하고 있었지요. 그래서 나는 모두 사람이기를 그만두고 하느님을 더럽힐 결심이 되어 있는 거라고, 그렇게 판단했어요. 모두 내 동료라고 생각했다고요. 하지만 그건 거짓이었어요. 유코는 나를 속이고 있었어요. 지옥에 떨어질 각오도 없이, 그냥 놀고 있었던 거예요——."

미도리는 커다란 눈을 더욱 부릅뜬다.

"진심으로 신을 모독할 마음이 없다면, 어떻게 그런 짓을 할 수 있지요? 나는 그 신경이 더 이해가 안 돼요. 임신하면 아무런 망설임도 없이 지운다——그 정도의 각오도 되어 있지 않으면서 그런 짓을 하다니, 진심으로 세상을 바보 취급하고 있는 거예요. 도덕이니 윤리니, 인간으로서의 감정이나 애정이 조금이라도 남아 있다면——그런 짓은 절대로 해서는 안 되는 게 아닌가요?"

"그래——맞아요. 그래서——."

그래서 유코는 이제 그만두기로 결심한 것이다. 인간다운 감정이 남아 있었기 때문에 빠져나올 생각을 한 것이다.

그래서 뭐라고요——하고 미도리는 말했다.

그리고 한 발짝 다가온다.

"구레 씨——당신이라면 이해해 주겠지요."

"모, 몰라——몰라요!"

"하느님을 믿지 않지요?"

"하, 하지만, 악마도——."

미유키는 한 발짝 물러난다.

뒤에는——그렇다.

——탐정이 자고 있다!

탐정을 깨우면, 그러면 그 사람은,

움직일 수가 없었다. 미유키는 겁을 먹고 있었다.

"——악마도 믿지 않는다고 말했잖아!"

미유키는 큰 소리로 말했다.

탐정이 일어날 기색은 없다.

미도리는 웃었다. 그리고 말했다.

"증거는——보여주었잖아요?"

증거. 저주. 수많은 시체의 산.

"그, 그건 전부 우연이야! 우연이 아니라면 그래, 그냥 살인사건이잖아! 인간이 한 짓이야! 범인은 붙잡혔어. 나는 봤어. 그건 검은 성모님이 아니라 스기우라 다카오. 취사장의 시원찮은 중년 아저씨가 한 짓이야."

"그렇지요. 나도 정말 놀랐어요. 그날 밤——그 남자의 옷차림에는——."

"놀랐다고——?"

"나도 설마 죽일 거라고는 생각도 하지 않았으니까요. 그 남자는 벌레. 도움이 안 되는, 땅속을 기어 다니는 벌레예요. 그래서 써먹을 수 있는지 어떤지 시험해 보려고 했어요. 당신들을 놀래는 데 사용해 봤을 뿐. 하지만 그 남자——죽은 사람의 옷을 걸치더니, 그 순간 진짜 악마가 되어 버리더군요. 재미있어요. 정말 배덕적이지요."

"진짜 악마——죽은 사람의 옷?"

"그래요. 내가 하사한 불길한 기모노를 걸치고, 그 남자는 그제야 사람이기를 그만둘 수 있었던 거예요. 나는 혼다 선생님을 불러내서 혼내주고 기절이라도 시켜 두라고 명령했어요. 그런데 그 남자는 죽여 버렸지요. 그러니까 그건——악마가 한 짓이에요. 악마는 내 편이라고요."

——그런 구조인가!

그때. 탐정이 그 여자 기모노를 벗겨내자마자 스기우라는 갑자기 저항을 멈추고 얌전해졌다. 마치 사람이 변한 것처럼——.

그렇다면.

그 기모노야말로 스기우라에게 걸린 저주였다는 것일까? 스기우라 다카오는 미도리의 주술에 조종되어 살인을 저질렀다는 뜻일까.

그렇다면 눈알 살인마는——.

"이제야 아시겠어요? 나는 내 마음대로 악마를 부릴 수 있어요. 원하는 건 무엇이든지 악마가 이루어 주지요. 죽으라고 생각한 것만으로도, 가와노 유미에도 야마모토 스미코도 모두 다 죽었어요."

"거, 거짓말——."

암흑을 빨아들인 윤기 도는 검은 머리카락. 시체처럼 하얀 피부.

공허한 눈동자에는 얼어붙은 미유키가 비치고 있다.

그것을 에워싼, 젖은 듯한 검은색의 길고 긴 속눈썹.

마(魔)가 들린 미소녀.

이 아이는 천사가 아니다.

이 아이는.

——악마다.

"나는 축복받지 못하고 태어난 악마의 아이. 악마는 내 편이에요. 고대의 방식대로 소환하면, 나락의 왕은 언제든지 힘을 빌려주지요."

―― 싫다.

"스기우라는 절대로 자백하지 않아요. 경찰은 나를 붙잡을 수는 없어요. 학장이든 어머님이든, 나를 적으로 돌리는 사람에게는 모조리 죽음이 주어지지요. 나는 성스러운 부활과 지옥에 떨어진 자의 고뇌에 의해 그대 거미의, 악마의 영을 여기에 소환하고 명한다. 내 욕구에 의해 영원한 고뇌에서 도망치기 위해, 이 성스러운 의식에 따를 것을. 베랄드, 베로알드, 발빈, 가브, 가보르, 아가바, 일어서라, 일어서라 ――."

천진한 웃음을 띠고 미도리가 조금씩 거리를 좁혀 온다. 미유키는 천진함이 많이 남아 있는 그 사랑스러운 얼굴에 더없는 공포를 느꼈다.

"그만해!"

"그만할 수 없어요. 내 마음을 이해하지 못한다면 당신도 방해가 돼요. 당신은 죽어 줘야겠어. 당신도 학장도, 시바타 아저씨도, 어머님도, 모두, 내가 죽여주지."

"그, 그만해 ――."

"무서워요? 하느님을 믿지 않는 당신은, 이럴 때 무엇에 매달리나요? 구해주는 건 누구지요, 구레 씨?"

간격은 점점 좁혀졌다.

"사람을 구해주는 초월자는 없어. 자아 ――."

미도리는 기쁜 듯이 미유키의 목으로 손을 뻗는다.

후후후후. 싫어, 싫어. 스윽 하고 낭창낭창한 팔이,

미유키는 손끝으로 뒤쪽의 장애물을 확인한다.

이사장 자리의 커다란 책상이다. 하얀, 가느다란 손가락이,

덜컹, 하고 소리가 났다.

순간 미도리의 시선은 미유키를 뛰어넘었다.

"누구——?"

펄쩍 뒤로 뛴다. 미유키는 돌아본다.

"시끄러워! 잘 수가 없잖아. 어이 너, 미나즈키 양! 네가 믿어야 할 초월자는 여기에 있잖아, 이 어리석은 녀석!"

"타——탐정님."

탐정이 창에서 비쳐드는 서녘 해를 등지고, 눈을 비비면서 벌떡 일어서고 있었다.

탐정은 말했다.

"네가 마법사라면 당나귀나 새로 변신해 봐. 변신할 수 없겠지. 네가 얼마나 대단한지는 모르겠지만, 나를 이기려면 앞으로 400만 년 정도는 마법 수행이 필요할 거다! 나는 악마 따위는 무섭지 않으니까——."

탐정은 눈을 가늘게 뜨고 미도리를 본다.

"——뭐야, 악마가 아니로군."

탐정은 한층 더 눈을 가늘게 뜬다. 미도리는 탐정을 증오에 찬 눈으로 노려본다.

미유키는 어딘가 세계가 다른 두 생물 사이에 낀 채, 숨을 죽이고 얼어붙어 있다.

탐정은 갑자기 슬픈 듯한 얼굴이 되었다.

"악마가 아니야. 너는——가엾게도."

"가엾게——?"

미도리는 가냘픈 목을 뻗어 단정한 얼굴을 약간 위로 향하고 잠시 탐정을 응시하고 있었지만, 이윽고 실이 끊긴 듯 몸의 힘을 빼고 탐정을 응시한 채 비틀비틀 뒤로 물러나 문에 다다랐다.

"——나를 동정하는군요."

"거짓말쟁이는 칭찬해 줄 수 없어."

"——경멸하는 건가요?"

"동정하는 거야."

"마찬가지예요."

문손잡이에 뒤로 돌린 손이 닿는다.

"어이."

탐정이 목소리를 낸 순간, 덜컹, 하고 문이 열렸다. 미도리는 전혀 체중이 없다. 바깥바람에 빨려 나가듯이 스윽 밖으로 나갔다. 탐정은 어디에도 갈 곳은 없어, 라고 말하며 한 발짝 내디뎠지만, 문을 막듯이 덩치 큰 남자가 서 있는 것을 깨닫고 움직임을 멈추었다.

문을 연 사람은 그 남자였다.

미유키는 심장박동 수가 매우 올라가 있었다.

심장 고동에 맞춰 세계가 나타났다 사라졌다 한다. 남자의 윤곽도 분명하게는 인식할 수가 없었다. 그저 청각만 예민해져서, 자신이 호흡하는 소리까지 시끄러울 정도로 들리고 있었다.

——미도리는.

문을 연 남자는 미도리의 뒷모습을 눈으로 좇더니, 저건 오리사쿠의 아가씨 아닌가, 하고 중얼거렸다. 그리고 실내로 시선을 옮겨 탐정을 확인하자마자 고음의 탁한 목소리를 냈다.

"네놈! 레이지로, 이 멍청이, 이런 곳까지 와서 무슨 장난을 치는 거냐!"

달리기 직전 같은 자세였던 탐정은 자세를 바로 세우더니 허리에 양손을 대고 으스대듯이 말했다.

"아. 자네는 상자 남자! 자네는 어째서 이런 때에 문을 여는 겐가. 놓쳤잖나."

"놓쳤다? 저건 오리사쿠의 아가씨잖아. 네놈도 저 아이가 범인이라는 거냐? 응?"

"흥. 네놈에게 설명해 줄 입은 없어."

"네놈은 누구에게도 아무것도 설명하지 못하잖아. 20년 동안 알고 지냈지만, 네놈의 말을 이해할 수 있었던 적은 단 한 번도 없다고!"

"그건 자네 머리가 두부라서 그렇지 않나!"

"닥쳐. 대체 왜 도망치지? 네놈이 무슨 짓 했나?"

"저런 어린애한테 이 내가 뭘 한단 말인가!"

"네놈은 뭘 할지 알 수가 없으니까. 뭐, 그렇다고 해도 걱정할 건 없네. 이 건물에서는 나갈 수 없어. 이 학교 안은 교사와 변호사와 경찰로 가득 차 있거든. 게다가 지바 본부는 오리사쿠의 아가씨를 의심하고 있다고. 놓치지는 않을 걸세."

——경찰도 미도리에게 시선을 돌렸다?

남자는 불쑥 들어왔다.

"이사장은 없나? 음——그 아이는 학생인가? 너, 이 학원 학생이냐?"

하관이 벌어진 네모난 얼굴. 뾰족한 코. 가느다란 눈. 두꺼운 가슴팍과 굵은 상박. 셔츠에 외투. 닳아빠진 검은 구두.

——이 사람이 탐정이 말했던——악마?

"하나코 군. 이쪽은 형사라는 종류의 야만적인 바보란다."

"하나코?"

"그래, 보렴. 저 못생긴 네모난 얼굴."

"시끄러워, 이 벽창호. 그 경박한 얼굴을 다섯 번 정도 걷어차 줄까? 그보다——."

남자는 미유키 쪽을 향했다.

아무래도 탐정이 부른 남자란 다른 사람인 모양이다.

왠지 약간 망설이고 나서, 남자는 말했다.

"——네가 그, 목격자인지 증언자인지 하는 또 한 명의 학생이냐? 나는 도쿄 경시청의 형사야."

남자는 수첩을 꺼내 펴서 미유키에게 보여주었다.

"눈알 살인마를 수사하고 있지. 기바 형사다."

"바보 슈라고도 하지."

"닥치라니까. 너, 으음, 하나코?"

"구레 미유키예요."

"전혀 다르잖아, 이 자식. 멋대로 부르지 말라고, 멍청아. 구레 씨라. 그, 아무래도 지바 경찰의 이야기는 못 알아먹겠어. 공을 독차지하려는 건지, 정말로 모르는 건지, 통 종잡을 수가 없단 말이야. 게다가 저쪽에서 싸우고 있더군. 난리도 이런 난리가 없어. 그래서 너희들에게 직접 이야기를 들어볼까 싶어서."

"눈알 살인마——라고요?"

"그래. 놈은 지금 이 근처에 있다."

"이——근처?"

눈알 살인마. 그것은 지금으로써는 미유키에게 뿔이 있고 꼬리가 있는 그 악마와 그리 다르지 않은 존재다. 그래서 이렇게 실재한다는 사실을 알게 되니 상상 속의 생물이 발견된 듯한 흥분이 느껴진다.

"대수색도 오늘까지 나흘째야. 사방에서 산을 뒤졌으니까 놈은 포위망을 돌파하지는 못했을 거다. 분명히 이 근처에 숨어 있지."

기바 형사는 가느다란 눈을 더욱 가늘게 뜨고 입을 굳게 다물었다. 탐정은 그 모습을 멍하니 바라보며,

"실수했군. 분한가?"

하고 말했다.

"그래. 실수했네. 놈은——내 눈앞에서 여자를 죽이고 도주했어. 이대로 용서해줄 수는 없지."

"흐음. 자네 화났나?"

"멍청이. 놈은 다섯 명이나 죽였네. 엇차."

형사는 걸핏하면 참견하는 탐정을 무시하기로 했는지, 응접 공간을 가리키며 미유키에게 앉으라고 지시하고 나서 자신도 걸터앉았다.

"남의 눈을 피해서 들어왔기 때문에 시간이 없어. 얘야, 지바 놈들의 이야기를 들어보니 눈알 살인마가 습격한 피해자는 전부 이 학원의 관계자라면서? 지금까지 합동 수사를 해 왔고 몇 번이나 회의를 했는데도 그런 이야기는 한 번도 나오지 않았단 말이야. 나한테는 믿을 수 없는 일이야."

"그건——."

미유키는 간단하게 경위를 이야기했다.

그러나 아까의 미도리 이야기만은 할 수 없었다.

미도리는 모든 것을 자백했던 것이다.

그러나.

——꿈 같아.

시간이 많이 지난 것도 아니다.

방금 있었던 일이다.

그런데도 아까 있었던 일은 뭔가 착각이 아니었을까 하는 생각이 벌써 미유키의 가슴속을 지배하고 있다. 의식은 비일상 쪽에서 일상 쪽으로 크게 흔들리며 돌아와 있다. 그 정도로 상식을 벗어난 체험이었다는 뜻일까.

심장 박동은 가라앉아 있었다.

형사는 씁쓸하게, 또 저주 종류인가, 하고 말했다.

"빌어먹을, 난 그런 이야기는 싫어하는데. 그건 교고쿠가 할 일이잖아——."

"불렀네."

"불렀다고? 네놈이?"

"그래. 내가. 이 사건에는 따로 창조주가 있네. 세상에 두 명의 신은 필요 없지. 즉 나는 움직이기 힘들어. 그래서 불렀네."

"잘난 척 지껄이지 마. 네놈은 언제나 도움이 안 되잖아."

"자네보다는 낫지."

"닥쳐, 이 자식."

아무래도 이 두 사람은 이런 사이인가 보다. 서로 욕하는 관계가 평소의 모습일까.

어디에서 보아도 친구 사이로는 보이지 않지만 듣자 하니 20년 동안 알고 지낸 사이라고도 하고, 미유키로서는 헤아리기 어려운 사이다.

"그런데 ―― 아무래도 실감이 나지 않는군. 히라노의 '히'자도, 가와시마의 '가'자도 나오지 않잖아."

형사는 까다로운 얼굴을 하며 고개를 갸웃거렸다.

그리고 몸부림에 가까운 고뇌를 드러냈다.

그때.

뚜벅거리며 복도를 잔걸음으로 걸어오는 소리가 다가오고, 활짝 열린 문으로 몹시 멍청한 얼굴의 남자가 이사장실을 들여다보았다. 경관은 아닌 것 같았다.

"기바 씨! 이런 곳에 있었나요. 당신도 좀 와 주십시오. 이제 손을 쓸 수가 없어요."

형사는 성가시다는 듯이 올려다본다.

"뭐야. 우리는 상관없잖아."

"상관없지는 않습니다. 교살마와 눈알 살인마는 하나로 이어지는 사건이라고 지바 본부가 주장하기 시작했어요."

"뭐 어때. 지장은 없잖아."

"있습니다. 그 왜, 눈알 살인마의 동기."

형사는 미간과 코 위에 주름을 잔뜩 지었다.

"지금 이 아가씨한테서 들었네. 매춘이라면서."

말상의, 역시 형사인 듯한 남자는 기바의 말을 다 듣기도 전에 긴 머리카락을 쓸어 올리며 말했다.

"이쪽의 수사 내용과 전혀 다르잖습니까. 가와시마 신조의 진술은 ―― 그건 전부 거짓이 아니냐면서."

"거짓은 아니야. 내가 조사했잖아."

기바 형사는 부루퉁했다.

말상의 형사는 독특한 걸음걸이로 들어와 탐정과 미유키를 뚫어지라 쳐다보면서,

"하지만 가와시마의 진술과 전혀 맞지 않는다는 건 이상하잖아요."

하고 말했다.

탐정은 변함없는 말투로,

"가와신이 어떻게 됐나."

하고 형사에게 물었지만 기바는 돌아보지도 않았다.

"시끄러워. 그래서?"

"그러니까 그——만일 두 건이 연결된 사건이라면, 말입니다. 그렇다면 교살마는 합동수사본부에서 취급해야 하고, 지바 도쿄 합동으로 조사하는 게 도리지요. 하지만 그 경우, 형태상으로는 경시청쪽에서 맡는 걸로 해야지요. 본부장은 당신네 경시청의 오시마 부장이잖아요."

"어디에서 맡든 마찬가지야. 그런 이상한 건 지바에 줘 버려!"

기바 형사는 으르렁댄다.

말상은 손바닥을 흔든다.

"그럴 수는 없습니다. 어차피 눈알 살인마 수사본부와 교살마 수사본부도 합동이고요. 지바의 경우는 인원이 중복되는 셈이라——."

"복잡하구먼. 범인은 지금 어디에서 어쩌고 있다고? 붙잡혔다면서?"

"그게 이 건물의 어느 방에 감금되어 있다는군요. 일개 학교 법인이, 아무리 현행범이라고는 해도 용의자를 체포 감금하는 건 곤란합니다. 이건 위법행위이고 인권 문제예요. 지바 놈들은 묵인하고 있었던 모양이지만, 이쪽이 나서게 되면——."

"어이, 가몬 씨. 인도가 결정되어서 호송할 테니 경호하라고 한다면 나도 가겠지만. 우리는 여기에 눈알 살인마를 잡으러 온 거잖아. 나는 지금 이 학생한테 사정을 듣고 겨우 지바 놈들이 하는 말을 알아들었는데, 아무래도 이건 선이 다르지 않나? 그 오리사쿠의 계집애가 학생을 죽였다, 붙잡힌 남자가 교사를 죽였다, 이건 좋아. 하지만 눈알 살인마는 눈알 살인마야——."

기바는 검지로 자신의 작은 눈을 가리킨다.

"매춘인지 모독인지 저주인지 모르겠지만, 첫 번째 피해자인 야노 다에코는 저주받은 게 아닌 것 같다고. 게다가 다카하시 시마코는 어떻게 되지? 그것도 저주받았다는 건가?"

"하지만 다른 피해자에 대해서는 공통점이."

"공통점이라면 가와시마 기이치 쪽에도 있지. 아오키한테서 온 연락에 의하면, 마키는 요전 골동품상의 추측대로 기이치의 부추김을 받았다더군. 저주가 아니야."

말상은, 그렇군요, 하고 말했다.

"그러니까 지바에 맡겨 둬, 그 계집애와 교살마는. 진범이라면 붙잡힐 테고 붙잡히면 불겠지. 도쿄는 그 후에 움직여도 늦지 않잖아."

기바는 그렇게 말하며 팔짱을 꼈다.

멀리서 소란스러운 목소리가 들렸다.

"응? 결판이 난 건가? 움직였나?"

그렇게 말하며 말상의 형사는 일어섰다.

"뭐지? 심상치 않은데."

기척이 밀려온다.

많은 사람들의 발소리가 복도에 울렸다.

돌바닥이, 벽이, 천장이 울렸다.
문 맞은편으로 수많은 경관이 달려갔다.
경관들 사이에 섞여 볼품없는 거구가 지나간다.
기바는 그 모습을 알아보고 실내에서 큰 소리로 외쳤다.
"어이! 이소베! 뭐야. 무슨 일이 있었나!"
지나갔던 남자가 다시 되돌아와서, 비칠비칠 비틀거리면서 문 끝으로 팽창한 안면을 들이밀었다.
"뭐야, 당신들은! 놀고 있을 때가 아니잖나."
하고 말했다.
"놀고 있는 게 아닐세. 무슨 일이 있었냐고 묻잖아."
"감금되어 있던 방에서 교살마가 사라지고 없었네!"
——스기우라가——도망쳤다?
어떻게 할 생각인 걸까!
"뭐라고! 다시 한 번 말해 봐! 도망친 건가?"
"당연히 도망친 거지. 인간이 사라질 리가 있나!"
남자는 그렇게 말하더니 다시 거구를 흔들며 달려갔다.
기바가 기세 좋게 일어선다. 또 한 명의 형사도 뒤를 쫓는다. 탐정도 천천히 일어섰다.
"가자, 여학생 양!"
"어, 어디로——가는 건가요?"
"글쎄. 이 학교에서 자살에 가장 적합한 장소지."
"자——자살에 가장 적합한 장소라고요?"
무슨 말일까?
자살에 가장 적합한 장소?

스기우라가 자살이라도 할 거라는 뜻일까? 잘 모르겠지만, 그렇다면 사요코가 뛰어내린,

——학교 건물 옥상인가?

"거기로군. 거기에 있어."

탐정은 그렇게 단언했지만, 미유키는 아직 아무 대답도 하지 않았다. 이유를 물을 시간도 생각할 시간도 없다. 미유키가 일어섰을 때에는 이미 탐정은 방에서 나가서, 느려, 둔해, 빨리 와, 하고 재촉하고 있었다.

탐정은 보폭이 크고, 걸음이 엄청나게 빨랐다.

뚜벅뚜벅하는 커다란 발소리가 사방으로 튀고, 그 후에 미유키의 발소리가 가늘게 울린다.

"타, 탐정님!"

"왜 그러나, 여학생."

"설명해 주세요!"

"설명은 필요 없어!"

경관이 바쁘게 추월해 간다. 그들은 꾸중을 듣지도, 붙잡히지도 않았다.

현관홀에는 많은 오합지졸들이 북적거리고 있다.

학장의 목소리가 들렸다.

"문은 잠겨 있었어! 상대가 누구든 문을 잠그고 감금하는 건 범죄다——라고 욕한 건 당신들이잖아. 그래도 나는 학생들의 안전을 위해, 욕을 먹더라도 문만은 확실하게 잠가 두었단 말이야! 도망칠 수 있을 리는 없어!"

"그럼 어째서 열려 있나! 실제로 도망쳤다고!"

모른다, 모르는 일이다, 경관들이 문을 연 거다, 웃기지 마라, 그럼 도망시켜 준 거냐, 도망시켜 준 거라면 도망 방조다, 범죄자 취급은 섭섭하다 정정해라, 법치국가에 있을 수 없는 횡포한 학교다—— 악담과 욕설과 매도와 비방이 오간다.

탐정은 곁눈질로 그 모습을 바라보며, 더러운 것이라도 보듯이 얼굴을 찌푸리고는 바보 취급하듯이,

"여학생 양, 저런 건 철저하게 경멸이야——."

하고 말했다. 아무래도 고유명사 외우는 것을 포기하고 속성을 호칭으로 채용한 모양이다.

"——인간이 제대로 되지 못하면, 사건이 일어나도 제대로 된 역할이 할당되지 않는 거야. 단역 놈들은 재미없으니까 저렇게 화를 내지! 화내기 전에 할 일은 있고, 할 일을 하면 화낼 시간은 없어!"

탐정은 서로 욕하며 실랑이를 벌이고 있는 형사와 학교 직원과 변호사들 무리를 거침없이 피하면서, 지나갈 때 바보들——하고 큰 소리로 말했다.

그러나 애초에 놈들은 서로 바보다, 멍청이다, 하며 싸우고 있는 중이라, 자신들을 한데 묶어 비방하는 남자의 목소리가 울려 퍼진 것을 알아차린 사람은 없었던 것 같다. 혼란에 빠져 있다.

——있다! 뒤다, 뒤로 돌아가!

고함 소리. 위층에서 또 몇 명의 경관이 더 뛰어 내려온다. 무리는 혼란에 빠져, 반수는 현관으로 나가고 나머지 사람들은 복도를 달려갔다. 계단 위에 시바타의 모습이 보인다. 당황하고 있다. 시바타 뒤에는 스기우라의 아내——미에와 그 어깨를 안은 지바 경찰의 형사의 모습이 보였다.

“여학생. 빨리 나가. 바보들 사이에 섞이겠어!”

탐정은 그렇게 말하며 현관을 나갔다.

안뜰로 나간다.

등 뒤에 교직원 건물.

왼쪽에는 독실 건물. 그리고 오래되고 거대한 성당.

이어서 예배당. 주방 건물과 식당. 정면에 원형의 샘.

샘 맞은편에는 세 동의 기숙사. 기숙사 뒤쪽에는 과수원.

온실. 밭. 교문으로 이어지는 길.

오른쪽에 낡은 학교 건물이 있다.

견성철벽(堅城鐵壁)의 학사(學舍). 신의 냉철한 이치를 구현화한 듯한 위용. 그런 견고한 구조물은 사람에게는 지나치게 강하다.

사요코는 튕겨 날아가고, 유코는 튀어 날아갔다.

탐정은 돌바닥을 경쾌하게 달렸다.

그리고 샘 가장자리——사요코와 나란히 앉았던 그 이끼 낀 돌 가장자리——에 기세 좋게 뛰어올라, 학교 건물의 옥상을 바라보았다. 미유키도 탐정 옆으로 가서 똑같이 발돋움하고 등을 펴 보았지만, 아무것도 확인할 수 없었다. 그래서 탐정을 흉내 내어 샘 가장자리로 올라갔다. 미유키가 가장자리 위에 올라섰을 때, 탐정은 이미 학교 건물을 향해 달려가고 있었다.

“탐정님!”

학교 건물의 정면 현관.

문틈.

팔랑.

색깔. 무늬. 장식.

암갈색 돌로 만들어진 커다란 건물에, 음란한 색깔이 한 점 비쳤다.

——검다.

——검은 성모.

기모노——죽은 사람의 옷——이다.

스기우라 다카오는 저주받은 옷에 소매를 꿰고, 다시 악마가 된 것이다.

그렇다면——.

——미도리의 짓이다.

경관들이 교직원 건물에서 우르르 나왔다. 이어서 뒷문에서도 경관들이 속속 나왔다.

그쪽이다, 그쪽으로 갔어, 놓치지 마, 어디냐——.

시바타가, 학장들이 달려왔다. 많은 단역들이 교정을 뛰어다닌다. 개미집을 들쑤신 듯한 광란. 단단한 구조물의 내부를 부딪치고 튕겨 나가는, 무질서한 분자들. 이치 안쪽의 치태.

"저기! 학교 건물 안!"

미유키는 외친다. 손가락으로 가리킨다.

"——학교 건물 안에 있어요!"

형사가 귀 밝게 알아들었다.

"안에? 스기우라가 있었나?"

"저어——기모노, 기모노가——."

"기모노? 뭐야 그 기모노라는 건."

창백한 얼굴의 시바타가 이쪽으로 얼굴을 향한다.

"구레 양! 어떻게 된 거니."

"지금 탐정님이——."

"에노키즈 씨가 쫓아갔나? 학교 건물 안? 츠바타 씨, 빨리 경관을! 그 애가, 미도리 양이 위험해요!"

——미도리가?

위험해?

"스기우라는 미도리 양을 인질로 잡고 있어요! 구레 양, 너는 같이 있지 않았니! 어째서 헤어진 거야."

"미도리가 인질?"

——위장극이다.

그것은 미도리가 펼친 기사회생의 위장극이다——.

"역시 미도리 양은 상관이 없었던 거야. 그 남자——."

아니다, 그렇지 않다. 미도리는——.

——말할 수 없다.

미유키는 말할 수 없다. 사실을——.

진실은 언제나 말이 되지 못한다.

"——그 남자는 어떻게 방에서 나온 거지!"

시바타는 자포자기한 듯이 외치며 학교 건물 쪽으로 향했다.

스기우라를 방에서 꺼내준 사람은 미도리다. 그리고 죽은 사람의 옷을 주고, 마지막 덫을 친 것이다. 모든 것은 미도리가 꾸민 일이다. 그러나——어떻게 수습할까?

——자살에 가장 적합한 장소지.

미도리가 자살한다? 그렇지 않다.

——스기우라는 절대로 자백하지 않아요.

——경찰은 나를 붙잡을 수는 없어요.

——모두, 내가 죽여주지.

스기우라를 죽인다——아니다. 모든 것을 어둠에 장사지내기 위해——자신을 피해자로 만들고, 스기우라가 자살하게 하는 것이다.

"옥상이에요! 틀림없이 옥상에——."

유코가 피를 흘린 돌바닥을 밟으며, 미유키는 학교 건물로 뛰어들었다.

내부는 이상한 분위기로 가득 차 있었다. 조용한 흥분. 소란스러운 정적. 앞을 읽을 수 없는 예정조화.

예측대로인 불측(不測)의 사태——.

시바타가 경관들의 담을 뚫고 나간다.

미유키는 그 뒤를 따라 함께 빠져나간다. 충격을 흡수하지 않는 돌계단을 뛰어 올라간다. 등 뒤에서 미에가 따라오고 있다. 남자의 도움은 빌리지 않겠다며 형사의 팔을 뿌리친 것이 틀림없다. 강하면 강할수록 반발도 강한데.

노부인과 실랑이를 벌였던 층계참을 지난다.

그것은 언제의 일이었을까. 이미 먼 옛날의 일이다. 꿈만 같다. 꿈이 틀림없다.

옥상으로 가는 계단 밑에 많은 사람들이 모여 있었다.

견고한 용기 속의 고인 공기가 응고되어, 그곳만 밀도가 짙어져 있다. 숨 막히는 긴장감이 가득 차 있어서 시선을 이동하는 것만으로도 공기저항이 있는 것 같다.

선두에——몇 명의 경관이 권총을 겨누고 있다.

미유키는 눈에 힘을 주고 가늠쇠 너머를 보았다.

계단 맨 위층.

옥상으로 나가는 문 앞.

오리사쿠 미도리를 안은——스기우라 다카오가 있었다.

선명한 물새 무늬를 펄럭이며, 마치 포즈를 잡는 가부키 배우 같은 자세로 서 있었다.

지저분한 얼굴은 검게 칠해져 있지 않다.

대신 미도리의 칠흑 같은 검은 머리카락이 흔들리고 있다.

크게 뜨인 젖은 눈동자. 떨리는 꽃봉오리 같은 입술.

얼어붙은 공포의 표정.

가느다란, 새하얀 목에는 굵고 야비한 엄지와 검지와 중지가 파고 들어 있다. 손가락 끝에 약간 힘을 주기만 해도 일격에 부러져 버릴 것 같다.

한편 스기우라는 공허했다. 초점이 흐려진 눈. 벌어지려는 입가. 미치광이 같은 격렬한 숨소리. 차분하지 못하게 고개를 흔들며, 가끔 눈을 크게 뜬다.

아무리 봐도——.

위장극으로는 보이지 않았다.

"다카오 씨!"

미에가 소리쳤다.

"다카오 씨! 그만둬요! 그런 무서운 짓은."

그만둬요——미에는 그렇게 절규했지만, 그 목소리는 점착질의 공기에 얽혀 반향도 되지 않은 채 사라졌다.

스기우라는 오오, 하고 울부짖는다. 미도리가 히이, 하고 가느다란 목소리를 낸다.

울퉁불퉁한 손가락에 힘이 들어간다. 섬세한 손가락이 떨린다.

——연극이다.

연극일 것이다——.

이것은 위장극이다——.

——설마——진심일까?

속아서는 안 된다——미유키는 숨을 삼킨다.

경관들이 일제히 허리를 낮추고 총을 겨누었다.

"다——."

스기우라는 왼손으로 미도리를 들어 올리더니 자신의 얼굴 옆으로 쳐들어 방패로 삼았다.

목에 오른손의 손가락이 파고든다.

"——닥쳐어!"

——진심인 걸까?

"다카오 씨!"

"안 돼. 흥분시키지 마."

형사——츠바타가 미에의 어깨를 움켜쥐었다. 미에는 몇 번인가 어깨를 흔들며 저항했지만, 부풀어 오르는 이상한 공기에 짓눌린 것인지 이윽고 입을 다물었다.

움직임은 멈추었다.

스기우라의 손가락 움직임에 전원의 모든 신경이 집중되어 있다.

경관을 헤치고 미유키 옆에 기바 형사가 도착했다.

기바는 귀신같은 형상으로 스기우라를 노려보며,

"——어떻게 됐나!"

하고 쉰 목소리로 물었다.

아무도 대답하지 않았다.

교착 상태다.

시바타도, 형사들도 삐질삐질 땀을 흘리고 있다.

스기우라가 미도리를 죽일 리는 없다. 미도리는 죽지 않는다.

아마 스기우라는 이제 곧 저 문을 열고 옥상으로 뛰쳐나갈 것이다. 그리고 지시한 대로, 혼자서 뛰어내릴 것이다. 그럴 것이 틀림없다. 그럴 것이——하지만.

——진심일까?

긴장된——이라는 표현은 어울리지 않았다. 긴장감보다도 오히려 퇴폐적인 권태감이 한층 더 강하게 차올라 있다. 그래도 숨이 막힐 듯한 경직만은 풀리지 않는다. 미유키는 눈을 깜박이는 것조차 잊었다. 눈이 건조하다.

——연극이 아닌, 걸까.

저 손가락은 진심일까.

시간은 멈추고, 찰나가 무한대가 되었다.

그렇게 생각한 그 순간.

술렁술렁 아래층에서 잔물결 같은 소란이 다가오고,

그것은 이윽고 파닥파닥하는 잡음으로 바뀌었다.

시간이 한꺼번에 흘렀다.

미유키는 몇 번인가 눈을 깜박이며 돌아본다.

사람의 담이 갈라졌다. 귀인이 행차하기 전에 길을 여는 사람처럼, 은테 안경의 화려한 얼굴을 한 양복 차림의 남자가 나타난다. 그 뒤에 동안의 젊은 남자와 이상한 얼굴을 한 기모노 차림의 남자가 나란히 서 있다.

그 두 사람이 좌우로 비킨다.

거기에 칠흑의 어둠을 두른——사신이 있었다.

검은 니주마와시.[4] 그 옷자락 사이로 보이는 의상도 검다.
이 사람이——.
탐정이 부른 남자다.
스기우라는 한순간 멍청한 표정이 되고, 몸을 긴장시킨다.
츠바타도 경관들도 일제히 기이한 시선을 보낸다.
분위기가 동요하고 있다.
사신은 스기우라를 올려다보고, 그대로 말없이 니주마와시를 벗었다. 시바타 뒤쪽에서 은테 안경을 쓴 남자가 귓가에 빠른 말투로 뭐라고 말한다. 시바타가 눈을 부릅뜬다. 사신은 스기우라를 바라본 채, 니주마와시를 이상한 얼굴의 남자에게 건넸다.
검은 기나가시.[5] 검은 버선에 검은 나막신. 나막신 끈만 붉다. 손에 든 하오리도 검다.
사신은 품에서 검은 장갑을 꺼내 손에 끼었다.
그리고 마지막으로 검은 하오리를 펄럭이며 걸쳤다.
고인 공기가 단숨에 교란된다.
"꽤나——기대를 갖게 하잖아."
기바가 그렇게 말했다.
남자는 경관들 사이를 지나 계단으로 향했다.
경관들은 뭐가 뭔지 모르는 듯, 마치 양보라도 하듯이 좌우로 길을 열었다. 선두의 경관들은 갈 곳을 잃은 권총을 아래로 향했다.
남자는 선두에 섰다.
"스기우라 씨——."

---
4) 기모노 위에 입는 남자용 코트의 일종.
5) 하카마를 입지 않은 약식 복장의 기모노.

잘 울리는 목소리다.

스기우라는 대답하지 않고, 짐승처럼 눈을 부라리며 미도리의 목에 걸친 세 개의 손가락에 힘을 주었다.

축 늘어져 있던 미도리가 긴 속눈썹에 둘러싸인 커다란 눈을 뜬다.

——저것은.

검고 동그란 눈의 홍채가 한순간——수축했다.

——놀란 것이다.

예상 밖의 적의 출현에, 미도리는 동요하고 있다.

"거참 싫은 것에 씌었군요. 하지만 스기우라 씨. 당신까지 죽을 필요는 없어요. 그런 추한 모습으로 죽는 건 본의가 아니잖습니까. 당신에게 씐 것을——."

——꿰뚫어보고 있다.

"——떼어내 드리지요."

"씌, 씐 것."

"그래요, 씐 것 말입니다. 이 세상과 저 세상의 경계에 살면서, 사람에게 해를 끼치는 악한 존재입니다."

"다——당신은 누구야!"

"죽은 자의 심부름꾼입니다. 아무래도 망자가 피안(彼岸)에서 곤란해하고 있는 모양입니다. 속옷 차림으로는 추워서 갈 수 없다고. 그러니——."

탕.

남자는 한 발짝 계단을 올라갔다.

"——그 유젠을 돌려주십시오. 마에지마 야치요 씨에게."

"뭐야!"

기바가 외쳤다.

"어이, 교고쿠, 그건——."

"입 다물게."

남자는 손으로 기바를 제지한다. 그리고,

"경관 여러분. 그는 인질을 죽이지 않아요. 그러니 조금 물러서 있어 주시겠습니까."

하고 말했다.

탕.

남자는 계단을 올라간다.

"오지 마! 여, 여자애를 죽이겠다."

스기우라의 손가락에 힘이 들어간다. 미도리가 어린 목소리를 쥐어짜냈다.

"살, 려주——세요."

"그럴 생각입니다."

미도리는 곧 입을 다물었다. 사신에게 연극은 통하지 않는다.

"못된 장난이군요——어른을 놀리면 안 되지요. 스기우라 씨. 그 아이는 당신이 찾고 있는 사람과는 전혀 달라요. 당신이 원하는 사람은 당신도 알다시피, 이미 이 세상 사람이 아니에요."

"무——무슨 소리야."

"작년 여름——불행한 사건에 휘말려 한 소녀가 하늘나라로 불려 갔어요. 분명히 체격은 다르지만, 그 소녀의 얼굴은 그 사람과 많이 닮았을지도 모르지요. 하지만 스기우라 씨. 그 사람은 다른 사람이에요. 그런 건 당신도 처음부터 알고 있었겠지요. 죽은 사람을 대신하는 거라면 그 사람도 불쌍합니다."

"그 사람을——알고 있는 건가."

"인연이 있었으니까요."

"당신——누구지?"

"그러니까 죽은 사람의 심부름꾼입니다. 죽은 자와 산 자의 구별을 하러 온 겁니다. 스기우라 씨, 당신 때문에 그 소녀는 완전히 그런 마음을 먹고 만 거예요——."

미도리의 얼굴이 기묘하게 일그러졌다.

"——세상에는 많은 경계가 있어요. 하지만 경계란 대개 엉성한 법입니다. 그런데 딱 하나 지키지 않으면 세상이 성립하지 못하는 경계가 있어요. 그게 생사의 경계지요. 아시겠습니까, 사람은 죽이면 죽는 겁니다. 그러니까."

탕.

"그 아이를 죽이는 건 그만두세요."

——에?

스기우라의 손끝에서 힘이 빠진다. 미도리가 눈을 부릅뜬다.

"오리사쿠 미도리 씨. 당신의 마술은 또 실패하고 말았어요. 그 스기우라 씨는, 조금 전까지——정말로 당신을 죽일 생각을 하고 있었습니다——."

미도리는 흘러 떨어질 것 같을 정도로 두 눈을 부릅뜨고 고개를 꺾어, 스기우라의 얼굴을 응시했다.

"——혼다 고조나 와타나베 사요코를 죽인 것처럼 말이지요."

스기우라의 표정이 달라졌다.

스기우라는 오른손을 미도리의 목에서 떼고, 껴안다시피 그 머리카락에 얼굴을 묻었다.

——뭐가——어떻게 된 것일까.

미유키는 머릿속이 새하얘져서, 그대로 슬쩍 주위를 둘러보았다. 시바타도 기바도 형사들도 학장도, 무슨 일이 일어나고 있는 것인지는 이해하지 못하고 있었다.

"미도리 양. 이 사람이 당신의 유순한 종인 것은 그 기모노를 입고 있지 않을 때뿐이에요. 알겠어요, 미도리 양? 스기우라 씨는 현재 그 기모노를 걸치고 비로소 스기우라 다카오로서 기능하고 있는 거예요. 당신의 마술 때문에 살인을 한 게 아닙니다. 그는 그 자신의 의지로 죽인 거예요."

탕.

"싫어!"

미도리는 외쳤다.

"싫어. 너도 나를——."

미도리 양, 너는——하고 시바타가 갈라진 목을 통해 떨리는 목소리로 말했다.

둔한 좋은 청년의 마음 어딘가가 부서지는 소리다.

"——너는——설마, 너——."

미도리는 한순간 시바타를 커다란 눈으로 노려보고, 이 지저분한 손을 떼——하고 소리치더니 스기우라의 굵은 팔에서 몸을 빼고는 그 뺨을 힘껏 때렸다.

"거짓말쟁이! 도움도 안 되는 놈!"

미도리는 양손을 휘둘러 스기우라를 때렸다.

죽어, 죽어 버려, 그렇게 소리치며 미도리는 날뛰고, 그 몸에서 기모노를 벗겨내려고 했다.

스기우라는 도망치려고 반대로 회전하고, 그리고 문에 부딪혔다. 미도리는 기모노를 움켜쥔 채 날아가 벽에 부딪혔다.

스기우라는 말했다.

"저는――형편없는 인간입니다. 인간쓰레기입니다. 아무런 장점도 없는, 아무것도 못 하는, 돼먹지 못한 인간입니다! 그러니까."

"그렇다면――."

미도리가 소리쳤다.

"죽어!"

검은 옷을 입은 남자가 뛰어 올라가 미도리의 팔을 움켜쥐고, 끌어당기더니 그 뺨을 세게 때렸다.

"적당히 해. 네 차례는 나중이다! 기바슈!"

남자는 그렇게 말하며 미도리를 떠민다. 경관들을 헤치고 기바가 뛰어 올라가, 넋을 잃은 미도리를 붙든다.

그보다 한순간 먼저.

스기우라는 문을 열어젖히고 옥상으로 뛰어나갔다.

남자는 스기우라를 쫓는다. 그것을 계기로 경관들이 움직이고, 미유키도 뒤따랐다.

――스기우라가 미도리를 죽이려고 했다?

――미도리의 부하가 아니었나?

그러나 죽으라는 말을 듣고――스기우라는――.

미유키는 옥상으로 나갔다.

그날. 사요코를 쫓았을 때와 똑같이.

경관들이 넋이 나간 듯이 우두커니 서 있다. 미유키 뒤에서 시바타와 미도리의 팔을 붙잡은 기바가 올라왔다.

바람이 강하다.

남자는 검은 옷의 소매를 바람에 나부끼며 서 있었다.

혼다의 시체가 쓰러져 있던 곳에 스기우라가 웅크리고 있었다. 등 뒤에서 오른팔이 뒤로 꺾여 올려지고, 어깨가 땅에 짓눌려 있다. 짓누르고 있는 것은——.

"타——탐정님!"

탐정은 뒤를 쫓은 것이 아니라 앞질러서 옥상으로 올라와, 흉사에 대비해 기다리고 있었던 것이다.

"거기 여학생! 내가 말한 대로지. 나는 항상 반드시 옳다! 믿어."

탐정은 큰 소리로 명랑 쾌활하게 그렇게 말했다.

그러고 나서 검은 옷의 남자를 보며,

"늦었어. 집에서 나오기가 그렇게 싫던가?"

하고 말했다. 남자는 표정을 바꾸지 않고,

"웬일로 일을 하고 있군."

하고 대꾸했다.

사람들이 우르르 올라온다.

미도리의 팔을 움켜쥔 기바 형사가 나타났다.

미도리는——.

죽은 사람의 옷을 안고, 눈치를 살피듯이 세상을 노려보고 있었다. 폐인 같은 시바타가 미도리의 얼굴을 들여다본다.

"미도리 양——너——."

그다음 말이 이어지지 않는다.

"어떻게 된 거야. 에노키즈 씨! 설명해 주시오. 미도리 양, 너는 대체——."

이 전개는 모든 의미에서 시바타의 허용 범위를 뛰어넘은 모양이었다. 뒤따라 올라온 학장 이하 사람들은 인간다운 표정을 짓는 것조차 불가능한지, 하나같이 가면 같은 무표정으로 굳어 있다. 그러나 미유키도 큰 차이는 없어서, 그들을 바보 취급할 수 있을 만큼 침착했던 것은 아니다.

탐정은 시바타의 물음에 답해,

"설명은 탐정의 역할이 아니지! 이 남자는 그것을 위해서 온 거요! 아무래도 상관은 없지만, 거기 서 있는 경관. 언제까지 내게 힘쓰는 일을 시킬 건가!"

하고 말했다. 경관은 상사의 지시가 없어서 움직이지 못하는 모양이다. 츠바타와 다른 형사가 그제야 나서서 스기우라를 붙들라고 말하고, 스기우라는 겨우 경찰에게 포박되었다.

그때 경관의 산을 헤치고, 본 적도 없는 중년 남자가 나타났다. 그 뒤에는——.

——미도리의 어머니.

오리사쿠의 여자는 한층 더 의연하게, 쏘아보듯이 딸을 응시했다.

학장과 시바타가 넋이 나간 듯이 다가간다. 중년 남자는 기바와 미도리 앞에 서서 이렇게 말했다.

"국가경찰 지바 현 본부의 아라노 경부입니다. 기바 순사부장인가? 오시마 군에게 들었네. 협조해 줘서 고맙네. 그 소녀를 넘겨주게."

"넘긴다는 건?"

"아사다 유코는 살해되었다는 게 우리의 견해일세. 그 소녀를 중요 참고인으로 인도하도록 교섭을 시작한 차에——이 소동이 일어난 걸세——."

"그래서?"

"오리사쿠 미도리지? 한때는 네 연극에 속을 뻔했다만. 아무래도 무덤을 판 모양이구나. 아까 태도가 표변(豹變)한 걸 봐도——거기 있는 교살마와 네가 어떤 관계인지는 분명하지——."

확실히 검은 옷을 입은 남자가 흔들어댄 건 미도리와 스기우라의 관계를 드러내는 결과를 불러왔다. 그래서는 어떻게 보아도 스기우라는 미도리에게 예속되어 있는 것으로밖에 생각되지 않는다. 적어도 인질과 폭한의 관계는 아니다. 게다가 그것은 모든 사람이 지켜보는 가운데, 미도리 자신이 자발적으로 취한 태도에 의해 알려진 것이다. 변명하기는 어렵다.

기바는 말했다.

"잘 모르겠군. 당신들의 재량으로 이 사건을 처리할 수 있을까. 미안하지만 나한테는 그렇게 생각되지 않소. 내 사건도 맞물려 있고. 어이 교고쿠——."

검은 옷을 입은 남자는 말이 없다.

미도리의 어머니는 그 옆얼굴을 주시하고 있다.

기바가 움직이지 않아서 아라노 경부는 츠바타와 이소베——라고 기바가 불렀던 형사——에게 미도리를 연행하라고 지시했다. 기바는 의외로 저항하지 않았지만, 미도리는 죽은 사람의 옷을 꽉 껴안고 온몸을 굳히며 저항했다. 형사 두 명이 자, 이리 와, 하며 억지로 미도리의 팔을 잡는다.

"떳떳하게 구세요!"

일갈한 사람은 미도리의 어머니였다.

미도리는 어머니를 보았다.

그래도 아직 아름다운 얼굴이었다.

미도리는 그 하얀 얼굴을 아라노 경부에게 향하며,

"이런 짓을 하고도 무사할 거라고 생각하나요?"

하고 저주하듯이 말했다.

검은 옷을 입은 남자는 몹시 슬픈 듯이 그 허세를 바라보며,

"모르는 것 같군——."

하고 중얼거리고, 그리고 아라노 경부 앞으로 나섰다.

"——경부님. 저는 추젠지라고 합니다."

"——누구요?"

"기도사입니다."

"덧붙여 말하자면 나는 탐정일세!"

아라노 경부는 탐정에게 씁쓸한 모멸의 시선을 보낸다.

"——뭔지 모르겠지만, 민간인이 너무 지나친 짓 하지 말아 주었으면 좋겠소. 아까 그 일도——뭔가 근거나 확증이 있어서 한 것도 아닐 테지. 결과적으로 잘 되었으니 다행이지만——."

——아니다.

그것은 확신범이다. 미유키는 안다. 만일 그 자리에 검은 옷을 입은 남자가 없었다면, 경찰은 어떻게 그 자리를 수습했을까? 희생자를 내지 않고 끝날 수 있었을 리가 없다. 인질 소동은 스기우라에게 자살을 강요하기 위해 미도리가 꾸민 위장극인 건 거의 확실하고, 또 스기우라가 미도리의 말대로 하지 않았다면.

——미도리가 죽었을 거야.

스기우라나 미도리, 둘 중 하나가 목숨을 잃었을 것이다.

경찰은 거기까지는 읽지 못하고 있는 것이다.

남자는 말했다.

"제가 미움을 샀군요. 경찰의 수사를 방해할 생각은 없습니다. 다만 그——."

남자——추젠지는 스기우라를 보았다.

"——스기우라 씨와 이 미도리 양은, 이대로는 당분간 자백하지 않을 겁니다. 제 일이 끝나지 않았어요. 일을 맡은 이상, 저는 이 두 사람 중 어느 한쪽만이라도 구해야 합니다. 제게——시간을 주십시오."

"무슨 뜻인지 잘 모르겠는데."

"경찰의 말로 말씀드리지요. 저는 사건에 관련된 어떤 사실을 알고 있어요. 그걸 여러분께 알려드리겠습니다. 그 자리를 만들어 주시면 안 되겠습니까."

"정보 제공은 환영하지만——."

"단, 조건이 있어요. 여기에 있는 관계자를 전원 모아놓고 그 자리에서 정보를 공개하겠습니다."

기바가 씩 웃었다.

"경부님, 말해 두겠는데 이 남자가 말하는 대로 하는 게 좋을 거요. 이 녀석은 지벌[6] 전문이니까. 뒤가 무섭거든. 어이 교고쿠, 한 시간만 있으면 정리되겠나?"

"둘 중 한 명은."

추젠지는 그렇게 말하며 시선을 옥상 입구로 향했다.

시선이 향한 곳에는 이상한 얼굴을 한 기모노 차림의 남자가 깊이 머리를 숙이며 난처해하고 있었다.

---

6) 신(神)이나 부처에게 거슬리는 일을 저질러 당하는 벌.

그 모습을 오리사쿠 미도리의 어머니는 눈썹을 찌푸리며 바라보고 있다.

미유키는 등골이 얼어붙는 듯한 오한을 느꼈다.

바람이 차가웠기 때문이다.

경찰은 추젠지의 제안을 받아들이기로 한 모양이다.

현재의 사태 수습을 보고 안도한 것일까, 아니면 시바타가 강하게 동의를 표시했기 때문일까. 본래 스기우라와 미도리를 인도하는 문제에 대해서는 인질 소동 직전 단계까지도 결판이 나지 않았던 것 같고, 결과적으로 양쪽이 무사히——산 채로——사직 당국의 손에 넘어온 것이니 이것은 잘된 일이라고 해야 할 것이다.

스기우라 다카오. 오리사쿠 미도리. 그리고 아라노 경부와 츠바타, 이소베 등 부하 두 명. 시바타 이사장 대리. 학장과 사무장, 교무부장. 기바 형사와 또 한 명의 도쿄 형사. 이상한 얼굴의 남자와 동안인 남자. 은테 안경을 쓴 아니꼬운 남자. 탐정과 기도사. 그리고——미도리의 어머니와 미유키.

경관과 변호사, 학교 직원을 제외해도 이렇게 많은 사람들이 미친 짓을 벌이고 있었던 것이다.

많은 인원을 수용할 장소로 성당이 마련될 모양이었다. 우선 아라노 경부를 선두로 용의자 두 명을 에워싼 필요 이상으로 많은 경관들이 대거 이동했다. 기바가 뒤따른다. 학장과 시바타는 넋이 나가 있다.

추젠지는 경관(景觀)이며 건물 자체를 꼼꼼하게 살폈다.

미유키는 그 모습을 잠시 바라보다가 이윽고 옥상 무대에서 내려갔다.

아래층에는 미도리의 어머니가 있었다. 그녀는 딸이 붙잡혔다는데도 오히려 이상한 얼굴 남자의 동향 쪽이 더 신경 쓰이는 것 같았다. 남자는 부인이 주의를 향하고 있는 것을 알아챘는지, 현관에서 부인 옆으로 다가가 깊이 머리를 숙였다. 부인은 위쪽을 눈으로 가리키며 말했다.

"이마가와 씨. 이분이——그."

"그렇습니다. 부인의 심중은 짐작이 가지만, 역시 이대로는 결말이 나지 않습니다."

"아카네의 의지인가요?"

"그렇지는 않습니다. 소상하게 밝히지 않으면 앞날이 일그러질 때가 있습니다. 현재도 이 일그러짐은 과거의 비밀을 뿌리에 두고 있습니다. 그러니 지금 바로잡아 두어야 합니다. 외람되지만 미도리 아가씨도, 목숨을 잃는 것보다는 체포되는 게 낫지 않았을까 생각합니다."

"그건 저도 그렇게 생각해요."

부인은 그렇게 말했다.

그때 탐정이 이상한 얼굴의 남자——이마가와에게 달려가, 어째서 자네가 여기에 있나, 언제 봐도 이상한 얼굴이로군, 하고 바보 취급하자, 부인은 목례를 한 번 하고 학교 건물에서 나갔다.

미유키도 그 뒤를 쫓았다.

"미유키——."

교정에는 마스야마가 서 있었다. 사흘 정도 보지 못했는데, 마스야마는 왠지 친근하게 굴게 되었다.

"아아, 추젠지 씨."

추젠지가 학교 건물을 나왔다. 기도사는 쏘는 듯한 날카로운 시선으로 교정을 둘러보았다. 그 시선은 견고한 그 벽이나 돌바닥마저 뚫을 정도로 예리했다.

추젠지는 눈을 가늘게 뜨고 짧게 호오, 하고 감탄한 듯한 목소리를 내더니,

"공들여 만들었군."

하고 말했다.

"어 —— 어떻게 됐습니까?"

추젠지는 마스야마의 물음에는 대답하지 않고 돌바닥 위를 미끄러지듯이 나아갔다. 미유키는 왠지 신중하게 그 뒤를 따랐다. 마스야마가 쫓아온다.

시바타와 멍한 얼굴의 학장 일행이 뒤따라 나왔다.

검은 옷을 입은 남자는 샘 근처에서 한 번 걸음을 멈추고 주위를 다시 둘러보았다. 미유키도 둘러본다.

무기적인 돌바닥. 마른 지 오래인 분수.

인기척이 없는 기숙사 건물. 독실 건물. 교직원 건물.

과수원. 온실. 밭. 주방 건물과 식당.

오래된 학교 건물. 거대한 성당. 예배당.

"예배당이라는 건 —— 저거지?"

추젠지는 자세히 살펴본다. 예배당의 기분 나쁜 부조와 상형문자 부근에서 그 시선은 멈추었다.

"흐음, 지오만시인가?"

추젠지는 그렇게 중얼거리고, 성당으로 향하는 행렬에서 벗어나 예배당을 향해 걷기 시작했다.

"이, 읽을 수 있으세요?"

"읽을 수 있지."

——읽을 수 있는 것이다.

"뭐라고 적혀 있나요!"

"죽고 싶지 않다거나 돈이 갖고 싶다거나——."

"네?"

입에서 나오는 대로 지껄이는 말인가? 청빈하고 올바른 신의 말이 새겨져 있는 것이 아니었다는 말인가?

"뭐라고요?"

"어쨌든 그런 넋두리가 장황하게 적혀 있단다."

"정말로?"

"정말이야. 이게——성좌석인가?"

검은 옷의 남자는 전갈자리의 석판을 발견하고 그 앞에 쪼그려 앉았다.

"트리스티아. 슬픔——대지."

"네?"

"어째서 이런 짓을 하는 걸까. 아, 또 있군."

황소자리의 석판.

추젠지는 한쪽 무릎을 꿇는다.

"로에티시아. 기쁨——바람. 뭔가 조작하고 싶었던 건 아닌 모양이군. 이건 장식인가?"

"무슨 말이에요. 그건——?"

추젠지는 역시 물음에는 대답하지 않고.

"구레. 너는 구레 미유키지?"

하고 되물었다.

"네——."

추젠지는 빙글 돌아보았다. 미간의 주름. 늑대 같은 눈. 핏기 없는 불쾌해 보이는 얼굴.

"내게 7대 불가사의라는 것을 가르쳐주지 않겠니?"

——무슨 말을 하는 것일까?

수상하게 생각하기는 했지만, 미유키는 유순하게 대답했다.

"피를 빠는 검은 성모님, 열세 개의 성좌석, 눈물을 흘리는 그리스도의 그림, 열리지 않는 고해실, 피가 떨어지는 화장실, 혼자서 울리는 피아노, 그리고 십자가 뒤의 커다란 거미."

"그건 각각 어디에 있지?"

"네. 검은 성모라는 건——."

"그건 이 예배당 뒤쪽에 있겠지. 그 이외의 것들은 어느 건물에 있지?"

"그리스도의 그림은 도서관 옆의——."

"그러니까 학교 건물 안이로군. 도서관은 학교 건물을 보았을 때 오른쪽이지."

추젠지는 학교 건물을 보았다.

"맞아요. 혼자서 울리는 피아노는 교직원 건물에."

"교직원 건물? 음악실이 아니었군."

"네. 왠지 모르겠지만요."

"피가 떨어지는 화장실은?"

"독실 건물 1층 안쪽에 있는 화장실을 말해요."

"열리지 않는 고해실은 성당이나 예배당에 있는 건가?"

"예배당이에요. 정말로 열리지는 않지만, 그냥 사용하지 않는 방일 거라고 생각해요. 고해실인지 아닌지도 모르겠어요. 학생들은 참회 같은 건 하지 않거든요."

"그렇겠지. 여기는 기독교가 아니야."

"네?"

아무렇지도 않게 엄청난 말을 하지 않았던가?

"십자가 뒤의 커다란 거미는 성당인가?"

"그, 그건 성당이에요."

"그렇군. 그렇다면 검은 성모는 부록이로군."

"부록?"

"그래. 그리고 열세 번째 성좌석이라는 것도 본래는 없었던 거야. 기숙사 건물의――그렇지, 제일 왼쪽 건물에 뭔가 불가사의는 없니?"

"네? 제일 왼쪽? 식당 옆 건물 말인가요?"

거기는 미유키가 원래 있던 건물이다.

"아아, 그러고 보니――계단이 한 단 늘어난다나 하는 이야기를 입학했을 때 들은 기억이 있는데요."

그 괴담은 사요코에게서 들었다.

추젠지는, 그거로군――하고 말했다.

"――불가사의는 본래 그 여섯 가지일 테지."

추젠지는 그렇게 말을 맺으며 일어섰다.

마스야마가 달려와 그 앞으로 돌아간다.

"그건 무슨 말씀이십니까, 추젠지 씨? 이상합니다. 그럼 6대 불가사의가 돼 버리잖아요."

"이상? 이상하다니 무슨 말인가. 법률이 있는 것도 아니고, 딱히 괴이의 수가 몇 개든 괜찮으니 여섯 개든 열두 개든 백 개든 전혀 상관없지 않나."

"하지만 불가사의라고 하면 보통 일곱 가지잖아요?"

"그렇지는 않지."

"3대 불가사의나 5대 불가사의는 없잖습니까?"

"그렇게 따지면 마스다 군. 이 세상에는 이상한 일이라곤 아무것도 없다네."

——이 세상에는 이상한 일 따위는 없다고 하더구나.

할아버지의 말이다.

미유키는 추젠지의 얼굴을 새삼 바라보았다.

추젠지는 한쪽 눈썹을 치켜세웠다.

"7을 특별히 하는 관습은 아마 그렇게 오래된 건 아닐 걸세. 몇 개든 상관없는 거야, 마스다 군."

검은 옷을 입은 기도사는 몹시 귀찮다는 듯이 그렇게 말했다.

마스야마는——추젠지가 마스다라고 부르는 이상, 마스다가 옳은 이름이겠지만——매우 불만스러운 얼굴을 했다.

"그렇습니까? 하지만 분명히, 그렇지, 기독교의 죄는 일곱 개 아니었습니까? 그렇지, 미유키?"

미유키는 맞아요, 하고 말했다.

추젠지는,

"그건 그렇지만 원죄(原罪)와 불가사의를 똑같이 취급할 건 없지 않은가——."

하고 말했다.

"——일본에서 7이 유행한 건 근세 이후일 걸세. 홀수의 주술이라는 건 옛날부터 분명히 있었지만. 시치고산[七五三][7]이니 칠석이니 칠지도[8]니, 기본은 오래되었지만, 부모의 일곱 위광[9]도 칠변화(七變化)[10]도 일곱 번 구부러진 길[11]도 일곱 무구[12]도, 그리 오래된 말은 아닐세."

"하지만 칠복신(七福神)[13]이나 칠관음[14] 같은 것도 있지 않습니까. 그건 일본 거지요? 꽤 오래된 것 아닙니까?"

"애초에 칠난칠복(七難七福)[15]이라는 건 인왕경(仁王經)의 가르침이니 불교일세. 칠복신이 성립한 것도 비교적 요 몇 해 사이의 일이고. 칠복신의 면면에는 이래저래 교체나 변동이 있었고, 지금은 대충 안정되었지만 애초에 복록수(福祿壽)[16]와 수노인(壽老人)[17]이 이중으로 들

7) 어린아이의 성장을 축하하는 일본의 연중행사. 남자아이는 3세와 5세, 여자아이는 3세와 7세가 되는 해 11월 15일에 예쁜 옷을 입히고 씨족신 등을 참배한다.

8) 백제 왕이 왜왕에게 하사한 철제 칼. 현재 나라 현 덴리 시[天理市]에 있는 이소노가미 신궁[石上神宮]에 봉안되어 있다.

9) 부모의 위광이 높으면 자식은 여러모로 그 혜택을 받기 마련이라는 일본의 속담.

10) 사태나 환경의 어지러운 변화를 가리키는 말.

11) 험하고 꼬불꼬불한 길을 말함. 우리나라에서는 아홉 번 꼬부라진 양의 창자라는 뜻으로 구절양장이라고 한다.

12) 옛날에 전쟁터에 나가는 무사가 갖추어야 했던 일곱 가지 무구, 또는 일곱 가지로 한 벌이 되는 도구를 가리키는 말. 꼭 일곱 가지가 아니더라도 어떤 일에 필요한 여러 가지 도구 일습을 가리키기도 한다.

13) 복을 가져다준다 하여 일본에서 신앙의 대상이 되는 일곱 신. 에비스[恵比寿], 대흑천(大黒天), 비사문천(毘沙門天), 변재천(弁才天), 복록수(福禄寿), 수노인(寿老人), 포대(布袋)를 가리킨다.

14) 사람들을 구원하기 위해서 상황에 따라 모습을 일곱 종류로 바꾸어 나타나는 관음. 천수관음(千手観音), 마두관음(馬頭観音), 십일면관음(十一面観音), 성관음(聖観音), 여의륜관음(如意輪観音), 준제관음(准胝観音), 불공견삭관음(不空羂索観音)의 일곱 관음을 가리킨다.

15) 칠난즉멸(七難即滅) 칠복즉생(七福即生). 인왕경의 경문으로, '많은 재난은 순식간에 소멸하고 많은 복으로 변한다'는 전화위복의 가르침이다. 칠복신 사상도 여기에서 생겨난 것으로 보인다.

16) 도교의 송(宋)의 도사 천남성(天南星), 또는 도교의 신이며 남극성의 화신인 남극노인을 가리킨다. 장수와 복록을 가져다준다.

17) 도교의 신이며 남극성의 화신인 남극노인.

어가 있네. 이것을 같은 것으로 보게 되면 육복신이지. 또 교대요원인 변재천(弁才天)[18]과 길상천(吉祥天)[19]을 양쪽 다 세면 팔복신이 되고 마네. 칠관음도 본래 교체되어야 할 준제와 불공 양쪽을 계산에 넣으니까 일곱이 되었을 뿐이고 본래는 육관음일세. 7대 불가사의도 마찬가지야."

"하지만 6대 불가사의라는 말은 들어본 적이 없습니다."

"들어본 적이 없겠지. 그런 것은 없——다고 할까, 그렇게 묶거나 그렇게 부르지 않는 걸세. 애초에 일곱이라는 건 세는 주술이지 도형의 주술이 아니야. 여기에 깔려 있는 건 도형의 주술일세."

"도형?"

"그래. 예를 들어 칠요문(七曜紋) 같은 것은 7을 사용하지만, 그건 육각형의 중심에 점 하나를 더해서 일곱일세. 오각형, 육각형이라는 것은 있지만, 칠각형이라는 것은 안정적이지 못하기 때문에 없거든."

"그게——."

"그러니까——오리사쿠 미도리는 아니나 다를까 놀아나고 있었다, 이런 뜻이지."

모르겠어요——하고 미유키와 마스다는 이구동성으로 말했다. 미도리가 조종하고 있다면 알겠지만, 놀아나고 있었다는 건 미유키에게는 납득할 수 없는 말이었다.

"그렇군——."

추젠지는 팔짱을 끼고 잠시 생각하고 나서 이렇게 말했다.

---

18) 본래 힌두교의 여신이었으나 불교에 편입되어 불교의 수호신이 되었다. 일본에서는 재복을 가져다주는 칠복신 중 하나.

19) 행복, 아름다움, 부의 상징으로 불교의 수호신. 애초에는 칠복신의 유일한 여신 자리를 차지하고 있었으나 후에 변재천으로 바뀌었다.

"—— 여섯 가지 불가사의는 여섯 가지 모두, 각각 거의 같은 간격이야. 게다가 중앙에 있는 샘에서도 같은 거리에 있지. 이건 육각형이라는 뜻이겠군. 다시 말해서 ——."

추젠지는 손가락으로 허공에 육각형을 그렸다.

"—— 성당의 십자가, 기숙사 건물의 계단, 교직원 건물의 피아노, 이걸 연결하면 거의 정확하게 정삼각형이 구성되겠지 ——."

이어서 육각형 중의 세 점을 이어 삼각형을 그리고,

"—— 그리고 예배당의 고해실과 독실 건물의 화장실, 거기에 도서실의 그림을 연결해도 똑같이 정삼각형이 구성되지 ——."

마지막으로 똑같이 역삼각형을 그렸다.

"이 여섯 개의 점은 거대한 헥사그램[20], 즉 육망성을 만들고 있네."

"육망성?"

"그래. 소우주의 3대 구성체와 상호 관통하는 대우주의 3대 구성체, 솔로몬의 인장. 또는 다윗의 별."

"다윗의 —— 별?"

"그게 답이야, 미유키 양. 어이, 마스다 군."

마스다는 예에, 하고 대답을 한다.

"저기 뒤쪽에 가서 검은 성모를 가져다주지 않겠나? 뭐, 그렇게 무거운 것은 아닐세 ——."

"예 ——? 성모를 —— 가지고?"

검은 성모를 가져온다?

"싫은가?"

---

20) Hexagram. 육각의 별꼴. 현재는 유태교와 관련이 있는 상징이지만 원래는 남녀의 성적인 결합을 뜻하는 탄트라의 상징이었다.

"싫지는 않지만——아니, 싫습니다, 기분 나빠요. 저주의 조각상이잖아요. 피를 빨아먹는."

"자네는 바보인가? 걱정하지 말게, 그냥 나뭇조각일세."

전혀 신성(神性)을 인정하지 않는다. 마스다는 미유키에게 울상을 지어 보이더니, 왠지 새파래진 듯한 얼굴을 하고 옆길로 들어갔다.

성당에서 추젠지를 부르는 목소리가 났다.

"자, 가자. 네 사건을 끝내자꾸나. 너는 하루라도 빨리 이런 거미줄에서는 도망쳐야 해."

추젠지는 그렇게 말했다.

경관이 지키는 입구로 들어간다.

이 건물도 견고하다. 몹시 장식적인 기둥, 역시 미유키는 읽을 수 없는 문자가 적혀 있는 벽. 곡면을 그리는 천장에는 커다란 샹들리에가 매달려 있다. 정면에는 학생들이 제단이라고 부르는——실로 제단이라고밖에 말할 수 없는——커다란 문 모양의 장식. 그 앞에는 십자가. 그리고 기도대라고 불리는 강단이 있다.

나란히 늘어서 있는 의자에는 망가져 가기 시작한 많은 관계자들이, 실로 칠칠치 못한 이 빠진 열을 구성하며 드문드문 걸터앉아 있었다.

맨 앞줄에는 네 명의 경관에게 에워싸여 밧줄에 묶인 스기우라. 그 바로 뒤에 아라노 경부. 조금 떨어져서 두 명의 형사 사이에 끼어 있는 미도리. 미도리의 어머니는 딸에게서 꽤 떨어진 구석 쪽에 있었다. 그 대각선 뒤쪽에 시바타와 학원 관계자. 이마가와와 도쿄의 형사인 듯한 남자는 같이 있고, 기바만은 떨어져서 한가운데에 진을 치고 있다.

탐정은 없었다.

추젠지는 전원을 둘러보고, 또각또각 소리를 내며 강단 앞에 섰다. 십자가를 올려다본다.

"당신――뭘 할 건지 모르겠지만――."

"자, 시작합시다."

검은 옷을 입은 남자는 아라노 경부의 말을 가로막는다.

잘 울리는 목소리는 잘 반향 된다.

"여기에 모여 있는 여러분은 이 학원에서 일어난 연쇄 교살사건과, 지바와 도쿄에서 일어나고 있는 연쇄 눈알 살인사건이라는 두 개의 사건과 관련되어 있는 분들입니다. 이 두 사건은 복층적으로 줄을 짓거나 점을 그리면서, 어떤 때는 그림자가 되고 또 앞으로 나서서, 서로 가리고, 서로 비추면서 관련되어 있지요――."

미유키는 눈알 살인마 사건을 잘 모른다.

"――물론 이 두 사건은 높은 곳에서 내려다보면 똑같은 사건입니다. 하지만 사람의 시선으로 내려서 보는 한, 개개의 사건일 뿐이지요. 따라서 당신들이 보고 들은 건 전부 진실입니다. 이렇게 그 진실은 서로 상쇄하고 있지요. 우선 그걸 염두에 두어 주셨으면 합니다."

마치 강의를 듣고 있는 듯하다.

"――왜냐하면, 그 구조를 완전히 파악하지 못하는 사람에게는, 지금부터 제가 말씀드릴 내용이 단순히 관련이 없는 이야기로밖에 생각되지 않을 것이기 때문입니다. 눈알 살인마를 쫓고 있는 수사원에게, 예를 들어 이 스기우라 씨의 이야기는 전혀 상관없는 이야기지요. 이 사람은 눈알 살인마와는 상관없어요. 하지만 이 사람을 빼면 눈알 살인마 사건에는 구멍이 생깁니다."

아라노는 뭔가 이의를 제기하려는 눈치를 보였으나 우선 입을 다물었다.

추젠지는 그 안색을 읽어내고,

"저는 관련 없는 이야기도 필요 없는 이야기도 말씀드리지 않겠지만, 이해력이 조금 떨어지는 분께는 지루한 옛날이야기, 또는 상관없는 지식으로밖에 들리지 않을 겁니다. 그런 경우는 어쩔 수 없겠습니다만——."

하고 선제공격을 했다.

이 경우, 미리 그렇게 선언해 두면 그 말은 곧 유효할 거라고 미유키는 생각한다.

이제 이해하지 못하면 이해하지 못하는 사람이 바보다——라고 학원 사람들이나 일부 형사들은——생각할 수밖에 없다.

그들은 체면이나 자존심은 남들보다 배로 강할 테니 필사적으로 이해하려고 할 것이고, 이해하지 못하더라도 아는 척 정도는 할 것이다.

어느 쪽이든 조용해진다.

——요컨대 벌거숭이 임금님의 사기꾼 수법이다.

미유키는 납득한다.

"우선——."

추젠지는 이야기하기 시작했다.

"——이 학원에서 일어난 사건을 정리해 보도록 하지요. 이 학원에는 악마를 숭배하는 소녀들이 있었어요. 그녀들은 흑미사라고 칭하며 난잡한 의식을 하고 있었지요. 이건 거의 사실이라고 생각됩니다——."

학장 일행은 불만스러운 듯 보였지만 발언은 하지 않았다.

"—— 의식의 일부인 성행위 —— 이것이 소녀 매춘입니다. 그 의식을 계속해 나가는 데 있어서 지장이 될 수 있는 대상이 발생했어요. 그 대상이 차례차례 눈알 살인마에 의해 살해되어 가고, 그리고 그것은 어느 시점에서 미끄러지는 형태로 교살마에게 인계되었지요. 이게 이 사건의 한 형태입니다."

"잠깐만요."

시바타가 발언했다.

"제가 아는 사실과는 다릅니다. 악마숭배주의자가 교내에 있었던 건 인정하지요. 하지만 거기 있는 스기우라 군은 와타나베 사요코 양의 원한을 풀어주기 위해, 또 그녀를 공갈한 자를 처벌하기 위해 살인을 저질렀다고 제게 증언했습니다. 와타나베 양이 개인적인 원한을 풀기 위해 악마숭배자와 접촉하는 행위를 피하고자 그랬다고, 그는 분명히 자백했어요. 당신이 지금 한 이야기에 의하면, 교살마는 그 악마숭배자를 위해서 죽였다는 뜻이 됩니다. 그건 ——."

"그 점이 —— 문제입니다. 생각건대, 그 말은 양쪽 다 정답입니다. 와타나베 씨와 거미의 종의 이해관계는 일치하고 있었다고 보아야겠지요. 그리고 스기우라 씨가 살인에 이르기까지의 경위는, 아마 본론과 전혀 상관이 없을 거예요."

"본론이란 뭡니까?"

"여기에 본인이 있으니 물어보는 게 빠르겠지요. 스기우라 씨. 당신이 혼다 고조, 오리사쿠 고레아키, 와타나베 사요코를 살해한 건 —— 사실이지요?"

대답하지 않는다. 숨소리만이 울린다.

"왜 죽였습니까? 죽이지 않았습니까?"

숨소리는 흐느낌으로 바뀌고, 우우, 하고 신음하는 소리가 들린 후 스기우라는, 죽였습니다, 하고 말했다.

"왜입니까?"

"그건——."

"말할 수 없지요."

"네——아, 아니."

"시바타 씨에게 이야기한 그대로라고요?"

"——그렇습니다. 그, 그 사람을."

"사요코 씨를 위해서? 그럼 왜 사요코 씨까지 죽인 겁니까? 그 손으로, 그 손가락으로, 당신은 사요코 씨의 목을 졸랐어요. 뼈를 부수고 비틀고, 꺾어서 죽였지요?"

"아——아——네."

추젠지는 스기우라 앞에 선다.

그리고 얼굴을 가까이 한다.

"좋습니다, 스기우라 씨. 사건 이야기는 일단 놔둡시다. 그리고, 그렇지, 옛날이야기를 해 보지요."

스기우라는 의심스럽다는 듯이 얼굴을 든다. 지성이 깃들지 않은 그 탁한 눈동자를, 검은 옷의 남자는 예리한 시선으로 쏘아본다.

"저는——당신에 대한 정보를 어느 정도 갖고 있습니다. 당신은 초등학교 선생님이었다고 하더군요. 고매한 뜻을 가진 교육자는 아니었지만, 어디에나 있는 흔한 교사라고 스스로는 생각하고 있었어요. 실제로 좋을 것도 없고 나쁠 것도 없는 평범한 교사였다고 배우자인 미에 씨는 증언했고요. 그 부분에 대해서는 어떻습니까?"

"그건——."

스기우라는 우물거리며 추젠지에게서 시선을 피했다.

옆얼굴이 미유키의 눈에 비친다.

——사요코를 죽인 남자.

이상하게도 악감정은 들지 않았다.

꽤 뜸을 들이고 나서, 스기우라는 중얼거리듯이 말했다.

"——그랬을지도 모르지만, 하지만 그것도 역시 교만이었습니다. 저는 어린아이보다도 못한 우둔한 인간이었습니다. 그렇습니다."

그 이유를 들어 보지요, 하고 추젠지는 말했다.

"어느 날——지금은 언제 일이었는지도 잊어버렸지만, 저는 학교에 갈 수 없게 되었습니다. 잘 설명할 수는 없습니다. 아이들은 천진하고 귀엽다고는 생각하지만, 하지만 지금도 학교는 무섭습니다."

"직장이, 학교가 무섭다——왜입니까?"

"왜? 갑자기 아이들이 무섭게 생각되어서."

"귀여운데 무섭습니까?"

"무서운 건 학교가 아니라 아이들입니다. 저는 분명 스스로에게 자신감이 없어진 겁니다. 저 같은 우둔하고 열등한 인간이, 아이들을 키우고 지도하고 교육할 수 있을까요. 스스로에게 자신감이 있어야만 이렇게 해라 저렇게 해라, 이래야 한다고 말할 수 있지 않겠습니까. 저는 일거수일투족이 아이들의 규범이 되는, 그런 훌륭한 인간이 아닙니다."

"자신이 열등한 인간이라고 생각하는 건 편한 일입니다. 그건 대개 변명에 지나지 않아요. 열등하니까 어쩔 수 없다, 못하는 건 못한다——변명이지요——."

——악마다. 말을 잘하는.

탐정이 말한 대로다.

"——게다가 무섭다는 건 실은 막연한 표현이지요. 마이너스 감정은 전부 무섭다는 말로 수렴되고 맙니다. 좀 더 구체적으로 가르쳐주십시오."

"그렇게——말씀하셔도——."

"예를 들어 누가 위해를 가한다거나."

"그렇——습니다. 몸의 위험을 느꼈습니다. 아이들은 제 목을 졸랐어요. 장난이었지만 전 괴로웠어요. 하지만 그건 보통 흔히 있는 일입니다. 그걸 견딜 수가 없었어요. 그러니까 저는 역시 열등한 인간입니다."

"또 열등하다, 인가요. 하지만 그건 어떨까요. 악의나 살의가 없다면, 아무리 어린아이라도 하지 말아 달라고 말하면 멈춥니다."

"——멈추지 않았습니다. 그만해, 하지 말라고 말했지만 통하지 않았어요."

"통하지 않는다——과연 그거로군요. 공포의 정체는."

"예?"

스기우라는 생각에 잠겨 있는 것 같다.

그리고 다다른 모양이다.

"아아——그럴——지도 모릅니다. 말이 통하지 않는다는 걸 안 순간, 마음도 전혀 전해지지 않게 되었고 저는 아이들을 이해할 수 없게 되어서, 그 순간 더없는 공포에 사로잡혔습니다. 아이들이 모두 말이 통하지 않는 괴물로 보여서, 저는 많은 학생들을 때려눕히고 도망쳤습니다."

"그렇군요. 당신은 언어에 의한 의사 전달이 불가능하게 되었다고 확신하고 불안에 빠진 거겠지요. 그리고──도망쳤군요?"

"네──글자 그대로 도망입니다. 아이들에게서, 학교에서, 아내에게서, 세상에서, 저 자신에게서, 세상 모든 것으로부터 저는 도망쳤습니다. 아내는 저를 직장으로 복귀시키기 위해서 성심성의껏 노력해 주었지만, 애초에 그런 문제가 아니었어요. 저는 교사 자격을 잃은 게 아니라 인간 자격을 잃은 겁니다. 아내가 옳은 말을 막힘없이 늘어놓으면 늘어놓을수록, 저는 자신감을 상실해 갔습니다──."

미에가 표정을 굳혔다. 자신의 이야기다.

스기우라는 어느새 말이 많아졌다.

이것이 이 남자──기도사 추젠지가 사용하는 기술일 것이다. 게다가──이미 화제는 살인사건에서 멀리 떨어졌는데도 아무도 불만을 말하는 사람은 없다.

──이걸 노렸던 거야.

기도사라고 부르는 것을 보면 불제나 요괴를 떼어내는 일이 그의 일일 것이다.

일이 끝나지 않았다──고, 조금 전에도 그는 말했었다.

기도사는 말했다.

"당신은 커뮤니케이션 불완전을 이유로 아이들을 멀리했어요. 공포라는 감정은 대상과 접촉함으로써 생겨나는 불쾌함을 기피하는, 또는 기피하고 싶다는 감정을 말합니다. 하지만 당신은 그 불쾌함의 대상을 어른으로까지 넓혔어요. 그──이유를 말해 주십시오."

"그건 모르겠습니다. 그건 제가 단순히 사회에 부적합한 인간이기 때문이 아닐까요. 저는 어차피──."

"처음에 말씀드렸지요. 비하하는 건 도피지 설명이 아니에요. 그럼 질문을 바꾸지요. 당신은 언제부터 어른이 되었습니까?"

"예?"

"아이와 어른을 나누는 경계는 어디에 있습니까?"

"그——건."

"당신은 기피해야 할 대상을 명확하게 설정하지 못하게 된 것은 아닙니까? 당신은 우선 기준을 잃었어요——."

스기우라는 잠시 침묵했다.

그리고 작은 목소리로, 그렇습니다, 하고 말했다.

"다——당신의 말씀이 옳습니다. 저는 아이와 어른의 경계를 잃었어요. 아니, 그것뿐만이 아닙니다. 저는 모든 기준을 잃고 말았습니다——."

스기우라는 둑이 무너진 듯이 말을 토해냈다.

"분명히 저는 고민했습니다. 고작해야 몇 년 오래 살았다는, 겨우 그것만으로 자신만만하게 아이들을 야단칠 수 있는 걸까요? 아이와 어른이 있으면 어른이 더 높다는 무조건적인 특권이 없다면, 그럴 수는 없습니다. 그렇다면——."

스기우라의 말투가 거칠어진다.

"——그 특권은 무엇을 기준으로 주어지는 겁니까? 그걸 알 수 없게 되니——모든 것을 알 수 없게 되었습니다. 예를 들어 남자와 여자는 어느 쪽이 높은 겁니까? 그렇다면 그건 남자라는, 또 여자라는 이유만으로 주어지는 특권입니까? 저는 남자는 이래야 한다고 배웠어요. 하지만 아무리 봐도——."

스기우라는 몸을 돌려 미에를 보았다.

"——아내 쪽이 인간으로서는 몇 배, 몇십 배 뛰어났습니다. 아내는 사회에 참가하고, 자립하고 있었어요. 그렇다면 남자의 특권이란 무엇입니까? 그리고 사회란 무엇입니까? 일하는 사람이 일하지 않는 사람보다 높다면, 부자는 가난뱅이보다 높다는 뜻이 돼요. 하지만 사회에 공헌하는 데에 얼마만큼의 가치가 있다는 겁니까? 저는 알 수가 없었어요!"

스기우라는 경관의 손을 뿌리치고 일어선다.

"가르쳐주십시오! 자신과 세상을 나누는 경계라는 건 어디에 있는 겁니까?"

추젠지는 말했다.

"그런 것도 모릅니까?"

"그——그런 건 아무도 가르쳐주지 않았습니다. 나라를 위해 죽는 것만이 미덕이라고, 오직 그것만 배웠고 전쟁이 끝나자 이번에는 돈을 벌라고 하더군요. 경제적으로 자립하는 게 사회인의 조건이라고, 사회에 적응하지 못하는 저 같은 사람은 인간쓰레기입니다!"

기도사는, 알겠습니다, 당신은 아무래도 쓰레기가 되고 싶은 모양이군요——하고 말했다.

그리고 천천히,

"——쓰레기인 당신을 버리고 미에 씨가 떠난 뒤, 당신은 혼자가 되었어요. 그리고 스기우라 씨, 당신은 그 소녀——유즈키 가나코를 만났지요?"

하고 낮게, 확실한 발음으로 말했다.

"어, 어이 교고쿠!"

기바 형사가 일어섰다.

"설명하게! 설마 작년 사건과——."

"아아, 그래. 그 사건이 없었다면 이 사건은 없었을 걸세, 기바슈."

기바는, 뭐라고오, 하고 으르렁거리듯이 말했다. 그 사건이란 뭔가, 하고 아라노가 물었다. 기도사는 대답했다.

"무사시노 연쇄 토막 살인사건입니다. 시바타 씨는 잘 아시겠지요."

"아, 압니다. 하지만 왜 그 애가——."

"스기우라 씨의 집은 유즈키 가의 옆집이었습니다. 그렇지요? 미에 씨."

"그렇——습니다."

"잠깐만. 우리는 그 사건에 대해서 자세히 모르오. 경찰 내부에서도 함구령이 내려져 있었소! 지바 본부는 소외되었단 말이오. 전혀 몰라!"

"사건의 개요를 알 필요는 없습니다. 작년 여름에 그런 사건이 있었고, 그 사건에 여기 있는 분들 중 몇 분이 관련되어 있었다——그것만 알면 됩니다. 저도, 에노키즈도, 기바 형사도 아오키 형사도, 마스다 군도 마스오카 변호사도, 물론 시바타 씨도——그리고 스기우라 씨도 그중 한 사람이었어요."

추젠지는 스기우라 옆을 떠났다.

"다만 스기우라 씨는 표면적으로 그 사건과 관련되어 있었던 건 아닙니다. 저를 제외하고, 지금 이름을 말씀드린 사람은 모조리 시바타 재벌 고문 변호인단이 작성한 보고서에 이름이 올라가 있어요. 하지만 스기우라 씨는 나오지 않지요. 그는 엿보았을 뿐입니다. 옆집을——."

스기우라는 여전히 서 있다.

"——그리고 가나코 씨를 알았어요. 그렇지요?"

"그 사람은——아이는 아니었지만, 어른도 아니었어요. 아이가 아니니까 무섭지는 않았고, 어른이 아니니까 성가시지 않았지요. 그뿐만 아니라 그 사람은 여자도, 남자도 아니었어요. 그냥——아름다운 인간이었습니다. 그 사람은 속성이 애매했던 겁니다. 저는 마침 그때 미에가 떠난 터라, 대인공포증은 날마다 심해지고, 식사도 할 수 없는 꼴이었습니다. 저는 저를 거절하지 않는 그 사람에게 흥미를 가졌어요. 그리고——."

"그리고 당신은 우연히 가나코 씨가 목을 졸리고 있는 모습을 목격하고 말았던——거로군요?"

"어떻게 당신이 그런 걸 알고 있지!"

스기우라는 처음으로 우는 것 이외의 표정을 보였다.

추젠지는——처음으로 씩 웃었다.

——감정이.

스기우라 다카오에게 감정이 돌아온 것이다. 놀람이나 슬픔이나 발견이나——그런 자기 편력을 겹쳐 나가면서 서서히 인격을 되찾기 시작한 것일까. 까마귀의 젖은 날개 같은 색깔로 물든 어둠의 안내인은, 스기우라 자리의 뒷줄로 돌아가 등 뒤에서 속삭였다.

"어땠습니까? 스기우라 씨. 봤지요?"

"봐——봤어요."

"그건 어떤 광경이었습니까?"

"하——하얀, 가느다란 목에 낭창낭창한 손가락이 파고들고."

"그리고 어떻게 되었습니까?"

"그, 그 사람은 버둥거리며 괴로워했어요."

"정말 괴로워했습니까?"

"괴롭다——기——보다."

"기, 보다?"

"화——황홀한——."

"죽었다, 고 생각했습니까?"

"죽었다——고 생각했습니다."

줄곧 아무것도 하지 않고, 무기력하고 무표정했던 스기우라의 얼굴이 상기되어 있다.

틀림없이 죽었다, 살해되었다고 생각했습니다——스기우라는 이완되어 있던 눈을 부릅뜨고 그렇게 말했다.

즐거워 보였다.

"하지만."

추젠지는 그 희열을 딱 잘라냈다.

"하지만 그녀는 살아 있었어요. 그건 그녀에게 애증 같은 감정을 품고 있는 가족의 장난에 지나지 않았습니다. 그렇지, 기바슈——."

"나한테 묻지 마, 멍청이."

기바 형사는 아무래도 그 사건에 격렬한 감정을 갖고 있는 인간인 모양이다.

미유키 같은 둔한 소녀도 그 정도는 짐작이 간다.

"당신은 궁지에 몰려 있었어요. 어른과 아이. 남자와 여자. 사회와 개인. 차이를 계층으로 치환하고, 그 계층구조를 붕괴시켜 버린 당신은 그녀에게서 하나의 결론을 찾아냈지요. 그녀의 존재는 당신을 구해 주었어요."

추젠지는 스기우라의 등 뒤에서 그의 몸속으로 집어넣듯이 말을 보낸다.

"당신은 여학생 덕에 목숨을 구했다——고 시바타 씨에게 말한 모양인데, 그건 그 사실을 가리키는 거겠지요. 채 어른이 되지 않은 아이. 아이라고는 부를 수 없을 정도의 여자. 하지만 여자라고 하기에는 너무나도 어리고, 물론 남자는 결코 아니에요. 마치 어른인 양 세상을 말하고, 지면에 확실하게 서서 혼자서 살아가고는 있지만, 생산력도 경제력도 없지요. 속성의 애매함은 무경계를 예감하게 해요. 그건 그녀가 철저하게 경계적인 존재이기 때문에 경계가 무효화되는 겁니다. 그리고 그녀는, 보통은 넘을 수 없는 선도 넘고 말았어요——."

"넘을 수 없는 선——."

"생과 사의 경계입니다. 살해되었는데도 그녀는 살아 있었어요. 그 소녀는 에로스(Eros)와 타나토스(Thanatos), 즉 생(生)과 사(死) 사이에 있었습니다."

——산 자와 죽은 자의 구별을 하러 온 것입니다.

이 남자는 처음에 그렇게 말했다.

——사람은 죽이면 죽는 겁니다.

그렇게도 말했다.

"당신은 경계를 잃어버린 게 아니에요. 경계선상에 서 있었던 겁니다. 당신은 어른과 아이, 여자와 남자, 사회와 개인, 생과 사——그중 어느 쪽으로도 가지 않고, 한가운데에 계속 서 있었어요. 유즈키 가나코의 주박(呪縛)을 받고."

"경계에——서 있었다?"

그렇다면 경계는 보이지 않을 것이다.

"당신이 왜 그런 곳에 서게 되었는지, 그건 일단 제쳐 둡시다. 당신이 신성시하고 있던 가나코 씨는, 당신에게 뭐라고 신탁을 내리던가요?"

"그 사람은——."

스기우라는 이제 기도사가 시키는 대로 하고 있다.

"그 사람은 자신의 목을 조른 건 어머니라고 말했습니다. 그 사람의 어머니라는 사람은 이미 옛날에 돌아가셨는데——."

오싹했다.

"——그 사람은 제게 이렇게 말했어요. 기모노에서 나오는 손은 어머니의 손——명계(冥界)에서 뻗어 나오는 죽은 여자의 팔——."

"과연, 잘 만들어진 이야기로군요——."

기도사는 싸늘하게 말한다.

죽은 사람의 옷에서 나오는 손은 전부 명계에서 나오는 여자의 팔——여자의 팔? 여자——.

"그래서 당신은 그걸 이유로 한 거예요."

"이유——?"

동안의 남자——이 사람도 아무래도 형사——가 물었다.

"그게 그 사람이 흉악한 일을 벌일 때 여자 기모노를 걸치고 있었던 이유——입니까?"

"표면적인."

"표면적?"

"누군가의 말을 빌리자면, 억압된 심층을 해방하기 위한 아이템——인가 하는 것이 되겠지만, 그런 촌스러운 해석을 저는 좋아하지 않아요. 어쨌든 스기우라 씨가 옆집 소녀를 통해서 여자 기모노, 여학생, 그리고 교살이라는 키워드를 손에 넣은 건 틀림없어요. 게다가 불안정하고 긴박한 정신 상태 속에서 죽음의 절대성은 흔들리고, 죽는 것과 죽이는 것의 의미도 희박해져 갔다——그 점은 고려해 두어야겠지요."

스기우라는 침묵하고 있다. 자신이 평가되고 있다.

"뭐, 그건 좋습니다. 그 이후 스기우라 씨의 동향은 시바타 씨 이하 학원 측이 얻은 정보대로인 게 틀림없어요. 당신의 정신은 한때는 회복되는 것 같았지만, 구세주인 옆집 소녀를 잃고 다시 균형이 무너져서, 당신은 고가네이의 집을 뛰쳐나옵니다."

"환각을 보았습니다. 아니——그건 환각이 아니에요. 하얀 팔이 술술 나와요. 아이의 손인지, 어머니의 손인지, 여자의 손인지——."

"그건 여자의 손입니다. 그렇군요, 당신은 상당히 심한 상태였던 거군요——그리고 당신은 아사쿠사의 비밀 클럽에서 가와노 유미에 씨를 만나고, 유미에 씨를 통해 거미의 종에게 보내졌어요. 그리고——사건이 일어나지요. 당신은 혼다 교사를 살해하고, 오리사쿠 이사장을 살해하고, 와타나베 사요코 씨를 살해하고, 가이토 씨를 덮치고——포박되었어요."

"네."

"당신은 가와노 유미에 씨가 한 짓에 화를 냈다고 하더군요."

"용서받을 수 없는 일이라고 생각했습니다."

스기우라는 지성을 되찾기 시작하고 있다.

"——아까 당신이 말씀하신 것처럼 제가 지금 이렇게 살아 있을 수 있는 건 그 사람 덕분입니다. 제게 있어서 그 사람과 동년배인 여성은 신성한 존재였어요. 그런 존재가 매춘이라니——그래서 그 창부가 죽었다는 말을 들었을 때는 속이 다 후련했습니다."

"하지만 그렇게 말하는 것치고 당신은 유미에 씨가 시키는 대로 했어요. 그건 어떤 이론에 의하면 유미에 씨가 사디스트이고 당신이 마조히스트였기 때문——이라고 들었는데요?"

"저는 열등한 인간입니다. 당신은 제가 그렇게 말하면 도망치는 거라고 하시지만, 그건 현실에서 도피하지 않으면 호흡도 할 수 없을 만큼 제가 열등한 인간이라는 뜻입니다. 저는 인간쓰레기예요. 사회의 쓰레기예요. 그 여자는 그걸 꿰뚫어보고 저를 데려갔어요. 고통을 받을 때마다 저는 그런 열등한 자신을 재인식했고, 그러면 안심이 되었습니다. 학원에 온 건 분명히 매춘의 앞잡이 역으로 온 것이긴 했지만, 반쯤 자포자기해서 취한 행동이었습니다. 따라서 가와노 유미에 씨를 배신했다는 인식은 없습니다."

"그렇군요——당신은 이 학원에 와서, 더욱 완벽한 주인을 만났다——이런 말이군요. 새로운 주인은 당신이 숭배하는 소녀. 게다가 악마숭배주의자라면 사디즘도 제대로이지요. 하지만 이상하군요. 당신은 그런 그녀들과 접하고서, 숭배하는 우상의 타락을 느끼지 못했습니까? 제가 아는 유즈키 가나코——당신의 성소녀(聖少女)는 적어도 그런 아이는 아닌데."

추젠지는 천천히 시선을 보낸다. 그 끝에는 미도리가 있다.

미도리는 아래를 향한 채 그저 무언가를 견디고 있다.

"——당신이 모시고 있던 그 소녀의 이름을, 당신은 아직도——말할 수 없습니까?"

"그것만은——말할 수 없습니다."

——스기우라는 절대로 자백하지 않아요.

"그렇다면 좋습니다. 다만 이 물음에는 대답해 주십시오. 당신이 접촉한 사람은 거미의 종의 동지 열세 명 중 한 명뿐이지요? 나머지 동지들의 이름은 정말로 모르는 거지요?"

"그——그건."

"매춘을 알선한 가와노 유미에 씨도, 이름을 알고 있는 소녀는 한 명뿐이었던 것이 아닐까——라고, 저는 그렇게 생각하고 있어요. 유미에 씨는 매춘 행위를 알선하고 있기는 했겠지만, 그때도 딱히 본명을 알 필요는 없었겠지요. 거미의 종 입장에서 보자면 신을 모독한다는 목적을 위해서 그런 일을 하는 것이니 손님으로부터 지명을 받아야겠다고 생각할 리도 없었을 테고, 그래서 이름은 덮어 두었던 것이 아닐까요. 어쨌든 그녀들은 돈조차 받지 않았습니다——."

한 명. 그 사람은——.

"——그러니 당신은 거미의 종이라는 조직의 개가 된 게 아니지요. 그 중심인물의 전용 파수견이 된 게 아닙니까? 그리고 그 인물은 혼자만 매춘 행위를 하지 않았어요——아닙니까?"

그럴 수가 있을까? 미도리는——.

"——근거는 있어요. 마녀를 거느리고 춤추게 하는 중심인물은 마녀가 아니라 악마일 테니까요. 마녀는 악마의 사역마입니다. 따라서 음란한 짓을 해서 악마를 기쁘게 하지만, 악마는 일부러 그런 짓을 하지 않아도 존재 자체가 이미 모독적인 겁니다."

——나는,

——축복받지 못하고 태어난 악마의 아이.

미도리는 분명히 그렇게 말했다. 하지만——.

"거미의 종이란——즉 그 악마인 중심인물 부하들의 모임, 이라는 뜻이겠지요. 그 인물은 거미라는 이름을 쓰고 있는 겁니다."

"추젠지 씨——그럼——."

"서두르지 말게, 아오키 군. 그 아이는 진짜 거미가 아니야. 거미를 표방하고 있을 뿐이지. 어떻습니까, 스기우라 씨. 이름을 말하지 않아도 대답할 수 있습니다. 당신은 그 아이밖에 모르는 거지요? 그리고 그——."

"그 말씀이 옳습니다. 그 사람은 순결했어요!"

"과연. 그럼 됐어요. 아시겠습니까, 스기우라 씨, 당신은 남자도 여자도 싫어하는 겁니다. 당신이 유일하게 존재를 허용하는 건 남자도 여자도 아닌, 소녀뿐이에요. 그 소녀를 능욕하는 혼다 교사는 당신에게 죽여도 시원치 않을 정도의 증오스러운 대상이었지요. 그래서 그냥 혼내주라고만 명령받았는데 죽여 버렸어요——."

"혼내주라고? 어이 당신, 어떻게 그런 명령이었다는 걸 알지요? 마치 그 상황을 본 듯한 말을——."

아라노 경부는 그렇게 말했지만, 그것은 진실이다.

다만 그것은 미유키만이 알고 있는 사실일 것이다.

검은 남자는 코웃음을 쳤다.

"간단한 겁니다. 그 옥상의 연극은 사요코 씨와 거기 있는 미유키 씨를 위협하고 아사다 유코 씨를 살해하기 위해서 꾸며진 거예요. 혼다 교사는 미끼입니다. 죽일 필요는 없어요. 기절시키거나 눈이라도 가려서 묶어두면 그걸로 충분하지요. 쓸데없는 살인이 얼마나 위험한지, 그 정도는 중학생이라도 알아요. 사후 공작은 준비되어 있었어요. 그렇지요, 스기우라 씨——."

스기우라는 고개를 끄덕였다.

"본래는 세 사람을 옥상으로 꾀어내어 혼다 교사의 모습을 보여주고 동요시켜서, 어떤 일이든 할 수 있다, 는 걸 과시하고 나서 아사다 유코 씨를 떠민다——아니, 떠밀게 하는 걸까요, 그런 대본이었겠지요. 사요코 씨의 투신은 예측하지 못한 사태고요."

"하지만 이봐요, 그런, 옥상 같은 곳으로 어떻게 꾀어낸단 말이오!"

"간단합니다. 모종의 수단으로 옥상에 혼다가 있다는 걸 알려주면 돼요. 그러면 일단 갈 테니까요. 실제로 뛰쳐나간 사요코 씨에게——직접 말했겠지요."

사요코가 뛰쳐나갔을 때, 계단 층계참에는 미도리가 있었다.

미도리는 사요코와 스쳐 지날 때 사요코가 옥상에 갈 만한 무언가를 말한 것이다. 그 어린 목소리로.

미유키의 심장 박동이 서서히 빨라져 간다.

"당신은 혼다 교사를 소녀의 적으로 간주하고 살해했어요. 그러니까——혼다 교사 살해에 대해서 말한다면, 사요코 씨를 위해서 했다는 당신의 발언도 틀린 건 아니지요. 하지만 애초에 사요코 씨와 미유키 씨의 이야기를 엿듣고 주인님께 고한 당신이, 사요코 씨를 위해서라고 단언하는 건, 글쎄요."

——스기우라가——밀고를?

그렇다면. 검은 성모——스기우라는 처음부터 끝까지, 사요코의 편이었던 적은 단 한 번도 없었던 것이 된다. 사요코는 그저 착각을 하고 있었을 뿐이다.

——사요코를 위해서가 아니었어.

그러면——사요코는 편히 잠들 수 없다.

"당신은 혼다 교사와 싸우다가 증오의 마음이 치밀어, 충동적으로 죽이고 만 거군요. 그 기모노를 입고 있었던——그 탓도 있을까요?"
스기우라는 아마, 기척만으로 미도리를 보고 있다.
얼굴을 향하지는 않았지만, 그의 의식은 미도리가 있는 방향에 집중되어 있다. 미유키에게는 그렇게 보였다.
"그 기모노는——."
지금 미도리가 안고 있는 죽은 사람의 옷을 말한다.
"——그건 죽은 여자의 기모노라고 들었습니다. 소매를 꿰면 제가 제가 아니게 된 것 같은, 아니, 진정한 저로 돌아온 듯한 고양감이 들었습니다. 저는 와타나베라는 학생을 위해서라기보다 그 사람의 원수를 갚는 기분으로 그 남자를 죽인 겁니다. 소녀를 희롱의 대상으로 삼는 놈은——용서할 수 없었어요."
"그렇습니까——."
추젠지는 동정하는 듯한 표정을 지었다.
미유키는 생각한다. 소녀를 희롱의 대상으로 삼은 비열한 놈을 처치한 그 팔은, 며칠 지나지 않아 소녀의 목에 감긴다. 이것은 모순이 아닐까. 그러나 그 팔은 며칠 후 자신이 살해할 소녀의 목숨을 구하기도 했다. 그렇다면 사요코를 생각하는 마음도,
——조금은 있었다——는 걸까?
그러나 그것도 아닌 것 같았다.
추젠지는 한층 더 냉혹하게 말했다.
"——당신은, 사실은 떨어지는 아사다 유코 씨를 받아낼 생각이었던 게 아닙니까? 도주 중에 우연히 자살자가 떨어졌다는 건 너무 편리한 이야기예요. 스기우라 씨, 당신은 당신의 주인이 살인자가

되지 않도록, 떠밀린 유코 씨를 받아내려고 기다리고 있었어요. 아닙니까? 하지만 떨어진 사람은 당신 뜻과는 달리 사요코 씨였어요. 연달아서 유코 씨가 떨어지지요. 본래 구해야 했던 유코 씨는 당신의 눈앞에서 추락사했어요. 아무리 당신이라도 두 명은 받아낼 수 없었겠지요."

——그리고 사요코는 착각을 했다.

어리석다——너무나도 어리석은 오해다.

"——그리고 두 명째. 오리사쿠 고레아키 씨입니다. 그는 어디에선가 매춘 정보를 입수했어요. 당연히 방해가 됩니다. 그래서——당신의 주인은 혼다를 죽인 실력을 높이 사서 당신에게 살해 명령을 내렸어요. 이건 사요코 씨의 바람이기도 했던 셈이지만, 이것도 사요코 씨를 위해서라고 단언하는 건, 글쎄요——."

——사요코를 위해서가 아니다. 전혀 다르다.

사요코는 미유키를 위해서라고 말했는데.

"——스기우라 씨. 당신이 증언한 대로 당신은 교정에서 고레아키 씨가 미유키 씨에게 폭행을 가하는 모습을 목격했어요. 그리고 뒤를 쫓았지요. 그건 맞을 겁니다. 하지만 당신은 고레아키 씨의 뒤를 쫓은 게 아니라——."

추젠지는 거기에서 날카롭게 미도리를 보았다.

"——직접, 지령을 받으러 간 게 아닙니까? 아니면 보고하러 갔다가 그 자리에서 살인 명령을 받았을지도 모르지요. 저는 그렇게 생각해요. 그렇지 않으면 앞뒤가 맞지 않지요. 당신의 주인은 그 전후로 학교에 없었으니까요."

스기우라는 미도리에게 이사장의 동향을 알리러 달려갔다.

그리고, 그렇다면 죽이라는 명령을 받고——죽였다.

——사요코와는 전혀 상관없었던 것이다.

미유키는 왠지 몹시 화가 치밀었다.

"그리고——사요코 씨 차례예요. 당신은 그날 아침, 장을 보러 나간다면서 학원을 빠져나갔어요. 그리고 주인에게서 사요코 씨와 가이토 씨를 죽이라는 지령을 받았지요."

미유키가 가이토의 닦달을 받고 있던 때의 일이다.

미유키의 심장이 격렬하게 뛰기 시작한다.

사요코가 불쌍해서 견딜 수가 없다.

"지령을 받은 당신은 학원으로 돌아와 사요코 씨를 불러냈어요. 이미 순결하지 않게 된 사요코 씨는 더 이상 당신이 숭배하는 소녀가 아니라 그냥 여자였지요. 그건 당신에게 오히려 소녀의 깨끗한 몸을 스스로 더럽힌 모독자일 뿐이었어요. 그래서——."

"잠깐만요!"

미유키는 일어서서, 또각또각 발소리를 내며 스기우라 앞에 섰다. 추젠지는 말리지 않았다.

"한 마디만 할게요. 당신은 사요코가 처녀가 아니었기 때문에 죽인 건가요? 정말로 그런 바보 같은 이유로, 내 소중한 친구를 죽인 거예요?"

스기우라는 시선을 내리깔고 어두운 눈을 했다.

좌우의 경관이 허둥거리고 있다.

"대답해요!"

"그렇습니다. 그 소녀는 신성한 소녀가 아니에요. 더러운 여자였어요. 그래서——이 손으로 죽인 겁니다."

"바보!"

미유키는 스기우라를 때렸다.

그제야 증오가 치밀었다. 이 남자는 조종당하고 있었던 것이 아니다. 자신의 의지로 사요코를 죽인 것이다. 사요코는 죽고 말았다. 부드럽고 곧은 갈색 머리카락도, 둥그스름한 어깨선도, 이제 두 번 다시 볼 수도 만질 수도 없다.

사요코는 죽고 말았다——.

——이 상실감을 어떻게 좀 해 줘!

미유키는 쪼그리고 앉아 엉엉 울었다.

추젠지가 그 옆에 서서 말했다.

"스기우라 씨. 당신은 항상 그렇게 여성을 멸시하고 있는 겁니다. 한 대쯤 맞아도 어쩔 수 없겠지요. 미유키 양. 이제 됐지."

——여성 멸시?

"시바타 씨. 들으신 대로입니다. 스기우라 씨는 거짓말을 한 게 아니에요. 자백한 대로, 동기는 사요코 씨를 위해서이기도 하고 악마 숭배자에게 명령받았기 때문이기도 하지요. 하지만 역시 그건 자발적으로 이루어진 겁니다. 스기우라 씨, 당신은 당신의 의지로 죽인 겁니다."

"그, 그렇습니다. 저는 제 의지로 죽였습니다. 저는 인간쓰레기입니다. 버러지입니다. 지저분한 돼지입니다——."

——그 남자는 벌레.

——도움이 안 되는, 땅속을 기어 다니는 벌레예요.

"——저는 살인자입니다. 저는 열등한, 형편없는 인간입니다. 죄송합니다, 죄송합니다, 죄송해요——."

"그만 좀 하세요, 스기우라 씨!"

추젠지가 큰 소리로 꾸짖었다.

잔향(殘響)이 남았다.

"당신은 그렇게 자신을 스스로 폄하하는 데 슬슬 싫증이 나기 시작했을 텐데요."

"싫증?"

"그렇지요? 그래서 조금 전에도 —— 인질을 진심으로 죽이려고 한 거잖습니까? 이 아이도 더 이상 신성한 소녀 같은 게 아니다, 살인자다, 자신과 똑같은 인간쓰레기다, 쓰레기에게 경멸받을 이유는 없다 —— 고."

"아, 아니야. 그 사람은 ——."

스기우라는 힐끗 미도리를 훔쳐보았다.

"—— 그냥 이, 인질이에요, 미, 미안한 짓을."

땀. 떨림. 두려움.

"상관없다는 겁니까? 스기우라 씨. 당신은 벌레도 개도, 추한 돼지도 아니에요. 당신이 그렇게 자신을 비방하는 건 여성성에 대한 모독으로도 받아들일 수 있는 겁니다!"

"여성 —— 성?"

스기우라는 무언가를 떠올린 듯한 얼굴을 했다.

미유키는 손으로 눈물을 닦고 일어서서 강단 옆으로 이동했다.

여성이니 멸시니 하는 말에 반응한 것인지 미에가 천천히 일어섰다.

"다카오 씨 ——."

미에가 말한다.

추젠지는 미에 옆에 섰다.

"여기 미에 씨는 당신의 배우자지요."

스기우라는 몹시 당황했다.

"그렇습니다——아니, 아닙니다. 거기 있는 미에 씨는 제 아내였던 사람입니다. 저, 저 같은 우둔하고 열등한 인간과 혼인하는 바람에 큰 피해를 보고 말았어요. 싫은 일도 겪었겠지요. 그 생각을 하면 마음이 아픕니다. 제대로 얼굴을 볼 수가 없습니다. 정말 미안하게 생각합니다. 그 사람한테는 아무 죄도 없으니 부디 요, 용서해 주십시오."

"다카오 씨!"

추젠지는 움직이려고 하는 미에를 제지했다.

"그건 알고 있습니다. 미에 씨도 잘 알고 있어요. 하지만 당신의 배우자는 당신이 그렇게 자신을 스스로 우롱하는 걸 좋아하지 않을 겁니다. 왜냐하면——."

추젠지는 거기에서 문 쪽을 보았다.

"——당신이 자신을 스스로 비하하는 진짜 이유는——당신이 여자는 남자보다도 한 단계 비천한 존재라는 차별적이고도 전근대적인 인식을 강하게 갖고 있기 때문입니다. 게다가 당신은 자신 안에 억누르기 어려운 여성성이 있다는 걸 인식하고 있어요. 여자는 천하다, 자신은 여자 같은 성질을 갖고 있다, 즉 자신은 천하다——라는 바보 같은 도식이 당신 자신을 부당하게 얽매고, 폄하하고, 괴롭히고 있는 겁니다. 당신은 본래 피학(被虐) 취향 같은 건 갖고 있지 않아요. 당신은——."

탕, 하는 소리가 울렸다.

"너는 여장 변태다!"

문이 활짝 열리고, 거기에 탐정이 서 있었다.

스기우라를 가리키고 있다.

"넌 여자가 되고 싶어서, 되고 싶어서 견딜 수가 없는 놈이야. 세상에서는 변태라고 하지. 하지만 그렇다고 해서 부끄러워할 것 없어!"

탐정이 큰 소리를 내며 문을 닫았다.

마스다가 문 앞에 대기하고 있는 모습이 보였다.

스기우라는 돌아보고, 어린애 같은 얼굴로 그 동작을 보았다. 그리고 몸의 방향을 바꾸어 일동을 둘러보았다. 탐정은 큰 걸음으로 걸어오면서 계속해서 말을 이었다.

"여장을 하고 싶으면 입으면 되고 화장을 하고 싶으면 바르면 돼, 멍청이. 그런 짓을 해서 마음이 풀리는 동안은 명랑한 변태거든! 누구나 하고 있어! 남창도 남색자도 훌륭하게 살아가고 있지!"

탐정은 큰 소리로 그렇게 말을 맺고 맨 앞줄 한가운데 자리에 앉았다.

스기우라는 마치 혼이 빠져나간 듯 크게 눈을 부릅뜨고, 입을 벌린 채 넋이 나가 있었다.

"그렇습니다. 당신의 본성은 이 남자가 방금 알아맞힌 대로예요. 당신은 근엄하고 성실한 사람이에요. 남자다워야 한다, 늠름해야 한다는 전쟁 전의 교육을 제대로 받았고, 그대로 아무것도 의심하지 않고 살아왔지요. 그래서 당신은 자신 안에 많이 존재하는 여성성을 묵살했어요. 그래도 그것은 사라지지 않았습니다. 여자가 되고 싶어도 될 수 없는 당신은, 천하다고 자신을 폄하함으로써 그것을 대신했지요."

"아아——."

"당신은 진정한 자신을 은폐하는 데 오랫동안 집착해 왔어요. 여성성을 덮어 가리고, 세상 사람들이 그것을 알아차리지 못하게 하려고 많은 방법을 습득했지요. 태도, 습관, 기호, 그리고 말. 당신은 진실한 당신을 덧칠하기 위해서 많은 말을 해야만 했어요. 그래서 당신은 말이 통하지 않는 것에서 오는 공포감을 누구보다도 강하게 느꼈지요. 말이라는 옷을 벗겨 버리면, 당신은 수치스러운 남자——열등한 사람일 뿐이었어요——."

탕.

기도사가 발을 굴렀다.

"세상과 개인을 나누는 경계는 운동——경험입니다. 탄탄한 경험을 쌓는 것만이 경계를 명료하게 해 주지요."

탕.

"어른과 아이의 경계는 주술——말입니다. 현실을 능가하는 말을 획득한 사람이 바로 어른이라는 겁니다."

탕——.

"당신은 왜 가나코 씨의 주박 아래에서, 계속 경계선상에 있어야 했을까요. 대답은 간단해요. 당신은 본래 남자도 여자도 아닌 경계선상에서 살아가는 사람이었기 때문입니다——."

검은 나막신 소리가 울린다.

"스기우라 씨. 당신은 사실 유즈키 가나코를 질투하고 있었을 겁니다. 못생긴 자신의, 남자 냄새나는, 데퉁스러운 육체와 비교해서, 가나코는 한없이 완벽에 가까운 아름다운 용모를 갖고 있었어요. 우아하고 아름답고 사랑스러운 몸짓을 갖고 있었지요. 무엇보다도 당신과 똑같이, 섬세한 정신과 민감한 감성을 갖고 있었어요. 그 유리 세공품 같은 감성은 당신에게는 열등한 것일 뿐이었고 계집애 같음의 정수(精髓)로밖에 기능하지 않았지만, 그녀의 육체를 갖고 보면 그 평가는 180도 바뀔 수 있었을 테지요——."

검은 옷을 입은 남자는 손가락을 내민다.

"——당신은 옆집 소녀를 깊이 질투했어요. 그래서 당신은 기모노를 걸치고 성소녀를 죽이는 성모——명계의 여자가 되고 싶었지요. 당신은 여자가 되어서 소녀의 목을 조르고 싶었던 거예요! 아닙니까!"

"그렇습니다——."

스기우라는 작은 목소리로 그렇게 말했다.

그리고 얼굴을 들고, 처음으로 큰 목소리를 냈다.

"그렇습니다! 그 말이 맞습니다! 저는 줄곧 여자가 되고 싶었어요. 예쁜 옷을 입고 싶었어요. 화장을 하고 아름다워지고 싶었어요. 하지만 남자인 저에게 그건 모조리 허락되는 게 아니었고, 그런 말을 하면 비웃음을 당할 뿐이었어요. 그리고 여자란 그런 거라고 생각하는 건 여자를 바보 취급하는 사고방식이라는 걸, 아내를 만난 후에 알았습니다. 여자는 예쁜 옷을 입는 존재라고 단정하는 건 모욕이다, 편견이다——."

스기우라는 격정을 폭발시켰다.

"그렇다면——제 안의, 이 버리기 어려운 욕구는 무엇에 뿌리를 두고 있다는 겁니까! 아내는, 여자를 대개 화장하고 꾸미고 예쁘고 나긋나긋한 존재로 상정하는 건 남자의 시선이 구축한 일방적인 문화다, 강압적인 남자들의 횡포한 환상이다, 여성을 모멸할 뿐인 차별적

행위일 뿐이다, 라고 했어요. 논리는 알겠습니다. 저도 그렇게 생각해요. 하지만 화장하고 꾸미고 예쁘게 나긋나긋하게 있는 게 여성적이 아니라면, 열등한 것이라면, 그렇게 하고 싶다는 욕구를 격렬하게 가진 저라는 남자는 어떻게 되는 겁니까. 사람으로서 열등한 욕구를 가진, 열등한 인간이라는 뜻이 되지 않습니까!"

검은 악마는 꼼짝도 하지 않고 말했다.

"남녀의 구별이라는 건 이제 단순한 성별의 차이가 아닙니다. 우리가 남자답다 여자답다고 말할 때, 거기에는 이미 성별을 뛰어넘은 가치판단이 발생하지요. 이건 반대를 향하고 있기는 하지만 본래 계층을 이루는 건 아닙니다. 당신이 열등하다고 생각하는 당신 안의 부분은 특성이지 열성(劣性)이 아니고 속성도 아니에요. 그걸 거부하는 여성이 있는 것은 당연하고, 그걸 좋아하는 남성이 있어도 별로 이상하지는 않습니다!"

거기에서 악마는 목소리의 톤을 낮추었다.

"인간은 누구나 남성성과 여성성 양쪽을 다 가지고 있습니다."

"누구나――?"

"그래요. 이건 균형의 문제이고, 그중 어느 쪽의 비율이 높은지, 어느 쪽이 겉으로 드러나 있는지, 거기에서 개인차가 생기는 것에 지나지 않아요. 여성성이 강한 남성이 열등한 것도 아니고, 남자니까 남자다운 게 당연하다는 규칙도 없지요. 남자는 용감한 존재다, 남자다워야 한다는 것도 어리석은 차별이며 근거 없는 편견일 뿐입니다. 그것들은 어느 특정된 장소와 시간――문화 속에서만 의미를 가질 뿐이에요."

그리고 악마는 다시 막힘없이 말을 잇는다.

"아시겠습니까. 남자는 용감해야 한다——그리고 용감한 것은 계집애 같은 것보다 우수하다——라는 일그러진 사고방식이 당연해진 건 최근의 일입니다. 이런 사고방식은 국가가 전쟁이라는 어리석은 행위에 물든 시기에 반드시 나타나는 법입니다. 여기에는, 남자는 잠자코 전쟁에 나가서 잠자코 죽어 주지 않으면 곤란하니까 그렇게 생각하게 해 둬——라는 이면이 있어요. 시대에 의한 세뇌——저주 같은 겁니다."

"저는——."

"다시 한 번 말하지만, 이 세상에 열등한 인간은 없고 이상(異常)의 기준이라는 것도 없어요. 범죄자를 이상한 자로 단정하고 일반의 이해 범주에서 제외해 버리는 사회학자야말로 규탄 받아야 합니다. 법을 어기면 벌을 받지만, 법은 사회를 지탱하는 외적인 규범이지, 개인의 내면에 들어와 존엄을 빼앗고 규탄하는 것이어서는 안 돼요! 따라서——."

악마의 속삭임은 스기우라를 관통했다.

"——당신은 살인이라는 용서하기 어려운 큰 죄를 저질렀어요. 그건 조사를 받아야 하고, 엄중하게 처벌되어야 할 행위이기도 하지만, 그렇다고 해도 자신은 인간으로서 열등하다는 둥 하는 생각만은 버려야 합니다. 당신은 벌레도 개도 아니에요!"

탕——.

다시 발소리가 울려 퍼진다. 스기우라는 무너지듯이 떨어졌다.

"아아. 저는——그 소녀를 죽이고 말았어요. 이 팔로 이 손으로 이 손가락으로 목을 조르고, 목뼈를 부숴서 죽이고 말았어요. 죽였습니다. 죽였습니다. 저는 죽이고 말았어요——아아."

검은 성모는 통곡했다.

검은 옷을 입은 남자는 그 모습을 잠시 물끄러미 바라보고 있었지만, 이윽고 엄숙한 말투로 물었다.

"당신에게 살인을 지시한 악마숭배자는 누구입니까."

스기우라는 얼굴을 들고,

"오리사쿠——미도리 씨입니다."

하고 말했다.

"좋아요."

추젠지는 그렇게 말했다.

놀라는 사람은 없었다.

전원이 알고 있는 일이었다.

긴 길을 돌아서, 겨우 도착한 감이 있다.

그러나 단순히 미도리를 궁지에 몰아넣는 게 추젠지의 목적이 아니었던 것은 명백하다. 이제 와서 스기우라가 증언한다고 해도 어차피 결정적 증거는 될 수 없고, 설령 스기우라가 입을 열지 않았다고 해도 이 상황에서 미도리가 도망칠 수 있을 리도 없는 것이다.

따라서.

오히려 미도리 본인 앞에서 오리사쿠 미도리의 이름을 스기우라 다카오가 스스로 공개하는 것——그것 자체에 의미가 있었을 거라고, 미유키는 생각했다. 그것이 이 검은 옷을 입은 기도사가 하는 일이다. 요괴도 유령도 나오지 않았지만, 틀림없이 스기우라 다카오에게 씐 싫은 것이라는 것은 떨어졌다. 분명히 그럴 거라고 미유키는 생각했다.

추젠지는 조용히, 엄숙하게 말했다.

"스기우라 씨. 어쨌든 당신은 세 명의 인간을 살해했어요. 이 죄는 무겁습니다. 살해 당시 심신상실 상태에 있었다고는 해도, 이건 당신이 자발적으로 초래한 결과이고 그 죄는 면할 수 있는 게 아닙니다. 피해자 가족의 원통함을 생각하면 그건 한층 더 무겁지요."

스기우라는 어딘지도 알 수 없는 공간에 대고 사과했다.

추젠지는 서 있는 미에를 향해 말했다.

"자, 미에 씨. 어떻게 하시겠습니까? 이혼을 바라신다면——변호사가 있는데요."

"이혼하는 건——그만두겠어요."

미에는 단호하게 말했다.

스기우라가 울던 얼굴을 아내에게 향한다.

"다카오를 이렇게까지 몰아세운 건——저라고는 말하지 않겠어요. 하지만 아무래도 제게도 책임이 있는 것 같네요. 저는 이 사람의 고뇌를 알려고도 하지 않고 입바른 소리를 늘어놓으며 그냥 몰아세우기만 했어요. 사회에 참가하지 않는 사람은 열등하다, 남자답지 못한 건 열등한 거라고 계속 말했어요. 제 쪽이 훨씬 더 차별 의식을 갖고 접하고 있었던 모양입니다."

미에는 스기우라를 똑바로 바라보았다.

"저는 제가 규탄하고 있는 남자의 시선으로 이 사람을 보고 있었던 것에 지나지 않아요. 부끄럽네요. 저는 여성의 지위 향상을 외치면서 제 안의 여성성을 스스로 경멸하고 있었던 모양이에요. 여성성에 정당한 평가를 내리지 않고, 결과적으로 남성성을 예찬하고 있었는지도 몰라요. 다카오가 나올 수 있을지 어떨지는 모르겠지만, 만일 죗값을 치르고 사회에 복귀할 수 있다면——그때를 기다리겠습니다. 이름 같은 건 아무래도 상관없어요. 개인의 주의나 주장과는 상관없으니까——그렇지요, 에노키즈 씨?"

"당연하지요, 히노키야마 씨!"

탐정이 뒤를 향한 채 그렇게 말하자, 스기우라 미에는 눈물이 고인 눈으로 아주 살짝 웃었다.

——이 사람에게서도 무언가가 떨어졌다.

그런 기분이 들었다.

그리고 미유키는 자신 안의 스기우라에 대한 증오의 마음도 사라진 것을 깨닫는다. 막연한 불안은 증오라는 형태로 일단 응고되고, 그리고,

——떨어져 나갔다.

과연 이것이 그가 말하는 불제인 것이다. 기도사의 장광설은 그 자신이 선언한 대로 지식도 해설도 수수께끼 풀이도 아니고, 씐 것을 떼어내는 주문의 일종일 것이다. 듣지 않으면 떨어지지 않는다. 그렇다면——.

다음 사냥감은 미도리일까——.

미도리의 모습은 경관에게 가려져서 잘 보이지 않았다.

천사에게도 이제 물러설 곳이 없다. 이제 발버둥 쳐도 소용없다.

다만.

——둘 중 한 명은.

기도사는 처음에 그런 말도 했다.

——미도리에게서는 떼어낼 수 없는 걸까?

그렇다면 이다음은 대체——.

미유키는 성스러운 장소에 버티고 선 남자를 보았다.

사신은 말했다.

"이것이——스기우라 씨의 이야기입니다. 이번 사건에 얽힌, 그에게 있어서의 진실입니다."

기바가 투덜거리듯이 말했다.

"하지만 부분치고는 너무 길어. 여기에 세키구치라도 있었다면 이것만으로도 소설을 한 편 쓸 수 있지 않겠나."

"그건 가와시마 신조와 가와시마 기이치 형제도 마찬가지겠지요. 아니, 기바슈, 당신도 마찬가지예요. 사소한 계기로 친구에게 걸린 혐의를 풀기 위해 거대한 악과 고고하게 대치하는 육체파 형사——먹힐 만한 소재잖아요."

"바보 같은 소리를 하는군."

"뭐, 기바슈뿐만 아니라 지금 이 자리에 모인 여러분은——저와 에노키즈를 제외하고——각자 스기우라 씨 못지않은 극적인 이야기를 가지고 있을 겁니다. 하지만 그런 개인의 이야기는 스기우라 씨의 이야기를 포함해서, 사건 전체와는——하등 관련이 없어요."

"관련이 없다——니요?"

시바타가 물었다.

"관련이 없는 건 아니지 않습니까? 스기우라 군은 실행범입니다. 그가 만일 범행을 저지르지 않았다면 이 전개는——."

"달라지지 않습니다. 다른 방법이 쓰였겠지요. 왜냐하면, 스기우라 씨의 행동은 전부 진범의 수중에 있었기 때문입니다."

"진범? 그건 그."

아라노 경부가 미도리를 가리킨다.

추젠지는 무시한다.

"아시겠습니까, 이번 사건은 관계자의 인물상이나 인생관이나 가치관을 파면 팔수록 알 수 없게 돼요. 이 사건의 설계자에게는 등장인물의 인간성은 불확정요소 중 하나일 뿐이지요. 그런 불확실한, 의식했을 때에만 나타나는 환상 같은 것은 방해가 될 뿐입니다. 따라서 이 사건은 그런 이야기가 아니에요. 범죄를 소설에 비유한다면, 인간을 묘사하는 건 전혀 필요가 없는 작품을——진범은 쓰고 있는 것입니다."

일동의 대부분은 이해하지 못하는 듯 보였다.

추젠지는 미도리 쪽을 보고, 다음으로 그 어머니를 보았다.

변화는 없다.

딸은 고개를 숙이고 있고, 어머니는 의연하다.

기도사는 스기우라 옆으로 이동해서 물었다.

"스기우라 씨. 당신은 작년 여름——가나코 씨가 옆집에서 모습을 감춘 후, 잠깐 일을 했다고 들었습니다. 어디에서 일했습니까?"

스기우라는 울음 섞인 목소리이기는 했지만, 순순히 대답했다.

"네——인쇄공장에서——일주일 정도였습니다만."

"그곳에서——당신은 가나코 씨의 이야기를 하지 않았습니까?"

"네? 아아——그 무렵에는 독이 빠져나간 듯 기분이 조금 좋았으니까——맞아요, 이야기를 잘 들어주는 청년이 있어서——이야기한 것 같습니다."

"기모노에서 나오는 여자의 손 이야기도요?"

"한——것 같습니다. 그때 저는 잠시나마 일상 속에 있었기 때문에 그 사람——가나코 씨의 일은 꿈처럼 생각되었거든요."

"어디의, 무슨 공장입니까?"

"시나노마치의——사케이 인쇄소라는 공장입니다."

"뭣이?"

말상의 형사가 소리를 질렀다.

"이야기한 청년의 이름은?"

"예? 그렇지——가와시마."

기바가 민감하게 반응한다.

"아마, 가와시마——기이치 씨인가."

"그런 바보 같은!"

말상은 의자를 두들기며,

"어째서 가와시마 기이치가 나오는 거야!"

하고 고함쳤다.

"그런 편리주의의 전개가 있을 리 없어!"

추젠지는 흥분을 흘려보낸다.

"말했잖아요. 이건 편리주의가 아닙니다. 우연도 아니고요. 스기우라 씨——당신을 그 직장에 소개해 준 인물이 있을 거예요. 그 사람은 누구입니까."

"그건——그걸——모르겠습니다."

거짓말 마, 하고 말상이 으르렁거린다. 기바가 달랜다.

"어이 가몬! 그만해. 그런 건 내 장기잖아. 당신이 먼저 하면 내가 나설 수가 없다고. 어이, 스기우라, 네놈은 그 무렵에 무직의 한량이었잖아. 그런데 요즘 같은 시기에 그렇게 쉽게 취직할 수가 있었나? 대단한 학교를 나온 학사님도 직장을 못 얻는 세상이라고. 집에서 나오지도 못하고 말도 못 하는 놈이 어떻게 척척 취직을 할 수가 있지?"

"네. 그러니까——소개해 주신 분이 있었는데——아무래도."

"아무래도 뭐야."

"그——이름은 모릅니다."

"어이. 어설픈 소리 마! 길 가다 마주친 놈한테 갑자기 직장을 마련해 주는 지나가던 취직마라도 있었다는 거냐? 어이, 스기우라."

"그게——옆집을 찾아오셨던 분, 이."

"옆집을 찾아왔다니——어이, 그건 교고쿠!"

"작년의, 그 사건의 와중입니다, 기바슈. 당신이 가나가와에 드나드느라 바빴을 때지요. 일자리를 소개해 준 사람은 물론 시바타 재벌의 관계자일 겁니다. 마스오카 씨——."

마스오카라고 불린 은테 안경의 아니꼬운 남자가 이상하게 빠른 말투로 대답했다.

"아아, 자네가 묻고 싶은 건 무엇인지 알겠네. 당시의 담당은 나였으니까 당연히 알고 있을 거라고 생각했겠지. 하지만 공교롭게도 나 이외의 관계자가 단독으로 그 집을 찾아갔을 거라고는 생각할 수 없네. 그 사건의 발단이 된 날——기바 군과 알게 된 날인데, 그때 이후로 나는 엄청나게 바빠서, 어시스턴트를 붙여달라고 품의서를 돌리고 청구를 했는데 안 되었을 정도일세."

기바는, 여전히 말이 빠르군, 당신은, 하고 내뱉듯이 말했다.

"천천히 말하는 건 시간 낭비야, 기바 군. 추젠지 군, 이건 자네들도 모르는 일일 테니 지금 말해 두겠는데, 그 사케이 인쇄소라는 회사는 그, 시바타 변호인단이 무사시노 연쇄살인 및 시바타 요우코우 유산 상속에 관한 보고서의 인쇄를 맡겼던 곳일세."

"그게 사실이오?"

"사실일세. 부수가 적은 데다 큰 인쇄소에서는 기밀이 누설될 염려가 있었거든. 시바타 그룹은 산하에 인쇄회사가 없네. 하지만 설마 총수를 비롯한 높은 분들에게 배부하는 데 손으로 써서 드릴 수도 없지 않은가. 수고도 들고. 그래서 아마, 조금이라도 연고가 있는 작은 인쇄소를 찾았을 걸세."

"어떤 연고로 그곳에?"

"글쎄 기억이 없군. 음, 그렇지. 맞네, 맞아! 그 인쇄소의 경영자는 오리사쿠 고레아키 씨의 대학 동창생일세! 생각났네, 추젠지 군!"

"어이어이어이! 마스오카 씨——."

기바 형사는 말을 걸어놓고 할 말을 잊은 것 같았다.

"그렇군요——스기우라 씨. 당신은 그 시점에서 이미 이번 사건의 배우로서 배역이 주어져 있었던 모양이군요. 당신은 진범에 의해 선택되었던 겁니다."

"선택되었다?"

"그렇습니다. 그때 거미가 줄을 친 겁니다. 한두 개일 때는 떼어버리면 살 수 있지만, 알아차리지 못하고 있으면 깊은 수렁으로 끌려 들어가는——당신은 끌려 들어갔지만——말이 난 김에 당신이 집을 나온 후, 가와노 유미에 씨와 알게 된 아사쿠사의 클럽 화원에 다다르기까지의 경위를——가르쳐주시겠습니까?"

"저는——가나코 씨가 죽었다는 소문을 듣고 다시 균형이 무너졌습니다. 그리고 그게 8월 말이었던가요——환각이 덮쳐와서 집을 뛰쳐나왔지요. 며칠인가 거리를 방황하다가——배가 고파 죽을 것 같아서, 그래서 사케이 인쇄소로 갔습니다."

"왜 집으로 돌아가지 않았지요?"

"무서웠습니다. 게다가 인쇄소에는, 약간이지만 아직 받지 못한 급료가 있어서."

"그래서?"

"저는 계속 무단결근을 하고 있어서 돈을 받지는 못하겠구나, 하는 생각도 했었지만, 인쇄소 사장님은 전액을 주었습니다. 그리고 낮 동안에 일할 수 없다면, 하면서 —— 그 가게를 소개해 주었습니다."

추젠지는 흉악한 얼굴을 했다.

"그것도 아마 우연이 아닐 겁니다. 소개받아 간 곳에 가와노 유미에 씨가 있었던 것도, 유미에 씨가 스기우라 씨를 스카우트한 것도, 그리고 이 학교에 당신을 보낸 것도, 나아가서는 마에지마 야치요 씨의 기모노가 당신의 손에 건너간 것도, 전부 우연이 아닙니다. 스기우라 씨——."

"네——."

"당신이 어떻게 움직일지, 이건 물론 당신 자신의 판단에 맡겨져 있었겠지만, 작년 여름 이후로 당신의 선택지를 한없이 좁힌 제삼자가 존재하는 건 틀림없는 일인 것 같군요."

"그건 —— 무슨 말씀이십니까."

시바타가 관자놀이를 누르며 말했다.

"모든 것은 —— 진범의 큰 계획에 따라 전개되고 있습니다. 스기우라 씨는 자신이 꾀어내어진 줄도 모르고 완전히 자발적으로, 범인이 바란 이상으로 계획의 성취에 어울리는 행동을 했던 겁니다. 결과는 보시는 대로예요. 그는 자신의 책임으로 저지른 죄를 보상하게 될 겁니다. 진범은 흔들리지 않아요. 우리가 이렇게 모여서 지혜를 짜내도 진범의 소원 성취에 공헌하고 있는 것이나 다를 바가 없지요."

"그렇게 생각하기는 어렵군요——."

하고 시바타는 말했다.

"——설령 스기우라 씨가 자각 없이 유도되고 있었다고는 해도, 의도적으로 이번 사건을 일으키는 건 무리라고 생각하는데요. 유동적 요소가 너무 많습니다. 아무리 뛰어난 경영자라도 그렇게 앞일을 읽을 수는 없습니다. 경제라는, 사람이 구축한 시스템조차, 움직이기 시작하면 예측 불능의 전개를 보여요. 하물며 인간의 행동은 변덕스럽고, 도무지 수치화할 수가 없습니다. 수치화할 수 없는 건 예측할 수 없어요. 분명히 우연이라고는 생각할 수 없는 우연은 있었겠지만, 그건 역시 우연이에요."

추젠지는,

"시바타 씨, 이건 더 큰 구조의 사건입니다——."

하고 말했다.

"큰 사건이란 무엇입니까? 당신이 처음에 말씀하신 그 두 가지 사건을 합쳐놓은 사건——이라는 의미입니까?"

"그렇지 않습니다, 시바타 씨. 우리는 그 두 사건에 대해서도, 그 일부분밖에 지각(知覺)하지 못하고 있습니다."

"더 있다는 겁니까?"

"있는지 없는지도 예측할 수가 없습니다. 지금 사건이 더 일어나고 있다고 해도 우리는 그것에 대해서는 일어나고 있다는 것조차 모르고 있고, 따라서 관련지어서 생각하고 있지도 않아요."

아라노 경부는,

"그 외에도 더 관련된 사건이 있다는 건가——."

하며 혼란에 빠진다.

이미 경찰도 기도사의 날카로운 언변에 포박되어 있다.

"있다——고 생각하는 게 좋겠지요, 분명히. 게다가 수면 아래에서 펼쳐지고 있는 일에 대해서는 이렇게 많은 사망자가 나와 버린 지금에 와서는 확인하기도 어렵고, 그렇다면 우리에게는——역시 알 방법도 없어요."

"그럼 추젠지 씨. 예를 들어 와타나베 양과 혼다 군이나, 그——매춘에 대한 것도——그, 큰 사건의 진범이——?"

"그것도 물론 계산에 들어가 있습니다."

그런 바보 같은——하고 아라노 경부가 형용하기 어려운 표정을 지었다.

"그런 걸, 어, 어떻게 계산한다는 거요."

"진범은 씨를 뿌리고, 밭을 갈고, 물을 주기는 하지만 무엇이 열릴지, 누가 베어낼지까지는 관여하지 않습니다. 그게 적의 방식입니다. 무용수는 흥행주를 모른 채 춤추고, 배우는 무슨 연극인지도 모르고 연기하지요. 소설 등장인물의 대부분은 그 소설의 제목을 알 수 없어요——우리는 무용수이고, 배우이고, 등장인물입니다."

——등장인물이 작자를 지탄할 수는 없네!

추젠지는 거기에서 크게 숨을 들이쉬었다. 그리고 어딘지 모르게 쓸쓸한 듯한 동작으로 몸의 방향을 바꾸며,

"알겠습니까, 오리사쿠 미도리 씨."

하고 말했다.

미도리는 반응을 보이지 않았다.

"당신도 춤추고 있었을 뿐이에요."

아무 말도 하지 않는다. 얼굴도 들지 않는다.

"당신은 자신의 의지로 행동하고 있지 않아요."

후후.

"당신은 누군가에게 봉사하고 있어요."

후후, 후후후후.

——웃고 있다.

"아주——."

발달하지 않은 어린 목소리.

"——유쾌하네요. 아주 유쾌해요——."

얼굴을 든 미도리는 하얀 얼굴에 미소를 담고 있었다.

——뭐지? 이 아이의, 이 여유는 뭐야?

무엇이 그녀를 이렇게까지 침착하게 만드는 것일까?

미유키는 자신의 가슴 깊숙한 곳에 그 정체를 알 수 없는 공포가 다시 싹트는 것을 느꼈다.

미도리는 평소와 똑같은 말투로 말했다.

"꽤 흥미로운 이야기예요. 하지만 저하고는 상관없어요."

"미, 미도리 양, 너는 아직도 그런 말을——."

"아니에요, 시바타 아저씨. 저는 제가 저지른 죄를 인정하지 않겠다고 말씀드리고 있는 게 아니에요——."

미도리는 붙들려고 하는 경관의 손을 스윽 피하며 일어서서 가볍게 일동 쪽을 향했다.

동그란 칠흑의 눈동자에 견고한 구조물의 내부가 비치고 있었다.

"——그 도움도 안 되는 스기우라가 말한 대로예요. 저는 악마숭배주의자 거미의 종의 중심인물입니다. 밤마다 사바트를 열었어요. 흑미사라는 이름으로 동지인 아이들에게 매춘을 시켰습니다. 동지들은 남자와 교합하고, 온갖 치태를 보이고, 춤추고, 소리치고, 주님을 모독하는 음란한 말을 내뱉어 저를 즐겁게 해 주었지요. 네 명의 여자와 두 명의 남자, 그리고 와타나베 사요코를 저주해서 죽인 사람도 저예요. 저주는 효과가 있었거든요. 가이토를 제외하면 깨끗이 죽었어요. 그 남자에게 맡기지 않았다면 가이토도 죽었을 텐데——."

시바타가 일어선다.

"미, 미도리 양——."

미도리가 얼굴을 향한다. 천진난만하다.

시바타는 말한다.

"——네게는, 그런 말은 어울리지 않아. 장난이 지나쳤던 거라면 대가를 치르면 돼. 너는, 사실은 착하고 솔직한 아이였잖니. 어쩌다가 죄를 저지르고 마는 건 누구한테나——."

"닥쳐요!"

"미——."

"아저씨. 아저씨는 왜 그렇게까지 바보인 거예요? 그런 어린애도 생각해낼 수 있는 말, 그런 낯간지러운 대사에는 한 조각의 진리도 없어요! 그런 말로는 마음이 없는 동물조차도 고쳐줄 수 없어요. 자신에게 의심을 품지 않는 어리석은 자, 세상을 있는 그대로밖에 보지 못하는 어릿광대, 후안무치하게 정의를 휘두르는, 당신 같은 무신경하고 둔한 남자는 정말 싫어요!"

시바타는 할 말을 잃고, 그래도 몇 초 동안은 뭔가 잘못된 걸 거라는 얼굴을 하고 있었지만, 이윽고 그 얼굴을 좌우로 흔들며 조용히 앉았다. 그 부근에서 그저 망연자실해 있던 학장이나 사무장은 그 모습을 보고 울 것 같은 표정을 지었다.

"장난으로 이런 일을 할 수 있을까요? 아저씨는 장난으로 사람을 죽일 수 있어요? 장난으로 남자와 자고, 장난으로 아이를 만들고, 생긴 아이를 태워 죽일 수 있어요? 저는 결코 장난이 아니에요! 저는 증오의 마음으로 세상을 저주하고 있는 거라고요!"

시바타는 야단맞은 어린아이 같은 표정이다.

"자, 어때요? 아저씨, 제게 모든 경멸의 말을 던지세요! 저를 모욕하세요! 비웃으세요. 책망하세요. 저는 아프지도 가렵지도 않아요. 이 세상의 모든 더러운 말은, 모두 저에겐 칭찬의 말에 지나지 않는답니다!"

——마녀다.

아니, 악마다.

악마란——타락천사라고 한다. 그렇다면.

천사의 용모를 가진 이 아이야말로, 누구보다 악마가 되기에 어울리는 인물이었던 것이다. 아름다우면 아름다울수록, 깨끗하면 깨끗할수록, 그 신성은 마성으로 바뀐다.

악마 소녀는 큰 소리로 웃었다.

"저를 체포할 건가요? 좋아요. 여러분, 아주 좋아요. 하지만 형사님, 저주는 법률로——처벌할 수 있나요?"

"우, 웃기지 마!"

참다못했는지 아라노 경부가 자리에서 일어섰다.

"네게 걸려 있는 혐의는 살인죄다. 게다가 지금 살인 교사 혐의가 추가되었어. 뭐가 저주냐!"

"후후후, 증거는 있고요?"

"뭐?"

"미도리!"

미유키는 소리친다.

"이제 그만해. 너 아까."

"그건 전부 거짓말, 이라고 하면 미유키 씨는 어떻게 할 건가요?"

"뭐——."

"그 남자가 증언하든 당신이 증언하든, 확실한 증거는 어디에도 없지 않나요? 어때요, 형사님?"

"네, 네놈——."

아라노는 당혹스러워한다. 용모에 현혹되고 있다. 미도리를 만만하게 보고 있다. 이런 계집애는 조금만 비틀면 울면서 모든 걸 자백하겠지——라고 생각하고 있었던 것이 틀림없다.

미유키는 추젠지를 보았다.

기도사는 몹시 슬픈 듯이 미도리를 보고 있었다.

——왜 그러지?

——탐정은.

탐정은 팔짱을 끼고 꼼짝도 않고 있다.

기바 형사도, 다른 사람도 모두 침묵하고 있다.

소란을 떨고 있는 자들은 지바의 형사들과 시바타, 그리고 미유키뿐이었다.

"기도사님! 탐정님!"

미유키는 소리친다. 이대로 좋은 걸까.

미도리는 더욱 웃었다.

"소용없어요, 미유키 씨. 이 사람들은 아무것도 할 수 없어요. 좋아요. 자백할게요. 아사다 유코를 떠밀어 죽인 건 저예요——."

아사다 유코.

거기에서 미유키는 퍼뜩 생각한다.

사요코를 위해서 뭔가 해 준 사람은, 실은 그녀——아사다 유코 단 한 명이었다는 것을.

"——저는 힘껏 떠밀었어요. 유코 씨가 숨을 완전히 내쉬는 그 순간에. 그렇게 하면 비명도 지를 수 없잖아요? 그 아이, 이상한 얼굴을 하고 떨어지더군요. 그리고 망가진 장난감처럼 철퍽 뭉개졌어요——이제 되었나요?"

"아——악마——."

악마는 깔깔 웃었다.

이런 목소리가 나오는 건가——하고 미유키는 생각했다.

순간 무서워졌다. 미도리는 한층 더 큰 소리로 말했다.

"모처럼 끝까지 숨겨 줄까 했는데, 발각되어 버렸네요. 이 학교도 이걸로 끝장이겠군요. 어때요, 학장 선생님. 기분은?"

"미——미."

학장은 몸에 두른 지성이나 교양이나 인생을 전부 내팽개치고, 있는 그대로의 늙고 추한 모습을 드러내고 있다. 교무부장도 사무장도 완전히 망가져 버린 것 같다.

"너——너."

"사랑이니 기도니 구역질이 나요. 마음 깊은 곳에서는 학생들을 모멸하고 있으면서. 지배받기 위해서 신앙하는 건 질색이에요. 우스웠어요. 매일 밤마다 신을 더럽히고 음란한 행위에 빠지는 학생이, 아침이 되면 경건한 얼굴로 예배를 드리는 게. 당신네 교사들은 그걸 엄청 진지한 얼굴로 감시하고 있고. 보고 있었던 건 내 쪽이에요!"

"너, 너."

학장이 의자에서 떨어졌다. 도망치려고 한 모양이다. 다리가 풀려 있다.

교무부장도 사무장도 의자를 덜그럭거리며 뒤를 쫓듯이 미도리의 시야에서 도망치려고 했다.

"꼴사나워요. 웃기는군요——."

——왜 말리지 않을까.

기도사도 탐정도 변호사도——.

——움직이지 않는다.

"미——미도리 양. 너는——할아버님의 유지를 물려받은, 겨, 경건한."

"이제 와서도 아직 그런 말씀을 하시는 건가요, 아저씨. 그래요. 저는 경건한 기독교 신자였어요. 하지만——이건 몸에서 나온 녹. 저는 이 학원에서 악마가 된 거예요. 우리는 처음에는 아주 성실하게 공부하고 있었어요. 성서를 연구하는 서클이었지요. 하지만 배우면 배울수록——알 수 없게 되었어요."

미도리가 학장을 본다.

학장은 움츠러든다.

"여자는 악마가 인류에게 친 최악의 덫이다——."

그리고 미도리는 소리 높여 이렇게 말했다.

"——모든 악의 근원, 모든 악덕의 싹, 여자는 모두 창부. 사자의 머리에 뱀의 꼬리, 몸통에는 타오르는 불이 있을 뿐——선생님, 아시나요?"

학장이 대답할 수 있을 리도 없다.

"마르보드라는 기독교 주교가 쓴 거예요. '10권의 서 · 제3부 / 창녀에 대하여'라고 하지요. 그럼 이건 아시는지요? 나는 네가 임신하여 커다란 고통을 겪게 하리라, 너는 괴로움 속에서 자식들을 낳으리라, 너는 네 남편을 갈망하고 그는 너를 지배하리라——."[21)]

"그건 야훼의 말씀——."

"그래요. '창세기'지요. 어때요? 당신들은 한 번이라도 이 말의 뜻을 생각해 보신 적이 있나요? 처음부터 이런 거예요. 기독교의 여성멸시는 거기까지 거슬러 올라가지요. 저는 이 학교에 와서 확실하게 배웠어요. 여자가 얼마나 악랄하고, 음란하고, 경솔하고, 비이성적이고 반도덕적인 존재인지——당신들이 가르친 거예요. 도서실에는 그런 책이 얼마든지 있지요."

미도리는 학장을 가리킨다.

"우리는 당신들에게 몇 번인가 질문했어요. 여자는 존재 자체가 천하고, 남자보다 많은 원죄를 지고 있고, 남자의 신앙에 방해밖에 되지 않는다. 그렇다면 여자의 올바른 신앙 방식은 여자를 잘라내고 남자처럼 수녀가 되는 것 외에는 없는 건가요——라고. 당신들은 뭐라고 대답하셨나요?"

"그, 글쎄."

"예의범절을 배우고 청초한 몸가짐을 익혀라, 어차피 시집이나 갈 거니까——당신들은 그렇게 대답했어요. 자애로 가득 찬 다정한 여자가 되면 그걸로 충분하다, 어려운 걸 생각할 필요는 하나도 없다, 좋은 집안의 자녀로서 부끄럽지 않은 여자가 되라고——머리가 텅

---

21) 인용된 성경은 창세기 3장 16절. 성경 번역은 가톨릭 성경을 기준으로 하였으나, '그는 너를 지배하리라'라는 부분은 문맥상 일본어 원문을 그대로 옮겼다. 가톨릭 성경에는 '그는 너의 주인이 되리라'라고 번역되어 있음.

빈 당신들은 의기양양한 얼굴로 그렇게 대답했어요. 그럼 이 야단스러운 건물은 무엇을 위해서 있는 건가요! 이런 곳에 틀어박혀서 찬미가라도 부르고 있으면, 신은 이 죄 많은 몸을 깨끗이 해주고 더러워진 영혼을 용서해 주신다는 건가요!"

조금——동요하고 있다. 미도리는 자신이 하는 말에 유발되어 자발적으로 격앙하고 있다. 그것이——.

——그것이 목적인가.

미유키는 기도사의 동향이 마음에 걸린다.

추젠지는 조용히 미도리를 바라보고 있다.

미도리는 가학적인 시선을 흩뿌린다.

"구원해 주는 사람도 없고, 보고 있는 건 하느님이 아니라 우둔하고 열등한 교사뿐. 그래서 저는 악마를 믿었어요. 동지들은 모두 마녀가 되었어요. 고대의 방식에 따라, 우리는 악마를 신앙하기로 결정했어요."

"바, 바보 같은——마, 마녀 따위——."

"여자는——미망(迷妄), 기만, 경솔에 있어서 남자를 능가하고, 육체의 약함을 악마와 결탁함으로써 메운다. 그리고 복수를 이룬다. 요술에 매달려 집념 깊은 음탕한 정욕을 채우려고 한다. 사바트는 여자들의 무리로 가득 메워져 있다——설마 마녀가 없다고는 하지 않겠지요."

"잠깐."

추젠지가 미도리를 제지했다.

"그건 '마녀의 망치'[22] 아닌가? 그런 책을 어디에서 읽은 거지!"

---

22) 원제는 Malleus Maleficarum. 도미니크 수도회에 소속되어 있던 이단심문관 J. 슈프

"잘 아시는군요. 이 학원에는 왠지 그런 책이 산더미처럼 갖추어져 있답니다. '솔로몬의 열쇠'[23], '레메게톤'[24], '호노리우스의 서(書)'[25]도 ―― 전부 있어요. '창조의 서'[26]도 '광휘의 서'[27]도 '비법개현[秘法開顯]'[28]도 ――."

추젠지는 무감동한 감탄사를 내뱉는다.

"그런 것이 왜 ――."

그리고 침묵한다. 미도리는 그 험악한 얼굴을 힐끗 한 번 보고 나서 다시 말을 이었다.

"후후. 마녀는 있어요. 그 증거로 ―― 그 여자들은 죽었잖아요?"

렝거와 H. 크래머가 함께 쓴 책의 제목. 1486년에 독일에서 출판된 마녀론의 고전으로, 이 책을 계기로 마녀사냥, 마녀재판, 마녀에 대한 고문, 화형이 팽배하게 되었다.

23) 작자 미상의 고전 마법서. 원본은 14, 15세기의 라틴어판이나 이탈리아어판이라는 설이 있으나, 여러 판본이 존재하여 원본을 알기 어렵다. 강령술을 위한 마법진, 일곱 행성의 펜타클, 기도문, 마술 도구의 작성 및 정화와 같은 준비 작업, 마술 작업에 적합한 일시 선정 등 점성술적 의식 마술의 실제에 관한 잡다한 지식이 그 내용이다.

24) 악마나 정령의 성질, 이들을 사역하는 방법을 적은 마술서. '솔로몬의 작은 열쇠'라고도 불린다.

25) 중세의 마법서 중 하나. 현재 보존되어 있는 가장 오래된 사본은 14세기의 것으로, 대영도서관에 있다. 811명의 마술사가 모여서 자신들의 모든 지식을 한 권의 책으로 정리한 것이라고 하며, 연옥에서 자신의 영혼을 구해내는 방법에서부터 도둑을 잡거나 보물을 찾아내는 방법 등 여러 방면에 걸친 내용을 다루고 있다.

26) '예치라의 서(세페르 예치라 Sefer Yetzira)'라고도 하며, 유대교 신비주의 사상 카발라의 기본 교전 중 하나이다. 3세기에서 6세기에 걸쳐 성립된 것으로 추측되는데, 이는 주술과 우주론에 관한 가장 오래된 히브리어 원전이다. 10개의 '수(세피로트)'와 22개의 '문자'를 사용해 신에 의한 세계 창조를 그린 것으로, 이 '수'와 '문자'를 합쳐서 '32가지 지혜의 길'이라고 총칭하기도 한다. '세페르 예치라'는 10개의 세피로트라는 극히 중요한 개념을 발전시켰는데, 이 중 처음 4개의 세피로트는 우주의 원소들(하느님의 영, 공기, 물, 불)을 나타낸 반면 나머지 6개의 세피로트는 공간의 방향을 나타냈다.

27) '조하르의 서'라고도 한다. 유대교 성경 토라(기독교의 오경에 해당)의 주석서이며, 유대교 신비주의 사상의 중심이 되는 책이기도 하다. 13세기에 스페인의 랍비 모세스 데 레온이 쓴 것이라고 전해진다. 유대교 신비 사상 중에 나오는 세피로트의 나무, 아담 카드몬, 여러 천사들과 천국 등, 여러 신비 사상이 정리되어 있는 중요 문헌이다.

28) '조하르'의 일부가 기독교인인 크노르 폰 로젠로스에 의해 라틴어로 번역된 것. 훗날 다시 영어로 번역되어 '베일 벗은 카발라'라는 제목으로 출판되었다. 크리스천 카발라와 관련된 대표적인 책 중 하나이다.

아라노가 약하게 반론했다.

"그건 눈알 살인마의——짓이야. 그렇지, 기바 군."

기바는 무시했다.

미도리는 미소 짓는다.

"그래요. 그건 그 사람——눈알 살인마인지 뭔지의 범행이겠지요. 그럼 여쭙겠습니다. 어째서 그 눈알 살인마는 제가 저주한 순서대로 저주한 상대를 죽이고 다니는 건가요?"

"그건——."

"그 가와노라는 인색하고 추잡한 창부——그 암퇘지는 거만해져 있었어요. 우리는 비밀을 공유해 주는 대신에 그 여자가 돈을 받는 걸 허락했지요. 그 순간 그 여자는 거만해졌어요. 비밀이 폭로되는 게 싫으면 손님을 더 받으라고 하더군요. 하지만 저는 그때, 그래서 모든 게 발각되어도 상관없다——고 생각했어요. 하지만 동지들은 그건 곤란하다고 했지요. 그 아이들은 저주해라, 저주해서 죽이라고 제게 부탁했어요. 저도 저주 같은 건 처음에는 믿지 않았어요. 하지만 악마는 소환되었어요."

"악마——."

"그래요——그리고 그 여자는 죽었어요. 정말이었던 거예요. 저주가 성취된 이상, 악마는 진짜 있다는 뜻이에요. 악마와의 계약은 성립하고 말았어요. 모두 무서워했지요. 이제 그만두자고 하는 애들도 많았어요. 그리고——그때 저는 깨달았어요. 저만 진지했던 거예요. 다른 애들은 장난으로 하고 있었던 거지요. 그런 건 용서될 수 없어요. 그래서 들떠있는 동지에게 저는 마녀의 낙인을 찍었어요."

마녀의 낙인.

유코의 왼쪽 어깨의——붉은 흔적.

"——지옥을 보여주자고 생각했어요. 반쯤 장난으로 사바트나 흑미사를 하면 곤란하니까요. 계약이 이행된 이상 이제 되돌아갈 수는 없어요."

——유코의 말과 비슷하다.

미도리도 두려워하고 있었던 것은 아닐까.

바깥에서는 전혀 엿볼 수 없지만, 설마 하고 생각했던 저주 의식이 실제로 기능하고 만 것 때문에——그래서 이제 다 틀렸다고, 그렇게 생각한 것은 아닐까?

——이제 빠져나갈 수 없을 거야.

——우연일 리 없잖아!

——마녀의 낙인을 짊어지고 넌 살아갈 수 있어?

결국——미도리도 유코나 사요코와 똑같은 것이다.

미유키는 추젠지를 보았다.

기도사는 탐정 앞에서 몸을 낮추고 있다.

그 귓가에 탐정이 뭔가 말했다. 기도사는 눈을 가늘게 뜨고 이야기를 계속하는 미도리를 보았다. 혼잣말은 계속되었다.

"비밀을 폭로한 야마모토 선생님도, 그다음에 협박해 온 마에지마라는 여자도 모두 죽었어요. 이건 우연인가요? 아니에요. 저주는 있어요. 악마도 있고요. 그 남자도——."

미도리는 스기우라를 가리켰다.

"——제 뜻대로 움직였어요. 그 남자——스기우라는 가와노가 보내서 온 남자지만, 그날 중에 저를 모시기로 했어요. 그리고 가와노가 저주를 받아 죽었다는 말을 듣고 그 순간 희희낙락 기뻐했어요.

이 남자는 사역마라는 걸 저는 금세 깨달았지요. 악마가 제게 사역마를 보낸 거예요. 그 증거로 그 남자는 무엇이든지 했어요. 개예요. 벌레예요!"

"그——그만해!"

미에가 소리친다. 미도리는 비웃는다.

"하지만 사실인걸요. 흙을 먹으라고 하면 흙을 먹고, 몸에 상처를 내면 피를 흘리면서 기뻐했어요!"

스기우라는 고개를 숙인 채 견디고 있다. 그것은 굴욕을 견디고 있다기보다 회한을 곱씹고 있다는 표정이었다.

스기우라 다카오는 아까 추젠지가 하는 말의 소용돌이에 둘러싸여 자학의 깊은 늪에서 생환한 것이다.

미도리는 그것을 인정하고 싶지 않을 것이다.

——미도리는 외로운 거야.

미유키는 생각한다. 동지들도 어차피 진실된 악마숭배자는 아니었다. 다 함께 지옥의 가장자리에 서 있었는데, 정신이 들어 보니 자신 혼자 지옥의 늪을 들여다보고 있고 다른 놈들은 눈을 감고 도망치려고 하고 있었던 것이다. 그래서 공포로 묶었다. 같이 이 늪가에 있으라고 명령했다.

그래도 아무도 남지 않았다. 미도리는 사건이 일어나기 훨씬 전부터 외톨이였던 것이다.

그런 미도리에게 있어서 스기우라라는 남자는,

——어쩌면 필요 이상으로——.

소중한 사람이었던 것이 아닐까. 굴절되기는 했지만 적어도 일그러진 교류는 있었을 것 같다. 그래서——아까 그 소동 때 미도리는,

――싫어, 너도 나를――.

배신하는 거야――라고 말하고 싶었던 것이 아닐까?

"스기우라! 너라면 알 거야. 왜냐하면, 넌 사역마니까. 너는 저 기도사의 궤변에 현혹된 모양이지만 그런 건 가짜야. 내 말이라면 뭐든지 들었잖아? 평범한 인간이, 사람을 죽이라는 말에 망설임 없이 죽일까? 너는."

"나는――평범하지 못했어. 하지만 정신이 들었어. 나는 범죄자지만――이제 벌레는 아니야!"

스기우라는 동정하는 듯한 시선을 미도리에게 향했다.

"뭐――예요, 그 눈은. 그런 눈으로 나를 보고도――용서받을 수 있을 거라고 생각하나요――저, 저쪽을 보세요. 빨리!"

"스기우라 씨는 이제 네 명령을 듣지 않아요."

추젠지가 말했다. 그리고 그때 미유키는, 이 전개도――기도사의 작전이었다는 것을 알았다. 듣는 사람이 없는 독백은 미도리 자신을 궁지로 몰아넣었을 뿐이었다.

기도사는 스윽 일어서서 그림자 같은 자태를 흐릿한 빛 속에 또렷하게 떠올리며, 탐정 옆을 떠나 착란 직전인 소녀를 향해 말했다.

"스기우라 씨는 얼핏 보면 당신 생각대로 꼭두각시가 되어 범죄를 저지른 듯 생각되지요. 하지만 그건 아니에요. 당신에게 마력은 없어요. 애초에 흑마술 같은 건 이 일본에서는 사용할 수 없어요. 방법이라는 것은 시간과 장소 모두에 강하게 좌우되는 법이거든요. 만능의 이치를 가진 존재는 신이지 악마 쪽이 아니지요. 그러니 당신도 할당된 역할을 해내고 있는 것에 지나지 않아요. 당신은 포지션이 다소 달랐을 뿐, 스기우라 씨와 하등 다를 바 없는, 그냥 장기 말이에요."

기도사는 미도리 옆에 선다.

싸늘한 시선을 보낸다.

미도리는 마침내 한계를 맞이했다.

"닥쳐요!"

닥쳐, 닥쳐, 미도리는 양쪽의 경관을 뿌리친다.

"기도사인지 무당인지 모르겠지만, 악마를 떼어내기라도 하시려고요? 웃기네요. 사람에게 씐 악마라면 떼어낼 수 있겠지만, 저는 악마 그 자체예요. 떼어낼 수 있을 리가 없어——."

"——재미있는 말을 하는군요."

추젠지는 드디어 주문을 외기 시작했다.

"당신은 악마, 악마 하는데, 그건 악마(Devil)인가요? 마왕(Satan)인가요? 아니면 악귀(Demon)인가요? 루시퍼(Lucifer)인가요? 그것들은 모두 다른 거예요. 기원이 다르고 역할이 다르고 속성이 달라요. 하기야 현재에는 완전히 혼동되고 말았지만. 애초에 악마가 태고부터 있었다면, 어째서 그런 혼란이 일어나지요? 당신이 배운 금서와 마서(魔書)들은 12세기에서 18세기 사이에 쓰인 것인데, 특히 악마학이 성행했던 시기는 그 한가운데, 15세기경의 일이에요. 왜 그 시기였느냐 하면, 그건 인쇄 기술이 발달했기 때문이기도 하고, 기독교 사회가 불안정해졌기 때문이기도 하고, 거기에 맞는 교의를 정리해야 했기 때문이기도 합니다. 악마가 표면적으로 학문으로서 체계화되는 데는 그런 배경이 영향을 주었지요. 그리고 그 시기에, 이미 그런 혼란의 싹은 있었어요——."

기도사의 말의 소용돌이에 삼켜져, 미도리는 몹시 불안한 얼굴을 했다. 익사할 것 같다.

"혼란의 원인은 말이에요. 해석하는 행위가 많은 비슷한 것을 통합하고, 또 작은 차이를 확대했지요. 사실 일본어로 번역되면 어느 것이나 악마가 되었고, 유사는 동일이 되었어요. 또 그 무렵 기독교는 대개 다른 지역의 신들을 적대자로 받아들이고 있었기 때문에, 이산집합은 한층 심해지고 그것들은 혼란에 빠진 채 체계화되었지요. 따라서 그런 종류의 문헌 자료를 다룰 때는 특히 주의해야만 해요. 어떤 기술(記述)이든 반드시 선행하는 무언가를 밑바탕에 깔고 쓰인 글이기 때문이지요. 그 선행 자료도 마찬가지예요. 그렇게 거슬러 올라가면 후세의 오류나 날조는 어느 정도 바로잡을 수 있지만, 있는 그대로 받아들여서는 아무것도 얻을 수 없어요. 복제에 개찬(改竄)을 거듭해서 질이 떨어진 정보를 열심히 습득해 봐야 소용없지요."

"소용없다——고요?"

그래요, 소용없습니다, 하고 기도사는 말했다.

"애초에 악마란 무엇인가. 악마는 일본을 포함한, 기독교와 괴리되어 있는 문화권에서 발호(跋扈)하는 요괴나 악귀 같은 것과는 근본적으로 다른 존재예요. 악마란 기독교에서는 신의 적대자이고, 그리스도의 대척자로 되어 있지요——."

"맞아요. 그러니까."

"——하지만 적대한다고 해도 조로아스터나 그노시스주의자들이 말하는, 소위 선악이 대립하는 이원(二元) 중 하나로서의 사신(邪神)은 아니에요. 그 사신들은 선신(善神)과 대등한 위치에 있지요. 역학 관계는 팽팽하게 맞서고 있고, 그렇기 때문에 이원론의 세계에서는 항상 선과 악이 싸우고 있어요."

"기독교도——마찬가지예요."

"기독교는 유일신교예요. 따라서 신과 팽팽하게 맞서는 힘을 가진 자의 존재를 인정하지 않아요. 그래서 이원론은 배척되지요. 전능한 신은 또한 완전한 창조주여야만 합니다. 따라서 악마도 신이 만든 존재여야만 해요. 악마가 신의 창조물이 아니라면, 신은 불완전하다는 뜻이 되어 버리거든요. 기독교에서는 악한 것도 신이 허락하는 범위에서밖에 존재가 인정되지 않아요. 그러니 악마는 신을 돋보이게 하기 위해, 선을 정당화하기 위해서만 존재하지요. 즉 악마는 성직자의 임무를, 그리스도의 존재를 정당화하기 위해서만 서식할 수 있다고, 그렇게 생각해야 해요."

"악마를 만든 건 —— 신이라고요?"

"그래요. 원래 악마는 신의 종이었어요. 죄인을 다그치고 연행하는 무서운 얼굴을 한 천사가 바로 악마의 원형입니다. 감시하는 자 —— 중생을 감시하는 천사도 마찬가지고. 그들 근면한 천사들은 그 직무 때문에 무서운 형상이 주어졌고, 그 직무를 수행하기 위해 악마로 이름을 바꾸었어요. 악마는 창조주의 일부분에 지나지 않아요."

"아니에요. 제가 말하는 악마는 더 옛날부터 ——."

"기독교가 생기기 이전부터 신앙의 대상이 되었던 사신이라는 건가요? 그것도 곤란하군요. 그건 기독교가 침입하기 전까지는 악마가 아니라 신이었던 존재예요. 그리고 기독교가 들어오면서 악마가 되지요. 기독교는 유일신교이기 때문에, 그 이전에 존재했던 다른 지역의 신은 인정하지 않아요. 다시 말해서 악마라고 부르려면 기독교 이후지요, 그 이전은 없었던 것이 됩니다. 신이라고 부른다면 그건 기독교를 일탈한 다른 종교의 패러다임으로 말하고 있는 것이 되고, 그 경우에는 반(反)그리스도를 내거는 건 이상하지요."

"이상하지 않아요."

"이상합니다. 당신은 악마숭배주의자잖아요. 기독교 이외의 민족 종교의 교의를 배운 게 아니에요. 따라서 악마를 끄집어내려면, 그건 반드시 기독교를 기본에 두어야만 해요. 다시 말하지만, 악마는 신이 만들어낸 존재, 신에 의해 역할을 부여받은 존재입니다. 그리고 기독교의 우울함은 바로 거기에 있어요. 악마가 신의 창조물이라면, 악마는 신에게는 절대로 이길 수 없어요. 이길 수 없는 범위에서 적대하도록 처음부터 프로그램되어 있기 때문입니다. 하지만 적대자가 연약하면, 그 적대자 덕분에 빛나는 신 쪽도 약해지고 말지요."

"신이 약해진다?"

"그래요. 강대한 적을 분쇄하는 신은 위대하지만, 연약한 잔챙이를 상대로 한다면 왜소한 신의 모습밖에 부각되지 않는다는 뜻입니다. 그래서 악마를 강대한 힘을 가진 신의 적대자로 상정하지요. 이 경우, 신은 위대한 존재가 될 수 있지만, 그 악마도 신이 만들었으니 강대한 악의 근원 또한 신이다, 라는 뜻이 되고 말아요——그런 이율배반적인 갈등을 기독교는 갖고 말았어요——."

미도리가 끼어들 틈도 없다.

반론할 새도 없다.

실로 악마의 말이다.

기도사는 말을 잇는다.

"——그리고 기독교는 똑같은 구조를 가진 갈등을 또 하나 품고 있었어요. 여성 원리의 문제지요. 기독교가 기본적으로는 남성 원리에 지배되는 여성 멸시의 구조를 갖고 있다는 건 부정할 수 없어요. 사실 아까 당신이 말했듯이, 믿을 수 없는 차별 발언이 통하는 시대도 과거에는 있었지요. 여성성은 철저하게 부정되고, 차별을 받았어요. 하지만 한편으로는 여자를 성녀로 칭송한다는 움직임이 있었던 것도 잊어서는 안 돼요. 물론 어떤 찬양도 진정한 여성성을 대상으로 한 것은 아니었고, 대개 남성의 시선을 통한 이상적인 여성 예찬일 뿐이었던 것은 부정할 수 없지요. 그렇다고 해도, 여성을 신성시하는 충동이 있었던 건 사실이에요. 성모 신앙 같은 것도 그 한 예지요. 이 찬양하면서 멸시한다는 정반대의 여성관은 병립하고 있었고, 비난과 칭찬은 같은 시기에 융성하게 됩니다."

미도리는 기가 죽는다.

"물론 중세의――마녀사냥의 시기지요."

검은 옷을 입은 남자는 계속해서 말을 잇는다.

"한편으로는 성녀라고 떠받들고, 한편으로는 마녀로 배척합니다. 여기에도 이율배반이 있어요. 악마와 마녀가 연결되는 건 당연한 일이었지요. 이렇게 체계화된 악마학은 마녀사냥에 응용되어 갔어요. 마녀의 배후에는 선행하는 신앙――종교 의례가 있었고, 그 신앙 대상인 토지신 또한 악마화되었지요. 따라서 사바트라는 것은 선행하는 종교의 제사 의례 그 자체이기도 해요. 윤리관이 다르기 때문에 불길하게 보일 뿐이고, 그건 본래 건전한 종교 의례입니다. 그리고 거기에서 이루어지는 의료 행위――치유와 마술의 관계도 고려해야 해요."

"치유――와 마술?"

"그래요. 마술과 과학이라는 건 본래 같은 뜻이라고 생각해야 해요. 백마술이라는 건 자연과학, 흑마술이라는 건 신비학이지요. 이 차이는 아나요?"

"어——."

백마술이 자연과학이라는 말을 듣고 당혹스러워하지 않는 사람은 적을 것이다.

마술은——마술이다.

미도리는 대답했다.

"백마술은 공공을 위해, 흑마술은 개인의 에고이즘을 위해 사용되는 마술——이잖아요."

"뭐, 좋겠지요. 백마술이란 요컨대 원리원칙이 상세하게 밝혀져 있는 마술이고, 흑마술이란 그 원리원칙이 어두운 상자에 들어 있는 마술을 말한다고 생각하면 돼요. 원리원칙이 명확하게 밝혀져 있으면 누구든지 사용할 수 있지요. 하지만 가장 중요한 부분이 감추어져 있으면 그 사람밖에 쓸 수 없어요. 이게 공공과 개인의 차이입니다. 백마술——치유의 기술은 예로부터 여성이 담당해 왔어요. 이건 의료 행위지요. 하지만 치유하는 여자들은 그 기술——의술과 남성——체제에 빼앗기고 말아요. 원리원칙은 마술과 분리되어 과학이 되고, 이치를 잃은 마술은 모조리 흑마술이 되고 말았지요. 이 흑마술의 어두운 상자 부분에는, 나중에 여러 신비학이 던져 넣어집니다. 시기적으로 중복되는 악마학이 여기에 딱 들어맞아서 악마——마녀——의식——마술이라는 세트가 완성되지요."

미도리의 마성이 해체되어 간다——.

"따라서 그런 것이 의도적으로 탄압을 받고, 당신이 말하는 그 모독적인 것으로 나타나는 건 훨씬 후세의 일이에요. 물론 그 이전에도 그런 것은 있었지만, 의의는 달랐어요. 단순한 여성 멸시, 단순한 신앙의 일그러짐, 단순한 선행 종교의 의례, 그런 것에 지나지 않았거든요. 나중에 합쳐져서, 반(反)그리스도라는 형태로 귀결되기 이전의 원형을 후세 사람들이 읽어낼 때, 그 시대의 상식으로 판단해서 역사를 새로 썼을 뿐이에요. 어쨌든 반그리스도라는 사고방식을 성립시키기 위해서는 우선 기독교 자체가 제대로 된 이치를 만들어냈다는 게 조건이 되는 셈이니까. 성찬례 없이 반(反)성찬례는 있을 수 없어요. 흑미사는 고대의 악마, 고대의 주술과 연결된 것처럼 보이지만 결국 미사의 패러디일 뿐이에요."

"패러디──."

"그건 체제를 야유하는 것 이상의 힘은 가질 수 없어요."

"흑미사는 그런 가벼운 게──."

미도리는 약하게 반격한다.

"그렇게 생각하는 건 현대인인 우리가 우리 나름의 사악함으로 그것을 재해석하기 때문이지, 대개 그런 것은 환상에 지나지 않는답니다, 미도리 양. 게다가──만일 당신이 말하는 듯한 사악한 신비가 발현한다고 해도, 그건 이 시대, 이 장소에서는 안 돼요. 악마를 숭배하는 악마숭배주의자는 기독교가 구축한 세계관이 통용되는 시간과 장소 이외에는 아무런 효력도 발휘하지 않거든요. 정통 없이는 이단이 있을 수 없듯이, 악마 없이 신은 없고, 신 없이는──악마도 없어요."

"하지만 여기는 성역이에요. 기독교의 견고한 학사──."

"유감스럽지만──여기는 기독교 성당이 아니에요."

──여기는 기독교가 아니다.

아까 밖에서도 그런 말을 했다.

이 말에는 학장도 끼어들지 않을 수 없었던 모양이다.

"바, 바보 같은 소리를——그런——."

"바보라니요. 곳곳에 적혀 있어요. 노타리콘[29]이니 게마트리아[30]니, 여기저기에 조잡한 카발라[31]의 마술 결계가 둘러쳐져 있습니다."

"카발라가? 거——거짓말!"

미도리는 튕긴 듯이 건물 내부를 둘러보았다.

미유키도 둘러본다.

몹시 장식적인 기둥. 읽을 수 없는 문자가 적혀 있는 벽.

곡면을 그리는 천장의 커다란 샹들리에.

정면에 있는 문 모양의 장식 제단.

그 앞의 십자가.

기도대.

"그렇습니다. 조금 전 당신이 말했던 '창조의 서', '광휘의 서', '비법개현' 같은 것은 카발라의 기본이지요. 당신은 히브리어는 읽을 줄 몰랐나요?"

"히브리어——."

시바타가 머뭇머뭇 물었다.

"기독교가 아니——라는 말씀은 무슨 뜻입니까?"

---

29) 카발라의 일종으로 글이나 단어의 머리글자를 따서 새로운 단어를 만들거나, 단어에서 원래의 문장이나 단어의 연결을 복원하는 방법. 라틴어로 '속기'를 의미하는 말에서 유래한다.

30) 히브리어 및 히브리 문자의 신비술로, 성경 말씀에 숨겨져 있는 의미를 해독하는 신비주의사상 카발라의 일부.

31) 유대교의 전통에 기초한 창조론, 종말론, 메시아론의 신비주의사상. 독특한 우주관을 갖고 있다. 히브리어로 '받아들임', '전승'이라는 뜻이며, 신으로부터 전승된 지혜, 또는 스승이 제자에게 전승한 신비라는 뜻으로 사용된다. 카발라는 유대교 전통에 충실한 측면을 가지려고 했다는 점에서 다른 종교의 신비주의와 구분된다. 본래의 카발라는 정통 유대교와 친화성을 갖고 있었으나 기독교의 신비주의자들에게 채용되면서 유대교의 전통에서 괴리되어 지극히 개인적인 신비체험 추구 수단으로 사용되게 된다.

기도사는 단정했다.

"이곳은 유대교——그것도 오래된 형태의 유대교 사원입니다. 정확하게는 오래된 형태의 유대교 사원을 상상하고 만들어진 건조물입니다."

"유대교라고요?"

"그래서 비슷하기는 하지만, 물론 기독교는 아니에요. 게다가 시오니즘과도 정통파 유대교와도 인연이 없는. 숨겨진 유대교도가 만든 건물이겠지요."

"그런——."

"이제 와서 그런 얼굴을 해도 소용없어요, 미도리 양. 당신은 근본에서부터 잘못되어 있었던 거예요. 아니. 착각을 하고 있었다고 하는 편이 좋을까. 유대교는 엔 소프[32]를 신앙하고, 신으로부터 받은 율법을 준수하며, 신과의 계약에 기초한 선민만을 구원하는 민족종교지요. 저기에 십자가는 있지만, 여기에 그리스도는 없어요."

——여섯 개의 점은 거대한 헥사그램, 즉 육망성을 만들고 있네.

——소우주의 3대 구성체와 상호 관통하는 대우주의 3대 구성체, 솔로몬의 인장. 또는——.

"다윗의——별?"

미유키는 떠올렸다.

그게 답이라고 추젠지는 말했다.

다시 말해서 오리사쿠 미도리는 아니나 다를까 놀아나고 있었다——고.

---

32) 카발라에 의하면 대우주를 창조한 신의 이름은 엔 소프라고 하며, '무한(無限)'이라는 말로 번역되기도 한다. 모든 것을 초월하는 지고의 실체이다.

"그래요. 보세요, 저기에도 테트라그라마톤, 즉 신성사문자(神聖四文字)가 기록되어 있지요. 아도나이(Adonai)[33]라고 적혀 있어요. 따라서 이런 장소에서 그리스도를 경멸해도, 그건 좀 빗나간 행위지요."

"안 믿어요. 안 믿을 거야!"

미도리는 경관에게서 떨어졌다. 경관이 일어서서 옆에 붙는다. 미도리는 추젠지를 보고 있다. 노려보고 있는 것이 아니다.

"믿지 않겠다고 해도 사실이 그러니 어쩔 수 없어요. 당신들이 열세 번째 성좌석이라고 부르는 그것도, 소위 말하는 별자리——황도 12궁과는 상관이 없어요."

"하지만——별자리 마크가."

"뭐, 일단 성좌궁과 대응은 하고 있지만, 그건 말이지요, 지오만시[34]의 기호 표시예요."

"지오만시——."

성좌석이 있는 곳에서도 추젠지는 그렇게 말했다.

"나란히 점이 새겨져 있었지요? 그건 본래 흙의 마력의 법칙을 읽고 예언하는 점술의 형태예요. 돌이나 잔가지가 떨어져 있는 모양을 보고, 그것을 열여섯 가지 형태에 끼워 맞춰서 해석하는 것인데, 그 열여섯 종류의 인(印)이 나란히 있을 뿐이에요. 세 개는 사라진 모양이지만, 그게 우연히 중복된 처녀자리와 황소자리와 천칭자리였던 거지요. 이상할 것은 아무것도 없어요."

——뭐가——열세 번째 성좌석이야!

---

33) 천주교의 야훼, 개신교의 여호와를 유대교에서는 아도나이라고 부른다.

34) 게오만시라고도 한다. 흙이나 돌, 모래를 쥐고 그것을 땅바닥에 던져서 생긴 패턴을 해독하는 점술의 일종으로, 흙점이라고도 한다. 아프리카 및 중세와 르네상스 시대의 유럽에서 유행했다.

미유키는 왠지 바보 같아졌다. 그 불길함은 대체 무엇이었단 말인가.

거기에서 추젠지는 학장을 보았다가, 그 붕괴된 모습에 기가 막혔는지 시바타에게 물었다.

"시바타 씨, 이곳 한가운데에 있는 샘은 원래 천연의 샘이지요?"

"그, 그렇습니다. 어찌 된 셈인지 이 학원에는 그 샘이 원래 있었고, 거기에 지어졌어요. 그래서 그 분수도, 실은 단순한 장식물이지 물이 나오지는 않습니다. 왜 그렇게 한 것인지——하지만 그, 그게."

"이 학원의 7대 불가사의 중 여섯 포인트는 샘을 둘러싼 거대한 육망성을 그리고 있습니다. 이건 본래 샘을 봉인하기 위한 요란스러운 주술이 아니었을까, 하고 저는 생각합니다. 어이! 마스다 군. 그리고 이마가와 군!"

이름을 불린 이마가와는 네, 하고 대답을 하며 커다란 보라색 보자기를 들고 강단으로 나왔다.

마스다 쪽은 줄곧 입구에 서서 기다리고 있었는지, 기다리고 있었다는 듯이 달려왔다.

커다란 나뭇조각——검은 성모를 안고.

미도리의 얼굴이 일그러졌다.

추젠지는 마스다에게,

"잘 들고 왔군."

하고 말했다.

마스다는 콧등을 긁적이며,

"덕분에요."

하고 대답했다.

추젠지는 검은 성모를 기도대 위에 놓았다.

매끈매끈한 나무로 만들어진, 먹물을 몇 겹으로 칠한 듯한 칠흑의 얼굴. 성모라고는 하지만 성모상은 아니다. 목에 묵주를 걸고 있고 가슴에 십자가가 있기는 하지만, 기독교와 인연이 있는 것이라고는 생각되지 않는다.

어두운 사당에서 가지고 나왔는데도 기분 나쁜 것은 변함이 없었다. 그리고 그것은 잠깐 미유키의 간담을 서늘하게 했던 악마——스기우라의 분신——이기도 하다.

미유키가 쳐다보니 스기우라는 검은 조각상을 이상하다는 듯이, 그리고 슬픈 듯이 바라보고 있었다.

추젠지는 시바타를 향해 물었다.

"시바타 씨. 이건 뭡니까?"

"그것은 검은——성모의 상입니다."

"뭐, 그건 틀린 말도 아니지요. 다만 이 상은 본래 단독으로 모셔져 있었던 상이 아니에요. 이 상과 쌍을 이루는 상입니다."

추젠지는 그렇게 말하더니 이마가와가 가져온 보자기를 검은 상 옆에 놓고 매듭을 풀었다.

보라색 천이 사방으로 펼쳐진다.

안에는——.

하얀 성모가 있었다.

거의 같은 크기. 같은 자세. 대머리의 좌상이다.

만듦새의 느낌 등으로 보아 문외한의 눈에도 한 쌍의 상이라는 것을 알 수 있다.

꽤 기품 있는 얼굴 생김새다.

"이건 이번에 진범이 단 한 가지 예측하지 못한 사항일 겁니다. 이 하얀 신상은 미유키 양의 할아버지인 구레 니키치 씨가 젊은 시절에 바다에서 수집한 것을 이마가와 군이 일전에 만 엔에 사들인 상입니다."

——할아버지가?

——충분할지 모르겠다만 만 삼백오 엔.

그——돈이다.

"연대는 특정할 수 없어요. 일본의 신은 본래 형태가 없지요. 신체(神體)는 돌이나 거울, 요리시로[35]라고 불리는 것이지, 신 자체는 아니에요. 이런 조각상은 불상의 영향 아래에서 조금 만들어졌을 뿐이기 때문에 양식이 없어요. 하지만 바닷속에 그렇게 오랫동안 잠겨 있지 않았던 것은 확실합니다. 도장이 벗겨진 상태나 부식된 정도가 너무 적어요. 다시 말해서 이건 이 학원이 지어질 때 바닷속에 버려진 것이겠지요. 저는 처음에 이 신상을 보았을 때, 나머지 두 개가 더 있어서 무나카타 삼여신[宗像三女神][36]인 것은 아닐까 하고 생각했어요. 하지만 이곳에 와서 알았지요."

아셨습니까, 하고 이마가와가 물었다.

"알았네. 이 하얀 쪽은 동생 신인 고노하나사쿠야히메[木花佐久夜毘賣]일세. 그리고 검은 쪽은——언니 신인 이와나가히메[石長比賣]야."

"이와나가히메?"

---

35) 신령이 나타나 머문다고 하는 나무, 돌, 동물 등.

36) 무나카타 신사(후쿠오카 현 무나카타 시)에 모셔져 있는 세 여신의 총칭. 중국 및 한국으로 가는 해상 교통의 안전을 수호해 주는 현해탄의 신으로, '고사기'나 '일본서기'에도 등장하며 야마토 왕조에 의해 중시되었던 신들이다. 아마테라스 오미카미가 일본을 만들기 전에 무나카타의 세 신에게 '무나카타 지방에서 조선 반도와 지나 대륙으로 이어지는 바닷길로 내려가, 역대 천황을 돕고 역대 천황으로부터 두터운 신앙을 받으라'고 하여, 세 여신은 현재의 무나카타에 강림해 모셔지게 되었다고 한다.

—— 일본의 신?

그 말을 들은 순간, 칠흑의 상에서 불길함이 사라졌다. 형태도 색깔도 달라지지 않았는데, 그것이 일본 것이라는 사실을 안 순간 그것은 신이 되었다.

"그래. 지신(地神) 오야마쓰미노미코토[大山津見神]의 딸인 자매 신이지. 그 아름다운 물결 위의 신전에서, 손목에 달린 구슬을 짤랑거리며 베를 짜는 소녀 —— 가장 오래된 베 짜는 소녀 —— 오리히메[織姫]의 조상일세. 천손(天孫) 니니기노미코토[邇邇芸命]와 혼인한 신의 아내지."

—— 오리히메의?

"어떻게 알았습니까?"

"왜 한 개만 남겨둔 것일까 싶어서 말일세. 이와나가히메는 용모가 추해서 니니기노미코토가 기피하게 되지만, 이와나가[石長]라는 이름에서도 알 수 있듯이 영원한 불사(不死)를 상징하는 여신이기도 하지. 한편 고노하나사쿠야히메는 용모가 아름답고, 영화와 번영을 관장하네. 이것을 백과 흑으로 나눈 거야. 이 건물을 지은 오리사쿠 이헤에 씨는 어지간히 생에 대한 집착이 강했는지, 곳곳에 죽고 싶지 않다, 오래 살고 싶다는 염원을 담은 문자를 새겼거든. 번영을 나타내는 동생 신은 버리고 언니 신을 남겨둔 건 이것이 장수의 신이었기 때문이지. 사당을 짓고, 마치 학원을 감시하는 듯한 위치에 안치한 걸세."

"그렇군요. 그런데 왜 여기에 그 여신이?"

"이건 상상이지만 —— 이 장소는 오리사쿠 가의 성지였던 것이 아닐까. 그 샘 주변은 재장(齋場)이었고, 선택된 오리사쿠의 여자가 거기에 틀어박혀 찾아올 손님을 기다리는 —— 다시 말해서 그 샘은 베틀 연못[37]인 거지."

"베틀 연못?"

"과연 거미가 나올 만해."

추젠지는 그렇게 말하고 나서 마스다와 이마가와를 보며,

"지금은 거기까지일세. 이다음은 아츠코의 보고를 기다리지 않으면 감정할 수는 없겠지——."

라고 말했다.

"——하지만 그것이 무엇이었든, 이 학원이 기독교 정신에 따른 건축물이 아니고 무언가 선행하는 신앙이나 풍습을 봉인하기 위해서 유대교의 비밀 의식이나 점술에 기초해서 지어진 것이라는 사실은, 거의 틀림없을 테지. 하기야——상당히 자기 방식대로 세우기는 했지만——."

계속 다리가 풀려 있던 학장은 돌바닥에서 한껏 저항을 시도했다.

"하지만 이곳을 지은 분은 겨, 경건한 기독교도였던 오레사쿠 이혜에 씨——이고, 그, 그렇지요?"

미도리의 어머니——.

미유키는 그 존재를 지금까지 잊고 있었다.

그 의연한 어머니는 지금까지의 이야기를 어떤 심경으로 듣고 있었을까? 미유키가 그녀의 입장이었다면 결코 견딜 수 없었을 것이다.

부인은 조금 어두운 눈을 했다. 그러나 그것은 단순히 성당 안이 어둡기 때문일지도 몰랐다.

부인은 별로 뜸을 들이지 않고 대답했다.

---

37) 연못 밑바닥에 베를 짜는 여자가 있다거나 베틀 소리가 들려온다는 전설. 일본 각지에 널리 분포되어 있다. 예로부터 제사를 지낼 때에는 인가에서 떨어진 신성한 연못 옆에 베틀을 놓고, 선택된 마을의 소녀가 거기에서 신의(神衣)를 짜서 찾아오는 신을 맞이한다는 풍속이 있었다.

"아버지는——경건한 신앙인이기는 했던 모양이지만 저를 포함해서 가족 중 누구도 아버지가 무엇을 신앙하는지는 잘 몰랐습니다. 그러니 이분이 그렇게 말씀하신다면 그런 것일 테고, 그렇다고 해서 아버지의 공적이 폄하되는 건——아니에요."

사모님, 하고 학장은 그렇게만 말하고 바닥에 주저앉았다.

그리고 어리석은 노인은 긴 한숨을 내쉰 후, 여기가 유대교의——하고 헛소리처럼 중얼거리더니 성당 안을 둘러보았다.

"그러니 미도리 양. 당신이 아무리 중세의 마법서를 읽고 마술을 실천해도 아무 일도 일어나지 않아요. 더럽혀야 할 그리스도는 여기에는 없고, 저주를 들어주는 악마 또한 없거든. 방식이라는 건 작동 환경이 달라지면 전혀 기능하지 않아요. 이치가 다르면 오작동을 일으키거나——아니면 망가질 뿐이지요."

"그런——그런 바보 같은 일은 없어요."

미도리는 앞으로 고꾸라지며 소리쳤다.

"이래도 믿지 않겠다면——재미있는 이야기를 해 드리지요. 악령을 부를 때 행하는 흑마술사들이 무엇에 가장 마음을 쓰는지, 당신은 알고 있나요? 그들은 변덕스러운 악령들의 기분을 상하게 하지 않는 것에 무엇보다도 신경을 써요. 그들은 당신이 말하는 것처럼 자신의 에고(Ego)를 행사함으로써 흑마술사 노릇을 하고 있지만, 기실 악령에게 봉사하고 있는 것에 지나지 않아요. 마법서에 남아 있는 마술사의 철저한 자기 포기는 악령에 의해 상처 입지 않고 그들을 구속하려는 고육지책입니다."

"그건——무슨."

미도리에게서 그 뻔뻔스러운 자신감이 사라지고 있다.

"악마는 신의 뜻대로, 마술사는 악마의 뜻대로, 라는 거예요. 당신은 그중 어느 쪽이든, 누군가의 뜻대로——인 거지요."

미도리는 고개를 젓는다.

"저는 제——생각으로——."

기도사는 미도리에게 말을 주지 않는다.

"그럼 묻겠는데——미도리 양, 당신에게 흑마술을 전수한 건 대체 누구인가요!"

"네?"

"당신이 읽은 마술서는 본래 학교 도서관——그것도 기독교의 근간에 있을 리도 없는 금서나 마서예요. 기독교의 문헌이라면 모를까, 카발라라면 있을 리가 없지요. 당신은 학원 어딘가에 숨겨져 있던 그것을, 누군가의 가르침을 받고 발견하고, 그리고 그걸 익혔어요. 아닌가요?"

"그건——."

"그건 열리지 않는 고해실에 있었던 게 아닌가요?"

추젠지는 전부 꿰뚫어보고 있다.

"어——어떻게——그걸."

"그야 아주 간단한 추리지요. 육망성 각각의 점은 아주 어중간한 곳에 있어요. 거기는 본래 보이고 싶지 않은 것이라도 숨겨두는 장소가 아닐까, 하고 나는 생각했지요. 계단이나 화장실이나 피아노에 무엇이 숨겨져 있는지, 그런 건 알지도 못하고 흥미도 없고 알 필요도 없지만, 적어도 이곳——성당의 십자가 뒤에는 남에게 보이고 싶지 않은 것이 있었던 모양이니까요. 고해실도 마찬가지일 거라고 생각했지요."

"여기에 있었다? 있었다니 당신, 당신은 이 성당에는 방금 처음으로——."

"곤란하군요, 학장님. 보면 아시지 않습니까."

추젠지는 또각또각 바닥을 울리며 제단으로 다가갔다. 그리고 위를 올려다보더니, 아아 괜찮군, 하고 말하고 나서 힘껏——장식문을 열었다.

덜그럭거리며 장식품이 무너졌다.

"열리는 거요, 거기는——?"

학장은 맥빠진 목소리로 말했다. 아무것도 보고 있지 않다. 안은 선반처럼 되어 있고, 어두워서 잘 보이지 않았지만 무언가가 안치되어 있는 듯 보였다.

"당연하지요. 십계명이 적혀 있는 문 안에는 타나크(TNH)[38]의 두루마리가 들어 있는 게 보통입니다. 보세요, 이게 율법인 '토라(Torah)'[39] 이게 성문서인 '케투빔(Ketubhim)'[40] 이게——."

추젠지는 낡은 두루마리를 가리켰다.

"——이래서는——숨겼다고도 말하기 힘들 정도로 조잡하지만, 십자가 뒤쪽이니까요. 뭐 괜찮겠지, 라고 생각했을 테지요. 어차피 여기에 이런 것이 있다면 고해실에도 뭔가 있는 게 당연하지요. 그리고——."

추젠지는 다음으로 검은 신상을 가리킨다.

---

38) 유대교의 성서. 토라, 느비임(Nebhim, 예언서), 케투빔의 머리글자(TaNaKh)를 딴 것이다.

39) 유대교 성서의 첫 번째 다섯 서. 모세오서, 기독교에서 말하는 모세오경이다. 창세기, 탈출기, 레위기, 민수기, 신명기.

40) 유대교 성서에서 토라와 느비임을 제외한 나머지 부분. 시편, 잠언, 욥기, 아가, 룻기, 예레미야 애가, 전도서(코헬렛), 에스테르, 다니엘, 에즈라, 느헤미야, 역대기.

"——이 장수(長壽)의 검은 여신은 고해실 쪽을 향해 안치되어 있어요. 위치 관계로 추측해 보면, 이 여신이 지켜보는 건 그 방에 있던 자입니다."

"거기에 누군가가 있었다고요?"

물은 사람은 시바타였다.

"방은 사용하기 위해 만드는 겁니다. 그러니 아마 그 방은 학원 창립자——이헤에 씨의 비밀의 방일 겁니다."

기도사는 다시 미도리를 향한다.

"미도리 양. 카발라 관련 책이나 마술책은 거기에 있었어요. 그렇지요?"

"맞——아요."

추젠지는 문을 반쯤 닫으며 등을 돌린 채 물었다.

"고해실의 열쇠는——누구한테 받았나요?"

"그건——."

"말할 수 없다——인가."

이래서는 스기우라와 똑같다. 역시 미도리도 장기 말인 것이다.

"그래도——악마는——있어요."

미도리는 그러고도 저항을 보였다.

"——당신이 말씀하시는 건 잘 알았어요. 저는 터무니없는 어릿광대였던 모양이네요. 하지만 아무리 논리가 그렇다고 해도, 역시 악마는 있어요. 왜냐하면 저의, 그 무의미한 모독 행위나 주술이——효과가 있었으니까요. 왜냐하면——."

눈물이 눈처럼 하얀 뺨을 타고 흘렀다.

——이것은 연기가 아니다.

사요코나 유코와——똑같은 눈물이다.

기도사는 조용히 말했다.

"그것 자체가 덫이에요."

"덫——."

"당신을 희롱하기 위한 덫이에요. 아까 스기우라 씨가 한 이야기를 들었겠지요. 그 이야기와 마찬가지로 눈알 살인도 인간의 손으로, 다른 동기로 이루어지고 있는 거예요."

"그런——하지만——이거——그렇다면 이건, 이건 어떻게 된 건가요!"

미도리는 죽은 사람의 옷을 내밀었다.

"이건, 당신이 말씀하신 대로 마에지마 야치요의 기모노예요."

물새 무늬가 펼쳐졌다.

"이것만이 아니에요. 악마는 저주가 이루어질 때마다 죽인 상대의 유품을 가져다주었어요. 야마모토 선생님의 안경, 가와노 유미에 씨의 칼날 달린 채찍——."

"그건 어떻게 배달되나요?"

"이, 이건 저주가 성취된 다음 날——주술의 완수를 알리는 증거품으로 성좌석 위에 놓여——악마가 두고——."

"그건 성좌석이 아니라고 했을 텐데요. 보지는 않았지만, 양자리라면 그건 푸에르, 소년을 나타내는 표식이면 포르투, 미노르면 작은 길조(吉兆)를 나타내는 표식이 새겨져 있을 테지요. 악마가 무슨 우편배달부도 아니고, 게다가 주살의 증거품을 소년이나 작은 길조를 나타내는 돌 위에 둘까요? 그건 진범이 누군가에게 두고 가도록 시키고 있는 것뿐이에요."

——그렇다면 진범의 부하라는 자가——.

학원 내에 있다는 뜻일까?

미도리는 소리 없이 그저 눈물만 뚝뚝 흘렸다.

기도사는 조용히 말을 잇는다.

"납득할 수 없을 것 같으면——다른 질문을 할까요. 우선——가와노 유미에 씨는 어떻게 당신에게 접촉해 왔지요? 상대방 쪽에서 연락해 온 건가요?"

"그, 그 사람은 돈을 벌려고 원래부터 여학생을 이용한 매매춘(賣買春)을 계획하고 있었고——그래서——."

"그렇다고 해서 왜 당신한테 가나요? 당신이 악마숭배의 흑미사를 열고 있다는 걸 알고 있었나요?"

"그건——우연히."

"우연일 리는 없어요. 이 학원에는 200명도 넘는 학생이 있었어요. 그중에서 당신은 선택된 거예요. 수석이고, 학원 창립자의 손녀이고, 경제적으로도 풍족한 아가씨를 매춘의 파트너로 선택할까요? 보통은 그러지 않지요."

"그건——."

"그리고——야마모토 사감은 어떻게 당신들의 비밀을 안 거지요? 밀고자라도 있었나요?"

"미, 미사를 보고——."

"바보 같은. 그렇다면 어째서 아사다 유코 양만 붙잡혔나요? 게다가 심야의 향응을 나무라는 거라면 이해가 가지만, 그걸 즉시 매춘과 연결지은 건 왜지요?"

"아——."

"야마모토 스미코 사감은 틀림없이, 도움이 되지 않았던 혼다 고조 교사의 대역인 거였어요. 그러니까 반드시 —— 정보 제공자가 있었지요."

"정보 제공 —— 자? 누가 —— 무엇 때문에 ——."

"두 사람은 거미의 종의 구조를 백일하에 드러내서 와해시키고, 당신을 궁지에 몰아넣기 위한 장기 말이었어요. 당신은 영리하고, 내버려두면 언제까지든 잘해낼 테니까."

"와 —— 와해시킨다?"

"그래요. 비밀은 새어 나가고 있었어요. 혼다 교사에게는 상당히 초기 단계 —— 그렇지, 작년 여름에는 이미 매춘 정보가 흘러나갔을 거예요. 하지만 그는 그 공격의 방향을 왠지 와타나베 양에게 향하고 있었고, 음란한 행위에 탐닉할 뿐 전혀 핵심에 다가가려고 하지 않았지요. 그래서 급히 야마모토 사감이 선택되었어요. 그녀의 정보원은 진범이에요."

"그런 —— 바보 같은 —— 왜."

"물론 현재 일어나고 있는 이 상황을 만들어내기 위해서, 이지요. 이 무대는 진범이 바랐기 때문에 이루어진 전개입니다. 그렇지, 그리고 세 번째 표적인 마에지마 야치요 씨를, 당신은 왜 저주했지요? 면식은 없었을 텐데."

"협박 편지가 —— 왔어요."

"편지? 그렇군. 폭로 당하는 게 싫으면 시키는 대로 해라, 라는 건가. 하지만 야치요 씨는 당신들을 몰라요. 그녀는 그 무렵 다른 협박자에게 공갈을 당하고 있었지요."

"거, 거짓말 —— 이에요!"

"거짓말이 아니에요. 사실입니다. 오리사쿠 고레아키 씨가 매춘 정보를 쥐게 된 것도 우연이 아닐 거예요. 고레아키 씨는 가와노 유미에 씨와 깊은 관계에 있었는데도 불구하고 그녀가 살아 있을 때는 자신의 학원에서 일어나고 있는 일을 알지 못했어요. 그런 통찰력도 조사 능력도 전혀 없는 남자가, 혼다 교사가 죽은 후 겨우 하루라는 짧은 시간 만에 도달할 수 있는 정보가 아니지요. 아니나 다를까 고레아키 씨는 끝까지 착각하고 있었어요. 착각의 대상이 된 미유키 양 일행에게는 큰 폐였지만——진범의 입장에서 보자면 고레아키 씨도 미유키 양도 뭔가에 방해되었을 테니——잘 된 셈이었지요."

미도리는 고개를 젓고는 기도사에게서 떨어지듯이 뒷걸음질 쳐서 의자를 쓰러뜨리며 통로로 나갔다. 경관들은 허둥지둥 쫓아가 양쪽 옆에 섰지만, 더 이상 소녀를 세게 누르지는 않았다. 분명히 이래서는 너무 가엾다. 괴롭히고 있는 것으로밖에 보이지 않는다.

미도리는 울음 섞인 목소리로 소리쳤다.

"거짓말——거짓말, 거짓말, 거짓말——하지만——내가——그, 진범에게——조종당하고 있었다고? 그런 일——그건——그런 건 절대 믿지 않아!"

"진범은 당신에게 열쇠를 건넨 사람이에요."

"거짓말. 거짓말, 거짓말——아니야! 그럼 나는——."

미도리는 고개를 저으면서 멀어진다. 기도사 옆에 있던 미유키는 그——아직도——사랑스러운 몸짓이 오히려 가엾게 여겨지고 견딜 수가 없어서 미도리 옆으로 다가갔다. 분명히——진범인가 하는 제삼자의 출현으로 이제야, 이제야 약해져서 울고 있는 미도리의 모습에 사요코나 유코가 겹쳐 보였던 것일 거라고 생각한다.

칠칠치 못한 학장 일행과 넋이 나간 시바타, 그리고 형사들이 지켜보고 있다. 스기우라도 몸을 돌려 미도리를 보고 있다.

"——나는——무엇 때문에? 그——."

"미도리."

미유키는 말을 건다. 그리고 미유키가 미도리 옆에 서 있는 두 명의 경관 앞에 다다랐을 때, 기도사가 말했다.

"이제 됐어요. 당신은——."

그리고 아주 조금, 다정한 눈을 했다.

"아사다 유코 씨를 떠밀지 않았지요?"

"어——."

미도리의 호흡이 멈추었다.

스기우라가 흠칫하며 얼굴을 들고 그 옆얼굴을 보았다.

"떠——밀었——어요."

"물론 당신은 처음부터 떠밀 생각이기는 했겠지요. 하지만 실행은 할 수 없었어요."

"그렇지——않아요."

"하고 싶어도 할 수 없었겠지요? 아사다 유코 씨는 정신적, 육체적으로 궁지에 몰려서 극한 상태에 있었어요. 그리고 눈앞에서 사요코 씨가——."

——뛰어내렸다.

"등 뒤에서 당신이 다가오지요. 유코 씨는 다가오는 당신의 모습을 보고 두려워서 떨다가——공포에 질린 나머지 실수로 떨어지고 말았어요——아닌가요?"

"어떻게——그걸——."

미도리는 고개를 좌우로 몇 번이나 흔들었다.

——미도리가 유코를 죽이지 않았다?

그것이.

그것이 사실이라면 그녀의 고백은——.

파멸적인 허세다.

그리고——.

"마——마찬가지예요. 제가 죽인 거예요. 제가 죽였어요. 왜냐하면, 제가——제 마력이 그 사람을——."

죄책감인가——.

——이 아이에게는 이 아이만의 윤리가 있는 것이다.

미유키는 울어서 흐트러진 소녀의 얼굴을 가까이에서 보았다.

검은 옷을 입은 남자가 한 발짝 앞으로 나온다.

미도리는 얼어붙어 있다.

"분명히 그걸 마력이라고 부른다면 그건 마력이에요. 하지만 마력은 영향을 받는 사람이 있어야 비로소 성립하지요. 그때의 유코 양에게 있어서, 분명히 당신은 마력을 갖고 있었어요. 하지만 그건 그것뿐. 그 상황 그 장면에 한한 일입니다——."

"하지만——어째서——."

"우리를 속일 수는 없어요. 중학생이 마술을 쓰다니——400년은 빠르지요——맞지?"

기도사가 돌아보자 탐정은 앉은 채 큰 소리로, 그 말이 맞네, 하고 말했다.

"저는——누군가의 생각대로——매춘이나——살인을——하고——하지만——."

"당장은 믿을 수 없을 테고, 자신에게 자유의사가 없었다는 걸 믿고 싶지 않은 마음은 충분히 알아요. 하지만 믿지 않으면 이치는 통하지 않습니다——."

기도사는 또 한 발짝 앞으로 나왔다.

"——참으로 잔혹한 이야기지요. 궁지에 몰리고, 마술을 배우고, 실천을 강요하는 환경이 주어지고, 실천했더니 진짜 그 일이 일어난다——믿지 않는 쪽이 이상하지요. 게다가 그 일은 살인이에요. 장난으로 끝낼 수는 없지요. 저주한 대로 사람이 죽는다면 누구라도 믿을 겁니다."

"——가짜였다는 건가요?"

미도리는 양팔을 축 늘어뜨렸다.

죽은 사람의 옷이 돌바닥에 가볍게 펼쳐졌다.

"모든 게——."

"당신에게——."

기도사는 말투를 누그러뜨리며 물었다.

"——고해실의 열쇠를 건넨 사람이 누구지요? 그 사람이."

"거짓말. 싫어. 그것만은 믿지 않아요——그것만은."

기도사는 그 눈물에 젖은 얼굴을 물끄러미 바라보며,

"좋아요. 그렇다면——그건 미도리 양이 믿는 대로 두지요. 당신에게서 전부 떼어내 버리는 것은——좀 잔인한 기분이 드는군요——."

그렇게 말하더니 미도리에게 등을 돌리고 이렇게 말을 맺었다.

"자. 죗값을——치르세요. 사람은 죽이지 않았어도 당신은——좋지 못한 일을 많이 했어요."

미도리는 경관들 사이에서 힘없이 뒤로 비틀거리더니 문에 부딪혀 그대로 떨어지듯이 주르륵 주저앉았다. 미유키는 달려가서 부축하려고 했지만, 그보다 먼저 두 명의 경관이 다시 양옆에 서서 조금 망설이며 미도리를 일으켜 세웠다. 그러나 역시 묶거나 세게 누르지는 못하는 것 같았다. 설령 무슨 짓을 했다고 해도 상대는 아직 어린 소녀——인 것이다.

미도리는 죽은 사람의 옷 끝자락을 움켜쥐고 잠시 고개를 숙이고 있었지만, 이윽고 떨리는 듯한 울음 섞인 목소리로,

"좋아요——."

하고 말했다.

"——좋아요. 제가 졌어요. 죗값도 치를 거고——사실도 말씀드리겠어요."

쳐든 얼굴은 우는 얼굴이었지만 의연했다.

"——그래요. 저는——이날이 오기를——기다리고 있었어요. 아니, 분명히 이날이 오기를 바라고 있었어요. 그것을 위해서 그런 짓을 했는지도 몰라요. 가와노 씨가 매춘을 폭로하겠다고 했을 때도, 사실은 저주하거나 그러고 싶지는 않았어요. 그때 이미——각오를 하고 있었어요."

추젠지가 돌아본다.

아라노가 물었다.

"무, 무슨 말이냐? 너."

"모르——시겠어요?"

목소리가 뒤집어졌다.

"간단해요. 이걸로——그 집안도 끝장——."

눈물에 젖은 눈동자에 증오의 빛이 떠올랐다.

"——축복받지 못한 집——저주받은 오리사쿠 가의 이름도 이제 끝장이에요. 그렇지요——어머니."

미도리는 가리켰다.

미유키가 그 방향을 보니, 놀랍게도 미도리의 어머니는 딸에게 등을 돌리고 정면 제단의 열린 문을 보고 있었다. 이렇게 된 딸에게 시선도 향하지 않는다.

"——어머니!"

미도리는 외친다. 울어서 흐트러져도 여전히 의연한 딸은 계속해서 침묵을 지키는, 역시 의연한 어머니를 바라보았다.

어머니는 천천히 돌아본다. 미도리는 거칠게 외쳤다.

"——명예도, 지위도 전통도, 전부 땅에 떨어져서 흙투성이가 되겠지요. 그렇게만 된다면 저는 어떻게 되어도 좋아요. 잘됐네요, 어머니——."

싸늘한 시선.

침착한 태도.

"뭐라고——."

미도리는——격앙했다.

"——뭐라고 말씀 좀 해 보세요!"

어머니는 그제야——그제야 일어섰다.

"바보 같은 짓은 그만해라. 꼴사나워."

"꼴사나워?"

미도리는 덜덜 떨었다.

"꼬, 꼴사납다고요?"

이가 딱딱 부딪친다. 목소리도 떨리고 있다.

"꼴사나운 건 어느 쪽인가요, 어머니! 용케도 그렇게, 좋은 집안의 사모님인 척하실 수 있네요. 더러운, 짐승 같은, 저주받은 피의 집안에 태어나서, 그렇게 대단한 척할 수 있는 것도 돈이나 명성이 있기 때문이겠지요. 이제 끝장이에요! 저는 터무니없는 죄를 저질렀어요!"

미도리는 커다란 눈동자를 튀어나올 듯이 부릅뜨고 있다.

어머니는 그 광기의 시선을 의연하게 받아냈다.

"착각하지 마라. 대대로 쌓아올려 온 오리사쿠의 이름은 너 하나가 그 정도의 죄를 저지른 정도로 흔들릴 만큼 허약한 게 아니야. 너는 결국 살인도 매춘도 하지 않았잖니. 이제 그런 장난은 그만둬. 순순히 죄를 인정하고, 법에 따라 처벌을 받는 거야!"

"그만하십시오, 부인!"

추젠지가 고함쳤다.

"지금 당신 딸이 어떤 상태인지 모르시는 겁니까! 이 아이에게 더 이상은——."

미도리는 떨면서 교복 밑에 손을 넣었다.

어머니는 기도사를 노려본다.

성당 안이 긴장한다.

쉬익, 하고 바람을 가르는 듯한 소리가 났다.

무슨 일이 일어난 것인지 알 수 없었다.

경관 한 명이 낮게 비명을 지르며 웅크리고, 이어지는 소리에 맞춰 또 한 명이 몸을 뒤로 젖혔다. 성당 안에 가볍게 바람이 불었다. 미도리가 뛰어나와 가장 가까운 곳에 있던——미유키에게 매달렸다. 그래도 미유키는 무슨 일이 일어나고 있는 것인지 알 수 없었다.

미유키의 시야에는 얼굴에서 피를 흘리며 데굴데굴 구르는 경관이나 얼굴을 누르고 발버둥 치는 또 한 명의 경관이나, 당황해서 일어서는 아라노나, 이소베나, 츠바타나, 입을 벌린 시바타나 의자를 쓰러뜨리며 이쪽으로 다가오는 기바나, 이마가와나 마스다나, 기민한 동작으로 뒤쪽으로 돌아가는 탐정의 모습밖에 보이지 않았다. 그리고 추젠지의 말이 왠지 몹시 멀리에서 들렸다.

"내게 어떻게 해서라도 전부 떼어내라는 건가!"

미유키는 서서히 오감을 되찾는다.

누군가에게 안겨 있는 것 같다.

목덜미에 이물감——차갑고 흉포한 것의 날카로운 끝.

뾰족한 것이 들이대어져 있다.

미유키는 시선을 자기 몸으로 보낸다.

물새 무늬가 보였다.

그 사이로 검은 채찍 같은 것을 쥔, 희고 가느다란 팔이 보인다. 채찍 끝이 목덜미에 닿아 있다. 미유키는——죽은 사람의 옷에 감싸여 있다.

백단 향기가 났다.

그리고 이 냄새는.

——백분(白粉) 냄새?

야치요라는 사람의 기모노.

검은 성모는 이제 없다.

그럼 이 하얀 손은,

——명계에서 나오는 여자의 팔.

귓가에서 떨리는, 어린 목소리가 났다.

"뭐야. 뭐야, 뭐야. 음탕한 여자 주제에, 잘난 척 지껄이지 마! 그래. 여기에 악마가 없어도 나는 악마야! 그러니까 아무도 나를 벌할 수는 없어! 나는 사람이 아닌 자. 사람을 저주하고, 주님을 저주하고 세상을 저주하는, 더러운 영혼을 가진 악마의 자식이야! 붙잡을 수 있다면 붙잡아 봐!"

미도리——.

미유키는 그제야 상황을 파악했다.

죽은 사람의 옷을 걸친 미도리가 미유키의 목에 칼을 들이대고 있는 것이다.

"이건——가와노 유미에의 유품인 채찍이야. 자, 어머니. 저는 지금 사람을 다치게 했어요. 보셨나요? 지금부터 이 미유키 씨를 죽일 거예요. 이러면 어때요?"

——죽인다?

"그만해, 미도리! 너는 무슨 생각을 하는 거니! 미유키 씨를 놓아줘!"

어머니는 처음으로 딸을 향해서 엄하게 소리쳤다.

다만 미유키는 그 얼굴을 볼 수가 없다. 목에 예리한 칼끝이 닿아 있다.

"드디어 큰 소리를 내셨네요, 어머니! 그렇지요. 살인 상해라면 중죄니까요. 그렇게 되면 집안이 위험하지요!"

"미도리! 바보 같은 말은 그만둬! 그 미유키 씨를 놓아줘!"

"그것 보세요. 당신은 딸인 나보다도 이 미유키 씨가 더 걱정되시죠? 당연하겠지요! 저 같은 불길한 딸은 죽는 편이 낫겠지요!"

——뭐지?

미도리의 마음속 이 암흑은 대체 무엇일까.

기도사가 떼어내지 말고 놔두자고 했던 부분일까.

거기에 신이 있을 곳은 없는 걸까.

미도리가 말한다.

"미유키 씨——."

아직 발달하지 않은, 간지러운 목소리.

"——미안해요. 끌어들여서. 하지만 당신도 잘못했어요——나는 당신이 부러워——."

부러워?

"——죽어 주세요."

끼익, 하고 목덜미에 차가운 것이 파고들었다.

"그만둬! 너는 착각을 하고 있어——."

기도사——.

"——네가 그렇게까지 오리사쿠 가를 저주하는 건 네가 자신의 출생에 대해서 어떤 의혹을 품고 있기 때문이 아니니? 그렇다면 그건 착각이야!"

"출생의 의혹이라고요? 그건 뭔가요——."

목소리밖에 들리지 않는다.

방금 그 목소리는 미도리의 어머니일까.

귓가에서 외치는 목소리.

"시치미 떼지 마세요! 이 창녀. 내가 모를 거라고 생각했어요? 당신들 부부가 얼마나 더러운 부부인지, 내가 얼마나 더러운 인간인지——왜 나 같은 걸 태어나게 한 거예요! 이런 기분을 맛보게 하고, 괴롭히기 위해서인가요!"

"그——그건 무슨 말이니? 너는 무슨 말을 하는 거야! 미도리, 확실하게 말해!"

그 어머니가 흐트러져 있다. 숨소리가 거칠다. 미도리의 심장 고동이 전해져 온다.

"나는 들었어요. 전부 들었어. 나는 더러운 아이. 어떻게 해서라도 시치미를 떼겠다는 거군요. 좋아요! 말하지요! 잘 들으세요!"

미도리는 미유키를 방패로 삼고 있다.

——스기우라와 똑같은 장기 말.

아까의 스기우라 다카오와, 완전히 똑같지 않은가.

——이건 이 기모노의?

죽은 사람의 옷의 마력일까?

미유키의 좁은 시야 끝에 검은 신상이 들어왔다.

——신상은. 두 개였던 거야——.

미도리는 방향을 바꾼다. 미유키의 시야가 돌아간다. 하얀 신상이 시야를 스친다.

마음에 어둠을 품은 소녀는 에워싸고 있는 어른들을, 에워싸고 있는 세상을 전부 적으로 돌리고 있다.

그리고 고립된 소녀는 있는 힘껏 소리쳐 말했다.

"나는 아버지 오리사쿠 유노스케와, 언니인 오리사쿠 유카리 사이에서 태어난 아이예요! 그렇죠!"

견고한 구조물에 반사되어, 불길한 말은 몇 번이나 몇 번이나 미유키의 귀에 흘러들어왔다.

그것이 어둠의 정체일까.

"무슨——바보 같은——."

"뭐가 바보 같아요? 처음에는 귀를 의심했어요. 그리고 고민하고, 슬퍼했어요. 믿고 싶지 않아서, 나는 조사했어요. 내가 태어난 1940년, 언니는 약 1년 동안 집을 비웠지요. 어디에도 가지 않고, 일도 하지 않고 줄곧 집에만 계시던 그 언니가."

"그건 —— 병의 ——."

"알아요. 장기 요양이라고요? 이상해요. 변명이야! 어디에선가 나를 낳은 거야!"

"그런 일은 없어!"

"유카리 언니는 줄곧 다정했어요. 나는 당신이 아니라, 거의 그 사람 손에서 자랐어요. 하지만 그걸 알았을 때는 소름이 끼쳤어! 더러워! 짐승보다도 못해! 나는 언니를, 아버지를, 그 집을 저주했어요! 그리고 무엇보다 더러운 내 몸을 저주했어요! 그래서 나한테는 이렇게 하는 것밖에 길이 없었어요. 사악을, 모독을 긍정하지 않고서는 존재를 정당화할 방법이 없었다고요! 뭐예요! 다들 싫어 죽겠어! 다 죽어 버려!"

꾸욱.

목이.

"미도리 양. 그건 지어낸 이야기야!"

—— 추젠지 —— 씨.

검은 옷을 입은 남자가 에워싸고 있는 사람들에게서 한 발짝 나선다.

떼어내는 —— 걸까? 떼어낼 수 있을까.

—— 몹시 슬퍼 보이는 얼굴이다.

"내 —— 이야기를 들으렴."

"더 이상 할 말이 뭐가 있다는 거예요! 당신은 내게서 마력도 사역마도 빼앗아 버렸어. 그러니까 나는——이렇게 할 수밖에 없잖아!"

채찍 끝의 칼날이 미유키의 목을 자극한다.

"그만둬. 아까도 말했잖니. 너는 악마가 아니야. 악마는 될 수 없어. 잘 들으렴! 돌아가신 유카리 씨는 선천적인 심장 질환을 갖고 있었어. 그래서 본래 그렇게 오래 살 수 있는 사람이 아니었다. 아이 같은 건 낳을 수 없는 사람이야."

"그런 건 거짓말이야. 들은 적도 없어."

"비밀이었으니까. 그렇지요, 부인."

미도리의 어머니——.

어머니는 의연한 채 당황하고 있었다.

"——맞아요. 그 애는——유카리는 길어야 10년밖에 못 살 거라고 했어요. 가엾어서 본인에게는 말할 수 없었어요. 물론 다른 딸들에게도 할 수 있는 이야기가 아니었지요. 우리는 언젠가는 그 날이 올 거라고 각오하고, 그 애가 적어도 여한 없이 살 수 있도록, 죽음에 대한 두려움을 품지 않고 살아갈 수 있도록 숨기기로 했어요."

"들었지? 유카리 씨가 아이를 낳을 수 있을 리가 없어, 미도리 양. 그래서 그녀는 학교에도 가지 않고 취직도 하지 않고 집에 있었던 거다. 고풍스러웠던 것도 내향적이었던 것도 아니야. 그렇게 할 수밖에 없었던 거지. 그것에 대해서는——시바타 씨, 당신도 아시지요? 당신과 유카리 씨의 혼담이 깨진 건 오리사쿠 가가 비밀을 털어놓았기 때문이지요?"

"그렇——습니다. 다만 본인에게 탄로 나는 건 곤란하니까 표면적으로는 조건이 맞지 않는다는 걸로——."

"거짓말이야! 그 혼담 소동도, 아버지가 언니를."

"그건 있을 수 없는 일이야. 자료에 의하면 너는 유카리 씨와 유노스케 씨 사이에 생긴 아이일 수가 없어. 혈액형이 맞지 않아. 너는 근친상간으로 태어난 배덕의 아이가 아니야. 그렇게 믿고 있을 뿐이지. 너는 유노스케 씨와 이――마사코 씨의 아이다."

"미――믿을 수 없어! 이 사람은, 나한테 다정한 말을 해 준 적도 없고 웃음을 지어준 적조차 없단 말이에요!"

"미도리!"

어머니가 소리쳤다. 떨리는 손을 내밀고 있다.

――이 사람에게는 이 사람 나름의 애정이 있는 것이다.

미유키는 이해하려고 하지 않았던 자신이 부끄러워졌다.

"너는――너만은 나와 유노스케 사이에서 태어난――아이야. 널 낳은 건 나란다. 이것만은――믿어, 믿어줘! 그러니까."

미도리의 팔이 느슨해졌다.

"하지만――하지만 그렇다면――."

기도사의 목소리가 난다.

"미도리 양. 네게 그 거짓말을 불어넣은 사람은――네게 고해실 열쇠를 건넨 사람과 동일인물 아니니? 그렇다면 그건, 그 시점에서 너는――."

"싫어. 그런 거. 나는――."

미도리의 몸이 떨어졌다.

미유키는 꼼짝도 못 하고 서 있었다.

"거짓말이야. 그런 건, 그건, 그럼――."

"속고 있었던 거야. 그 녀석이――진범이다."

경관이 움직였다.

"그만두게, 아직 일러."

하고 추젠지가 말했다.

탕, 하는 소리가 나며 문이 열리고, 세상이 빙글 돌았다.

미유키는 떠밀린 것이다. 쏴아, 하는 소리가 나고 세상이 밀려온다. 미에가 달려온다. 탐정이 미유키를 뛰어넘다시피 하며 밖으로 나간다. 형사들이 달린다. 기바의 탁한 목소리가 울린다. 어이, 그 애를 보호해, 멍청아 꾸물거리지 마. 빙글빙글 성당 안이 돈다. 읽을 수 없는 히브리어. 견고한 구조가 흐물흐물하게 일그러진다.

세상이 미리 준비된 것이라면. 스스로 생각하고 스스로 결정하고 스스로 움직이는 것이 아니라면. 결정권이 없다면, 그것은 스스로 살고 있지 않은 것이나 마찬가지. 누군가가 살려놓고 있는 것이나 다를 게 없다. 그리고 준비된 세상이 거짓부렁이라면——.

보고 있는 세계, 듣고 있는 세계, 냄새 맡고 있는 세계, 만지고 있는 세계, 믿고 있는 세계가 꼭 진실이라는 법은 없다. 그런 것은 잘 알고 있지만, 보고 듣고 냄새 맡고 만지고 믿는 것 외에 어떻게 세상을 알면 되는지 미유키는 모른다. 미도리가 그것을 믿은 이상, 아무리 괴롭고 힘들어도 그것은 미도리에게 현실이다. 미도리는 그 현실 속에서 자신의 의지로 살아가고 있다고 생각하고 있었던 것이다. 그 세상이 거짓부렁이이고 미도리만의 것이었다고 해도, 그것은 미도리에게 조금 전까지 현실이었다.

미도리는——속아서 사람으로서의 자신을 잃어버렸다. 현혹되어 신을 상실했다. 그리고 지금, 허식 위에 한껏 허세를 부리며 쌓아올린 현실을, 세상을 잃은 것이다.

세상을 잃을 정도라면, 괴로워도 힘들어도 계속 속고 있는 편이 ── 그나마 ──.

그래서 ── 그 기도사는,

지금은 떼어내지 않겠다고 ──.

그런데. 조금만 더 있으면 되었는데.

죽은 사람의 옷이 빙글빙글 돌고 있다.

아주 천천히.

무늬가 예쁘다.

백단 향기에 백분 냄새가 섞인다.

그 주위에 다른 세상에 사는 사람들이 둥글게 모여 돌고 있다. 악마와 마녀가 발호하는 음란한 세상과 건조하고 멋대가리 없는 경찰관은 서로 어울리지 않는다. 그래서 미도리는 저렇게 돌고 있는 것이다. 회전함으로써 자신의 경계를 그리고, 자신만의 세계를 되찾고 있는 것이다 ──.

미유키 씨 미유키 씨 미유키 씨.

"미유키 씨!"

미에의 목소리에 미유키는 도로 끌려왔다.

탐정이 ── 외쳤다.

"너희들은 방해만 돼. 요란스럽게 굴지 좀 마!"

샘을 등지고 미도리는 광란하고 있었다.

많은 경관들에게 에워싸여 채찍을 쳐들고 있다.

야만적인 사건만 취급하는 데 익숙한 울툭불툭한 경관들은 세상을 잃은 섬세한 소녀를 어떻게 대해야 할지 모르는 것이다. 당혹스러워하고 있다. 서서히 원은 좁혀지지만, 손을 내밀 계기를 찾지 못한다.

추젠지는 착란을 일으키기 시작한 미도리 어머니의 손을 잡고 원의 중심으로 들어가려고 한다. 탐정이 경관들을 제치고 길을 열려고 한다.

기바가 고함친다.

"네놈들 비켜! 애를 위협해서 어쩌자는 거야, 이봐! 그만두지 못해!"

총소리가 났다.

물론 위협사격이었겠지만, 그것은 금이 간 미도리의 마음을 부수기에는 충분했던 것 같다.

"쓸데없는 짓 하지 마시오!"

추젠지가 경관에게 호통을 쳤다.

미도리는 무언가를 소리치며 경관에게 쳐들어갔다. 사정을 모르는 경관은 움츠러들고, 한 사람이 뺨을 베이고, 두려움이 흐트러짐을 부르고, 원은 끊기고, 미도리는 그 한 모퉁이를 돌파했다.

"그 괴상한 방은 어디지!"

탐정이 고함친다.

미도리가 예배당을 향해 달려간다.

참언(讒言)에 현혹되어 신을 잃고, 사람을 잃고, 세상을 잃은 하얀 얼굴의 타락천사는, 악마에게 하사받은 죽은 사람의 옷을 걸치고 단단한 돌바닥을 달려갔다.

팔랑팔랑 선명한 물새 무늬가 살랑거린다.

그날 밤과 똑같이. 팔랑, 팔랑.

몹시 느리게 보였다.

그러나 그것은 정말 한순간의 일이었던 모양이다.

잘린 필름의 한 컷이 미유키의 망막에 계속 비추어지고 있었을 뿐이었나 보다. 왜냐하면, 걸음이 빠른 탐정도 강건한 형사도, 썩어날 정도로 많았던 경관도, 아무도 미도리를 따라잡지 못했기 때문이다.

순식간에——미도리는 예배당으로 들어갔다.

탐정과 기바가 쫓아 들어가고, 이어서 형사와 경관들이 들어갔다. 그것도 몇 초 차이 나지 않는 일이었고, 모든 일은 거의 몇 초 동안에 일어난 일이었던 모양이다.

"괴상한 방? 그런 것인가——저기에는, 예배당에는 고해실이 있어——큰일이다!"

추젠지는 고함치며 쏜살같이 예배당으로 향했다.

미유키도 미에의 손을 빠져나가 그 뒤를 쫓았다.

"어떻게 됐나! 붙잡았나!"

예배당으로 들어가자마자 추젠지는 큰 소리를 질렀다. 엄청난 잔향이 예배당 안에 울려 퍼졌다. 많은 사람들이 구석 쪽에 몰려 있다. 대답을 한 사람은——탐정이었다.

"여기일세! 이 안으로 들어갔어!"

탐정이 오른쪽 구석의 커다란 나무문을 걷어차고 있었다.

거기가 괴상한 방——열리지 않는 고해실이다.

탐정은 에워싸고 있는 형사와 경관들에게 고함을 쳐댄다.

"이 멍청한 형사들 같으니! 저 친구한테 맡겨두면 될 것을! 타이밍을 잴 줄 모르는 바보는 사건에 참가할 자격이 없네!"

"비켜, 에노!"

기바 형사는 그렇게 말하더니 문에 몸을 부딪쳤다.

둔한 소리가 났다.

"제길."

"이봐, 이 문을 열어. 당장 투항해!"

아라노가 다가가서 문을 두드리며 큰 소리로 그렇게 말했다. 순간 기바는 안색을 바꾸며 아라노를 때렸다.

"멍청이! 말을 가려 해! 네놈은 쓰레기냐!"

아라노는 뺨을 누르며 시끄럽게 고함을 쳤다.

시바타가 창백해진 미도리의 어머니를 데리고 들어왔다.

초췌해진 시바타는 그래도 곧 상황을 이해하고, 부인을 모시고 문으로 향했다. 미유키는 그 뒤를 쫓으려다가 문득 고개를 돌려 추젠지를 보았다.

기도사는 우뚝 서 있다.

건강하지 못한 얼굴이 흙빛으로 바뀌었다.

그리고 장갑을 낀 손으로 입을 누른다.

——무엇을——.

무엇을 예측했을까?

어머니는 조금 비틀거리면서 나아가, 도움이 안 되는 경관들을 좌우로 헤치고 열리지 않는 문 앞에 섰다.

어머니는 학질에 걸린 듯 떨고 있다.

"미도리. 이제, 이제 됐어. 네가 왜 이런 짓을 했는지 잘——알겠다. 그러니까."

기척은 없었다. 미유키는 견딜 수가 없었다.

저 방은 외톨이인 미도리만의 방이다. 못된 말에 희롱당하고 절망한 미도리는 그곳에서 악마와 만나고, 자신을 그 악마로 만든 것이다. 그리고——.

그것은 전부——누군가의 함정이었다.
——그런 잔인한 이야기가 어디 있을까!
미유키는 달려갔다.
예배당에서 뛰는 것이 꿈이었다.
성당에서 큰 소리를 내는 것이 꿈이었다.
줄곧 신성한 장소에서 소란을 피우고 싶다고 생각하고 있었다.
소란을 피워도 뛰어도 소리 질러도, 이래서는 조금도 즐겁지 않다!
또각또각 발소리만이 울린다. 미도리, 미도리——하고 어머니가 부른다.
미유키는 다가간다. 열리지 않는 방의 문이 다가온다.
끼이, 하고 소리가 났다.
"미도리!"
문이 열리고, 물새 무늬의 등이 보였다.
그것은 한 번 크게 흔들리고,
——막대가 쓰러지듯이.
미유키 쪽을 향해, 위를 보고 쓰러졌다.
기모노 소매가 가볍게 부풀었다가 쪼그라들었다.
사락거리는 부드러운 검은 머리카락이 돌바닥에 펼쳐졌다.
"미——도리?"
눈처럼 하얀 피부.
젖은 긴 속눈썹에 둘러싸인 커다란, 검은 눈동자.
오른쪽 눈동자에는 예배당의 천장이 비치고 있다.
왼쪽 눈동자에는.
검은 끌이——깊이 꽂혀 있었다.

"미도리!"

꽃봉오리 같은 입술이 두세 번 떨리고,

멈추었다.

"아——안 돼——."

어머니는 소리 없는 비명을 지르며 딸 위에 엎드리듯이 쓰러지고, 미유키는 주저앉아 문 안을 보았다.

문 안에는 흑표범 같은 남자가 있었다.

"나를——나를 보지 마!"

남자는 보고 있는 미유키가 아니라 미도리의 어머니를 덮쳤다.

"히라노! 네놈!"

기바가 달려들자 남자는 민첩하게 피해, 미도리의 안구를 찌른 자신의 무기를 뽑아내려고 손을 뻗었다. 그 손을 탐정이 걷어찬다. 걷어차인 손을 즉시 기바가 잡는다. 돌아보는 남자의 뺨을 기바는 힘껏 때렸다. 남자는 튕겨 날아가듯이 경관 속에 처박히고, 몇 사람에게 눌렸다. 기바는 그 경관을 헤치고 남자의 멱살을 잡더니 세 대 더 때렸다.

"이 자식, 여자 몇 명을 죽이면 속이 풀리겠나!"

네 번째로 든 주먹을 추젠지가 움켜쥐었다.

기바가 돌아보더니 가느다란 눈으로 노려본다.

추젠지는 말없이 남자의 멱살을 기바에게서 빼앗더니, 그 얼굴을 사신 같은 눈으로 노려보았다.

주먹을 움켜쥔다. 그러나 움켜쥔 주먹은 휘둘러지지 않았다.

추젠지는 낮은 목소리로, 저주하듯이 말했다.

"네놈 따위——아무도 보고 있지 않아."

"뭐?"

남자는 정지했다.

추젠지는 남자를 밀쳐내고 미도리 쪽을 향했다.

이소베와 도쿄의 형사가 미도리의 어머니를 짊어지다시피 일으켜 세우고, 경관들이 미도리를 에워싸고 있다. 쪼그려 앉은 츠바타가 돌아보고 고개를 가로저었다. 추젠지는 그런 형사에게는 눈길도 주지 않고 미도리의——미도리의 시체를 안아 일으키더니,

조심스럽게 죽은 사람의 옷을 벗겨냈다.

그리고 그 옷을 들고 유령처럼 일어서서 악귀 같은 형상으로 다시 남자 앞에 서더니, 죽은 사람의 옷을 남자의 눈앞에 내밀며 낭랑한 목소리로 말했다.

"어떤가! 누군가 보고 있나!"

"보지 마——나를——보지 마."

"그런 구조인가!"

추젠지는 그렇게 말하며 옷을 머리에서부터 남자에게 뒤집어씌웠다.

"네놈을 보고 있었던 건 이거다! 네놈에게서 무엇이든 떼어내 줄 것 같으냐! 자, 얼른 이 남자를 어디로든 데려가시오!"

보지 마, 보지 마, 나를 보지 마아——.

남자는 절규하며 옷을 벗어 던지고, 수십 명이나 되는 경관에게 짓눌려 밧줄에 묶였다.

묶이고 나서도 남자는 보지 마, 보지 마, 하고 소리치고, 몸부림치듯이 몸을 비틀며 괴로워했다. 다리가 풀려 있던 아라노가 연행하라고 지시한다.

"교——교고쿠——."

기바는 실려 나가는 미도리를 보면서 말했다.

"미안하네. 나 때문이야. 내가 좀 더 일찍——."

"당신 탓이 아니에요."

기바는 얼굴을 굳히고, 빌어먹을, 하며 돌바닥을 걷어찼다. 회한은 간단히 튕겨 날아갔다. 이마가와와 마스다와 시바타가 입구 부근에서 넋을 잃고 있다.

"포위망을 좁혀서 놈을 이곳으로 몰아넣은 건 경찰일세. 하지만——이런 곳에 숨어들어와 있었다니! 하필이면 그 아이가——."

"그렇지 않아요. 히라노는 줄곧 이곳을 근거지로 삼고 있었어요. 그걸 좀 더 일찍 알아차렸다면——그리고 이건 우연이 아니에요. 기모노에 장치가 있었던 거예요. 이건 조만간 찾아올, 준비되어 있던 덫이지요."

"설마 방금 그것도——그 계획의 일환이라는 건가?"

"그래요. 결국, 우리는 또 거미가 꾸민 대로 움직이고 만 거지요. 그 기모노는 처음부터 스기우라 씨가 아니라 미도리 양에게 입히기 위해서 보내온 것이었어요. 즉 이 막은 이 참극을 일으키지 않으면 끝나지 않는 구조의 막이었던 거지요. 이것이 바로——미도리 양의 살해야말로——이 학원에서 펼쳐진 요란한 연극의 막을 내리는 신호——라는 겁니다."

탐정이 묻는다.

"이제 또 무대가 바뀐다는 건가!"

"그렇지요——히라노가 불면——아니, 히라노에게 물어볼 것까지도 없어요——히라노를 조종하는 다음 범인은 이미 알았어요."

"누구지?"

"오리사쿠 가의 ——화장을 하지 않는 여자입니다——."

기도사는 그렇게 말했다.

몸을 웅크리고 뺨을 대어보니 돌바닥은 몹시 단단하고 차가웠다.

눈물이 흘러넘치고 바닥이 흐릿해져서, 미유키는——.

세상이 잘 보이지 않게 되고 말았다.

◎ 도도메키 [百々目鬼]

함관외사(函関外史)에 이르기를, 어떤 여인이 있는데
팔이 길어 늘 남의 돈을 훔친다.
갑자기 팔에 수많은 새의 눈이 돋아나니 이는 새의 눈의 정령이다.
이름하여 도도메키라고 한다.
외사는 함관 이외의 일을 기록한 기서이다.
일설에 도도메키는 동도(東都)의 지명이라고도 한다.

―― 금석화도속백귀(今昔畫圖續百鬼) / 하권 · 명(明)

10

구지라마쿠가 끝없이 이어져 있는 듯한 착각에 빠진다.

흑과 백의 벽. 창틀 밖에는 검은 나무들.

그 맞은편에는 몹시 희게 빛나는 드넓은 바다일까——하늘일까.

거대한 태음(太陰)이 멋질 정도로 밝다. 아무리 비추어도 태양에는 당하지 못할 텐데, 맑고 밝게 내리쬐고 있다. 다만 이 고요하고 창백한 세계는 아무리 태양이라고 해도 자아낼 수 없을 테니, 이 이형(異形)의 밝기는 분명히 달의 마력이 이루어내는 것이기는 하다.

구지라마쿠가 흔들렸다.

밤벚꽃이 술렁거렸다.

너무 밤바람을 많이 맞으면,

——봉오리일 때 져 버리겠다.

조금 전.

오리사쿠 미도리가 죽었다.

눈알 살인마에게 왼쪽 눈을 찔렸다고 한다.

——그렇게 죽을 수가 있을까.

그 육식동물 같은 눈을 한 남자는 이사마의 약지를 베어버린 끌로 그 인형 같은 소녀의, 그 동그란 검은 눈동자에 꽂아 넣었다는 뜻일까.

그 남자가──.

그 생각을 하면 이사마는 손가락의 상처가 욱신거려서 누워 있을 수가 없었다.

슬픈 기분이라는 뜻은 아니었다. 미도리와는 그렇게 관계가 깊었던 것도 아니다.

그러나 똑똑히 기억하고 있다.

──다녀올게요, 언니.

──조심해서 다녀와, 미도리.

그것이 마지막이었다.

이렇게 된 지금, 미도리를 배웅할 때 보여준 쓸쓸한 듯한 아카네의 표정이 한층 더 가엾게 여겨졌다.

현장에는 에노키즈와 기바와 이마가와, 그리고 추젠지도 있었다고 한다. 그렇게 많이 있었는데 왜 참극을 막지 못한 것일까, 라고 생각하기도 한다. 그러나 이사마는 상황을 모르니, 확실한 감상은 가질 수 없다.

──아니야.

오히려 그들이 있었기 때문에 미도리는 오늘 죽어야 했던 것은 아닐까, 하고 이사마는 생각했다.

이 집에는 저주가 걸려 있다고 한다.

이사마는 잘 모르지만, 집에 걸린 저주란 개인의 자유의사와는 상관없이, 자신도 모르는 사이에 머리 위에 얹혀 있는 장아찌 누름돌 같은 것이 아닐까. 아무리 무거워도 얹혀 있는 줄 모르기 때문에 사람은 그것에 대해서 저항도 없고 비판도 없다.

그리고 무게를 견디지 못해 서서히 일그러져 간다.

서서히 일그러져 버린 구조물은 조만간 약한 부분부터 찢어져 터지기 시작한다. 그렇게 생긴 상처는 설령 사소한 것이라도 수리할 수는 없다. 구조물이 구조를 유지하려고 해서 생겨나는 균열은 수리하려고 하면 할수록 다른 부분에 쓸데없는 힘을 가한다. 이윽고 구조 자체가 붕괴할 것이 뻔하다. 빠르냐 늦느냐, 그 차이밖에는 없다. 따라서 오늘의 참극은 내버려두면 가까운 장래에 반드시 찾아오는 것이었으리라. 그러나 그것이 오늘이었던 이유는.

——돌이 치워진 거야.

추젠지가 저주를 푼 것이리라.

머리 위의 돌이 치워지고, 아아 후련하다——하는 경우도 많을 것이다. 하지만 그렇지 않은 경우도 있을 것이다.

일그러짐이라는 건 치우친 가중에 대해 균형을 유지하려는 힘이 작용해서 생겨나는 것이 아닐까. 다시 말해서 급격하게 수정하거나 한꺼번에 가중을 배제하는 것은 그 불안정한 균형까지도 파괴하는 결과가 될 수 있다.

긴 시간을 들여 크게 일그러진 것을 망가뜨리지 않고 본래의 형태로 교정하려면, 역시 긴 시간을 들여서 바로잡을 수밖에 없다.

그래서——추젠지는 좀처럼 나오지 않은 것이다.

많은 것을 알면서도.

그렇다면 이번 미도리의 죽음은 이사마 탓이기도 하다.

이마가와를 통해 엉덩이가 무거운 추젠지를 초청한 사람은 이사마 자신이다. 끼익끼익 소리를 내며 삐걱거리는 일그러짐을, 그저 방관하고 있을 수는 없었던 것이다.

이사마는 벌써 며칠이나 이 일그러짐 속에 있다.

손가락을 다친 이사마는 마을 진료소에서 곧 처치를 받았으나 열이 나서 결국 이 거미줄 저택으로 돌아왔다. 다른 선택지는 얼마든지 있었고, 멀기는 해도 자택으로 돌아갈 수 없는 거리도 아니었다. 하지만——.

——전말을.

지켜보고 싶었던 것 같다. 본래 이사마는 집착이 별로 없는 남자고, 아무리 특별한 감정이 있어도 계속 그 감정에 집착하지는 않는다. 그런데——.

——천녀의 저주에라도 걸린 걸까.

그렇게밖에 생각되지 않는다. 그리고 며칠 사이에, 이사마가 오리사쿠 가의 여자들에게 품고 있던 편견은 불식되었다.

아카네는 이래저래 부지런히, 이쪽이 미안해질 정도로 보살펴 주었고, 세쓰도 덤벙대는 아가씨이기는 하지만 심성은 착하고 악의는 없으니 미워할 수 없다. 마사코는 분명히 다가가기 어려운 인상이기는 하지만, 그것은 그녀가 현명하고 신중하기 때문이다. 끈적끈적하게 친근하게 구는 것보다 이해심이 많아서, 오히려 이사마에게는 편하게 느껴졌다.

그리고 현명한 것으로 말하자면 아오이도 지나칠 정도로 현명하다. 나쁜 데라고는 어디에도 없다. 굳이 말하자면 지나치게 정상적이다. 사상이나 주장과 용모, 언동은 보통 같으면 그리 일치하지 않는 법이지만, 그녀의 경우 그것이 거의 일치할 뿐이다. 그녀에 대해서 악감정을 품는 사람이 있다면, 품은 당사자에게 쓸데없는 집착이나 선입견이 있는 거라고 이사마는 생각한다. 여자인데 똑똑한 게 아니꼽다——라는 생각으로 싫어하는 것은 논의할 가치도 없다.

사귀기 어려운 느낌은 전혀 없었다.

한 사람 한 사람은 지극히 평범하다.

그런데——.

이 집 안에서는 일그러지고 만다. 인습에 묶여 있는 듯한 반근대적인 사람들은 아닌데, 한 번 가족으로 파악하면 그녀들은 어딘가 망가져 있다. 집의 마력, 토지의 자력, 피의 주술력——그런 수사(修辭)로 표현되는 무의미한 힘 같은 것을 이사마는 믿지 않고, 초자연적인 힘은 더욱 믿지 않지만, 그래도 저항하기 힘든 중압과 그에 의해 생겨나는 일그러짐은 사무치게 느껴진다. 그것을 견딜 수가 없었다.

경찰은 하루에도 몇 번이나 찾아왔다.

이사마가 눈알 살인마의 습격을 받고 있던 바로 그때——미도리의 학원에 교살마가 나타나, 학생을 살해하고 체포되었다고 한다. 그것은 경찰보다 먼저 학원 쪽에서 마사코에게 보고된 일이기는 했지만, 약간 정보에 혼란이 있었는지 경찰의 주장과 학원의 주장 사이에는 많은 어긋남이 있었던 모양이다. 단편적인 정보에서 사건의 전체상을 파악하기는 어렵고 미도리의 몸에 위험이 닥쳐온 것도 아닌 듯 보였지만, 아무래도 그 시점에서 미도리의 입장은 미묘한 데에 있었던 모양이었다.

경찰 측의 태도는 시시각각 딱딱해져 가고, 아오이와 사직 당국의 대립은 격화되었다. 하기야 입각점의 수준 차이가 처음부터 심했기 때문에, 대립하고 있다고 해도 쟁점은 전혀 들어맞지 않았던 건 사실이다. 아오이는 민간인을 대하는 경찰의 태도나 범죄 자체에 관한 낮은 인식을 규탄하고, 경찰은 그것을 비협조적 자세, 또는 켕기는 일을 감추기 위한 횡포한 태도——라고 받아들여 공격을 계속했다.

이윽고 경찰은 미도리를 중요참고인으로 연행하고 싶다는 말을 꺼냈다.

학원 측은 수사에 대한 일체의 협조를 거부하고 미도리도 넘겨주지 않겠다고 주장했다고 하고, 그런 무법은 본래 통하는 것이 아니니 보호자로서 학원 측을 설득해 주었으면 좋겠다——는 것이 경찰의 주장이었다. 그것에 대해서 아오이는, 학원의 방침에 대해서는 모르지만 대상은 미성년, 따라서 신중하게 대처해야 할 문제이며 미도리를 참고인으로 삼으려는 명확한 근거를 제시하라——고 대꾸했다. 이에 대한 경찰의 설명은 다음과 같은 것이었다.

고레아키가 살해된 날.

전날부터 가쓰우라의 어느 바에 틀어박혀 있던 고레아키가 귀가한 시각은 오전 열 시. 이사마와 이마가와가 골동품 방에서 감정을 하고 있던 때다. 고레아키가 귀가한 시점에는 이미 꽤 술에 취해 있었지만, 그래도 술이 모자랐는지 홀에서 위스키를 마시고 있었던 모양이다. 아오이는 이 불초 형부를 끔찍하게 싫어했기 때문에 그 모습을 본 순간 자기 방에 틀어박혔다. 아카네와 세쓰는 주방에 있었다.

미도리는 아무래도 고레아키와 함께 홀에 있었던 모양이다.

여기에서 문제가 되는 점은, 고레아키는 유노스케가 살아 있는 동안에 서재에 들어간 적은 단 한 번도 없었다——는 것과 골동품상이 골동품을 감정하러 찾아와 있다는 것을 고레아키에게 알린 사람은 누구인가——라는 것이다.

주방에 있던 세쓰와 아카네는 고레아키가 큰 소리로, 그 빌어먹을 할망구가 제멋대로——라고 고함치는 목소리를 들었다. 그 목소리를 듣고 아카네는 주방을 나왔다. 그것은 세쓰도 인정했다.

아오이는 고레아키가 귀가한 것을 확인하고 곧장 자기 방에 틀어박혔다. 그렇다면 밀고자는 미도리밖에 없다. 평상시 형부와는 거의 말을 하지 않는 미도리가 왜 그날따라 그런 보고를 한 것일까——.

미도리는 어쩌면 그때, 고레아키가 서재로 가도록 자의적으로 꾸민 것은 아닐까. 교살마를 서재로 불러들이고, 그곳으로 고레아키를 유인한 것은 아니었을까——.

그것이 경찰이 세운 추론인 듯하다. 물론 확실하게는 말하지 않았다. 전부 아오이가 캐물어서 알아낸 것이다. 미도리는 홀에 있었다고 처음부터 증언했으니 새삼스럽다는 기분은 들지만, 애초에 경찰은 범행 당시의 알리바이에만 집착하느라 문제로 삼지 않았던 모양이다.

그러나 경찰의 진의는 따로 있었다.

경찰이 미도리에게 두고 있던 진짜 혐의는 살인죄였던 것이다.

그 정보는 경찰이 아니라 학원 측——아마 시바타 그룹의 총수——에게서 나왔다.

미도리는 학원에서 일어난 교사 살해, 학생 살해 및 학생의 집단 매춘 사건에도 관여하고 있을 가능성이 있다——는 것이다.

경찰은 그 학생 살해의 실행범으로 미도리를 상정하고 있었다. 어지간한 마사코도, 아오이도 아카네도 놀란 모양이다.

한동안 협의한 끝에, 오리사쿠 가는 넷째 딸 미도리를 잘라냈다.

잘라냈다——.

——어머니도 동생도, 미도리를 잘라내려고 해요.

아카네는 그날 밤, 울면서 이사마에게 그렇게 말했다.

잘라냈다는 말은 단순히 중요참고인으로 미도리를 인도하는 데 대해서 오리사쿠 가가 동의했다——는 의미가 아니다.

그것은 소위 말하는 정(情)의 문제다.

——정말로 미도리가 죄를 저질렀다면, 죗값을 치러야겠지요.

——설령 가족이라도 감싸는 건 도리에 어긋나잖아요.

——하지만 설령 범죄자라고 해도 딸은 딸, 동생은 동생, 그렇지 않나요.

그 아이는 그런 아이입니다——라고 단언하는 마사코를,

신속하고도 적절한 사후 처리가 필요해요——라며 내팽개치는 아오이를,

이해할 수 없다며 아카네는 울었다. 아버지가 죽고, 남편이 죽고, 이런 때야말로 가족에게 의지하고 싶은데 그 가족은 뿔뿔이 흩어졌어요——라고 말하며 울었다.

미도리라는 균열이 가족의 일그러짐을 드러낸 것이다.

분명히 멀리 떨어진 곳에서 일어난 일이었기 때문에 부자연스럽다고는 생각하지 않았지만, 딸이 살인사건에 휘말렸다는데 상황을 보러 가지도 않는 부모 형제라는 것도 생각해 보면 이상하다. 본래 이사마나 돌봐주고 있을 여유는 없을 것이다. 마사코도 아카네도 아오이도, 제일 먼저 달려가야 했을 상황이다.

마사코도 아오이도, 유노스케와 고레아키의 죽음으로 인해 발생한 막대한 양의 사무 처리에 쫓기고 있었다고 한다.

——저는 무능하니까요.

아카네는 그런 말도 했다.

아카네는 경리도 할 줄 모르고 경영도 모른다. 주식도 상장도 모른다. 취직 경험도 고레아키가 망하게 한 회사에서 사장 비서 흉내를 두 달 정도 낸 것이 전부다.

집에는 도움이 되지 않는다. 그러나 그렇다고 해서 학원에 가서 뭔가 할 수 있다는 것도 아니다——그러니 갈 것 없다——가서 사태가 수습된다면 모르겠지만——아카네는 어머니와 동생에게 강하게 그런 말을 들었다고 한다.

그것은 이사마도 그렇게 생각한다. 이 울면서 사과만 하는 사람이 찾아가도 무엇이 바뀌는 것은 아니었을 것이다.

——하지만.

그래도 보통은 보낼 것이다.이사마도 잘 표현할 수 없고, 사소한 일이라면 사소한 일이겠지만——견딜 수 없이 안타까운——괴로운 기분이 들었던 것이다. 드문 일이다. 그래서 이사마는 그 남자를 불러 달라고 했다. 그는 왔다——.

오늘 아침 일찍 마사코는 학원으로 갔다.

그 행동은 미도리를 구하기 위해서가 아니라 경찰에 인도하기 위해서였던 모양이다.

그리고——미도리는 죽었다.

밤벚꽃이 꿈틀거렸다.

미도리의 부고는 전화로 전해졌다.

아오이는 할 말을 잃고, 아카네는 착란을 일으키고, 고사쿠는 넋이 나갔다.

세쓰는 머리를 끌어안고 모든 일을 내팽개쳤다.

그때부터 이 저택의 시간은 멈추어 있다.

일그러진 집은 마지막 균형을 유지하고 있다.

——슬슬 때가 되었다.

이사마는 현관으로 향했다.

마사코가 돌아오는 것이다.

기바에게서 연락이 왔다.

이사마는 거미줄 저택의 구조를 조금씩 알게 되었다.

저택에는 몇 개의 개구부(開口部)가 있고 그 출입구의 수만큼 길이 있다. 방의 크기는 상관없다. 층도 상관없다. 복도나 계단은 세지 않는다. 그것들은 문 바깥과 문 안쪽을 연결하는 긴 접점일 뿐이다. 문이 두 개인 방도 단순한 통로다. 두 개의 문 중 하나가 바깥을 향해 열려 있는 방만이, 그 길의 기점이다.

그리고 그 방들의 연결――길은 어디에선가 한데 모여 있다.

거기가 길의 종점이다. 몇 개가 있는지는 모르지만 모든 길이 도달하는 방이 어딘가에 있는 모양이다. 거기가 이 집의 중심이다. 거기에는 아마 개구부의 수――길의 수만큼 문이 있을 것이다. 이사마는 처음엔 홀이 그 중심이 아닐까 생각했다. 그러나 그것은 아니었다. 홀에는 1층에 세 군데, 천장이 뚫려 있는 2층에 한 군데의 출입구가 있을 뿐이다. 다시 말해서 홀은 어딘가의 길과 어딘가 다른 길이 교차하는 교차점에 지나지 않는다. 문이 네 개 있는 방은 모두 교차점이다. 세로길과 교차하는 가로길은 닫혀 있다. 가로길의 방에서는 교차점의 방을 통해 세로길로 이동해서 나갈 수밖에 없다.

이것을 평면상으로 펼쳐서 늘여놓으면, 분명히 방사형이 된다. 어쩌면 거미줄 모양이 될지도 모른다.

――입체적이면서도 방사상.

이마가와가 한 말의 뜻을 겨우 알았다.

이사마는 방에서 방으로 길을 더듬어 현관으로 나간다.

현관을 나가 벚나무 정원을 지나서 문에 다다른다.

흐릿한 벚나무가 정원 좌우로 가득 펼쳐져 있고, 등 뒤에는 밤을 아교로 굳힌 듯한 검은 저택이 솟아 있다. 튼튼한 문 앞에는 키 작은 갈색 나무들이 드문드문 늘어서 있고, 그 중심을 외길이 관통하고 있다.

그 길을 나아가는 사람은 모두 이 거미줄 저택으로 빨려 들어와 줄에 엉키고 꼼짝달싹 못 하게 된다. 설령 저택에서 떠나더라도 팔다리에 엉킨 거미줄은 끈끈해서 결코 풀리지 않는다. 파리인 이사마는 이 거미줄의 구조를 가진 회화 같은 저택에 붙들려, 바싹 마를 때까지 도망칠 수는 없는 것이다.

그런 몽상을 했다.

정원에는 아카네가 서 있었다.

결국, 이곳 여자들은 줄곧 상복을 입고 있다. 저택 색깔과 똑같아서 위화감은 처음부터 없다. 차녀는 멍하니 문 쪽을 바라보고 있다.

이사마는 그 옆에 슬쩍 선다.

아카네는 문을 통해 그 너머를 보고 있다.

"죽고――말았어요. 그 아이――."

"음――."

"귀여운 아이였어요. 공상이 많은, 잘 웃는――하지만 그 아이는 외로웠던 거지요. 어머니는 그 아이한테 차가웠어요. 저는 나이 차이가 많이 나서 어떻게 대해야 할지 잘 알 수가 없었어요. 마치 인형이라도 다루는 것처럼 하고 있었던――것 같아요."

이제 돌아오지 않을 거예요. 아카네는 그렇게 말했다.

문이 열렸다.

――기바.

기바는 화가 난 것인지, 기분이 나쁜 것인지 알 수 없는 얼굴로 이사마를 노려보며,

"다친 데는 어떤가."

하고 말했다. 그리고 이사마가 대답을 하기도 전에 문을 활짝 열고 마사코를 안으로 들였다.

마사코에게는 낯선 청년이 바싹 붙어 있다. 아카네가 다가가 부축해 주려고 했지만 거절당했다. 초췌하기는 하지만 기백만은 시들지 않았다.

"어머니——."

"죽었어——그——그 아이는 죽어 버렸어. 아오이는? 아오이를 당장——."

"여기 있어요——."

등 뒤에서 금속질의 목소리가 났다.

돌아보니 평소와 다름없는 장식인형이 있었다.

"——빨리 손을 쓸 필요가 있겠네요. 이 상황을 돌이켜보건대 그 학원은 신속하게 폐쇄해야 해요. 필요한 곳에는 연락해 두었으니까 이제 대외적으로 어떤 태도를 취하는 게 바람직할지——앞으로의 방침을 검토해야 해요. 시바타 대표님도 와 주신 듯하니 당장——."

"잠깐."

이사마는 놀랐다.

아카네가 큰 소리를 냈기 때문이다.

"아오이. 미도리가, 미도리가 죽었어!"

"그래서 이렇게 선처하고 있잖아요. 기다리고 있을 시간은 없어요."

"동생이 살해되었다고!"

"그래요. 그것도 그냥 살해된 게 아니라, 엄청난 불상사를 저지른 끝에 죽었지요. 그래서 뒤처리가 힘들다는 걸 모르시겠어요? 기업과는 본래 상관이 없어야 할 이런 잡무가 일에 큰 그림자를 드리울 때가 있어요. 개인의 부주의 때문에 기업이 타격을 입다니 바보 같은 일이에요."

아오이는 원고라도 낭독하듯 그렇게 말하며 마사코의 손을 잡았다.

아카네는 그 손을 낚아챘다.

"어머니도 아오이 너도――당신들은 그러고도 피가 통하는 인간인가요? 미도리는 겨우 열세 살이었어요. 언니가 돌아가시고, 아버지가 돌아가시고, 가족이 점점 없어지는데 당신들은 외롭지 않나요? 슬프지 않나요!"

"적당히 좀 해 주실래요, 언니."

아오이의 말은 딱딱하고 날카롭다.

"언니야말로 오리사쿠와 시바타가 얼마나 회사에 영향을 주고 있는지 모르시는 거예요? 이러고 있는 동안에도 분 단위로 사회적 신용은 사라져 간다고요!"

"그게――."

아카네는 어머니의 손을 뿌리치며 동생을 노려보았다.

"――그게 네가 내거는 여권신장인지 뭔지에 기초한 사고방식이니! 그렇다면, 그런――."

아오이는 미간에 불쾌한 빛을 띠었다.

"바보 같은 말 하지 말아요. 저는 사회인으로서, 기업인으로서 발언하고 있는 거예요. 이런 일에 남자고 여자고 없잖아요. 이건 단순한 사무 처리예요."

"동생의 죽음을 사무적으로 처리하지 마!"

아카네는 우는 얼굴로 떨면서 그렇게 말했다.

언니——하고 아오이는 곤란한 듯이 말한다.

"감상적으로 울부짖기만 해도 어떻게든 된다면, 누구나 울고 소리지를 거예요. 울어도 소리 질러도 전쟁은 끝나지 않았잖아요? 아이를 돌려달라, 남편을 돌려달라고, 아무리 여자들이 정에 호소해도 사회는 들어주지 않았어요. 마찬가지예요. 동생이 죽었다고 울고 있으면 세상 사람들이 전부 다 용서해 줄 거라고 생각하세요? 제가 여기에서 일을 내팽개치고 울면서 세월을 보낸다면, 역시 여자는 쓸모가 없다——그런 말을 들을 뿐이에요."

"무슨 말을 듣든 상관없잖아! 하루라도 한 시간이라도, 가족을 위해서 울어줄 다정함도 없으면서, 그런 게 훌륭한 여자라면——그렇다면 나는 형편없는 여자라도 상관없어!"

"맞아요. 언니는 형편없는 여자예요. 형편없으면 형편없는 대로 구석에서 혼자 울고 계세요!"

아오이 양, 말이 지나쳐, 하고 청년——아마 시바타 유지——이 말했다.

"아카네 씨, 당신 마음은 이해합니다. 하지만 아오이 양은 어제 임원 회의에서 정식으로 아버님의 후계자로 결정되었어요. 오리사쿠 방직기의 사장이지요. 게다가 잠정적이기는 하지만 시바타 그룹 내에서 유노스케 씨가 담당하고 있었던 지위 대부분도 그녀가 물려받게 될 거예요. 성별은 물론이지만, 나이를 고려해도 이건 엄청난 발탁입니다. 최연소 중역이에요. 그러니까——그녀의 입장도 이해해 주십시오."

——아오이의 입장.

아카네는 고개를 숙였다.

시바타는 아오이의 안내를 받아, 말이 없는 마사코를 안다시피 하고 저택 안으로 사라졌다.

아카네는 줄곧 고개를 숙이고 있다. 이사마는 할 말도 없어서 그 옆에 서 있었다.

"어이, 낚시터지기——."

그러고 보니 기바가 있었다.

쳐다보니 기바뿐만 아니라 요쓰야 서의 가몬 형사와 젊은 남자 두 명도 있었다. 한 사람은 분명히 기바의 부하다.

"기바슈."

"교고쿠의 전언일세. 놈은 앞으로 한 시간이면 올 거야."

"추젠지 군이——."

이사마의 말이 더 이어지지 않을 것을 알고, 기바는 아카네를 돌아본다.

"저기, 당신. 동생은 경찰이 죽인 거나 마찬가지요. 내가 사과한다고 당신 기분이 어떻게 되는 것도 아니겠지만. 미안하게 됐소."

기바는 아카네에게 사과했다.

"미도리는——."

"지금 사법해부 중이오. 그 아이는 조금만 더 했으면 살 수도 있었어요. 게다가 살인 교사는 면할 수 없었다고 해도 살인도 매춘도 하지 않았던 모양이오. 그러니——."

기바는 거기까지 말하고는 갑자기 아카네에게 등을 돌리고 가몬을 향해 고함쳤다.

"어이, 아저씨. 언제까지 멍하니 있을 거야. 당장 가서 히라노를 족쳐! 그놈한테 전부 불게 하라고. 아저씨는 작년 5월부터 눈알 살인마에만 매달려 있었잖아. 당신이 조사하지 않으면 어쩌겠다는 거야."

"하지만 기바 씨, 당신도."

"나는 됐어. 애초에 나는 제외되어 있었으니까. 본건은 현행범 체포고, 남은 문제는 앞의 네 건을 입건할 수 있느냐 없느냐 하는 거겠지. 그건 전부 요쓰야 서와 지바의 사건이야. 우리들 도우미의 역할은 끝났어."

기바는 가몬을 밀어내다시피 하며 부하를 보았다.

"아오키. 자네도 가게."

"여기는 제가 남겠습니다. 선배님은 가몬 씨와 함께 가십시오. 선배님은 놈에게——."

다카하시 시마코만은 구하고 싶다——기바가 이사마에게 그렇게 말한 직후에, 그 시마코는 살해되었다. 그때 기바의 모습을 이사마는 똑똑히 기억하고 있다. 기바는 진심으로 화가 나 있었다.

아오키라는 부하는 아마 그 분노를 배려하고 있는 것이리라.

또다시 눈알 살인마는 기바의 눈앞에서 범행을 저지른 것이다.

그러나 기바는 아오키에게 호통쳤다.

"멍청한 놈. 아는 척 지껄이지 마. 자네 같은 애송이가 뭘 안다고! 알겠나, 경찰은 체포해서 송치하면 그걸로 끝이다. 분하다고 해서 경관이 일일이 범인에게 우는 소리나 잔소리를 늘어놓아서 어쩌자는 겐가. 괴로워도 슬퍼도, 그게 끝이라고. 그 정도 각오도 없이 공복 일을 할 수 있겠나! 히라노는 체포되었네. 나는 그런 놈에게는 더 이상 흥미가 없어."

"하지만 —— 진실은, 히, 히라노에게서."

"진실이라는 건 말일세, 재판소가 결정해 주는 거야. 나는 그런 것에도 흥미는 없어. 나는 ——."

기바는 서양식 저택을 올려다보며,

"—— 거미를 만나고 싶을 뿐이야."

그렇게 중얼거렸다.

"거미?"

아카네가 되물었다.

"음. 당신 동생은 다른 놈들과 똑같이 거미에게 조종당하고 있었다고 하더군요."

기바는 고개만 가볍게 돌려 돌아보며 무뚝뚝하게 대답했다.

아카네는 고민하듯이 표정을 흐린다.

"거미에게? 미도리의 등 뒤에 누군가 흑막 —— 이라고 하나요, 그 누군가가 있었다 —— 그런 뜻인가요? 그게 —— 거미라고?"

"그래요, 가엾은 이야기지요."

하고 기바는 그녀를 향하며 말했다.

"전부 다 지어낸 이야기였소. 나이도 몇 살 안 먹은 그런 아이를 궁지에 몰아넣고 —— 당신, 그 아이가 누군가에게서 열쇠를 받았다거나 하는 이야기를 듣지 못했소?"

"열쇠?"

"학원의 열리지 않는 방의 열쇠 말이오."

"열리지 않는 —— 고해실 ——."

"알고 있소?"

"저도 아오이도, 그 학원의 —— 졸업생이에요."

아카네는 낮게 그렇게만 말하고 망연자실한 듯이 그 자리를 떠났다.

저 여자 충격이 상당히 큰가 보군——하고 기바는 말했다.

결국, 가몬은 돌아가고 젊은이 두 명은 남았다.

그냥 우두커니 서 있어도 별수 없어서, 이사마는 형사들을 자신이 사용하는 객실로 안내했다. 홀에서는 아오이, 마사코, 시바타의 삼자 회담이 열리고 있을 테고, 세쓰도 고사쿠도 눈에 띄지 않으니 어쩔 수 없었다. 흑과 백이 교대로 시야를 스치는 복도를 지나간다.

젊은 남자——마스다라고 한다——가 말했다.

"어떻게 생각하십니까, 기바 씨."

"뭘 말인가."

"거미가 이 저택에 있다면."

"있겠지."

"아까 그 세 사람 중에 있는 게 되는데요."

"그렇겠지."

"어머니와 두 언니. 동생을 함정에 빠뜨릴 이유가 있을까요?"

"그건 짐작도 안 가는군."

"제 생각은 이렇습니다. 거미는 없는 게 아닐까."

"없다고?"

기바는 걸음을 멈추었다.

"그렇습니다. 분명히 이번 사건은 추젠지 씨가 말씀하시는 것과 같은 구조로 되어 있어요. 그 논리 위에서만, 모든 사상(事象)은 안정감 있게 자리를 잡지요. 다만 그 중심은 텅 비어 있습니다. 거기에 살아 있는 인간은 없어요——."

"뭐가 있나?"

"사상이라든가 개념이라든가, 뭔가 이렇게 형태가 없는."

"캑. 그런 걸로는 배도 못 채워."

"죽은 인간의――유지(遺志)라든가."

"유령이 전화를 거나? 적어도 가와시마 기이치는 직접 거미의 지시를 받았다고."

"그건――기이치에게 지시를 내린 사람은 아까 죽은 미도리 양이었던 게 아닐까요?"

"뭐?"

"그 아이는 거미라는 이름을 쓰고 있어요. 그리고 스기우라를 조종하고 있었지요. 어머니의 원한이라는 가짜 소재를 이용해서 똑같이 기이치도 조종하고 있었다면? 이건 본래의 선을 감추기 위한 겁니다. 그리고 히라노도――."

"멍청이. 그 아이는 놈에게 살해되었네."

"하지만 그 방의 열쇠는 미도리 양이 갖고 있었잖아요? 그렇다면 그 방에 히라노를 들여보낸 사람은 미도리 양 자신이 아닐까요?"

"하지만 말이야. 그럼 왜."

"스기우라도 미도리를 죽이려고 했지 않습니까. 마찬가지로 히라노도 이제 싫다고 생각했을지도 몰라요."

"히라노가?"

"그렇습니다. 모든 것은 오리사쿠 미도리가 조종하고 있었던 거예요. 그리고 그 오리사쿠 미도리를 조종하고 있었던 건――오리사쿠 이헤에――."

"죽은 사람 아닌가. 한참 전에 죽었잖나."

“그 유대교 건물. 마술의 근원은 이헤에인 셈이잖아요. 우연한 계기로 열쇠를 손에 넣은 미도리는 자신도 모르는 사이에 이헤에의 유지에 조종당하고 있었다——.”

“그럼 근친상간의 거짓말은 어떻게 되나.”

“예언입니다. 무언가 모독적인, 그럴싸한 것이 적혀 있었고, 그걸 자신에게 끼워 맞췄다거나.”

기바는 납득한 것 같기도, 하지 않은 것 같기도 한 얼굴을 했다.

이사마는 무슨 소린지 알 수가 없다.

이사마는 자신이 쓰는 방으로 향하는 길에서 벗어나 세쓰의 방에 들렀다.

차라도 부탁하려고 문을 두들기고 안을 들여다보니, 세쓰는 짐을 싸고 있었다.

“세쓰——.”

“그만둘 거예요. 미안하지만.”

조금 울고 있었던 모양이다.

무리도 아니라고 생각한다. 겨우 보름 동안 가족이 세 명이나 변사한 것이다. 이것이 살인사건이 아니었다고 해도——그렇다면 더더욱——이라는 기분도 들지만——기분이 나쁘다는 것을 탓할 수는 없을 것이다.

그러나 이래서는 차를 부탁할 수는 없다.

“이 저택은 저주받고 있어요. 말해 두겠는데 손님도 도망치는 게 좋을 거예요.”

세쓰는 진지한 얼굴로 그렇게 말했다.

“음——.”

세쓰는 거기에서 이사마 뒤에 서 있던 귀와(鬼瓦) 같은 얼굴을 알아차렸는지,
"당신 형사님이죠, 그 얼굴은 잊을 수가 없지요——."
하고 말하며 총총걸음으로 나왔다.
"——경찰에 할 얘기가 있어요. 이대로 그만둬 버리면 꿈자리가 사나울 거예요, 솔직히. 미안하지만 좀 들어 주지 않을래요? 차라도 끓일까요?"
"차는 필요 없어."
"그래요. 그럼 안 드릴게요. 이거. 이걸 보세요. 보기만 하지 말고 가져가세요."
세쓰는 찻장 같은 세간 위에 놓여 있던 누렇게 바랜 봉투를 집어 들어 기바에게 건넸다.
"이건 뭐지?"
"저기, 형사님 요전에——대엿새 전이었나? 나흘 전? 왔었지요? 제가 안내했잖아요. 그때 뭐라고 하셨잖아요, 가와시모인가 하는 사람에 대해서——."
기바는 봉투를 꼼꼼하게 살펴보면서 음, 하고 건성으로 대답하고, 후우 하고 숨을 불어넣어 봉투의 입을 벌렸다.
"——그 후에 아카네 아가씨가 몹시 신경을 쓰셔서요. 굉장히 신경 쓰시더라고요. 유카리 아가씨의 유품을 다시 한 번 조사해 달라고 하셨어요."
아카네라면 어느 모로 보나 마음에 둘 것 같다.
아카네의 선의가 터무니없는 결과를 초래했을 가능성은, 실제로 없는 것은 아니다.

"아아, 기이치의 편지 말이로군——유품은 처리했다고 하지 않았나? 이건 당신——."

기바는 점점 위세를 잃고 입을 다물었다. 대체 뭡니까, 하고 마스다가 들여다보고, 그것을 밀어내다시피 하며 아오키가 얼굴을 내밀었다.

"이건 어디에 있었지?"

"그러니까 유카리 아가씨의 방에요. 유품은 처리했어도 방을 없앨 수는 없잖아요. 침대도 있고 책상도 있어요. 의자도 있고, 양복장도 있고. 양복은 없지만, 아직 더 있어요, 여러 가지."

기바는 귀와 같은 흉포한 얼굴을 했다.

"언제 발견했지? 방 어디에 있었소?"

"그러니까 형사님이 오고 나서 곧 아가씨가 시키셔서, 그래서 그다음 날인가, 다음 날이 아니지. 다음다음 날. 그러니까 그저께? 날짜라는 건 참 싫네요."

"좋아요. 그래서?"

"그래서——라니, 그러니까 곧 경찰에 신고할 생각이었어요. 하지만 엄청나게 험악한 분위기더라고요. 손님도 아시지요! 넘길 수 있겠어요? 넘길 수 없지."

그러니까 어디에 있었나——하고 기바가 고함쳤다.

"책상 서랍. 제일 위에."

"진짜인지——아닌지가 문제로군."

"대체 뭡니까, 선배님!"

기바는 이사마를 날카롭게 바라보고 나서 아오키에게 봉투를 건넸다.

“오리사쿠 유노스케의 각서일세. 이시다 요시에의 죽음에 대해서 약간의 정보가 실려 있어. 진짜인지 아닌지, 진짜라 해도 적혀 있는 내용이 사실인지 아닌지는 알 수 없네. 게다가 진실이라고 해도—— 어떨까. 무슨 의미가 있지? 이게 어째서 장녀의 방에 있는 걸까?”

아오키는 진지하게 그것을 읽고 마스다에게 건넸다.

“이거——그럼 기이치는——.”

“완전히 속고 있었던 것이 되지. 거미에게.”

기바가 그렇게 말하자 세쓰는,

“싫어요, 거미라니 너무 싫어!”

하고 말했다.

“뭐가.”

이사마는 기바에게 물었다.

“음. 이시다 요시에의 자살 원인은 자신에게 있었던 것이 아닐까 ——하고 유노스케는 술회하고 있네. 세 명의 창부 이야기는 하나도 적혀 있지 않아. 그건 전부 엉터리일세. 오리사쿠 미도리와 똑같지 않은가. 기이치 쪽도, 있지도 않은 과거를 지어낸 거미에게 놀아나고 있었던 거야!”

기바는, 이 빌어먹을, 하고 말하며 주먹으로 무릎을 쳤다.

방에 도착했다.

이사마의 방 창문에서는 조금 전까지 있었던 정문이 보인다. 위쪽에서 내려다보는 정원은 마치 바다 같다. 벚꽃의 대해(大海)에서 흔들리는 검은 상자 배다. 그러나 이 배는 움직이지 않는다. 파도 사이를 떠도는 배를 움직이지 않는 점으로 고정해 버리면, 파도가 높을수록 세상이 흔들리고 있는 것이 된다.

아오키가 말한다.

"마스다 군은 사람이 좋군요. 저는 그런 죽은 사람의 유지라는 것에 모든 책임을 집약하는, 모든 게 원만하게 수습되는 듯한 결말은 상정할 수 없어요. 이 사건의 배후에는 반드시 사악한, 살아 있는 인간이 있습니다. 작년 사건이 그랬어요. 그 사건의 중심에는 여러 가지 사상(事象)과 관련이 없는 사악한 진범이——있었습니다."

마스다가 말한다.

"저는 사건에 중심이 없는——실행범은 있지만 사건 전체는 범죄와는 무관한 코드로 이어져 있는——그런 사건을 체험했습니다. 힘들었지요. 살인범은 있지만, 사건의 범인은 없어요. 해결해도 끝나지 않습니다. 그 사건을 떠올린 겁니다."

이사마는 생각한다.

무관한 많은 상념이나 망집이나 자신만의 욕망이, 마치 한 장의 그림처럼 잘 연결될 때가 있다. 그것은 우연히 생기는 사막의 모래 무늬가 기하학적인 디자인을 이루는 것과 비슷해서, 모든 것은 신의 의지에 의한 잔혹한 우연의 장난이다.

그들의 이야기만 듣자면 이번 사건만은 그 신의 자리에 사람이 있다는 뜻이 되는 것일까.

기바가 말했다.

"세상이라는 건 뒤죽박죽으로 되어 있어서, 뭔지 잘 모를 것 같으면서도 실은 바보처럼 단순한 논리로 성립하고 있기도 한 거야. 하지만 논리는 단순해도 논리에 들어맞는 것들이 확실하지 않으니 답도 여러 개 있는 걸세. 진실은 하나——라고 믿는 건 착각이야. 자네들이 체험한 건 수많은 답 중 단 하나에 지나지 않지 않는가. 나처럼 경험치로밖에 사물을 재지 못하는 바보가 아니라면, 쓸데없는 예측은 하지 말게. 나는 체험한 것밖에 믿지 않지만, 때에 따라서는 체험한 것도 믿지 않아. 예측은 지침은 되지만 결론은 되지 않네."

이사마는 논지를 이해할 수 없었지만, 왠지 모르게 설득력은 있었다. 논리를 내팽개치지 않으면 받아들일 수 없는 현실이라는 것도 있다고 생각한다.

그러나 그런 현실도 추젠지가 말하듯이, 이상할 것은 결코 없다. 일어나 버린 이상은 실로 단순하고도 명쾌한 이치를 따르고 있을 것이다. 다만, 복잡한 해석은 때로 큰 오차를 낳는다. 초기 단계에서 수치를 아주 조금만 잘못 설정해도 해답은 하늘과 땅만큼 달라지고 만다. 그래서 사람들은, 세상은 이상하다고 계속 말하는 것이리라.

저건 아까 그——아카네 씨로군요——하고 마스다가 말했다.

쳐다보니 문 부근에서 아카네와 고사쿠가 뭔가 심각하게 이야기를 하고 있는 중이었다.

"저 외국인 같은 사람이——데몬 씨?"

아오키가 묻는다. 기바가 그렇다고 말하자 고레아키 씨와는 닮지 않았네요, 사진 때문인지 멀어서 그런지, 하고 젊은 형사는 말했다. 확실히 전혀 닮지 않았다——는 데에 이사마는 생각이 미쳤다. 고사쿠는 왠지 허둥거리는 듯한 몸짓으로 아카네에게서 떨어져 어디론가 달려갔다.

밤벚꽃이——술렁술렁 흔들렸다.

——왔다.

창백한 달빛을 받으며, 색온도가 낮은 다른 세계의 덫으로 이어지는 외길을——.

그림자보다 더 검은 옷을 몸에 걸친 음양사가 온다.
그리고——이 세상의 것이 아닌 것을 보는 탐정이 뒤따른다.
덫으로 유인하는 안내인은 골동품상이다.
——왔다.
그리고 이사마는 그제야, 그제야 종말을 느낀다.
요괴란 집의 성쇠를 좌우한다고 들었다.
집이 번영하면 요괴가 들끓는다.
그렇다면——.
요괴가 떨어지면 집은 망한다.
그것이 세상의 이치다.
이제 이 집은 망할 것이 틀림없다.
"가세. 낚시터지기."
기바는 크게 숨을 들이쉬고, 형사의 갑옷을 단단히 여미고는 방을 나섰다. 마스다와 아오키는 얼굴을 마주 보고 나서 그 뒤를 따른다. 이사마는 창백한 하늘과 바다, 그리고 검은 벚나무의 구지라마쿠를 바라보고 나서 뒤를 쫓았다.
장례식의——냄새가 났다.
문 앞.
검은 그림자가 네 개. 음양사. 탐정. 골동품상. 그리고.
"이사마——씨——."
아카네가 울 것 같은 얼굴로 돌아보았다.
아카네의 어깨 너머로 보이는 검은 옷의 남자는, 늘 그렇듯이 야위어 있었다.
눈 밑의 검은 그늘이 몹시 불길하다.

"이사마 군——."

"기다리고——있었네."

"——거짓말은 좋지 않아."

추젠지는 그렇게 말했다.

그 옆에 우뚝 선 탐정은 전에 없이 사나운 표정을 하고 있다.

탐정은 눈을 가늘게 뜬다.

"청복——말쥐치——무지개놀래기——."

에노키즈는 그렇게 말했다. 그것은 이사마가 낚은 물고기의 이름이다.

마중을 나온 형사는 평소보다도 흉악한 눈을 하고 있었다.

기바는 이사마 너머로 고함쳤다.

"어이. 어쩔 텐가."

"떼어내겠어요."

"떼어내면 어떻게 되지?"

"모르지요. 결국——유파가 달라요."

추젠지는 그렇게 말했다.

"무당거미는——떼어내는 것이 아닙니다. 퇴치하는 건 제가 할 일이 아니에요. 그러니 조심해야 합니다."

아카네가 무언가를 떨쳐내듯이 현관문을 열었다.

이마가와가 깊이 머리를 숙인다.

추젠지는 그 앞을 바람처럼 지나간다.

에노키즈는 아카네를 잠시 물끄러미 보고는 그 뒤를 따랐다.

흑과 백의 복도를 나아간다.

이사마는——홀의 문을 열었다.

홀 정면 의자에 마사코가 앉아 있다.

고양이 다리 테이블에는 아오이가 보기 좋게 앉아 있다.

시바타 재벌의 정점이 그 옆자리에 앉아 있다.

아오이가 기계인형처럼 일어선다.

유리구슬 같은 눈에 덫에 걸린 남자들이 비쳤다.

"굉장히 요란스러운 등장이네요——."

탄력 있는 금속질의 목소리.

"——당신이——추젠지 씨인가요? 오늘 일은 어머니와 시바타 씨에게서 들었습니다. 듣자 하니 당신은 기도사라면서요. 그럼 이 집에서——무엇을 하실 생각인가요?"

"말씀하신 대로 저는 기도사. 그러니 지금부터 이 집의 액운을 좀 털어내 드릴까 합니다. 좋지 못한 것은 모여서 무리를 이루고 재앙을 일으키지요. 도롱이에서 불이 나타나는 것은 음 중의 양기. 다른 사람을 저주하려면 무덤을 두 개 파라——저는 두 눈을 뻔히 뜨고도 이 댁 따님을 무덤으로 떨어뜨리고 말았어요. 그러니 이 댁의——."

음양사는 장식인형을 본다.

"액운을 털어내 드리지요——불제(祓除) 말입니다."

"재미있군요. 좋아요. 저는 이 집의 셋째 딸로 오리사쿠 아오이라고 합니다. 그쪽은 언니 아카네, 어머니 마사코는 아시겠지요. 가족은 이게 전부예요. 나머지는 고용인인 데몬 고사쿠와 나미키 세쓰뿐. 이쪽의——시바타 씨는 동석해도 괜찮을까요?"

"물론입니다. 다만——이오코 도지 씨는 이미 잠자리에 드셨습니까?"

"증조할머니는 고령이시니 무례를 용서해 주세요."

아카네가 머리를 숙인다.

좋습니다——하고 추젠지는 말하고, 아오이의 정면에 서서 전원에게 방 안으로 들어오라고 재촉했다.

“이쪽은 이번에 저기 계시는 시바타 씨의 의뢰를 받아, 성 베르나르 학원의 연쇄 살인사건 및 학생에 의한 매매춘 의혹을 조사하고 있는 사립탐정 에노키즈 레이지로. 그리고 조수 마스다 류이치입니다. 나머지는 아시지요?”

“형사가——있는 것 같은데요.”

“음. 이 녀석은 내 부하인데 아오키라고 하오. 다만 나도 이 녀석도 지금은 형사가 아니오. 관련된 사람으로서 결말을 알 권리는 있겠지.”

“결말?”

“할 수 있다면——이제 끝냅시다. 죽은 사람의 수가 너무 많아요. 다만 저는 이걸로 진범의 큰 계획을 저지할 수 있을 거라고 생각하지는 않습니다——.”

“진범이라니요?”

“사건의 주모자입니다——.”

추젠지는 시선을 순서대로 옮긴다.

“저는 오히려——여기에 그 진범의 계획 완수를 앞당기러 온 것이나 마찬가지라고, 그렇게 인식하고 있습니다.”

오리사쿠 아오이.

아카네.

마사코.

시바타 유지.

——이 안에?

그 거미가 있다는 뜻일까.

아오이는 손에 든 서류를 덮어 테이블 위에 내려놓았다.

"처음부터 무슨 말씀을 하시는 건지 잘 모르겠네요. 사건은 끝난 게 아닌가요?"

"끝나지는 않았습니다."

"교살마도 눈알 살인마도 체포되었다고, 아까 시바타 씨에게 들었는데요. 매매춘 조직 쪽도, 거의 실태가 해명되었다고——친동생이 저지른 짓이라고는 하지만, 이래서는 책임을 질 수도 없어요. 하지만 그 동생은 이미 죽었습니다——."

"아오이——."

아카네가 눈물을 글썽거리며 동생을 노려보았다. 아오이는 못 들은 척 언니를 무시했다.

"——우리가 할 수 있는 일은 동생 때문에 매매춘에 관련되고 만 학생들의 구제입니다. 학원은 폐쇄할 겁니다. 하지만 그녀들을 내버려둘 수는 없지요. 앞으로 사회생활에 지장이 없도록, 원조하고 갱생할 방책을 세우겠어요. 그렇게 하는 것이 동생에 대한 유일한 공양이 될 거라고, 지금 이야기하고 있던 참입니다. 그런 의미로는, 사건은 아직 끝나지 않았다고도 할 수 있겠지만."

"그건 꼭 좀 해 주셨으면 좋겠습니다만——제가 말씀드리는 것은 그런 뜻이 아닙니다."

"무슨 뜻인가요?"

"아실 거라고——생각하는데요, 아오이 씨. 실은 일전에 당신이 쓰신 논문을 읽었습니다. 저는 매우 감탄했어요——."

"그거 고맙습니다. 남성에게 지지를 받는 경우는 별로 없는데요."
"그래서 당신을 구하고 싶어요."
"네?"
"앞으로의 시대에는 당신 같은 사람이 필요해요. 당신이 실각하면 여성의 지위 향상 운동은 크게 뒤처질 겁니다. 당신이 있는 곳에 도달하기까지 세상은 20년은 더 걸릴 거예요. 야마모토 스미코 씨가 돌아가신 지금, 당신은 죽지 말았으면 좋겠어요. 제가 하는 일은 요괴를 떼어내는 것입니다. 사람에게 씌는 것, 집에 씌는 것을 떼어내는 게 본업이지요. 그런 의미로는 확실하게——."
추젠지는 아오이를 정면에서 보았다.
그리고,
"——떼어내 드리겠습니다."
하고 말했다.
아오이는 이상하다는 듯한 얼굴을 했다.
"왜 제가 실각을? 게다가 죽는다니요?"
"어떤 덫이 있는 건지, 저는 꿰뚫어볼 수 없습니다. 제2, 제3의 히라노와 스기우라가 될 수 있는 복병이 어딘가에 없다고도 보장할 수 없고, 생각지도 못한 곳에 교묘한 장치가 되어 있을지도 모릅니다."
"이해할 수가 없네요. 무슨 말씀을 하시는 건지."
"당신은——화장을 하지 않는군요."
"——왜요? 하지 않는데요?"
주의나 주장 때문에 하지 않는 것이 아니라 할 필요가 없는 것이다. 칠하면 칠할수록 더러워질 것 같은 느낌마저 든다.

에노키즈가 갑자기 말했다.

"당신 왜 ── 그놈을 숨겨주었지?"

"무 ── 무슨."

"그 아이는 그놈한테 죽었다고."

추젠지는 에노키즈를 말리려고도 하지 않고,

"아오이 씨. 당신이 어떻게 생각하고 계시는지 저는 모르지만, 조만간 히라노는 자백할 거예요. 그러면 당신은 확실히 실각하게 됩니다. 당신은 사실상의 오리사쿠 가 당주가 되고, 시바타 그룹의 중책도 맡았지 않습니까. 자수하면 아직 구원은 있어요 ──."

하고 말했다.

"정말 모르겠네요. 치켜세우는가 싶더니 이번에는 밑도 끝도 없는 중상비방인가요?"

"그렇지 않습니다. 충고입니다."

"그만 좀 하세요!"

마사코가 엄숙한 목소리로 말했다.

"아까부터 듣자 하니 액운이니 불제니, 우리 집에는 그런 ── 털어내 주셔야 할 만한 악한 것은 없습니다! 이제 와서 명복을 빌어도 미도리나 고레아키가 돌아오는 것도 아니잖아요! 뒤를 보고 있을 시간이 있다면 앞을 보라고, 아오이, 너는 늘 그렇게 말하곤 했지. 그 말이 맞다. 그러니까 가지기도(加持祈禱)[41]는 우리 집과는 인연이 없는 거야!"

"항간의 소문으로는 천녀의 ── 저주가 있다고."

"시시하군요!"

---

41) 민간에서 병이나 재난을 면하려고 올리는 기도.

"그래요. 아주 시시하지요. 하지만 부인. 불이 없는 곳에는 연기가 나지 않습니다——."

마사코는 날카롭게 음양사를 응시했다.

"우선——오리사쿠 이헤에 씨의 이야기부터 시작해야 할까요. 당신의 아버지 말입니다——."

겁이 없는 남자다. 이사마라면 뱀 앞의 개구리 같은 상태가 되었을 것이다.

"——이헤에 씨는 교토 출신이라고 하더군요. 양자로 들어오기 전의 옛날 성은 하타 이헤에라고 하지요."

"그렇게——들었어요. 그게 왜요?"

"하타[羽田] 가라는 곳은 하타[秦] 씨의 방계(傍系)라고 합니다. 그 출신이 바로——그런 요란스러운 건물을 지은 이유가 아닐까 하고 저는 생각하고 있어요. 참으로 우스꽝스럽지만, 그는 그 나름대로 진지하게 연구한 결과겠지요."

"요란스러운 건물——이란 성 베르나르 학원을 말하는 건가요?"

아오이가 물었다.

"그렇습니다. 그 유대교 사원을 중심으로 모형을 모아놓은 듯 지어진 마술 결계 말입니다."

"유대교라고요?"

아오이가 단정한 얼굴을 일그러뜨렸다. 시바타가 우물거리면서, 그래요, 아니, 그랬습니다, 하고 말했다.

"믿을 수가 없어요. 저도 거기에는 다녔지만, 기독교조차 배우지 않았는데요. 그건 남성 원리에 뿌리를 둔 교의에 반발을 느꼈기 때문이지만——그렇다고 해도 유대교라니——비상식적이에요."

"그러게 말입니다."

하고 음양사는 말한다.

"근거는 있나요?"

"생각지도 않았는데 오늘 증거가 나왔습니다. 부인도 시바타 씨도 보셨어요——."

시바타는 얌전한 얼굴을 하고 있다. 단순한 남자인 것 같다.

아오이는 수상쩍다는 듯이 뺨을 경련시킨다.

"——게다가 그곳이 정말 기독교 이념에 기초해서 지어진 학원이었다면, 보통 기독교 단체나 교회 같은 것이 배후에 있는 게 당연합니다. 그 학원에는 아무것도 없어요. 두 분 다 그곳 출신이라고 하는데, 부자연스럽다고는 생각하지 않으셨습니까?"

"지금은 아니지만 선대 학장님은 신부 자격을 갖고 있었어요. 교사들은 모두 신자였고, 예배도 찬미가도 성서도 제가 아는 한 보통의 것과 그렇게 다르지 않았어요. 강요당하는 건 불쾌했지만 별로 이상하다고도 생각하지 않았습니다. 그렇지요, 언니?"

총명한 동생이 묻자 아카네는 패기 없이 말했다.

"네. 하지만 그 건물의 이상한 문자는——."

"그건 단순한 장식——디자인이잖아요?"

"그것은 히브리어나 카발라의 마술 기호입니다."

음양사는 음양사다운 종류의 말을 했다.

아오이는 의아한 얼굴로 한 번 마사코를 보고는 말했다.

"그런——마술의 기호를 그렇게 당당히 새긴단 말인가요? 숨기는 것을 배려한 기색은 조금도 보이지 않았어요. 도저히 믿을 수가 없네요."

"숨기지 않았습니다. 설령 읽을 수 있었다고 해도 어떻다고 할 것은 없을 테니까요. 시시한 말이 적혀 있을 뿐이에요. 따라서 애초에 숨기려고 지은 게 아니에요. 농간은 나중에 이루어졌지요."

"하지만 유대교라고 하려면——."

"본격적으로 숨긴 시기는 쇼와[昭和] 시대에 들어오고 나서겠지요. 창립 당시의 기록을 조사해 보면 물론 유대교 계열이라고는 적혀 있지 않지만, 그렇다고 기독교 계열이라고도 적혀 있지 않아요. 그건 그릇인 건물 자체가 마물입니다. 무엇에 사용하든 별로 아무래도 상관없었어요. 짓고 나서, 기왕이면 학교로 만들기로 했다——그런 거겠지요."

"애, 애초에 학교가 아니라고요?"

"학교 정도로밖에 쓸 데가 없었어요. 예배 시설이 있으니 학교로 쓰려고 해도 미션계를 표방할 수밖에 없었고, 결과적으로 기독교를 표방할 수밖에 없었겠지요. 게다가 누군가가 본래의 형태를 알아차린다고 해도 세계대전 중에 유대교라면 문제가 될 테니까——침묵할 겁니다."

"왜 그런——짓을."

아오이는 거기에서——음양사 교고쿠도의 덫에 빠졌다.

조금이라도 흥미를 가지면 끝장인 것이다.

"하타[羽田] 씨의 본류인 하타[秦]씨라는 사람은 본래 대륙에서 건너온 사람입니다. 그 조상은 진(秦)의 시황제라고도, 이스라엘의 왕 다윗이라고도——하지요."

"다——다윗?"

이렇게 되면 추젠지의 말은 멈추지 않는다.

"교토에 있는 우즈마사[太秦][42]는 헤이안 왕조가 생기기 이전부터 하타 씨가 사는 땅이었습니다. '우즈마사'를 클 태(太)라고 쓰는 건 거기에서 유래한다고 합니다. 우즈마사에는 국보 제1호 미륵반가사유상으로 유명한 광륭사(広隆寺)가 있는데, 그 광륭사를 창건한 사람이 하타 씨의 하타노 가와카쓰입니다."

아오이는, 그 정도는 알고 있어요, 라고 말했다.

"광륭사에 인접해서, 고노시마니마스아마테루미무스비[木嶋坐天照御魂] 신사, 통칭 누에 신사라는 신사가 있습니다. 그 경내에, 모토타다스의 연못이라는 샘이 있는데, 그 연못 중간에 '삼각 도리이' '삼면 도리이'라고 불리는, 일본에서 단 하나뿐인 팔각기둥 세 개짜리 도리이가 있어요."

추젠지는 손가락을 세 개 세웠다.

"아십니까? 삼각형의 세 정점에 하나씩 팔각기둥이 서 있고, 세 변에 해당하는 부분에 가로대와 가로대 밑에 지르는 나무가 걸쳐져 있다는, 매우 드문 도리이입니다. 이 도리이에 대해서는 1908년, 도쿄 사범학교의 교수가 매우 재미있는 논문을 발표했어요. 이것은 경교(景教)의 도리이다——라는 겁니다."

"경교?"

"7세기 초반에 중국에 전래된 기독교의 이단 네스토리우스파[43]를 말합니다. 경교 유적은 중국에도 별로 남아 있지 않지만, 예를 들어

42) 교토 가도노 군의 지명. 지금은 교토 시 우쿄 구의 한 지역이다. 7세기 초에 건립된 광륭사와 영화촬영소 등이 있다.

43) 콘스탄티노플의 네스토리우스 총주교를 시조로 하는 기독교의 일파. 그리스도의 신격과 인격을 구별하는 그리스도 이성설(二性說), 성모 마리아에게 하느님의 어머니라는 호칭을 사용할 수 없다는 주장을 하여 431년 에페소스 공의회에서 이단으로 판정된 네스토리우스 총주교의 이론을 뿌리로 한다. 이 이론은 이집트, 시리아, 팔레스티나 지방 및 인도까지 전파되었으며 당 태종 때인 7세기에는 중국으로 건너가 경교라고 불렸다.

중국의 대진사(大秦寺)라는 절에 '경교유행중국비'라는 비석이 남아 있어요. 대진(大秦)사는 본래 경교의 절이었던 겁니다. 따라서 그 우즈마사(大秦)에 있는 세 개의 도리이도 경교의 것이다——라는 글이지요. 하지만——이건 있을 수 없는 일이에요."

"있을 수 없는?"

"그 설에 의하면 전국에 흩어져 있던 하타 씨를 우즈마사에 모아놓고 '우즈마사[禹豆麻佐]'라는 성을 준, 그 시기에 경교가 유입되었다고 되어 있어요. 우즈마사라는 성을 주었다는 기사가 실려 있는 책은 '웅략기(雄略記)'입니다. 이것은 5세기 후반의 책이에요. 하지만 경교가 중국에서 인정된 건 638년이니까요. 이건 무리가 있습니다. 하지만 이 설을 생각한 교수는 이것 말고도 재미있는 말을 했어요——."

추젠지는 양손으로 삼각형을 만들었다.

"——세 기둥의 도리이는 위에서 보면 삼각형이다. 이건 솔로몬의 인장을 구성하는 삼각이다."

"그런——바보 같은. 견강부회예요."

"정말 저도 그렇게 생각합니다. 하지만 그의 이론은 그것만이 아니에요. 그 논문은 그 광륭사 동쪽에 위치하는 오사케[大酒] 신사에 대해서도 언급하고 있습니다. 오사케 신사에서 모시고 있는 신은 아까 말씀드린 하타노 가와카쓰, 또는 오사케묘진[大酒明神]. 사케[酒]는 본래 '피하다[辟]'라고 썼어요. 오사케[大辟]란 무엇인가. 그의 논문에서는 사케[辟]를 벽(闢)의 약자(略字)라고 합니다. 대벽(大闢)이란——다윗의 한자 표기지요."

"호오."

이사마는 저도 모르게 감탄했다.

그럭저럭 잘 만들어져 있다.

"——이건 너무 많이 간 것이라고 해도 '광륭사래유기(廣隆寺來由記)'에도 오사케 신사는 하타 씨의 조상인 진의 시황제를 모신 곳이라고 기록하고 있고, 어쨌든 이 신사에 모셔져 있는 신은 야나기타 구니오[44]의 말처럼 단순한 석신(石神)이라고는 생각되지 않아요. 이곳의 제신인 하타노 가와카쓰는 쇼토쿠 태자의 총애를 받던 신하였다고 하는데, '풍자화전(風姿花傳)' 등을 보면 긴메이[欽明][45]에서부터 스이코[推古][46]까지 모신 화인(化人)[47]으로, 우쓰보부네[空舟][48]를 타고 서해로 나가 하리마[49]에 다다라서, 사람에게 씐 희귀한 일을 하였다——고 되어 있으니 마치 요괴 같은 취급이지요. 물론 그 하리마에도 가와카쓰를 모신 신사는 있고, 이쪽은 오사케[大避] 신사라고 합니다."

"하아."

정말로——잘 만들어져 있다.

마사코는 어이없는 얼굴로 청산유수의 기도사를 바라보았다.

"그런 먼 옛날의 일과 우리 집이 뭔가 관련이 있기라도 하다는 말씀이신가요? 아버지의 출신 가문의 본가 선조가 무엇이든 상관없잖아요. 신경 쓸 가치도 없어요!"

---

44) 1875~1962. 일본의 민속학자. '일본인이란 무엇인가'에 대한 답을 찾아 일본 열도 각지를 조사 여행했으며 일본 민속학의 개척자로서 다수의 저작을 남겼다.

45) 6세기 중반의 천황. 539년, 또는 531년에 즉위했다고 한다. 일본서기에 의하면 긴메이 천황 때에 백제의 왕이 사신을 통해 불경과 불상을 보내, 일본 조정에 최초로 불교가 전래되었다고 한다.

46) 6세기 말, 7세기 초의 천황으로 최초의 여제(女帝)이다. 긴메이 천황의 셋째 딸로 쇼토쿠 태자를 섭정으로 삼아 관위12계를 제정하였으며 17조 헌법을 발포했다. 재위는 592~628.

47) 부처나 보살이 중생을 구제하기 위해서 임시로 사람의 모습으로 변한 것. 화신이라고도 한다. 또는 귀신이나 짐승이 사람으로 둔갑한 것을 가리키기도 한다.

48) 큰 나무 속을 파내서 만든 배.

49) 현재의 효고 현 남부를 가리키는 옛 지명.

"상관없다고 하신다면 상관없지요. 다만, 어쨌든 하타 씨의 선조가 보통 사람이 아닌 건 틀림없습니다. 게다가 그 먼 조상이 유대인이라는 풍문이 그럴싸하게 퍼져 있는 것도 사실입니다. 그리고 이 건물을 지은 남자 또한 하타 씨의 후예였던 것도 사실이고요."

"그래서 어쨌다고요!"

"그러니까 그런 일의 진위는 그렇게 중요하지는 않습니다. 이 경우 문제로 삼아야 하는 것은, 자신이 다윗 왕의 후예라고 믿어 버린 한 남자가 있었다——는 점. 그리고 그 남자는 재력을 이용해 자신이 조상이라고 믿는 유대 민족의 여러 가지 주술과 마법을 배우고, 이 지바의 시골구석에 거대한 봉인의 마법을 걸었다——는 점입니다."

"봉인의 마법? 무엇을 봉인한다는 건가요?"

"당신은 아마, 샘을 봉인했다——고 하셨던 것 같은데요——."

시바타가 묻는다. 추젠지는 고개를 끄덕였다.

"그게 정답일 거라고 생각합니다. 저는 처음에 검은 성모라는 것은 아메노히리노메노미코토[天比理乃咩命][50]인가 생각하고 있었어요. 그래서 이 마술은 섬유의 싸움이 아닐까 하고 착각했지요. 하지만 신상은 두 개였고, 그건 아니라는 생각을 하게 되었습니다——."

"섬유의 싸움——이란 무슨 뜻인가요?"

"하타 씨는 그 이름대로 베틀[51]——즉 직물과 관련이 있습니다. 아까 말씀드린 누에 신사의 경내에도 양잠 신사가 모셔져 있어요. 양잠 신사에 모셔져 있는 신은 누에 신인데, 그 신들은 대개 우쓰보부

50) 태양신 아마테라스오미카미가 하늘의 바위 뒤에 숨어 온 세상에 빛이 사라졌을 때, 아마테라스오미카미를 끌어내기 위해 바위 앞에서 알몸으로 우스꽝스러운 춤을 추어 신들을 웃겼다는 여신. 일본 최고(最古)의 무용수이다.
51) 일본어로 베틀은 '하타'라고 한다.

네를 타고 떠돌다 뭍에 닿는 것으로 되어 있지요. 이것은 가와카쓰와 마찬가지입니다. 한편 이곳——아와[安房]는 마(麻)의 산지입니다. '고어습유(古語拾遺)' 같은 책을 보면 옛날에는 아사노쿠니[麻の国]라고 불렀던 모양이에요. 후사노쿠니[総の国][52]는 아사노쿠니가 변한 말이라고도 합니다.[53] '고어습유'를 지은 사람은 인베노 히로나리[斎部広成]인데, 그 인베[斎部] 씨의 조상인 인베[忌部] 씨가 이 가쓰우라 일대를 개척했어요."

"그건 알고 있어요. 이 땅에는——오래 살았으니까요."

마사코는 감정을 나타내지 않고 그렇게 말했다.

"그렇습니까. 그 인베 씨를 이끈 신이 도미사키 신사에 모셔져 있는 도미다이묘진[富大明神]. 정식으로는 아메노토미노미코토[天富命]입니다. 이 신은 인베 씨의 조상신인 아메노후토다마노미코토[天太玉命]의 후예인데 시코쿠의 아와[阿波]에서 이 땅으로 옮겨와 보소 반도를 개척했다고 전해지고 있어요. 이 두 신은 아와[安房] 신사에도 모셔져 있습니다. 그리고 아메노후토다마노미코토의 배우자가 아메노히리노메노미코토입니다. 그래서 저는 처음에, 이건 마와 비단의 싸움이 아닐까 하고 생각했던 것입니다."

"그러니까 비단을 생산하는 세력이었던 하타 씨의 후예가 마 생산의 본거지에 진출할 때, 길흉에 신경이 쓰여 그 성지를 봉인했다는 뜻인가요?"

시바타는 흥미를 보였다. 어느 모로 보나 경영자 같은 해석 방식이 재미있다고 이사마는 생각했다.

---

52) 옛 지명으로, 가즈사, 시모우사, 아와를 포함하는 지역을 가리킨다.

53) 아와[安房]의 房는 '후사'라고도 읽힌다.

"하지만 그건 좀 틀렸던 모양이에요."

"어떻게 —— 틀렸습니까?"

음양사는 말했다.

"이헤에 씨는 세대주의(世帶主義)의 이데올로기를 관철하기 위해 고루한 모계(母系)의 인습을 봉인한 것입니다."

"모계 ——? 무슨 뜻이지요?"

아오이가 노려본다.

글자 그대로 모계입니다, 하고 추젠지는 말했다.

"여자에서 여자로 —— 라는 모계 말입니까?"

시바타가 고개를 갸웃거린다. 잘 모르는 분야인 것이다.

"그렇습니다. 태고에 살아갈 식량을 수렵과 채집에만 의지하고 있었던 인간은 한 곳에 정착해 살지 않고 식량을 찾아 산과 계곡을 뛰어다니며 살았어요. 거기에 농경이라는 새로운 생활 형태가 등장하지요. 이것은 불안정한 수렵 생활과는 달리 안정되어 있었어요. 사람은 이동을 멈추고 정착해서 살게 됩니다. 드디어 살 곳 —— 집이 생기지요. 집을 지키고 관장하는 건 여성들이었습니다. 이렇게 해서 모계사회는 형성되어 가지요. 지모신(地母神)은 항상 어머니이고, 곡물신은 항상 여자입니다. 따라서 부권사회가 수렵 민족적이라면 모권사회는 농경 민족적입니다. 부권사회의 집은 아버지라는 비단깃발 아래 결속한다는 딱딱한 계층구조로 되어 있지만, 모계사회에서의 집은 열려 있어요. 공동체 안의 온화한 결합으로서 집이 있는 것이지요. 그것도 이 토지와의 결합에서 유래하고 있습니다 ——."

"논지는 알겠는데 —— 주제를 모르겠네요."

아오이가 지적하자 추젠지는 희미하게 웃었다.

이것도 작전의 일부일 것이다. 아마 무관하지 않을 것이다.

조만간——연관되게 된다.

"지적하신 대로입니다. 하지만 무관한 것도 아니에요. 일본도 옛날에는 모계사회였던 모양입니다. 모권의 시대는 없었다고 해도——모계의 사회는 있었어요."

"하지만 여자가 중심에 있었던 시대는 없어요. 일본의 여성은 아직 인간으로 취급받고 있지 못합니다!"

"아직이 아니라 지금이니까, 가 아닐까요."

이사마는 불안해진다. 추젠지는 의도적으로 아오이의 씨름판에서 승부를 겨루려고 하는 것 같다. 그러나 그런 종류의 화제라면 아무리 음양사라도——당해내지 못할 것이다.

아오이는 웃었다.

"그렇지는 않아요. 부부, 부처, 남녀, 부모——나란히 칭할 때는 반드시 남자의 순위가 앞이지요. 항상 남자가 상위라는 건 불유쾌해요. 먼저 오는 쪽이 계층이 위라는 뜻이니까. 말이 증명하고 있어요."

"이런, 이런. 옛날에는 부부를 '가시버시'라고 불렀습니다. 이것은 여자와 남자입니다. 부모는 '엄마 아빠'입니다. 즉 엄마가 먼저 오지요. 남녀의 속어는 '연놈' 이것은 여자와 남자지요. 본래 옛말에서는 여자의 순위가 우선, 적어도 말에 있어서는 여성이 우위입니다. 당신이 말을 끄집어내신다면 저는 그렇게 대꾸할 수밖에 없어요. 예로부터 '육친'이란 어머니만을 가리키는 말이었습니다. 나이 많은 여자에 대한 경칭인 '도지[刀自]'는 본래 '도시[戶主]' 즉 호주를 말합니다. 당신의 말을 빌자면, 옛날에는 여자가 사회나 집안의 중심에 있었다, 라는 사실은 말이 증명하고 있다——는 뜻이 되고 맙니다."

"하지만——."

"아뇨. 말씀하시고 싶은 뜻은 잘 압니다. 천존지비(天尊地卑), 건곤정의(乾坤定矣), 하늘은 남자. 땅은 여자. 남존여비 사상이 음양오행 등과 함께 일찍부터 대륙에서 들어와 있었던 것은 사실입니다. 따라서 여권(女權)의 시대라는 건 분명히 없었어요. 하지만 모계의 이치라는 게 있었다는 건 인정해야 합니다. 그건 예를 들면——혼인제도 같은 것에도 나타나 있지요."

아오이는——눌리고 있다.

과연, 상대방이 부정하고 나오면 강하게 반발하지만 긍정하면 약해지나 보다.

음양사는 말을 이었다.

"고대에는 신대(神代)[54] 시절부터 나라 헤이안 왕조 때까지——일본은 데릴사위 혼인이 보통이었습니다. 다시 말해서 여자의 집에 남자가 다닌다, 또는 데릴사위로 들어온다는 처소혼(妻所婚)입니다. 남자는 여자의 집에 다니고, 요바이나 쓰마도이[妻問い][55]를 하면서 구혼했어요. 하지만 무로마치 시대 이후가 되면 이것이 취가혼(娶嫁婚)으로 바뀌지요. 즉 남성의 집에 여성이 들어온다, 소위 말해 시집을 오는 부소혼(夫所婚)입니다. 이 시기에——무로마치 시대부터 현재까지 꼬리를 끄는 지배적 혼인관계라는 것이 성립했지요."

"맞아요. 가부장권의 확대에 따른 여성의 지위 쇠퇴와 남존여비적 사상의 만연——그게 원인이에요."

54) 신화시대. 일본 역사에서 초대 천황인 진무 천황 즉위 이전의 시대를 말한다.
55) 남자가 여자의 집을 찾아갈 뿐 동거하지는 않는 혼인 양식. 모계 전통이 있는 사회 등 모권이 강한 민족에서 많이 볼 수 있는 혼인 형태로, 보통 아이는 모친 일족이 양육하고 재산은 딸이 상속한다.

간신히 아오이가 끼어든다. 추젠지는 곧 잘라낸다.

"몇 가지 잊고 계십니다. 먼 지역과 교류가 가능해진 점——그리고 일족을 강한 결속으로 묶어야 할 필요가 생긴 점——."

"그건 사소한 것 아닌가요? 사회 정세의 변화라는 건 그 시대를 살아가는 인간의 사상적 배경에 좌우되는 게 아닐까요?"

"그건 어떨까요. 분명히 그렇게 말할 수는 있겠지만, 제도라는 건 사상만으로 만드는 것이 아닙니다. 내건 이상이 만인의 지지를 받는다는 보장도 없고, 지지를 받는다고 해도 제도로서 정착할지 어떨지는 알 수 없어요. 하지만 그렇게 할 수밖에 없는 절박한 사회 상황이 찾아오면 싫어도 제도는 생기고 말지요. 무로마치 시대라는 건 무사가 대두한 시대입니다. 무(武)라는 건 싸우는 것이니까요. 세력 확대나 영지 사수 등, 눈앞에 닥친 사정이 많이 있지요. 혈족이란 굳은 결속으로 맺어져 있어야 하고, 다른 무리와의 관계라는 건 미묘하고 긴장감에 가득 찬 것이 되고 말지요. 당연히 혼인도 정치적인 색채를 띠게 됩니다. 무가는 상층으로 올라갈수록 먼 지방과 혼인을 해야 하고, 가문끼리의 격식 차이가 문제가 되니, 이렇듯 자연히 처소혼이라는 것은 성립하기 어려워져요. 동맹을 맺는 맹세의 표시로 딸을 내어준다, 인질로서 그것을 받아들인다——아내를 맞아들인다는 것은 본래 무가의 거래 방법입니다."

"여성의 인권을 무시한, 야만적이고 몽매한 풍습이었던 거예요."

"그건 어떨까요. 일족 중에서 가장 귀한 대접을 받아야 하는 존재였기 때문에 더더욱 인질로 기능한 건 아닐까요? 맞아들인 아내를 함부로 대하면 전쟁이 나고 맙니다. 하기야 형체가 무너져 버린 후의 일은 알 수 없지만요. 하지만——이건 무가의 이야기입니다."

"무슨 뜻이지요?"

"일반적으로는 무로마치 시대에 성립한 부소혼 제도가 일본에 정착해서 현재에 이른 것처럼 생각되고 있지만——그건 조금 잘못되어 있어요. 무가와 귀족, 지배계급과 피지배계급, 도시와 시골은 크게 달라요. 그런 계층과 지역이 다른 공동체에서 똑같은 제도가 널리 통할 리도 없고, 또 똑같이 해야 할 이유도 없지요. 애초에 데릴사위——모계사회는 농경 생활의 정착과 동시에 완성된 것이니, 특히 농촌 지역의 혼인에 대해서 말하자면 무가 사회에서 일어난 것과 같은 극적인 전환은 없었습니다."

"데릴사위 풍습이 잔류하고 있었다는 건가요?"

"물론입니다. 농가의 아가씨는 생산성이 높은 노동력이니까요. 놓아주고 싶지 않지요. 한편 젊은이는 기동력이 되니 필요한 셈입니다. 그래서 무가의 혼인 방법을 지역별 사정에 맞추어 준비한 절충안이 표면적으로 채용되지요. 시골의 데릴사위 혼인은 가부장제의 상징과 같은 무가적 부소혼과는——일선을 긋는 것입니다."

추젠지는 거기에서 마사코의 얼굴을 직시했다.

"예를 들어 도호쿠에서 니가타, 이바라키, 지바 등의 지역에서는 오랫동안 자가독(姉家督)이라는 방식이 채용되었습니다. 이 방식은 장녀가 가문을 물려받지요. 혼인의 형태로서는 뚜렷한 데릴사위혼입니다. 장자상속과는 전혀 달라요. 다만 상속의 형태로서는 장녀의 남편이 상속인이 되는 셈이니 양자에 의한 장자상속이라고도 할 수 있지만, 기실 장녀는 혼인 전부터 가독(家督)이라고 불리지요. 장녀는 명확하게 호주라는 자각을 갖고 있어요. 이것은 부계사회 안에서 살아남은 모계의 구조입니다——."

마사코가 마주 본다.

"당신은——우리 집이 그렇기라도 하다고——."

"지금이 어떤지는 모릅니다. 하지만 본래는 확실한 여계(女系) 일족이었다고, 저는 생각하는데요——."

"그랬다고 해도, 그게 어쨌다는 건가요!"

"아메노우즈메[天鈿女][56]의 피를 이어받은 사루메노키미[猿女君][57]나 야마시로의 계녀(桂女)[58]의 예를 들 것까지도 없이——여계로 가독을 잇는 오래된 가문은 많아요. 딱히 부끄러워할 것은 없습니다."

"부끄럽다고요——?"

"그렇습니다. 이 오리사쿠 가는 아메노토미노미코토가 아와[阿波]에서 원정을 오기 훨씬 전부터, 이곳이 아와[安房]라고 불리기 훨씬 이전부터——이 땅에 뿌리를 내리고 있던 일족이 아닙니까. 오야마쓰미노카미의 장녀, 이와나가히메노미코토[石長比賣命]를 조상신으로 모시는, 정사(正史)에 등장하지 않는 오랜 명문(名門)——."

"들은 적도 없어요!"

아오이가 내뱉듯이 말했다.

"게다가 그게 어쨌다는 건가요! 그런 옛날이야기가 무슨 관련이 있기라도 하다는 건가요!"

"크게 관련이 있습니다."

추젠지는 분명하게 말했다.

---

56) 아메노히리노메노미코토의 '일본서기'에서의 표기.

57) 고대부터 조정의 제사를 관장해 온 씨족 중 하나. 아메노우즈메를 시조로 하고 있다. 본거지는 이세 지방으로 되어 있으며, 다른 제사 씨족은 남성이 제사에 관여했던 것에 비해 사루메노키미는 여성이 제사에 관여했던 것이 특징.

58) 현재의 교토 시 니시쿄 구에 있는 가쓰라 지역에 살고 있던 여성. 계녀(桂女)는 '가쓰라메'라고도 읽는다. 예로부터 무녀, 행상, 유녀, 조산사, 연예인과 같은 역할을 담당했다.

"이것은 옛날이야기가 아니라 신화이니까요. 야마타노오로치[八俣大蛇][59]를 퇴치한 스사노오노미코토의 아내, 구시나다히메의 아버지인 아시나쓰치노미코토의 부신(父神)이 바로 오야마쓰미노카미입니다."[60]

"그게 어쨌다는 건가요. 신화든 전설이든 상관없는 것은 마찬가지예요."

"뭐, 신화는 여권신장과 친숙하지 않을지도 모르겠지만——그래도 야마타노오로치 신화 정도는 아시겠지요. 유명하니까요. 그 야마타노오로치 퇴치가 제철(製鐵)과 벼농사에 관련된 신화라는 점은 흥미로운 이야기입니다. 한편 아시나쓰치의 자매신인 이와나가히메와 고노하나사쿠야히메의 신화는 베 짜기와 쓰마도이[妻問い]에 관련된 신화입니다. 천손 니니기노미코토가 다카치호[61]에 강림한 후, 아타의 가사사라는 곳에서 절세 미녀를 만나지요. 어떤 책에 의하면 그 미녀는 이미하타도노[斎機殿][62]에 있던 소녀였다——고 기록되어 있어요. 그 소녀가 고노하나사쿠야히메입니다. 니니기노미코토는 구혼했고,

---

59) 일본 신화에 등장하는, 여덟 개의 머리와 여덟 개의 꼬리를 가진 거대한 뱀.

60) '고사기'와 '일본서기'에 등장하는 신화. '고사기'에 의하면 신들이 사는 다카마가하라에서 추방된 스사노오가 이즈모 지방에 내려왔을 때, 히노카와 강변에서 울음소리가 들려와 가 보니 노부부가 아름다운 소녀를 사이에 두고 울고 있었다. 사연을 들으니 부부에게는 딸이 여덟 명 있었는데, 매년 한 명씩 야마타노오로치라는 괴물에게 잡아먹히고 이제 막내딸인 구시나다히메[櫛名田比売] 하나만 남았다는 것이다. 스사노오는 구시다나히메와 혼인하는 조건으로 야마타노오로치를 퇴치해 주겠다고 한다. 스사노오는 우선 구시나다히메를 빗(구시)으로 바꾸어 자신의 머리에 꽂고, 부부에게 일곱 번 거른 센 술을 빚고, 여덟 개의 문을 만들어 그 문에 각각 술을 채운 술통을 놓아두라고 한다. 준비하고 기다리고 있자니 야마타노오로치가 와서 여덟 개의 머리를 각각의 술통에 처박고 술을 마시기 시작했다. 야마타노오로치가 술에 취해 잠들자, 스사노오는 도쓰카노쓰루기[十拳剣]라는 검으로 베어 죽였는데, 이때 꼬리를 자르자 하도 단단하여 검날이 빠졌고, 그 꼬리를 갈라 보니 안에 한 자루의 검이 들어 있었다. 이것이 유명한 구사나기노타치[草那芸之大刀]라는 검으로, 스사노오는 이것을 천신에게 바쳤다고 한다.

61) 현재의 미야자키 현 북단을 가리키는 지명.

62) 황족이 제사 때에 입을 옷을 짓기 위한 건물.

고노하나사쿠야히메는 언니 이와나가히메와 함께 시집을 가지요. 하지만 이와나가히메는 추녀였기 때문에 돌려보내지고 말아요. 오야마쓰미노카미는 말합니다. 이와나가히메가 낳는 아이는 비가 내려도 바람이 불어도 돌처럼 영원히 살았을 것을——. 그러나 동생 신이 낳는 아이는 벚꽃처럼 보기에는 좋고 아름다우나 벚꽃처럼 금세 질 것이다——."

추젠지는 천천히 단색의 실내를 둘러보았다.

"——그리고 장녀는 영원히 집에서 나가지 않아요."

마사코가 음양사를 시선으로 위협한다.

"이와나가히메는 그렇게, 영원히 물가의 베틀에서 베를 짜며 신이 찾아오기를 기다리는 베 짜는 여인이 되었어요. 그 여인은 깊은 물속에 가라앉아, 이윽고 요괴 무당거미가 되지요."

"요, 요괴?"

"이것은 농경신——지기(地祇)[63]와 정복신——천손의 혼인 이야기이기도 합니다. 기독교를 보면 알 수 있듯이 토지와 결속하지 않고, 이동하고 정복해 가는 민족——종교의 중심에는 대개 남성 원리가 있어요. 한편 토지신은 모계——여성 원리에 기초하고 있지요. 따라서 이 신화는 모계사회와 부계사회의 혼인을 그린 신화라고 읽을 수도 있습니다. 고노하나사쿠야히메는 구혼을 받았을 때 부신께 의향을 묻게 됩니다. 그 부신인 오야마쓰미[大山津見]는 일명 산의 신. 산의 신은 본래 여신입니다. 칠석의 원형이 되는 이 신화는——결국은 여성의 이치를 남성의 이치에 기초해서 새로 해석한 신화이기도 하지요."

---

63) 지신(地神). 천신지기(天神地祇)의 형태로 흔히 쓰인다.

“좀 더——자세히 가르쳐주셨으면 좋겠네요. 사건과의 관계는 이해할 수 없지만, 흥미가 있어요.”

아오이가 테이블 위에서 깍지 끼고 있던 손가락을 드디어 떼었다.

추젠지는 대각선 오른쪽에서 그 모습을 곁눈질로 보았다.

인형과 인형사 같다고 이사마는 생각했다.

“모계——여계사회의 특징은 아이가 공동체의 공유물이 될 수 있다, 는 점이겠지요. 육친이 어머니를 가리키는 말이었던 것에서도 알 수 있듯이, 육친과 자식의 관계라는 건 항상 모자 관계일 뿐이에요. 부친의 역할을 하는 것은 공동체의 남자들 모두입니다. 이 경우, 부친은 누구든 상관없는 것입니다. 이것은 배다른 남매의 혼인이 당연했던 것에서도 엿볼 수 있어요.”

“배다른 남매의 혼인——.”

“그래요. 어머니가 같은 동생과의 혼인은 인정되지 않았지만, 어머니가 다른 동생이라면 인정되었어요. 어머니가 같으면 남매이지만 아버지가 같아도 어머니가 다르면 남매로 간주하지 않았던 것입니다. 혈연은 모자 관계로만 수렴되었어요. 당연히 가장권은 나이가 위인 여자아이가 쥐게 되지요. 다만——.”

“다만?”

“이건 지금의 윤리에 비추어본다면 그다지 도덕적이지 못한 상황을 용인해 버리는 제도이기도 하겠지만요.”

“그건 복수의 남녀가 혼인 관계를 맺는——원시 난혼제?”

“인류의 역사에 난혼의 시대라는 것은 있을 수 없습니다. 그거야말로 환상이지요.”

아오이는 말을 멈추고 도자기 같은 얼굴을 굳혔다.

"단, 이것은——한 여성이 복수의 남성과 성적 관계를 맺고 각각 아이를 낳아도 전혀 상관없다는 구조이기는 합니다. 가부장제의 경우와 달리, 그것은 상속이나 집안의 존속을 위협하는 일은 될 수 없어요. 부계 가족의 경우, 남자가 첩에게 장자를 낳게 하면 집안은 분열의 위기에 내몰리지요. 따라서 일부일처제를 도입하지 않으면 성립할 수가 없어요. 정처와 첩 사이에는 격차를 두고, 적자의 정당성을 과시할 필요가 있고요. 하지만 모계의 경우는 그게 없어요. 전부 자신이 낳은 아이지요. 모든 아이는 틀림없이 가장의 피를 물려받은 것입니다. 아이 아버지를 누구로 할지, 그건 그냥——좋은 씨를 찾는다는 레벨의 문제일 뿐이에요."

"좋은——씨?"

"양질의 유전자라고 바꿔 말해도 좋지요."

"그런——음란한——."

"음란하지 않습니다. 그것을 음란하다고 생각한다면, 당신은 그 시점에서 남성 원리에 지배되고 있어요!"

추젠지는 아오이의 도자기 같은 피부를 향해 최대급의 식(式)[64]을 발했다.

여권신장론자는 인간성이 없어 보일 정도로 단정한 얼굴을 한층 더 험하게 했다.

"우타가키[歌垣].[65] 요바이. 쓰마도이. 아시이레[足入れ],[66] 색시 도둑질[67]——시대나 지역을 막론하고, 그런 여계사회의 잔재는 많이 남

---

64) 식신(式神). 음양사가 사역하는 귀신으로, 사람 마음에서 일어나는 악행이나 선행을 알아내는 역할을 수행한다. 음양도의 대가로 알려진 아베노 세이메이는 12식신을 사역했다고 하며, 시코쿠 지방에서는 음양사를 가리켜 식왕자(式王子)라고 부른다.

65) 특정 일시에 젊은 남녀가 모여 서로 구애의 노래를 부르는 풍속.

66) 가족들끼리만 간단한 혼례식을 올리고, 신부가 시집에 가서 사는 결혼 풍습.

아 있어요. 하지만 그건 모두 음란하고 열등한 야만적인 풍습으로 배척되었지요. 민속학자조차 제대로 다루지 않아요. 하지만 그걸 멀리하는 것은 정복자의 시점에서 피정복자를 보는 것, 서유럽의 근대주의를 상위로 두는 차별 시점에서 일본의 문화를 깔보는 것, 남성 원리의 시점에서 여성 원리를 새로 읽는 것일 뿐입니다. 요바이를 천한 인습이다, 음탕한 구폐라고 잘라내는 독선적인 바보는, 원숭이보다도 못한 무지몽매한 자라고 말해야 합니다."

"요바이가——악한 구폐 인습이 아니라고——."

"당연합니다. 시선을 피하고 더럽다며 씻어내려고 하니까 아무것도 보이지 않지요."

"아무것도 보이지 않는다? 우리 눈이 흐려지기라도 했다는 말씀인가요?"

"이것에 관해서만 말하자면——흐려져 있지요."

추젠지는 단언했다.

아오이는 입을 다물었다.

너무 아무렇지도 않게 단언해 버렸기 때문일 것이다.

"성이나 차별 문제를 복잡하게 만들고 있는 건 바로 그런 의식입니다. 민속학자는 그런 문제를 다루지 않는 이유로, 학문을 정치적인 운동에 이용당하고 싶지 않기 때문이라는 둥, 비속한 레벨로 멸시하고 싶지 않기 때문이라고 설명하지요. 이건 일종의 전략이라고 생각할 수도 있지만, 역시 그건 변명입니다. 개인적인 일이야말로 정치적인 것. 개인의 모임이 공동체이고, 그 이치를 찾는 게 민속학이었을

---

67) 남자가 여자를 약탈해서 아내로 삼는 혼인 형식. 강제적 유괴인 경우는 드물고, 여자의 부모, 또는 본인도 동의한 경우가 많다. 도둑질이 끝나면 부모에게 알리고, 도와준 젊은이들끼리 축하연을 연다.

테니까요. 바꿔 말하자면 정치적인 것은 어차피 개인적인 것에 지나지 않아요. 개인을 뛰어넘은 이치를 찾는다면, 그런 자의적인 접근은 치명적인 오류를 낳을 수도 있지요. 성이나 성 차이를 빼놓고 문화를 논할 수는 없습니다. 당신은 아까 시대의 정신성이나 사상이 제도를 만든다고 하셨지요. 그럼 그런 시대의 사상이나 정신성을 만드는 것은 무엇인가——시대를 뛰어넘어 그런 것들을 다스리는 커다란 통일이론은 모색할 수 없을까——앞으로는 그 점을 생각해야 합니다."

"확실히——일본의 공동체에서 여성의 위치라는 것은, 다른 나라와는 조금 다를지도 몰라요. 하지만 완전히 일원화되지는 않았다고 해도, 일본에 남근주의가 없는 건 아니잖아요?"

"물론입니다, 아오이 씨. 그러나 제가 말하고 있는 것은 그런 게 아닙니다. 가령 여계사회라 하더라도 당신이 말하는 남근주의는 발생할 수 있고, 발생했겠지요. 공동체와 일체화하는 데에서만 존재가치를 찾아내는 모친들은 하나같이 공동체의 희생자가 될 위험성을 내포하고 있어요. 또 공동체 자체가 남근주의적 체질을 띠기 시작했을 때, 여성 자체가 대행적으로 남근주의적 지배를 대신해야 하는 상황도 쉽게 상상할 수 있지요."

"맞아요. 그러니까——."

"그래요. 그래서——사실 요바이는 변질되고 말았어요. 요바이라는 주술은 현대에는 거의 무효화되었지요. 하지만 그 효력에는 성 차이도 개인차도 있어요. 아직 그 주술이 효과를 발휘하는 사람도 있습니다. 그녀들을 일도양단으로 잘라내는 것은 과연 당신의 본의인가, 저는 그 말을 하고 있는 것입니다."

아오이는 생각에 잠겨 있다.

"아오이 씨. 당신은 결코 틀리지는 않았어요. 다만 비연속의 사상을 연속된 사상과 혼동하고 있는 겁니다."

"혼동——?"

"요바이와 근대의 매매춘은 달라요. 그리고 매춘(賣春)과 매춘(買春)은 다른 것입니다. 그건 아까 말씀드린 신화에서도 엿볼 수 있어요."

"모——르겠어요."

"모계사회의 눈으로 살펴봅시다. 어느 날 높으신 귀인이 찾아와요. 그 지방의, 그 집의 가장인 아가씨가 하룻밤을 함께 합니다. 이건 하등 음란한 행위가 아니에요. 아가씨는 아이를 낳고, 그 아이는 집안을 물려받습니다. 태어난 아이는 대개 낳은 어머니의 아이이니, 이건 정당한 적자가 되는 셈입니다. 아버지는 필요 없는 거지요. 하지만 부계사회의 눈으로 보면 양상은 달라져요. 그건 정당한 혼인이 아니라는 게 되지요. 아가씨는 시집을 가지 않으면 곤란해요. 남자 쪽에서 보자면 정실이 낳은 아이만이 정당한 적자이니, 이건 어쩔 수 없지요. 그래서 니니기노미코토는 그렇게 말한 겁니다. 거기에서 오야마쓰미노미코토는 동생 신을 보냈어요. 언니 신은 되돌려보내진 게 아니라 받지 못한 겁니다. 부계 측에서 보자면 이것은——대단히 불손한 일입니다."

"불손——인가요."

"불손입니다. 입에 올리기조차 황송한 천손족에게 바치는 인질인데, 본래 같으면 최고의 지위에 있는 자——장녀를 주는 게 어울릴 것이다——그것이 지배하는 자——남자의 이치. 그래서 못생겨서 이쪽에서 되돌려보낸 것이다——라는 자존심을 건 변명을 덧붙인 것입니다."

"변명이라고요?"

"패배를 인정하고 싶지 않은 겁니다. 더 보충하자면, 시집을 간 고노하나사쿠야히메는 곧 아이를 갖는데, 니니기노미코토는 그건 자신의 아이가 아닌 것이 아닐까——하고 의심해요. 이건 여계가 아니면 불가능한 구조가 있었기 때문이겠지요. 굴욕적인 이야기지요?"

"——네."

"하지만 남성 원리가 옳다는 관점 아래에서만, 그것은 굴욕이 됩니다. 고노하나사쿠야히메는 그런 말을 듣고도 두려워하지 않고, 이게 당신의 아이가 아니라면 낳을 때 복은 없을 것이라고 말하며 산실에 불을 지르고, 세 신을 낳아요. 이건 남자 쪽에서 보자면 자신을 비꼬는 항의 행동이지만, 여자 쪽은 확신범입니다. 태어날 아이가 누구의 아이인지——모르는 건 남자뿐입니다."

아오이는 대답을 하지 않게 되었다.

"즉 모계사회에서의 혼인 관계——성적 관계는 부계라는 필터를 통함으로써 음탕한 난혼——난교로 바뀌고 만다는 것입니다. 귀인을 남편으로 맞이하는 하룻밤의 인연——성스러운 혼인은 귀인 측에서 보자면 그저 하룻밤의 아내——현지처와의 성행위에 지나지 않습니다. 상대를 특정하지 않는 모든 성행위는, 남자에게는 모두 매춘 행위가 될 수 있는 것입니다."

"여자——에게는."

"그게 문제입니다. 그걸 규명하는 게 당신 같은 사람의 역할이지요. 남성 원리가 기본이 되는 사회에서는 설령 여자가 어떤 뜻이나 이치를 갖고 있든 그런 행위는 매춘이 될 가능성을 내포하고 있어요. 하지만 이 세상, 이 나라는 줄곧 남성 원리에 지배되어 온 건 아닙니다. 다른 이치에 지배되고 있는 문화——저주에 걸린 사람도 아직 있다는 뜻입니다. 남자의 말, 남자의 이치로는, 그런 굴욕은 치유할 수 없어요."

아오이는 한층 더 깊이 생각에 잠기고 말았다.

거기에서——추젠지는 마사코를 보았다.

마사코는 왠지 창백해져 있었다.

"부인. 제가 아까 부끄러워할 것은 없다고 말씀드린 건 이상과 같은 이유 때문입니다."

"아직——모르겠어요. 그, 그런 이야기는——."

"부인."

음양사는 말했다.

"오리사쿠 가는 이 땅에 깊이 뿌리를 내리고, 1년에 한 번 귀한 손님을 맞아들여 하룻밤의 남편으로 삼는다——그런 여계 일족이었던 것이 아닙니까?"

아오이가 소리를 지른다.

"설마——그건——."

그——그 아오이가 동요하고 있다. 이사마에게는 그저 난해하기만 한 말의 식(式)이, 아오이와 마사코에게는 확실하게 효과가 있다. 이 종류가 다른 두 여걸을, 음양사는 동시에 불제하려는 것이 틀림없다.

이사마는 심장 박동이 약간 흐트러졌다.

이 여자들에게서 무언가가 떨어졌을 때——찾아올 무언가를 두려워하고 있다.

"——그럼——."

아오이는 어머니를 본다.

마사코는 음양사를 멍하니 바라보고 있다.

"물론 그건 신대(神代)의 이야기겠지요. 다만 이 집은 현재에 이르기까지 이곳에 이렇게 남아 있어요. 그렇다면 그런 관습은 형태를 바꾸고, 형태가 무너졌다 해도 근세까지 남아 있었을 겁니다. 귀한 씨를 잉태하고, 이 땅에서 움직이지 않고 영원히 번영을 계속하는 모계 일족——그게 오리사쿠 가였던 게 아닙니까? 현재 학원이 서 있는 땅은 오리사쿠 가의 성역, 신을 맞아들이는 이미하타도노[斎機殿]였겠지요. 오리사쿠 가는 신을 맞아들이는 집안. 오리사쿠 가의 여자들은 대대로——신의 아내였던 것입니다."

"오리사쿠 가의 여자가——신의 아내?"

"그렇습니다. 하지만 신대의 시대가 지나가면, 찾아오는 것은 신이 아니라 평범한 남자입니다. 시간이 지나고, 본래 신의 자리였던 곳에는 남자가 앉고 만 것입니다."

——신의 자리에 앉는——남자?

"그게 천녀의——."

마스다가 중얼거렸다.

"그래요. 아까 말했다시피 오리사쿠 가의 관습은 어디까지나 모계 측의 이치에 따라서 보지 않으면 파탄이 나고 말아요. 다니는 쪽——남자의 이치에 기초해서 파악하는 한, 이 재장(齋場)은 단순한 매춘 장소에 지나지 않게 되니까. 그런 남자의 시선에 드러남으로써 오리사쿠 가가 태고 때부터 만들어내 온 번영의 시스템은 간단히 무효화되고 말지요. 신의 아내인 무녀는 신성을 박탈당하고——."

추젠지는 시선을 마사코에게 고정했다.

"——단순한 창부가 되고 말았어요."

"창부——."

"그런, 남자의 시선이 가져오는 굴욕에 뿌리를 둔, 남성 원리 지상 사회의 대두에 대한 저항의 주술이 바로——천녀의 저주의 정체입니다."

"우——우리 집안을 우롱하는 듯한 욕설을 내뱉는 건, 제, 제가 용납하지 않겠어요!"

마사코는 몹시 허둥거렸다. 음양사는 일갈한다.

"욕설이 아니에요. 꺼림칙하게 생각하고 계시는 건 부인——당신 쪽입니다!"

"어——."

"본래 부끄러워해야 할 일이 아니라고 말씀드렸을 텐데요. 그런데도 치욕을 느끼시는군요. 부끄러워해야만 한다는 생각이 있어요. 당신에게 그런 배덕의 감정을 심어준 사람이——이헤에 씨입니다."

"아——아버지가."

"이헤에 씨는 가에몬 씨의 뒤를 물려받아 사업에서 성공하자마자 성스러운 물가인 베틀 연못을 성유물이나 성경에 의한 육망성으로 에워싸고, 이미하타도노를 허물고 예배당을 짓고, 그 주위에 무의미한 주물을 묻어 신전 터에——신전이 있었는지 어떤지는 알 수 없습니다만——견고한 서유럽 건축물의 복제품을 짓고, 건물에 주문과 마문(魔紋)을 새겨넣어——꼼꼼하게, 아주 꼼꼼하게 오리사쿠 가의 성지를 호도하고 은폐했어요. 어지간히 마음에 들지 않았는지——아니, 이것은 마음에 들지 않는다는 레벨의 짓이 아니지요. 외동딸인 당신도 당연히 영향을 받았을 겁니다."

"바보 같아요. 어떻게 그런걸——."

"하, 하지만 아주머니. 거기에는 분명히 검은 성모, 아니, 그—— 신상이 있었어요. 그리고 그곳은 유대교 사원이었어요. 헛소리라고도 생각되지 않습니다."

시바타는 그제야 당황하기 시작했다.

"1898년, 일본은 근대화를 위해서라는 빌미로 유럽을 본떠 일부일처제를 도입했습니다. 그러나 한편으로 그건 무가 사회의 방식인 집안——가부장에 의한 계층적 일족 지배라는 제도를 보호하는 결과도 되고 말았어요. 이렇게 해서 지배적 혼인은 정말로 제도화되고 말지요. 사민은 평등하고, 예외는 허용되지 않게 되었어요. 어쩔 수 없이 이 부근을 비롯한 자가독(姉家督)의 지역에서도 언니 부부는 남동생——장남의 성장에 따라 가독을 양보한다는, 중계 상속 등의 형태를 취하면서 대응했습니다. 하지만 그건 어디까지나 법률상의 것이고, 형식상의 것이었어요. 적어도 세계대전이 끝날 때까지, 여계의 인습은 문화로서는 살아 있었지요. 이혜에 씨는 그걸 용납할 수 없었던 겁니다."

"용납할 수 없다니——그, 법률상 정해진 대로 가독 상속을 실행하지 않는 오리사쿠 가를 용납할 수 없었다는 뜻인가요? 아니, 아니지. 이헤에 씨가 그 학원을 지은 시기는 양자로 들어온 후일 테고, 양자로 들어온 이상 아무리 인습이 있다고는 해도 재산은 이헤에 씨의 것이에요——설령 부인이 가독을 물려받았다고 해도 배우자이고——."

시바타는 열심히 생각하고 있다.

자기 이해가 미치는 범위의 말로 해결되기를 바라고 있을 것이다.

"그건——틀림없이 자신의 핏줄을 남기고 싶었기 때문일 겁니다. 시바타 씨."

"피? 잠깐만요. 그럼 이헤에 씨가 용납할 수 없었던 일이란, 이 오리사쿠 가가 그 시기에도 아까 말씀하신 것 같은, 그, 그——."

유지 씨——하고 마사코가 제지한다. 시바타가 뒤집어진 목소리로 말한다.

"그러니까, 추, 추젠지 씨, 이 오리사쿠 가는, 다이쇼[大正] 시대가 되어서도, 상대를 특정하지 않는 혼인——아니, 성적 관계를——계속하고 있었다고요?"

"유지 씨! 무슨 바보 같은 소리를!"

마사코가 엄하게 타일렀다. 그러나 시바타는 멈추지 않았다. 뿐만 아니라 한층 더 혼란에 빠져서 큰 소리로 말했다.

"이헤에 씨는——그 음란한——아니, 음란하지는 않나——하지만 이헤에 씨에게는 그, 아니, 어쨌든 그, 여계 일족의 인습을 끊어내기 위해서, 오리사쿠 가의 정신적 상징인 성역에, 자신이 모시는 유대의 신을 모시고 봉인을 했다는 겁니까?"

"바——바보 같은 말 하지 말아요!"

마사코는 일어선다.

"어머니!"

아오이도 일어섰다.

"어머니. 우리 떳떳해지도록 해요. 그건 적어도 범죄는 아니에요. 현재에 화근을 남기는 어떤 인자(因子)이기는 했겠지만——사실이라면——저도 알고 싶어요. 언니! 언니도 알고 싶죠? 알아야——하는 거겠지요, 추젠지 씨."

"아오이 씨. 적어도 당신은 알아야 하겠지요. 그리고 부인, 당신은 이야기해야 합니다."

마사코는 침묵하며, 방 안에 있는 사람들을——딸을 포함해—— 위협하는 듯한 시선으로 순서대로 둘러보았다.

버티고 선 검은 옷의 악마. 의자에 얕게 걸터앉아 자세를 낮추고 침묵하고 있는 형사. 그 부하는 진지한 눈동자로 마사코를 응시하고 있다. 문 가까이에 문지기나 집사처럼 공손하게 서 있는 골동품상. 조금 슬픈 듯이 눈초리를 늘어뜨리고 우뚝 서 있는 탐정 조수. 테이블 근처에는 이마에 식은땀이 배어 있는 재벌 총수와 이제는 깨지는 물건처럼 보이기도 하는 장식인형 딸. 그 대각선 뒤쪽에 쭈뼛거리며 차분하지 못하게 허둥거리는 그 언니. 나선계단 중간에는 탐정이 크게 다리를 벌리고 앉아 있다.

이사마는 탐정과 마사코 중간에서 망연자실해 있다.

마사코는 두 번 정도 몸을 떨었다. 그리고 턱을 당기고 호흡을 가다듬고 나서 이렇게 말했다.

"잘 들으렴, 아카네, 아오이. 이 오리사쿠 가는——지금 이분이 말씀하신 대로, 고귀한 매춘부의 가계. 너희들에게는 알리지 않은 채 무덤까지 가져갈 생각이었는데, 그것도 뜻대로 되지 않는다면 전부——말해 주마."

그리고 마사코는, 그래도 아직 정정한 발걸음으로 두세 발짝 앞으로 나섰다.

"어디에서 조사하셨는지, 아니면 생각하신 건지 그건 모르겠지만, 그 학원이 있는 숲은 옛날부터 오리사쿠의 땅. 어릴 때의 기억으로는 연못을 둘러싸고 뭔가 낡은 건물이 몇 채 있었습니다. 신사 같은,

신전 같은——그래요, 베를 짜는 기계, 앉은뱅이 베틀도 놓여 있었고, 그 기분 나쁜 새까만 신상(神像)도 모셔져 있었어요. 어렸던 저는 할머니를 따라 거기에 가서, 자고 온 적도 있습니다. 어머니도 몇 번인가 거기에 가곤 했어요. 아버지——이헤에는 그걸 막기 위해 그곳을 부쉈지요——."

"공문서나 고문헌에는 전혀 실려 있지 않습니다. 공공에는 숨겨져 있었던 거지요. 그렇게 크고 오래되고, 그러면서도 그렇게까지 완전한 가신(家神)은 드물 겁니다."

추젠지는 그렇게 말한 후, 깊은 한숨을 쉬며 몸을 물려 의자에 앉았다.

마사코는 말했다.

"어머니는 거기에서 남자분을 맞아들이곤 했어요——."

이사마에게는 아오이의 뺨이 한순간 경련한 것처럼 보였다.

"——상대가 누구인지는 모릅니다. 모든 것은 할머니의 계획이었어요. 할머니——이오코는 집요하게, 어머니 데이코에게 남자를 대주었어요. 저는 외동딸이었으니 아이가 더 태어나기를 바라는 마음도 있었겠지만, 그것보다 할아버지——가에몬에 대한 복수야말로 할머니의 본심이었을 거라고, 저는 생각해요."

"증조할아버지——."

아카네는 작게 그렇게 말했다.

"복수란 뭐요."

하고 기바가 물었다.

"가계를 빼앗긴 복수입니다."

"빼앗아요?"

"그렇습니다. 할아버지 가에몬도 오리사쿠의 인습이 마음에 들지 않았겠지요. 아뇨, 저 자신도 의아하게 생각할 때도——지금은 많아요. 그때는——예를 들어 순결이라거나 정조라거나, 그런 것에 대한 남자분들의 고집은 더욱 강했을 거예요."

마사코는 쓸쓸한 듯이, 나선 아래에 입을 벌리고 있는 어두운 복도 안쪽을 보았다.

"한편 도지는 뿌리부터 오리사쿠의 여자로 자랐어요. 분명히 당신이 말씀하신 대로, 남자는 씨를 받는 존재, 양자는 호적상의 장식물——단순한 노동력으로밖에 생각하지 않았던 모양입니다. 할머니는 도자마[外様][68]의 아들이었던 가에몬이라는 사람을 남편으로 들이는 게 사실은 싫었을——아마 끔찍하게 싫었을 거예요. 저는 잘 알아요. 할머니에겐 좋아하는 사람이 있었던 것 같았습니다——."

복도 끝에는 그 이오코가 있다는 것을, 이사마는 그때 겨우 깨달았다.

"——하지만 양자로 들어온 가에몬이라는 사람은 사업가로서 천부적인 재능을 갖고 있었어요. 기울어 가던 오리사쿠 가를 다시 일으키고, 그뿐만 아니라 막대한 부를 손에 넣었지요. 저는 거기에서 할아버지는 욕심이 난 걸 거라고 생각해요. 할아버지는 어딘가의 방직공장 여공에게 아이를 낳게 했어요. 그 무렵 할머니도 아이를 낳았고요. 물론 그건 할아버지의 아이가 아니었어요——."

——양질의 유전자를.

"먼저 태어난 건——여공의 아이 쪽이었습니다. 그게 제 어머니, 너희들의 할머니인——데이코란다."

---

68) 무가 사회에서 쇼군의 일족이나 나라에서 녹봉을 받는 신하가 아닌 다이묘나 무사.

마사코는 딸들에게 등을 돌리고 그렇게 말했다.

——오리사쿠의 피는 이미 끊겼어요.

——어딘가의 여공에게서 낳아온 아이래요.

세쓰가 이야기해 준 소문은 진실이었다.

거짓이어도 전혀 상관없었는데.

"그 무렵에는 민법이 어떻다거나 하는 것도 없었던 모양이지만, 할머니는 매우 고민했다고 해요. 가독은 반드시 장녀가 잇는다. 그건 우리 집안의 관습이었어요. 할아버지는 그, 먼저 태어난 첩의 딸 데이코를 억지로 친자식으로 만들어 버린 모양이에요. 호적상으로는 데이코가 장녀——당신이 말씀하시는 여계의, 본래 같으면 후계 때문에 다툴 리 없는 집안이 가에몬이라는 뻔뻔스러운 남자 때문에 교란되고 만 거예요. 할머니는 그 단계에서 가장의 자리에서 쫓겨났다고——생각한 것 같아요. 이 오리사쿠 가는 메이지[明治] 시대에 들어와서 처음으로 가부장을 맞이한 것입니다."

마사코는 눈을 감았다.

"할머니가 낳은 아이——호적상의 차녀는 히사요라고 하는데, 그 후 어떻게 되었는지 저는 모릅니다."

"히사요 씨는 왠지 양녀로 보내진 모양이에요. 자세한 건 알 수 없습니다. 다만 이헤에 씨가 양자로 오기 전까지는 그 집에 있었던 것 같아요. 기록이 남아 있더군요."

추젠지가 보충한다.

사전에 가능한 한 많은 정보를 입수해 두는 것이 음양사의 수법이다.

"기록——이라고요?"

"부인이라면 '가옹전(嘉翁傳)'이라는 책은 아시지요? 할아버지——아카네 씨와 아오이 씨의 증조할아버지의 반생을 적은 전기입니다. 하지만 여기에는 양자로 들어온 후의, 그것도 사업가로서 성공하기까지의 과정이 극명하게 기록되어 있을 뿐이에요. 출신은 고사하고 가족에 대한 내용은 한 줄도 나오지 않는다는, 이상한 전기입니다. 다만 권두에 사진이 실려 있지요. 이헤에 씨와 데이코 씨의 혼례 때 사진입니다. 그 사진에 아무래도 히사요 씨인 듯한 사람이 찍혀 있었어요."

모릅니다——자세한 것은 몰라요——.

그 비슷한 것이 찍혀 있었다——.

마치 염사나 유령의 사진 같다.

히사요라는 사람의 인생은 아무래도 비쳐 보일 정도로 얇아지고 만 모양이다.

"그런가요——."

하고 마사코는 애써 무뚝뚝하게 대답했다.

"——그 책은 물론 알고 있지만, 절대로 읽어서는 안 된다고 할머니가 엄하게 말씀하셨어요. 그렇군요, 할아버지 가에몬이라는 사람은 그렇게까지 자신에 대한 것밖에 머릿속에 없는 사람이었군요. 자신의 공적, 자신의 입장, 자신의 야망——그런 게 장황하게 적혀 있겠지요? 읽으셨나요?"

"읽었습니다."

"그래요, 그러니까 저도, 물론 죽은 유카리도, 여기에 있는 아카네도 아오이도, 그리고 미도리도, 누구 한 사람 도지 님의 피를, 오리사쿠 가의 피를 물려받지 않았습니다. 우리는 모두 가에몬과 이름도 모르는 여공의 후예지요. 가에몬이라는 사람은 그렇게 오리사쿠의 피를 가로챈 것입니다. 자신이 호주가 되는 것만으로는 분이 풀리지 않아서, 자자손손에 이르기까지 자신의 피를 물려받은 사람이 호주가 되기를 바랐어요. 독점욕과 자기애 덩어리. 가에몬이란 그런 사람이었어요. 할머니는 ── 저항했지요."

"어떻게 하면 저항할 수 있습니까?"

"그러니까 할머니는 어머니 ── 데이코를 오리사쿠의 여자로서 교육시킨 거예요."

"교육."

"요컨대 계속해서 남자를 대 준 거지요!"

마사코의 말꼬리가 흉포한 독을 띠기 시작했다.

아카네가 입에 손을 대며 말했다.

"그런 ── 잔인한."

"남자를 사람이라고 생각하지 마라. 남자는 도구다. 아이를 낳기 위해서 필요하다는 것뿐이지, 그 후에는 죽을 때까지 일이나 시키면 되는 거다 ── 할머니는 그렇게 가르쳤다고 합니다. 아버지가 돌아가셨을 때 ── 저는 어머니에게 직접, 이 귀로 들었습니다. 그래도 어머니는 결국 저 이외의 아이는 낳지 못했어요."

"이헤에 씨는 ── 그래서."

"그렇습니다. 남편이 있는데도 침실에 다른 남자를 끌어들이는 어머니의 행동은, 아버지에게는 남자에 미친 음탕한 여자로밖에 보이지 않았겠지요. 그리고 아버지 이헤에는 할아버지 가에몬과 똑같은 짓을 되풀이했습니다. 그러니까 아버지는 ── 분명히."

그것이 그 학원이군요, 하고 아오이는 무감동하게 말했다.

"그래. 그리고——."

말을 이으려고 하는 마사코를 추젠지는 제지했다.

"부인. 그다음은 우선 됐습니다. 경우에 따라서는 이야기하지——않아도 될지도 몰라요."

마사코는 이상한 얼굴을 했다.

"들으신 대로입니다, 아오이 씨. 본래 오리사쿠 가의 방식에 의하면, 데이코 씨에게는 가독을 물려줄 수 없어요. 뿐만 아니라 그녀에게는 상속권조차 없는 게 되지요. 왜냐하면, 데이코 씨는 이오코 씨가 낳은 아이가 아니기 때문입니다. 한편 히사요 씨는 호적상으로는 차녀라 해도, 가에몬 씨의 아이가 아니라 해도, 그녀야말로 오리사쿠 가 본래의 후계자인 것은 틀림없어요. 히사요 씨는 이오코 씨가 처음으로 낳은 여자아이이니, 이건 고민할 것까지도 없는 명쾌한 이치예요. 하지만 민법은——아니, 가부장제는 그런 건 인정하지 않습니다. 설령 첩의 자식이라 해도, 호적상 친자식이라면 상속권은 있어요. 자, 이 경우에는——."

추젠지는 아오이를 향해서 말했다.

"——어느 쪽도 틀린 건 아니에요. 다만 적어도 이 나라는 표면적으로 근대 법치국가를 표방하고 있는 셈이니, 현행 법제에 따른다는 게 이치에 맞겠지요. 하지만 거기에 소위 말하는 음란하다거나, 소위 말하는 도덕관념이 부족하다거나 하는, 기준치가 애매한 가치판단을 끌어들이는 건 어떨까요."

"이해했어요. 확실히 부끄러워할 일은 아니네요. 단순히 패러다임이 달랐다, 그런 뜻이로군요."

아오이는 이해함과 함께 침착함을 되찾았다.

참으로 이지적인 사람이다.

"그렇습니다. 하지만 서로 다른 이치가 하나의 평면에 겹쳐질 때, 거기에는 얼룩이 생깁니다. 데이코 씨는 이오코 씨에게 오리사쿠의 방식을 주입 당했고, 가에몬 씨는 자신의 방식을 행사하는 인물을 맞아들였어요. 이헤에 씨가 사위로 들어온 건 1901년. 당시 서른 살이었다고 '가옹전'에는 적혀 있습니다. 그 시기는 부인이 말씀하신 것처럼, 근대화에도 박차가 가해지고 법령도 정비되고 있던 시기였어요. '가옹전' 안에서도 고지식하다는 평을 받고 있는 이헤에 씨로서는 오리사쿠 가의 방식은 참을 수 없었겠지요. 그의 눈에는 오리사쿠의 이치는 몹시 악마적으로 비쳤을 거예요. 마치 16세기에 일본을 찾아왔던 예수회의 선교사들처럼."

"그건?"

시바타가 물었다.

"그렇지――예를 들어 유명한 선교사 프란시스코 하비에르는, 처음 일본을 찾아왔을 때 놀라고 한탄하며 본국에 편지를 보냈어요. 지배계급인 무사나 성직자인 승려들이 공공연하게 남색 행위를 하고, 서민은 반라로 살며, 목욕은 남녀 혼욕, 혼전에 성적 교섭――요바이가 공공연하게 이루어지고 있다. 이렇게 음란하고 발칙하고 풍기문란한 나라는 없다. 이렇게까지 성이 흐트러진 나라에 기독교가 퍼질 수 있을까――."

추젠지는 아오이에게 묻는다.

"――하비에르의 마음은 모르는 것도 아니에요. 하지만 아오이 씨, 당신이라면 이 편지를 어떻게 받아들이겠습니까?"

"서양 남근주의적 식민지주의."

"간결하군요. 뭐 이헤에 씨에게도 그렇게 보였겠지요. 그래서——거기가 대단한 점인데요, 이헤에 씨는 이렇게 생각했어요. 마술에는 마술을——이라고. 하지만 이헤에 씨는 술법을 잘못 쓴 겁니다. 기독교라면 모를까, 유대교로는 여계의 주술을 봉인할 수는 없었던 모양이지요."

"그건——?"

아오이는 되묻는다.

"유대교——라기보다 이헤에 씨의 경우 카발라라고 부르는 게 좋겠지만——카발라의 신비 사상은 한 번 내버렸던 여성 원리를 부활시킨 것입니다."

그리고——다시 화제는 일상에서 비일상으로 급상승한다. 같은 장소에 있는데도 고도가 급격하게 오르락내리락해서, 이사마의 시점은 전혀 고정되지 않는다.

아오이는 음양사의 상하운동에 익숙해지기 시작했다.

"그런가요? 제가 아는 한, 유대교는 기독교의 원형이라는 인상밖에 없어요. 유일신교에서는 창조신을 유일신으로 생각하기 때문에 배우자인 여신을 폐하고 농경이나 자애나 탄생과 같은, 예로부터 여신이 담당해 온 속성까지도 빼앗았어요. 유대교에서도 그건 그렇지 않은가요?"

"그게——다릅니다."

음양사는 다시 스윽 일어선다.

반대쪽에 서 있던 아오이는 착석하며 도발하듯이 말했다.

"기독교는 말할 것도 없고, 불교에서도 교의 속에서 여성은 배척당하고 있어요. 카발라에 그게 있다면 꼭 가르쳐주셨으면 좋겠네요."

랍비가 아니라서 설명이 충분하지는 못합니다만, 하고 음양사는 말했다.

"카발라 신비 사상의 핵심을 이루는 개념으로 세피로트(Sephiroth)가 있습니다. 상징이나 우의(寓意)에 의해 세상을 재편하는 이 신비의 지식은, 모두 이 세피로트에 의해 설명되고 맙니다."

추젠지는,

"생명의 나무라는 도형을 모르십니까."

하고 물었다.

유감스럽게도 몰라요, 하고 아오이는 대답했다.

"그래요? 유대의 유일신은 보는 것도 만지는 것도 사고의 대상으로 삼는 것도 불가능하다고 합니다. 인간이 그것을 알 수 있는 건 그 신성(神性)이 마치 석탄에서 불꽃이 일어나듯이 배어 나오기 때문이라고 해요. 그 불꽃이 바로 이 세계이고, 그 세계는 열 단계의 속성, 즉 세피라로 나눌 수 있다——이것이 세피로트입니다. 그 열 단계 중 열 번째가 여성 원리에 할당되었고요. 그 열 번째 속성은 원래 물질적 세계를 나타내는 속성이고, 본래 마지막에 찾아올 말쿠트, 즉 신의 나라의 속성이기도 했는데, 거기에 카발리스트들은 여성 원리를 '쉐키나'라는 명칭으로 불렀어요. 이것은 '왕녀, 도지, 여왕 혹은 신의 신부'라고도 불리지요. 그것 자체는 아무런 신성을 가질 수 없지만, 그게 없으면 신비 세계는 통일할 수 없고 하느님의 나라도 성취되지 않는다는, 실로 어중간하고도 중요한 포지션입니다."

"그건——예를 들어 기독교에서 말하는 성모 신앙 같은 것과 마찬가지로 어차피 남성의 시점에서 본 왜곡된 여성 원리에 지나지 않는 게 아닌가요?"

"물론 그렇습니다. 종교라는 건 언설(言說)입니다. 상징으로 세계에 질서를 세워 이해하려는 행위 자체가, 그 시점에서 이미 남근적입니다. 거기에서 흘러 떨어진 것을 여성적이라고 한다면, 이건 주울 길이 없어요. 주운 순간 그것은 남성적인 언설로 바뀌어 설명되고 말지요. 따라서 언어 자체를 해체하고, 언어의 구조 자체가 내포하는 남성 원리를 지적하지 않는 한은 어떻게도 할 수 없어요. 표현이나 말씨 등, 언설의 레벨에서 이러쿵저러쿵해 봐야 소용없습니다. 표층에 나타난 부분을 규탄해도 다람쥐 쳇바퀴 돌리기가 되어 버려요."

"다람쥐 쳇바퀴라는 비유에는 공감이 가요."

하며 아오이는 살짝 웃었다.

"신비 사상이라고 해도 마찬가지여서, 교의 등은 어차피 언설에 지나지 않습니다. 따라서 설령 그것이 당신이 말하는 것처럼 왜곡된 여성 원리라 하더라도, 그게 그 언설의 체계 속에서 어느 정도의 비중으로 취급되고 있는가, 하는 형태로 잴 수밖에 없어요."

"이해했어요."

이해한 사람은 아오이뿐일 것이다.

"카발라에 있어서 여성 원리는 기독교의 고식지계 같은 여성 원리와는 달리, 없어서는 안 되는 것입니다. 남성 원리를 관장하는 제6속성 티페레트, 제9속성 예소드와 여성 원리를 관장하는 제10속성 쉐키나가 올바른 혼인을 하지 않는 한, 이 세계는, 하느님의 나라는 성립할 수 없다——선민사상이기도 한 유대교에서는 이 세계가 창조되는 태초부터 신을 보좌하는 자는 자신들 유대인이다——라고 믿고 있었어요. 그래서 전 세계에서 신의 왕국을 실현할 수 있는 사람은 자신들 유대인뿐이다——라고도 믿고 있었지요. 신의 반려인 이

스라엘의 백성은 자신들을 애초에 신의 딸 또는 신의 아내라고 부르고 있었어요. 그들 자신이 여성 원리, 즉 쉐키나였지요."

"신의 아내——?"

"의미는 다르지만——일본의 신의 아내를 봉인하기에는 어울리지 않지요. 마술은 전혀 효과가 없었습니다. 뭐, 그런 엉뚱한 마술은 원래 효과가 없지요. 그게 이번 사건의 근원입니다——."

논점은 급강하했다.

착지한 순간 시바타가 물었다.

"그건 그——무슨 뜻입니까, 추젠지 씨. 오리사쿠 가의 인습은——인습이라고 하는 건 잘못일까요——그, 이헤에 씨의 봉인 후에도 끊어지지 않았다는——."

둔한 것이다.

기업가로서는 수완이 좋을 테고, 상식인이기도 하고, 나름대로 인격자이기도 하겠지만, 이 시바타라는 남자는 둔하다.

이사마는 마사코를 훔쳐본다.

왜 추젠지가 마사코의 고백을 도중에 멈추게 했는지, 시바타는 전혀 알아차리지 못하고 있다.

평소보다 더 탈선한 듯 보이는 이번 추젠지의 장광설 뒤에는, 어쩌면 상당한 배려가 있는 걸 거라고 이사마는 생각한다. 물론 미도리를 죽게 한 일 때문에 신중해진 것인지도 모르고, 한 번에 떼어내기에는 상대가 나쁜 것인지도 모르지만.

다만 그는 남들보다 배로 희생자가 나오는 것을 싫어한다.

당연히 추젠지는 시바타의 물음에는 대답하지 않고, 몸을 딱딱하게 굳히고 듣고 있던 기바에게 화살을 돌렸다.

"갑작스럽지만, 여기에서 가와시마 기이치 씨 이야기를 해 보지요. 그가 어떻게 관련되었고, 무엇을 했는지 —— 기바슈, 당신이 가장 잘 알고 있어요. 오리사쿠 가 분들께 설명해 주시겠습니까. 아무것도 모르실 테니. 하지만 관계는 매우 깊기에 제외할 수는 없어요."

"알겠네."

하고 기바는 말했다.

"가와시마 기이치는 —— 요전에 이곳을 찾아왔을 때도 말했지만, 눈알 살인마 히라노 유키치 —— 이 댁 따님을 죽인 범인인데 —— 놈의, 히라노의 친구였소 ——."

추젠지는 기바의 이야기에 맞추어 집안사람들의 기색을 미세하게 살피고 있다.

나선 위에서는 에노키즈가 단정한 얼굴로 똑같이 여자들을 보고 있었다.

—— 보이는 것이다.

저 조증기가 있는 별난 사람은 타인의 기억을 훔쳐본다. 다만 그것은 마음을 읽어내는 것과는 다른 모양이다. 생각이나 의지나 —— 이사마는 그것이 어떻게 다른지 모르겠지만 —— 자의적 기억이나 비시각적 정보 같은 것은 안 된다고 들었다. 그냥 막연하게 보인다고 한다. 그 감각도 이사마는 모른다.

이사마도 흉내 내어 여자들을 본다.

기바가 기이치의 이름을 꺼낼 때마다 —— 우선 아카네가 겁먹은 듯이 움츠러든다. 이것은 이해가 가지 않는 것도 아니다. 기이치와 유일하게 관련이 있는 사람은 그녀다. 기이치의 편지를 읽고 소개장을 써 준 사람은 아카네다.

한편 히라노의 이름이 나올 때마다 반응하는 사람은 시바타다. 이것은 아마 미도리의 무참한 죽음을 목격한 것에 유래하고 있을 것이다. 범인은 히라노인 것이다.

아오이는——굳이 말하자면 흥미가 없다는 얼굴로 듣고 있다. 다만 기이치보다 히라노 쪽에 약간 더 반응을 보이는 것 같다.

마사코는——.

마사코는 분명히 기이치에 반응하고 있다.

부끄러워해야 할 일——이라고 믿고 있던 과거의 인습을 폭로하고, 아직 동요가 가라앉지 않았기 때문일까. 아니면 미도리가——.

사실은 괴로운 걸까.

기바는 기이치의 동향과 함께 눈알 살인마의 흉악한 범죄에 대해서도 동시에 설명했다. 이사마는 이제야 눈알 살인사건의 전모를 알았다. 시바타는 눈물을 글썽거리고 있다. 둔한 데다 단순하고 눈물이 많다——좋은 사람일지도 모른다.

"그, 학원 예배당의 작은 방에 히라노가 장기간 숨어있었던 것은 우선 틀림없소. 음식을 먹은 흔적이나 취사를 한 흔적까지 있었으니까. 거기에는 엄격한 규율이 있어서 밤에는 인기척도 없지요. 교문에 빗장도 없으니 출입은 자유롭고. 방 안을 조사해 보니 작은 창문이 있어서 통기도 어느 정도 가능했소. 담쟁이덩굴에 가려져 있어서 밖에서는 거의 보이지 않지만. 그 예배당 뒤쪽에서 밤중에 집회를 열면——아마 다 보였겠지. 놈이 소녀들의 야회를 듣고 있었을 가능성은 있어요. 댁의 따님이 그 사실을 알고 있었는지 어떤지가 문제지요. 열쇠는——그 아이가 갖고 있었소."

아카네가 소리 내어 울었다.

기바는 조금 곤란한 듯한 얼굴을 하고 거기에서 말을 멈추었다.

추젠지가 말을 받는다.

"가와시마 기이치 씨가 지금 이야기하신 것 같은 행동을 취한 원인은, 기바 형사의 이야기에 나왔던 대로 모친인 이시다 요시에 씨의 자살에 있는 셈입니다. 이 사건에 대해서는 아오이 씨가 잘 아신다면서요."

"잘 아는——걸까요."

"부끄러워해야 할 행위라고요?"

"조금 전 당신은 그렇지 않다고 말씀하셨어요. 당신의 논지는 이해했고, 저도 지금까지의 견식을 조금이나마 고쳐야겠다고는 생각합니다. 그러니——부끄러워해야 할 행위라고는 굳이 말하지 않겠어요. 하지만 이시다 요시에 씨는 돌아가셨어요. 설령 어떤 대의명분이 있든, 요바이 풍습이 사람 한 명을 죽인 겁니다. 당신이 말씀하시는 내용처럼 요바이는 이제 기능하지 않는 거겠지요. 옛날, 다른 이치가 마을을 지배하고 있던 시대와 달리 지금의 요바이는 단순한 성폭력이에요. 총각들과 처녀들이라는 마을의 구성원에 의한 조직도 형태가 무너지고, 지금은 거의 없어지고 말았어요. 뭐, 여성을 마을의 공유물로써 지배한다는 사고방식은 제 인식이 부족했던 거겠지만, 예를 들어 혼인을 전제로 하지 않게 되어 버리면, 그리고 여성 측에 거부할 권리가 주어지지 않는다면 그건 어엿한 강간. 현재에는 범죄입니다."

"과연, 요시에 씨가 자살한 거라면 그건 당신의 말씀이 옳습니다. 하지만——기이치 씨는 요시에 씨는 자살이 아니라고 판단했어요. 거기에서는 세 명의 창부라는, 몹시 연극적인 사람들이 등장해서 요시에 씨를 매춘으로 이끌고 죽였다는——."

"그것에 대해서는──."

하고 기바가 말했다.

"──이런 걸 오늘 입수했네. 이건 일전에 돌아가신 이 집 나리의 각서야. 누구 앞으로 쓴 것인지, 무엇 때문에 쓴 것인지는 모르겠네."

기바는 손에 든 봉투를 들고 일어서서, 조금 망설이고 나서 테이블 위에 놓더니 아오이 앞으로 그것을 미끄러뜨렸다.

"아버지의 글씨 맞소?"

아오이는 봉투 안에서 낡은 종이를 꺼내어, 분명히 아버지의 필적과 비슷한데요, 라고 말하더니 더욱 꼼꼼하게 보고 나서 낙관이 있으니까 틀림없네요, 라고 말했다.

"읽어 보면 알겠지만. 아버지는 이시다 요시에가 목을 맨 이유는 자기 때문이라고 참회하고 있소. 요시에의 마음은 모르지만, 이라는 전제를 두고 있긴 하지만 그래도 자신이 요시에의 집을 찾아간 날 밤에 목을 맸으니 틀림없을 거라고 고백하고 있지. 모처럼 신경을 써 주었는데 이 결과는 본의가 아니다, 그러니 아들을 찾아내서 얼마 안 되는 부의금이라도 건네고 한 마디 사과라도 하고 싶다──누구 앞으로 쓴 것인지는──어이, 어떻게 생각하나."

"이건 어디에 있었습니까?"

"장녀의 방이라는군. 책상 서랍일세."

"세쓰 씨가 발견한 건가요?"

아카네가 불안한 듯이 물었다.

"그렇소. 아카네 씨라고 했나? 당신이 부탁했다면서요. 그걸 읽어 보면 알겠지만, 거기에는 세 명의 창부 같은 건 나오지 않아요. 나는 세 명 중 한 명인 다카하시 시마코에게 자세히 이야기를 들었는데,

시마코도 모른다고 했소. 전혀 모른다고 했다면 시치미를 뗀 것일 수도 있겠지만 시마코의 이야기로는, 집이 비어 있어서 잠시 썼다고 했소. 결국, 세 사람이 목매다는 오두막에서 지낸 시기는 요시에가 자살한 후였던 거지. 그것도 일주일 정도 머물렀을 뿐이라고 했소. 요시에는 가족도 없었기 때문에 가구도 침구도 그대로 남아 있었소. 지금도 방치되어 있을 정도니까. 시골로 쫓겨 온 시마코 일행에게는 안성맞춤이었던 모양이더군. 나는 그 증언을 믿고 있소. 이 서장은 그것을 뒷받침하는 거요."

"하지만——."

아카네는 날카롭게 기바를 보았다.

의외로——어머니를 닮았다.

"제, 제가 들은 이야기로는——."

"누구한테 무엇을 들었소?"

"그——그건——도——."

아카네가 우물거리고, 아오이가 서장을 어머니에게 건네려고 일어서려고 했을 때, 마사코는 큰 소리로 말했다.

"그 이야기라면——사실이에요."

"어머니——."

"이제 와서 숨긴다고 무슨 소용이 있겠습니까. 유노스케는 그 요시에 씨라는 여성의 소문을 듣고, 딱 한 번 그 사람의 집에 숨어들어 갔어요. 그 다음 날, 그분은 천장에 매달려 있었지요. 평소에 당황하는 일도 없고, 또 저와 말을 나누는 일도 없는 그 유노스케가 그날은 몹시 허둥지둥하고 있어서——저는 매우 우스웠던 걸로 기억하고 있습니다."

늠름하다.

더 이상 부끄러워하지 않는 것이다.

"어머니, 그건——사실인가요?"

아카네는 눈을 부릅뜨며 어머니 앞으로 나갔다.

"사실이야. 아카네——너야말로 아버지에게서 자세한 이야기를 들은 게 아니니? 듣자 하니 너는 요시에 씨의 아들에게 소개장을 써 주었다면서. 그때 아버지께 여쭈어보았다고——아오이한테서 들었는데?"

"저는——아버지한테서는 아무것도 듣지 못했어요. 다만, 겉으로 나서서는 아무것도 해 줄 수 없지만, 인연이 있는 분이니 할 수 있는 한의 일은 해 주라고——."

"그러니까——인연이 있다고 한 건 그 일이겠지. 자기 때문에 죽은 여자의 아이니까. 게다가 체면을 중시하자니 겉으로 나서서 뭔가 할 수 있는 입장도 아니었겠지."

"그런——."

아카네의 얼굴에서 핏기가 가신다.

음양사는 말한다.

"그 각서가 진짜인지 아닌지는 별도로 치더라도, 그건 아마 사실이겠지요——."

추젠지는 마사코에게 봉투를 건네려던 자세 그대로 멈추어 버린 아오이의 손에서 그것을 빼 들었다.

"부인. 혹시——유노스케 씨가 그때, 이시다 요시에 씨에게 돈을 주었다거나 하지는 않았을까요?"

"주었겠지요."

마사코는 단언했다.

"그 사람은 어떤 때에도 돈을 갖고 다니고, 무슨 일이 있을 때마다 돈을 내놓았어요. 천한 남자였습니다. 궁지를 금전으로 살 수 있다고 생각하고 있었어요. 이시다 요시에라는 사람은, 저는 어떤 분인지는 모르지만, 당시의 소문으로는 창부 같은 일을 하고 있었다는 평판이 었던 모양이에요. 그렇다면 틀림없이 돈을 주었을 거예요. 호의적인 반응이 있으면 첩으로 들일 생각이었을지도 모르지요."

추젠지는 미간에 주름을 지으며,

"그렇습니까, 과연."

하고 납득했다. 그리고 말했다.

"그렇다면——요시에 씨가 죽은 건 역시 유노스케 씨 때문이겠군요. 억지로 돈을 주었기 때문에 그녀는 목을 맨 겁니다. 기이치 씨는 복수하려면 유노스케 씨에게 해야 했어요."

"모르겠네요——."

하고 아오이가 말한다.

"——이시다 씨는 굴욕적인 지역 주민들의 성폭력을 10년이나 견디다가, 결국 참다못해 돌아가신 거예요. 정말 아버지가 그녀에게 성적인 굴욕을 주었다고 해도, 그리고 그것이 마지막 한 번이 되었다고 해도, 그건 그것뿐. 그녀를 죽인 건 역시 공동체이고 문화이고 국가입니다."

"아직——모르시겠습니까."

"무엇을요?"

음양사와 여권신장론자는 다시 마주 보았다.

아오이 씨——하고 추젠지는 말한다.

"요바이는 민속학자가 말하는 혼인을 전제로 한 의식이나 풍습도 아닐뿐더러, 사회학자가 말하는 공동체 내의 여러 남성에 의한 여성의 강제적 공유도 아니에요. 확실히 패러다임이 바뀌면 사상도 바뀌어 읽히지요. 서로 다른 사상이 같은 뜻으로 해석되는 경우도 있어요. 하지만 지금 있는 문화가 전부 과거 문화의 잔존이라고 생각하는 것은 잘못입니다."

"무슨 뜻인가요?"

"요바이 풍습이 연속적으로 변질되어 현재의 매춘으로 이어진 게 아니다, 라고 저는 말씀드리고 있는 겁니다. 요바이와 매춘은 비연속적으로 양립하는 사상입니다. 아시겠습니까, 아오이 씨. 요바이는 여자 쪽에서 하는 경우도 많았습니다. 물론 거부도 할 수 있고, 상대를 바꾸는 것도 가능했어요."

"그런──경우가──있었나요."

"당연하지요. 요바이는 혼인 같은 것을 전제로 하지 않아요. 요바이의 결과, 혼인 관계를 맺는 경우도 많았겠지만, 결코 그걸 전제로 한 건 아닙니다. 하지만 그렇다고 해서 강제적인 것도 일방적인 것도 아니었습니다. 거부하면 멈춘다, 그것도 예의였어요. 게다가 요바이는 남성만이 행사하는 편향된 풍습이 아니었어요."

"여성 쪽도──했다고요──?"

"마을의 여자들은 적극적으로 요바이를 했어요. 처녀들뿐만 아니라 후처나 이혼한 여자에게도 요바이는 들어왔고요. 요바이는 자유연애에 가까운 것이었습니다. 마을에는 백 명과 잤다고 자랑하는 할아버지도 있었고, 백 명과 잤다고 자랑하는 유부녀도 있었어요. 젊은이는 새 붓 길들이기라는 이름으로 후처나 친척 유부녀에게 잠자리의 기초를 배웠고, 딸은 초경이 있으면 무스메야도[娘宿][69]에 다니게 하면서 남자와 놀게 했어요. 앞에서 말했듯이 일본이란 그런 나라였습니다. 이것이 중세 예수회의 선교사들을 놀라게 한 일본의 한 형태예요. 그리고 여러 명을 상대로 하더라도 그것은 틀림없이 연애의 형태를 취하고 있었지요. 이건 강제적인 성의 관리제도 같은 게 아니라 자유연애의 범주로 보아야 합니다."

"그런――음."

"음란한――이라고 생각한다면 당신은 당신이 비판하는 놈들과 하등 다를 게 없다고, 아까도 말했을 겁니다. 당신은 하비에르의 편지를 서양 남근주의적 식민지주의라고 잘라냈습니다."

아오이는 할 말을 잃었다.

"누가 뭐라고 말하든, 이게 현실이에요."

음양사는 얼굴을 옆으로 향했다.

"물론――그렇지 않은 역사도 있지요. 유교나 주자학에 심취한 무가 사회에서는 여자를 칭칭 동여매는 집이라는 제도가 형성되었고, 성도 혼인도 수단으로서 그 제도에 편입되게 됩니다. 화폐경제가 현저하게 발달한 도시에서는 성의 상품화, 살롱으로서 유곽의 특권화 등이 이루어지지요. 같은 시대라고 해서 같은 모럴이 사회 전체에 공통적으로 통하고 있었다고 이해하는 건 잘못이에요. 아시겠습니까, 세상을 떠받치고 있는 이치는 하나가 아닙니다. 시대에 따라 가로로 나누는 것도, 성 차이에 따라 세로로 나누는 것도 난폭한 짓이에요. 같은 말을 쓰는 같은 문화 안에서도 지역이나 계층이나 신앙이나 환경에 따라 크게 달라지고 마는 법입니다. 그것들은 동시에 존재해

---

69) 마을 처녀들이 모여 손으로 하는 일을 하거나 잠을 자던 곳.

요. 병존하고 있는 겁니다. 그렇기 때문에 하나의 사상도 각각 다른 이치로 해석할 수 있게 되지요. 마을의 이치로 무가의 부권제도를 해독하면 전혀 다른 것이 됩니다."

"그건——그렇겠지만."

"그런 병렬해야 하는 것이 일원화되었을 때야말로 파탄이 생기는 겁니다. 우선 화폐제도가 마을 사회를 좀먹었고, 마을의 많은 이치들은 해독할 수 없게 되었어요. 그리고 전쟁입니다. 국가가 한 덩어리가 되어 단 하나의 이데올로기를 내걸고 매진한다는 시대는 기형이에요. 여러 가지가 망가지고 말았어요. 하지만——."

음양사는 아오이를 조용히 위협했다.

"——망가졌다고 해도 사라진 건 아닙니다. 왜냐하면, 이 나라는 아무리 표면적으로 평평하게 골랐다고 생각해도, 모두 균질인 것은 아니기 때문입니다. 게다가 그것은 개인차나 성 차이에 따라 달라지는 거라고——아까도 말씀드렸지 않습니까."

"그럼——저는——대체."

"그것도 말씀드렸을 겁니다. 당신은 틀리지는 않았어요. 혼동하고 있을 뿐이에요."

"혼동——이라니."

"근대 매매춘이 안고 있는 문제는 크게 도려내야 합니다. 그런 건 해체해 버리면 돼요. 하지만 요바이와 그것을 같은 열(列)로, 아니, 동일하게 취급하는 건 난폭한 짓이에요. 다시 말하지만, 이 나라의 문화가 균질이고 또한 연속되어 있다고 생각하는 건 잘못이거든요. 우리가 고대의 인습이라고 생각하고 있는 많은 상식은 고작해야 메이지 시대에, 정치적인 역학이 작용해서 날조된 상식인 경우가 많습니다. 호주가 있고 호적이 있고——아내는 정숙하게 집을 지키고——그건 무가의 방식이에요. 이게 일반적인 것이 된 건 겨우 수십 년 전의 일입니다. 이유는 단순합니다. 국민을 모두 무사——병사로 만들기 위해서예요. 징병하기에 편리한 호적 제도, 전투 의욕을 깎아내지 않는 정숙한 아내——이런 상식들은 남자는 밖에 나가 싸우다가 자각 없이 죽어 달라고 말하는 제도입니다. 그것을 수백 년이나 전부터 그랬던 것처럼 생각하는 건 착각입니다."

"그럼 요바이는 오히려, 해방된——."

"물론, 그런 게 여성의 해방이라고는 말하지 않겠습니다. 그건 그것대로 비판해야 할 점을 갖고 있고, 애초에 현대사회에서는 유효하게 기능하지 않으니 어쩔 수 없어요. 칭송할 만한 의미도 없고요. 단순히 과거에 그런 문화가 있었다——는 것뿐입니다. 하지만 단 하나 단언할 수 있는 게 있어요. 요바이라는 문화는 남자의 시선만이 만든 편향된 문화가 아니었다는 겁니다."

"여성 측의 시선이——."

"있었어요. 하지만 유감스럽게도 바보 같은 남자들의 대부분은 전쟁이 끝난 후 요바이도 연애도 매춘도 구별할 수 없게 되고 만 겁니다. 그래서 그것은 기능하지 않게 되고 말았어요. 다만 그건 남자 측의 이야기. 여자 측의 이치로는, 요바이는 기능하고 있었지요."

"그건——무슨."

"요바이를 받아들이는 건 받아들이는 여성에게 있어서는 일종의 연애입니다. 여성에게는 폭력적 지배 아래에서 성취되는 성행위는 없어요. 하지만 요바이는 강제되는 것이 아닙니다."

"역시 거부권이——있다고."

"강한 거부권이 있지요. 거부했는데도 행사된 경우에는 마을 사회에서도 강간이었습니다. 그러니 여성에게 있어서 요바이는, 받아들인 이상은 강제가 아니라 역시 연애인 겁니다. 하지만 전쟁이 끝난 후의 남자는 그걸 모르게 되어 버렸어요. 지금의 남자에게는 강간이냐 매춘이냐의 선택밖에 없지요. 남자에게 있어서, 받아들이는 여자는 무료 창부예요."

"매춘(賣春)과 매춘(買春)은 다르다고 말씀하신 건——."

"그렇습니다. 신화에 나온 대로입니다. 여자 쪽에서 보면 성스러운 혼인. 남자 쪽에서 보면 그냥 매춘(買春)——."

"아아——."

"이시다 요시에 씨는 공동체의 소외자가 아니었어요. 경제적으로 곤궁했던 것도 아니었고요. 그녀는 능동적으로 요바이를 받아들임으로써 작은 사회 안에서 자기실현을 하고 있었던 겁니다. 그렇지 않으면 10년이나 같은 지방에서 살 수는 없지요. 따라서 그것을 음란하다고 폄하하는 건 무지(無知)입니다. 매춘이라고 경멸하는 건 몽매입니다. 하지만 전쟁을 거치면서 그 신성(神性)을 파괴하는 자가 나타났어요. 그 사람이——오리사쿠 유노스케 씨예요."

아오이는 약간 고개를 숙이고 이마에 손을 댔다.

"그는 돈을 지불함으로써 요시에의 신성——존엄을 박탈하고, 요바이를 매춘으로 전환하고 만 것입니다. 그녀의 인간적 존엄은 금전과 맞바꾸어 빼앗기고, 공동체 내부에서의 10년이라는 세월——존재가치는 사라지고, 그녀는 자살했어요. 그게——진상이겠지요."

아오이는 처음으로 만면에 고뇌의 표정을 띠었다.

음양사의 언변에 난공불락의 여걸은 동요하고 있다.

그것은 토론에서 졌기 때문이——아마 아닐 것이다.
그러나 크게 반응한 사람은 언니 쪽이었다.
"그런——."
한층 큰 목소리였다. 전원이 주목했다.
아카네는 왠지 극단적인 경악의 빛을 보이며 나선계단을 등지고 일동을 본 채 비틀비틀 뒤로 물러났다.
"그런——그럼——."
아카네는 크게 흔들렸다.
"그럼 제가——제가 한 짓은."
흔들리며 기운다.
에노키즈가 등 뒤에서 그 어깨를 붙잡았다.
에노키즈는 아카네의 뒤통수 냄새라도 맡듯이 눈을 가늘게 뜬다. 양쪽 어깨를 붙잡힌 아카네는 하얀 목을 길게 뻗고, 넋이 나간 듯 일동을 바라보며 축 늘어져 있다. 에노키즈가 아카네의 귓가에서 말했다.
"——거짓인가? 아니면——착각인가?"
아카네는 공허한 눈을 에노키즈에게 향한다.
"당신의 본의는 어디에 있지? 난 그런 거래에는 서툴러. 정직하게——말해요."
"저는——."
"그 남자를 만났군. 아주 친절하게 대해 줬어."
"저는 가와시마 기이치에게——."
"거미라고 자신을 소개했군."
"네. 기이치 씨를——만났어요."

어이, 하고 기바가 고함쳤다.

"무슨 소리요!"

아카네는 에노키즈의 팔을 떠나 비틀비틀 기바 앞으로 나오더니, 죄송했습니다——하고 말하며 깊이 머리를 숙였다.

"저는 세 번——기이치 씨를 만났어요."

뭐라고, 하고 기바는 새된 탁한 목소리로 고함쳤다.

"하지만 다, 당신은 의사의 소개장을 써 준 후, 연락은 없었다고 말하지 않았소. 그건 거짓말이오?"

"그건——거짓말이에요."

"왜 그런 거짓말을——설마 당신이."

진범.

——아카네가——거미?

"언니——언니가——거짓말을?"

"아오이. 나도 거짓말 정도는 해."

아카네는 어깨 너머로 아오이를 보며 그렇게 말했다.

"전부——말씀드리겠습니다. 지금 하신 이야기가 사실이라면, 저는 터무니없는 짓을 저지르고 만 모양이에요. 왜냐하면, 기이치 씨에게 세 명의 창부의 범죄라는 지어낸 이야기를 불어넣은 건——저니까요."

"뭐? 당신, 어째서 그런 엉터리 이야기를——역시 당신이 모든 것을——."

"저도 믿고 있었어요. 거짓말이었다니——지금까지 생각도 하지 못했습니다——."

아카네는 완전히 핏기가 가신 얼굴을 들었다.

“제가 언니 앞으로 온 기이치 씨의 편지에 대해 상담을 드렸을 때, 아버지는 비탄에 잠겨 울고 계셨어요. 언니가 죽은 직후였으니까요. 제가 언니 앞으로 기이치 씨에게서 편지가 왔다고 말씀드렸더니, 아버지는 매우 놀라셨어요. 그리고——이렇게 말씀하셨어요.”

——그 사람은 나와 인연이 있는 사람이다.

——사정은 설명할 수 없지만, 얕지 않은 인연이 있는 사람이지.

——나는 그 남자한테 유카리의 남편이 되어달라고 할 생각조차 한 적이 있어.

——몇 년 전에 몇 번 타진해 보았지만, 거절당했다. 그것도 무리는 아니지.

——이쪽이 어떤 관계를 갖고 있는지, 상대방 쪽에게는 일절 밝히지 않았으니까.

——그냥 일방적으로 사위가 되어 달라고 하면 상대방 쪽은 보통 거절할 테지.

——그래서 마음이 바뀌면 연락 달라고만 전해 두었다.

——지금 한 이야기에서도 알 수 있겠지만, 우리 집안으로서는 겉으로 나서서 뭔가 해 줄 수는 없어.

——그런 관계가 아니야. 나도 물론 아무것도 할 수 없다.

——더 이상 깊은 이야기는 네게도 할 수 없어.

——하지만 아카네, 할 수 있다면 힘을 빌려 주렴.

——유카리도 죽고 말았다.

——네 남편도 저 꼴이고.

——모두 내——부덕 때문이겠지.

——부탁한다.

"그런 사정이 있었을 줄은——그때는 생각도 하지 못했지만——아버지는 평소의 위엄 있는 아버지가 아니었고, 몹시 가엾게 여겨졌어요. 그래서 저는 동생과 상의해서 의사를 소개해 주었는데——그 보름쯤 후에 다시 편지가 왔어요. 이번에는——제 앞으로."

기바는 뭐라고——하고 한층 더 쉰 목소리를 냈다.

"편지에는 피치 못할 사정이 생겨 시게우라의 오두막으로 돌아왔다, 고 적혀 있었어요. 만일 괜찮다면 여쭙고 싶은 일이 있으니 만나주지 않겠느냐고도 적혀 있었습니다. 그때 처음으로, 저는 그분이 괴롭힘을 당하던 이시다 씨의 아들이라는 걸——알았어요."

"가와신도 분명히 기이치는 작년 초여름에 그 오두막으로 돌아갔을 것이다——라고 진술했지. 하지만 피치 못할 사정이라는 건 뭐지?"

"선배님."

기바 옆에 있던 형사——아오키가 끼어들었다.

"그 사정이라는 건, 살인범 히라노를 도망시켜 준다는 사정이었던 게 아닐까요?"

"오오——그런가. 그렇군! 그거야. 어이, 그래서? 당신, 그 두 번째 편지가 왔을 때는, 그, 아버지에게 상의하지는 않았소?"

"아버지는——고레아키 씨의 회사 일로 바쁘셨어요. 집도 자주 비우셨고, 남편의 실수로 동분서주하고 계셨기 때문에 말도 걸기 힘들었지요. 저는 고민한 끝에——아버지의 태도나, 인연이 깊은 사람이라는 표현도 마음에 걸려서——결국 시게우라에 가 보았어요."

"그럼 요시에가 목을 매서 죽었다고 가르쳐준 건 당신이오?"

"맞아요——."

하고 아카네는 말했다.

"——그 사람은 그 후의 어머니가 어떻게 되었는지에 대해서는 아무것도 몰랐던 모양이에요. 저는 동생한테 거기에서 무슨 일이 있었는지 들었기 때문에——."

정보제공자로서 아카네는 최적이었을 것이다.

친동생이 요바이를 문제시하여 상세한 청취 조사를 하고 있었던 것이다.

"——그래서——이야기하고 나서 저는 매우 후회했어요. 기이치 씨는——크게 상처를 받은 것 같았거든요. 당연할 거라고 생각해요."

기이치는 어머니와 살았던 그곳에서, 어머니의 죽음과 그 굴욕을 안 것이다.

"기이치는 히라노에 대해서 말하지 않았소?"

"처음에는 아무것도——아뇨, 그——아마 그 사람은 그 오두막에 있었을 거예요. 제가 찾아갔을 때는 없었지만——기이치 씨가 돌아간 후에는——."

기바는,

"그런가, 학원에 숨어들기 전에는 목매다는 오두막에 숨어 살았던 건가——."

하고 분한 표정으로 말했다. 그리고 이어서,

"——놈은 그때, 원래의 본거지로 돌아와 있었던 건가."

하고 말했다.

——보지 마! 나를 보지 마!

시선 공포증인 남자.

눈알 살인마, 히라노 유키치.

이사마는 등줄기에 무겁고 차가운 기분을 느낀다.

기바가 말하는 그때에, 어쩌면 이사마는 눈알 살인마에게 죽었을지도 모른다.

이사마는 수염을 문지른다.

그리고 아카네를 본다.

아카네는 거기에서 살짝 몸을 돌려, 동생이 도자기 같은 피부를 한층 더 차갑게 굳히고 있는 것을 확인하다시피 하고 나서 말을 이었다.

"저는 몹시 무거운 기분이 들었어요. 그래서 할 수 있는 일은 다 해 주자고, 그렇게 생각했습니다. 다만 겉으로 드러나서는 안 된다는 아버지의 말도 있고, 무엇을 할 수 있을지 생각해 보아도 저 같은 여자는 아무것도 못 할 게 뻔했고——동생처럼 활발하게 행동하는 것도, 논리를 세워 세상에 호소하는 것도, 저처럼 배운 것 없는 여자는 할 수 없는 일이에요. 단, 그런 걸 한다고 해서 기이치 씨의 기분이 나아질 거라고도 생각되지 않았지만——."

마을 남자 모두에게 복수할 수는 없을 것이다.

울며 잠드는 것밖에 길은 없다.

"저는 그래서——기이치 씨에게 조금이라도 많은 정보를 제공해 주자고 생각했어요. 동생의 조사 보고서 같은 걸 베껴서——그러다가 우연히 그, 세 명의 창부에 대한 소문을 들었어요."

"기이치의 정보원은 당신인가——."

기바는 작은 입을 굳게 다물었다.

"——누구한테 들었소?"

"그건——다만 저는 소문인지 거짓인지, 일단 조사했어요. 분명히 세 명의 창부에 대해서 기억하는 분도 몇 분 계셨고, 무엇보다 그중 한 명은 동생이 이 지역의 여염집 여성 매춘 의혹으로 항의 행동을 하고 있는 여성——가와노 씨라는 거예요. 저는 완전히 믿고 말았어요. 그리고——도쿄로 돌아간 기이치 씨에게 알렸습니다. 그 후의 일은 모르지만——가와노 씨는 돌아가셨어요. 저는——무서웠어요. 기이치 씨가 죽인 게 아닐까 생각했거든요. 그런데——그 사람이 연락을——."

"언제요?"

"11월 말이에요. 그리고 다시 한 번 만났어요. 무서운 짓은 그만두라고 말할 생각이었어요. 그랬더니 그 사람은, 자신은 아무것도 하지 않았다고 했어요. 그렇다면 그건 천벌이라고, 저는 그렇게 말했습니다."

"천벌——기이치는 당신의 말을 믿은 건가."

기바는 눈을 가늘게 뜨고 무언가를 생각하는 것 같다.

"만난 곳은——목매다는 오두막이오?"

"네, 낡아서 망그러지기는 했지만, 생활의 흔적이 엿보였어요. 기이치 씨는 줄곧 도쿄에 계셨던 모양이니까 그건, 틀림없이 그, 히라노라는 사람이——."

"아아——그렇겠지. 그래서요?"

"도와달라는 요청을 받았어요. 나머지 두 명의 창부에 대한 정보를 수집하는 걸 도와주었으면 좋겠다——이 지역의 정보가 필요하다고——."

잠시 침묵하고 있던 추젠지가 갑자기 물었다.

"아카네 씨. 가와노 유미에 씨가 있는 곳은 당신이 가르쳐주었다고 치고——가나이 야치요 씨의 주소와 다카하시 시마코 씨의 주소는 기이치 씨가 직접 조사한 겁니까?"

아카네는 순간 당혹스러워하더니, 네, 하고 말했다.

"당신이 세 명의 창부의 소문을, 그——어떤 사람한테서 들었다는 건 작년 7월 이전입니까, 이후입니까?"

"아——이후예요."

"그래요? 기바슈, 미안합니다."

"음. 마지막——세 번째로 만난 건 언제요?"

"아버지의 밀장(密葬) 날——밤이에요."

"아."

이사마는 작게 소리를 지른다. 의외였기 때문이다.

그렇게 최근의 일일 거라고는 생각하지 않았던 것이다. 밀장이 이루어진 날은 기바가 찾아오기 닷새 전의 일이다. 아카네는 겨우 닷새 전에 만난 인물에 대해서 모른다고 위증한 것이다.

그때——.

거짓말을 하고 있는 것처럼은 도저히 보이지 않았다.

——아니, 아니다.

이사마는 그때까지 아카네가 어떻게 행동해 왔는지를 어느 정도 알고 있었기 때문에, 그래서 평상시와 같은 태도로 보였을 뿐일 것이다. 아카네는 충분히 동요하고 있지 않았는가. 쭈뼛거리고, 누가 고함치면 곧장 사과하고, 강하게 압박하면 앞에서 한 말을 뒤집는다——그것은 고레아키를 잃었기 때문이기도 했고, 조사를 오래 끌었기 때문이기도 했고, 아카네 본래의 개성이기도 했겠지만——.

——거짓말을 하고 있었던 탓도 있었을까.

"그때, 기이치 씨는 겁을 먹고 있었어요. 찾아낸 상대가 또 죽었다고, 그렇게 말하더군요. 그리고 범인은 아는 사람이라고. 저는 이제 복수는 그만두고 어디론가 도망치라고, 그렇게 말했어요."

"그래서 기이치는?"

"마지막 한 명——그게 그 시마코라는 사람이었던 것 같은데요——그 사람이 있는 곳도 알아내 버렸으니까 자신이 도망쳐도 분명히 그녀는 살해될 거라고, 그렇게 말했어요. 저는, 어쨌든 이제 그만두고 경찰을 찾아가라고 말했지만——기이치 씨는 그, 친구——히라노 씨인가요, 그 사람은 실은 착한 사람이라면서."

"그 착한 사람이, 당신 동생의 눈알을 찔렀단 말이오. 뭐, 기이치가 그때 출두했다고 해도 히라노가 있는 곳은 알 수 없었겠지만."

미도리——하고 중얼거리며 아카네는 떨었다.

"형사님이 기이치 씨에 관해서 물으러 오셨을 때는 살아 있는 기분이 아니었어요. 동생이 증언할 테니까 소개장에 대해서는 숨길 수 없을 거라고 생각했지요. 요시에 씨의 이야기가 나오고, 차라리 모든 걸 이야기할까 하는 생각도 했지만——결국 겁쟁이인 저는——말할 수 없었어요."

그때 요시에의 아이——기이치에 대해서 기바에게 시사한 사람은 확실히 아카네였던 것 같다.

——아이가,

아이가 있었어요, 라는 아카네의 한 마디가 기바를 그 오두막으로 이끈 것이다. 아카네는 그 이상은 침묵했고, 그 허언으로 갈등한 직후에 미도리를 사지로 보낸 것이다.

제, 제가, 저 때문에, 그런, 많은——.

회한이 넘쳐난 것일까. 아카네는 어린아이처럼 울었다.

기바는 체념한 듯이 아카네에게 등을 돌렸다.

"어째서 당신은——거미라는 이름을 썼소?"

"기, 기이치 씨는 오리사쿠라는 이름은 기억하고 있지 않았지만, 이, 이 저택을, 저를 거미 저택의 아가씨라고——그렇게——."

"제길."

기바는 저택을 향해 욕을 퍼부었다.

"어째서 저택에까지 거미 저택이라는 별명이 붙어 있는 거야, 멍청하게! 당신도 조종당하고 있었다는 건가! 거미 거미 거미. 어이, 교고쿠! 자네는, 기이치는 거미를 직접 만났을 거라고 말했지만, 이렇게 놈에게 가는 길은 또 멀어지고 말았네!"

추젠지는 흐느껴 우는 아카네를 보고 있다.

이사마는 생각한다.

교살마를 조종하고 있던 미도리도 조종당하고 있었다.

기이치를 조종한 원흉인 아카네도 조종당하고 있었다.

마스다는 아까 중심은 텅 비어 있다——고 했다.

그리고 그는, 그 공허를 채우고 있는 것은 이헤에의 유지가 아닐까 하고 추리했다. 그것은 빗나간 모양이다. 이헤에라는 사람은 아내가 손님을 받듯이 다른 남자와 잠자리를 함께하는 것을 싫어했을 뿐이다. 그것을 가부장제의 속박이라고 한다면, 이헤에 또한 조종당하고 있었다는 뜻이 된다. 조종하고 있었던 자는 가에몬이고, 그것이야말로 형태 없는——개념 같은 것이다.

그것은 이 사건의 중심일 수 없다고 생각한다.

그렇다면——사람을 조종하는 신의 자리에 앉아 있는 것은, 진실한 공허일까.

아니면——.

이사마는 마사코를, 아오이를 본다.

추젠지를 본다. 추젠지는——.

——아직 체념하지 않았다.

음양사는 아카네 옆에 서서 낮은 목소리로 물었다.

"당신은——무사시노 연쇄 살인사건의 보고서를 읽지는 않았습니까?"

"읽지 않았어요."

"그래요? 그럼——그렇지, 당신은, 저 에노키즈를 이전부터 알고 있었던 것은 아닙니까?"

아카네는 울던 얼굴을 에노키즈에게 향했다.

탐정은 나선 밑에 조각상처럼 서 있다. 미동도 하지 않는다.

"모르는데요."

"그래요? 아니, 스기우라 미에 씨에게 저 남자를 소개한 사람이 당신이 아닐까——그렇게 생각했는데요——."

아오이가 일어섰다.

"그 사람은 제 지인인데, 원래 진주군 통역 일을 하던 사람이에요. 진주군의 여성 해방 정책으로 유발된 여성운동의 이해자인데——그녀에게 이혼을 권할 때——."

"그 통역사는 이 아카네 씨를 통해서 당신에게 온 사람은 아닙니까?"

아오이는 잠깐 생각에 잠겼다가,

"본인은 기관지에 실린 제 논문을 읽고 접촉해 왔다고——그렇게 말씀하시던데요——."

라고 말했다.

추젠지는 눈썹을 찌푸리며, 흉악한 얼굴이 되어 말했다.

"그렇다면 아카네 씨. 당신에게 그 세 명의 창부 이야기를 전한 사람이야말로, 미도리 씨에게 고해실 열쇠를 건넨 인물이에요. 동생의 원수라고 해도——이름은 말할 수 없습니까?"

아카네는 고개를 숙였다.

미도리도 결국 그 인물의 이름을 말하지 않은 채 죽었다.

"좋습니다. 어쨌든 가와시마 기이치 씨는 100퍼센트 진범의 생각대로 조종되고 있었다, 는 뜻이 되는군요. 세 명의 창부가 무고하다면, 왜 그녀들은 사건의 표면에 끌려 나온 것일까요. 아카네 씨가 정보를 주고, 기이치 씨가 주소를 찾아내고, 그녀들은 세 명 다 살해되고 말았어요. 히라노 유키치의 손으로——."

추젠지는 다시 아오이를 노린다.

"아오이 씨. 당신은 슬슬 알고 있는 사실을 이야기해야 해요. 부인도, 아카네 씨도 괴로운 고백을 했어요. 히라노는 그 외에도 야마모토 교사를, 그리고 미도리 양을 죽였습니다."

아오이는 선 채 침묵하고 있다.

"당신은, 히라노는 입을 열지 않을 거라고 짐작하고 있지요. 하지만 히라노는 아마——당신이 생각하는 듯한 인간이 아닐 겁니다. 처음에 충고한 대로."

——당신 왜 그놈을 숨겨주었지.

에노키즈는 그렇게 말했다.

"무, 무슨 말인가요? 저는 몰라요."

"그건 거짓말이겠지요."

"왜, 왜, 그런."

"이 사건의 구조를 돌이켜보건대——아무리 생각해도 당신도 조종당하고 있습니다. 그 점을 자각해 주십시오."

아오이는 입을 다물고 있다.

추젠지는 그 장식인형 앞에 슥 섰다.

"좋습니다. 그럼 히라노 유키치의 이야기를 해 보지요. 히라노는, 원래는 도쿠시마 출신으로 옛날로 말하자면 장식 직인(職人)입니다. 황후 인형의 관이나 중국 부채의 장식물 같은 것을 만드는 세밀한 금속 세공을 생업으로 삼고 있었어요. 어릴 때부터 손재주가 좋았고 또 섬세한 작업을 좋아하는, 내향적이고 친구가 적은 남자였다고 합니다."

그게——어쨌다는 건가요——하며 아오이는 잘 만들어진 히나인형[70] 같은 얼굴을 추젠지에게 향했다.

"그는 1940년에 한 번 결혼했습니다. 상대는 오다와라의 농가 아가씨였습니다. 화장기 없는, 꾸밈없고 소박한 아가씨로, 이름은 미야라고 합니다. 이 혼담은 납품처의 인형사가 소개해 준 중매결혼이었습니다."

"듣고 싶지 않아요! 그런, 살인자의 옛날이야기 따위! 아무 상관도 없어요. 그 남자는 동생을 죽인 남자잖아요. 왜 그런 남자의 반생(半生)을——."

---

70) 3월 3일, 여자아이의 행복을 비는 일본 고유의 행사인 히나마쓰리 때 진열하는 인형. 옛날의 천황, 황후를 중심으로 좌우대신, 궁녀, 음악 반주자 등을 상징하는 옛날 옷을 입힌 인형이다.

거기까지는 듣지 못했을 것 같아서요, 하고 추젠지는 정중하게 말했다.

아오이는 입을 다물었다.

"우선 들어 주십시오. 히라노는 그 3년 후에 징병되어 남방 전선에 배속되었어요. 다행히 살아서 돌아왔지만, 히라노는 전쟁 체험으로 인해 마음에 깊은 상처를 입었다고 해요. 살육으로 하루를 보내던 나날이 그의 안에 있던 어떤 부분을 조금 망가뜨리고 만 것입니다. 히라노는 살인자가 아이를 낳는다는 모순에 고민했어요. 생식 행위에 대한 혐오는 쌓이고——."

"서——성적 불능이 되었다는 말씀이시지요? 흔히 있는 일이에요. 드물지도 않지요. 남자의 성은 항상 정신적인 것에 좌우된다고 남자들은 말하니까요. 하지만 여자의 성은 그렇지 않다고, 즉물적이라고 남자들은 단정하지요!"

아오이는 현실에서 눈을 피해 이론으로 도망치려 하고 있다. 이사마에게는 그렇게 들렸다.

그러나 이미 아오이 자신이 그런 틀에 박힌 상투어를 늘어놓을 정도로 이성적인 균형을 유지할 수 없게 된 것 같기도 했다. 음양사는 말했다.

"논지가 어긋나 있군요. 그런 수법에는 넘어가지 않습니다. 하지만 당신의 말대로, 히라노 유키치는 상투적인 성적 불능자가 되고 말았어요. 그리고 전쟁에서 돌아오지요. 하지만 여기에서 작은 사건이 일어나요. 그의 아내에게는 잘못된 전사(戰死) 통지가 와 있었어요. 그녀는 남편이 죽었다고 생각하고, 구애해 오는 어떤 남자와 관계를 맺고 말아요."

"그 시대에 과부가 혼자서 살아가기는 힘들었겠지. 탓할 수는 없겠군——."

기바가 말했다. 아오이는 당연하다는 얼굴을 한다.

"——하지만 남편이 돌아왔으니 열 받을 수밖에 없겠군."

"열 받지 않았어요. 남자는 히라노가 살아 있다는 것을 알고도 관계를 끊으려고 하지 않았어요. 남편한테 알려지는 게 싫으면 내가 시키는 대로 해라——라고, 이것도 흔히 있는 일입니까, 아오이 씨?"

"비, 비열한 이야기네요. 생활을 원조해 주겠다는 꼬임으로 접근해서, 결국 육체를 희롱할 뿐——여성의 인권을 전혀 인정하지 않았어요. 그건, 아니, 그거야말로——결국 강제적인 매춘 행위겠지요! 그것도 아니라고는 말하지 못하실 거예요. 그건——그건 강간입니다!"

아오이는 망가질 것만 같은 모습으로 소리쳤다. 도자기는 단단하지만 깨지면 산산이 부서진다. 위험하다.

"그 말대로, 강간입니다. 남자는 일주일에 한 번, 히라노가 집을 비우는 시간에 찾아와서 관계를 계속했어요. 하지만——히라노는 그걸 알아 버렸어요."

"그게 어쨌다는 거지요? 설마——그래서 부정이니 밀통이니 하며 규탄한 건 아니겠지요? 규탄당해야 하는 건——남자 쪽이에요."

"그것도 물론 그 말이 옳습니다. 하지만 히라노는 정부(情夫)가 있는 것을 알고도 미야 씨를 탓하지 않았다고 합니다. 탓하지 않은 이유는 자신이 성적 불능자였기 때문——이라고 본인은 고백했어요. 하지만 이건 좀 아닌 것 같더군요."

"아니라고? 나는 후루하타한테서 그렇게 들었네."

기바가 묻는다. 추젠지는 짧게 대답한다.

"나는 그 정부와 만났어요."

"언제 —— 인가?"

"어제입니다. 정부는 히라노에게 미야 씨를 소개해 준 인형사였습니다. 저는 그렇지 않을까 짐작하고 구스모토 기미에 씨에게 물었지요. 그렇게 넓은 업계는 아니니까요. 금방 알았어요 ——."

기바가, 아아, 그 여자는 인형사였지 —— 하고 중얼거렸다.

아오키가, 그렇군요, 하며 납득한다. 아오이는 약간 얼굴을 돌린다. 이사마가 생각하기에, 그 구스모토라는 여성은 이전에 어떤 사건과 관련되었던 인물일 것이다.

추젠지는 거기에서 일동의 안색을 살폈다.

"아무래도 히라노는 그 인형사에게 은혜를 느끼고 있었던 모양이에요. 그리고 미야 씨도 —— 그 사람에게 호의를 갖고 있었던 것 같습니다."

"여자의 성을 규정하는 듯한 발언은 삼가 주셨으면 좋겠군요. 당신도 아까 말씀하셨잖아요. 강간으로 시작되는 사랑은 결코 있을 수 없어요. 힘으로라도 행위에만 이르면 여성은 그럴 기분이 된다거나, 또는 기분이 나지 않아도 몸이 반응한다거나 —— 그것은 남자가 품는 망상에 지나지 않습니다. 여성의 몸은 남성 이상으로 정신에 충실해요."

추젠지는, 저도 그렇게 생각합니다, 라고 말했다.

"아오이 씨의 말씀이 옳습니다. 뒤집어 보면 그래서 더더욱, 미야 씨가 그 남성에게 호의를 갖고 있었던 것은 사실이었다 —— 고도 말할 수 있지 않을까요."

"그건 추, 추측에 지나지 않아요."

"그렇습니다. 하지만 저는 그런 차원의 이야기를 하는 게 아닙니다. 말씀하신 대로, 헤아려야 하는 것은 추측이 아니라 사실이겠지요. 여기에서 중요한 건 미야 씨는 그 인형사가 찾아오는 날은 꼭 화장을 하고 기다리고 있었던 것 같다는 사실입니다. 그것도 꼼꼼하게."

"화장? 그런 게——."

장갑을 낀 손이 아오이의 폭주를 막는다.

"밀통 상대가 증언하였습니다. 어떤 기분으로 미야 씨가 화장을 했는지, 그건 어떤 경우에도 추측의 영역을 넘지 못할 테니 논의 대상에서는 제외합시다. 하지만 화장은 분명히 하고 있었습니다. 그건 사실로 인정해 주십시오."

"당신의 의도를——이해하지 못하겠어요."

"이제 곧 알게 될 겁니다. 그——밀통 장면을 히라노는 우연히 엿보고 말았어요. 그리고 히라노는 어떤 기쁨의 영역에 다다르게 됩니다. 그 관음은 습관화되고, 결과적으로 남편이 엿보고 있었다는 사실을 안 미야 씨는 자신의 부정을 부끄러워하며 1948년 여름, 자해하고 맙니다."

"그런——어리석은——."

"미야 씨의 번민을 어리석다고 잘라내는 것에는 찬성할 수 없지만, 어쨌든 불행한 이야기이기는 하지요. 자, 기바슈, 관음과 아내의 자해, 이것이 히라노 유키치가 눈알 살인에 이르게 된 계기라고, 후루하타 씨는 그렇게 말했지요?"

후루하타. 프로이트에 씐 남자——.

기바는 음, 하고 말했다.

"놈은 시선공포증일세. 그 시선공포증의 원인이라는 게 그 관음 기호에 있었고, 그 엿보고 싶다는 욕망이, 아내의 죽음이라는 충격이 윤리 규제가 되어 강하게 억눌린 거라나 어쨌다나——."

기바가 우물거리고, 다음 말은 추젠지가 계속했다.

"그 의식 아래의 감정이 의식 위로 올라올 때, 공포 감정으로 발현되는 게 시선공포증이라고 그는 말했지요? 그리고 그 너머에, 자신의 존재를 내건 절박한 형태로 눈알을 뭉개는 행위가 있다고. 외적인 규제를 깬다는 의미로의 부친 살해. 세상과의 일체감을 되찾는다는 의미로의 모자상간(母子相姦)——자, 아오이 씨, 당신은 이런 분석에는 불만이 많으시겠지요."

"물론입니다. 거기에서 말하는 모성이란 남성에게 있어서 편리한 모성일 뿐이에요. 거기에서 말하는 부성도 남성에게 편리한 부성일 뿐이고요. 부성은 항상 이성적이고, 보편적으로 외적 규제일 수 있다——는 건 남성은 항상 지배계급이라는 것의 직유(直喩)입니다."

"잘 압니다. 또 모성과의 일체화가 항상 유사적인 성교로 나타나는 이상, 어머니와 일체화하는 것은 항상 남자일 수밖에 없고, 그 관계는 남성에 의한 지배와 여성의 복종이라는 형태로 기호화되지요. 이건 정치적으로 불평등하다——고 당신은 말하고 싶은 거겠지요?"

아오이의 날카로운 언변을 훔칠 수 있는 사람은 아마 이 남자뿐일 것이다.

생각건대, 음양사는 처음부터 아오이의 말로 아오이를 공격하고 있다.

"저도 그렇게 생각합니다. 다만 히라노는 남자이니, 이건 어떤 일면에서 진실입니다. 남자가 그런 정치적으로 불평등한 성차별 의식을 무비판적으로 품고 있는 건 사실일 테니까요——히라노도 예외는 아니에요. 그리고 당신은 아마, 히라노의 범죄는 그런 지배욕의 왜곡된 발로일 거라고 파악했어요. 아닙니까?"

"맞아요."

"그건 매우 호의적인 견해라고 저는 생각하는데요."

"어째서지요!"

아오이는 갑자기 격앙했다.

"왜 제가 그런 이상(異常) 범죄자에게——."

"이상이라는 건 차별 용어입니다."

"아——."

아오이는 할 말을 잃었다. 확실히 이상과 정상을 구별하는 것도 정치적인 경계선에 불과하다.

머리부터 발끝까지 시커먼 남녀는 서로 노려보고 있다.

"여기에서의 결론은 나중으로 미루고, 히라노의 이야기를 계속할까요. 히라노 유키치는 아내를 잃은 후, 몹시 허술한 장례식을 치른 것을 끝으로 완전히 세상과 단절된 생활을 3년 정도 계속합니다. 그러다가 1951년 봄에 최초의 범행 현장인 시나노마치, 야노 다이조 씨 소유의 단독주택으로 이사합니다. 이사 이유는 아무래도 마음이 차분해지지가 않아서, 라는 것이었다고 합니다. 이건 그때까지 히라노가 살고 있던 공동주택의 집주인에게 확인했습니다. 자세히 물어보니, 마침 그 무렵 히라노의 옆집에 게이샤 출신의 창부가 이사를 왔다고 해요. 옆집에는 남자가 자주 드나들기 시작했지요. 집주인은, 빌어먹게 성실한 히라노는 풍기가 어지럽혀진 게 싫어서 나갔을 것이다, 라고 인식하고 있었어요."

말(言)에 올라타면 추젠지는 커 보인다.

"자. 드디어 히라노는 살인을 저지릅니다. 히라노는 시나노마치의 집으로 이사하고 나서 그 시선공포증이 발병했습니다. 그리고 그걸 우연히 알게 된 가와시마 기이치에게 털어놓았고, 기이치는 걱정했어요. 그리고 희미한 연줄을 더듬어, 이 댁 장녀 유카리 씨에게 —— 그때는 이미 돌아가신 후였지만 —— 편지를 보냈어요. 그다음은 조금 전 아카네 씨가 고백한 대로입니다. 소개장은 히라노에게 도착했어요 ——."

울던 아카네는 희미하게 고개를 끄덕였다.

"소개를 받은 히라노는 후루하타라는 신경정신과 의사를 찾아갔어요. 조금 전 —— 이곳에 오기 직전에 저는 그와 전화로 이야기했습니다. 히라노가 찾아온 날, 병원에서 뭔가 특이한 일은 없었느냐 —— 고 물어보았지요."

"특이한 일? 그게 뭔가?"

"글자 그대로 특이한 일, 평소와 다른 사건 말입니다."

"흥. 그 녀석은 나한테는 아무것도 말하지 않았는데."

"그야 그렇겠지요. 보통은 전부 다 관련이 있는 일일 거라고는 생각하지 않으니까요. 하지만 이번에는 달라요. 그러니까 뭐, 만약을 위해서 물어본 겁니다. 그랬더니 그는 어렴풋한 기억을 더듬어, 이렇게 대답했어요. 히라노를 진찰하기 전에 정신병동에서 환자 한 명이 빠져나간 소란이 있었던 것 같다 —— 고."

"그게 왜?"

"그겁니다 ——."

하고 추젠지는 말했다.

"——후루하타에게 자세히 좀 떠올려 달라고 했습니다. 빠져나간 사람은 자신이 양귀비라고 믿고 있는 중년 남성이었다고 합니다. 그는 시트를 두르고, 얼굴에 홍백분(紅白粉)을 칠하고 독방을 빠져나와 진찰실 책상과 창문 사이에 숨어 있었어요. 물론 금방 붙잡혔습니다. 히라노는 그 후에 찾아왔고, 그 진찰실에서 후루하타 씨에게 진찰을 받은 모양이에요."

"모르겠군."

기바는 고개를 갸웃거리고 나서 이사마 쪽을 보더니 큰 한숨을 쉬었다.

그러고 나서 이마가와를 보고 다시 한 번 한숨을 쉬었다.

"그러니까 그게 뭔데."

"히라노는 말이지요, 진찰 중에 창문에 눈이 있다, 자신을 보고 있다는 말을 하기 시작했다고 합니다. 후루하타 씨는 당시 별로 좋은 정신상태가 아니었기 때문에, 그 말에 동요하고 말았어요. 결국 히라노는 그렇게 얻은 것도 없이 귀가했고, 이튿날 아침 흉악한 짓을 저지르지요."

"저, 정말 모르겠어요——당신은, 무, 무슨 말씀을 하고 싶으신 건가요."

아오이의 금속질 목소리가 떨리고 있다.

음양사는 낮은, 지옥 밑바닥에서 울려오는 듯한 목소리로 대답했다.

"야노 다에코 씨——첫 번째 피해자는 고마치 아가씨라는 별명으로 통할만큼 미인이었습니다. 외출할 때도 옷차림은 단정했고, 반드시 옅은 화장을 하고 있었어요. 가와노 유미에 씨——두 번째 피해자입니다. 그녀는 물장사를 하는 여자예요. 늘 빈틈없이 얼굴을 꾸미고 있었지요. 그리고 야마모토 스미코 씨 —— 당신의 논적(論敵)입니다. 그녀는 평소에는 안경을 쓰고 입술연지도 바르지 않는 사람이었지만, 어떤 이유에서인지 그날만은 안경을 벗고 화장까지 하고 있었어요."

"그, 그러니까 무슨 ——."

"마에지마 야치요 씨도 창부로 둔갑하기 위해 짙은 화장을 하고 있었어요. 다카하시 시마코 씨는 진짜 창부입니다. 당연히 짙은 화장을 하고 있었어요 —— 모르시겠습니까?"

추젠지는 아오이를 응시했다.

"히라노 유키치는 백분(白粉) 알레르기입니다."

"뭐, 뭐라고요?"

"히라노는 —— 화장하고 있는 여자를 죽이는 겁니다."

"뭐라고요?"

아오이의 도자기 마음에 —— 금이 갔다.

"그는 백분 냄새를 맡으면 피부에 가벼운 가려움증을 동반하는 습진이 생깁니다. 그게 시선의 정체예요."

—— 시선이 —— 냄새?

"히라노는 후각을 피부로 느끼고 있었던 겁니다. 아시겠습니까, 시선이란 발하는 자에게는 없고, 반드시 받는 자에게 있어요. 눈에서는 빛도 바람도 발사되지 않습니다. 본다고 해서 그 시선의 대상이 물리적으로 변화하는 일은 절대로 있을 수 없어요. 시선이란 대개 그 대상이 되는 쪽이, 그냥 느끼는 것입니다. 어디로 느끼느냐 —— 그건 피부예요. 바깥 세계와 항상 접하고 있는 피부의 표면이 촉각의 일종으로 느낀다 —— 그게 시선이에요. 그것도 대개 자신의 시야가 미치지 않는 범위——등, 어깨, 목덜미——그런 곳으로 느끼지요. 시선이라는 보이지 않는다는 불안이 촉각으로 착각된 것입니다. 히라노의 경우는 반대였어요. 피부의 지각 과민을 시선으로 착각하고, 그 너머에 보고 있는 사람을 몽상하며——그는 반대로 불안을 거두어들였던 것입니다."

"아아——."

——다시 말해서 장례식 냄새와 똑같은 것일까.

"전쟁이 끝난 후, 여성은 평소에는 꾸미고 다닐 수가 없게 되었어요. 히라노의 아내도 그랬지요. 농가 출신인 그녀는 소박했고, 화장 같은 건 하지 않았어요. 하지만 밀통 때는 분을 발랐어요. 히라노의 성적인 흥분은 옹이구멍으로 엿본 것에 의해 얻어진 욕망의 발로가 아니라 후각에 의해 얻어진 가려움증에 의한 것이었습니다. 냄새 때문에 피부에 변화가 일어날 거라고는, 보통은 아무도 생각하지 않지요. 히라노는 착각하고, 후각과 촉각은 혼란에 빠졌어요. 그 후, 히라노는 완고하게 사람 만나는 것을 피하고 있었기 때문에 그 알레르기 증상은 나타나지 않았지요. 하지만 옆집에 화장이 짙은, 장사하는 여자가 이사를 왔어요. 바람을 타고 침입하는 미량의 가루에 지각 과민이 되어 있던 히라노는 근질거려서 마음이 진정되지 않게 되고, 집을 바꾸었지요. 이사 간 곳의 아가씨, 야노 다에코는 히라노를 잘 보살펴 주었어요. 그녀의 잔향, 그녀의 소지품, 그리고 그녀 자신에게서 히라노는 민감하게 피부 감각을 얻었어요. 그런 시간을 겹쳐 나가다가, 그건 시선으로 인식되게 되었지요. 원인을 모르는 그는——시선공포증이 되었어요."

"그럼 후루하타의 병원에서——그."

"환자의 백분이 잔류하고 있었던 겁니다. 그는 그걸로 확실하게 믿게 되었어요. 이런 곳에서도 시선을 느낀다. 피부 감각은 과민해지고, 그것은 환각으로서 시각까지 혼란시키기 시작했어요. 그는 한층 더 불안해지고, 정신의 균형은 일시적으로 무너졌어요. 그때 운 나쁘게 시선의 원인이 찾아온 겁니다. 화장은 얼굴에 하지요. 히라노는 거기를 노려요. 그는 그걸 시선이라고 믿고 있어요. 그래서——눈알을 뭉개지요."

"하지만, 그런——간지럽다거나, 그런 이유로."

"알레르기를 우습게 봐서는 안 됩니다. 메밀 알레르기 같은 건 메밀을 삶는 김 냄새만 맡아도 호흡이 곤란해지지요. 죽음에 이르는 경우도 있고요. 히라노가 처음에 그걸 시선으로 파악하지 않고 일종의 고양감, 성적인 흥분으로 파악하고 있었던 것에서도 알 수 있듯이 그건 발진과 동시에 심장 박동 수를 올리는, 또는 호흡을 곤란하게 만드는 작용도 있었겠지요. 쾌감이란 작은 고통이고 고통이란 큰 쾌감입니다. 그래서 그는——몹시 괴로웠던 겁니다."

——보지 마! 나를 보지 마!

그것은 다카하시 시마코의 잔향에 반응하고 있었던 건가. 이사마는 전율한다.

그렇다면——.

보고 있는 놈의 눈을 뭉갠다. 죽이고 나서도 그 시체는 그를 보고 있는 것이 된다.

추젠지는,

"어떻습니까, 아오이 씨——."

하고 말했다.

"자, 어떻습니까. 히라노는 그 고해실에 있었습니다. 그를 그곳으로 이끌어준 건 틀림없이 오리사쿠 가의 관계자일 거예요. 그것도 남자는 아니에요. 그 학원에 대해서 알고 있는 사람은 졸업생이나 재학생, 즉 여성이겠지요. 그리고 그 여자는 화장을 하지 않을 거예요. 만일 화장을 하고 있었다면 그 여자는 살해되었을 겁니다. 오늘의 ── 미도리 양처럼."

"기모노의 장치라는 건 그건가."

하고 기바는 외쳤다.

"중학생인 미도리 양은 화장을 하지 않습니다. 그래서 그 기모노는 중요한 마술의 도구로 위장되어 학원에 보내졌지요. 마에지마 야치요 씨의 기모노에는 백분 냄새가 듬뿍 배어 있었어요. 그 옷을 걸치고 그 고해실의 문을 열면, 그 사람은 ── 확실하게 살해되지요."

"그 기모노는 소를 도발하는 붉은 천 같은 건가."

"기모노 ──?"

"가와시마 기이치가 갖고 있던 기모노가 왜 미도리 양의 손에 건너갔는지, 그 부분만은 어떻게 해도 알 수 없어요. 그건 알 수 없지만, 히라노를 숨겨준 사람이 누군가 하는 것만은 알 수 있지요. 이 집에서 화장을 하지 않는 사람은 미도리 양 이외에는 당신뿐입니다, 아오이 씨. 당신 이외에 히라노와 직접 접해도 위험이 없는 인간은 여기에는 없어요. 자, 이야기해 주십시오! 당신은 어떻게 그를 알았고, 왜 숨겨준 겁니까!"

아오이는 의자에 몸을 묻었다.

이사마의 귀에는 쨍그랑하고 도자기가 깨지는 듯한 소리가 들리고 있었다.

"잘 들으십시오, 아오이 씨. 히라노의 살인은 전부 경련적인 충동 살인입니다. 그는 권력 구조를 공격하는 일탈자도 아닐뿐더러, 당신이 내거는 고매한 사상의 좋은 이해자도 아니에요. 후루하타 씨가 분석한 것 같은 남근적인 트라우마의 영향 아래에 있지도 않은 대신, 당신이 생각하는 것처럼 성별의 경계를 뛰어넘은 자도 아닙니다. 그는 소심한, 가엾은, 그냥 평범한 남자입니다."

"성별의 —— 경계를 뛰어넘은."

"그렇습니다. 당신은 히라노라는 병든 남자에 대해서 그런 환상을 품은 게 아닙니까?"

"그건 ——."

"히라노에게는 분명히 원래 주물 숭배적 성도착(性倒錯)의 경향, 즉 페티시즘(fetishism)이 있었던 모양입니다. 그의 성적 불능도 전쟁 체험이 가져온 것이라기보다 오히려 그런 경향에 의한 부분이 컸던 게 아닐까, 하고 저는 생각하고 있지요. 또 한 명의 실행범 —— 스기우라 다카오는 성적인 경계를 뛰어넘은 자신과 그것을 허락하지 않는 사회와의 알력 때문에 일그러지고 말았어요. 이건 비극입니다. 하지만 히라노의 경우는 그렇지 않아요. 그는 자신과 대상을 상호 사물화함으로써 발정하는, 남성적이라고 한다면 더없이 남성적인, 코드화된 성적 환상을 갖고 있었던 것 같습니다. 혹시 당신은 그걸 잘못 읽은 게 아닙니까?"

"그 사람은 —— 사물로서 —— 저를?"

"그런 성 의식은 종종 성행위 자체에 대한 혐오나 도피를 가져옵니다."

"그 남자는 당신 다리가 마음에 드는 거야."

에노키즈가 의욕 없는 목소리로 말했다.

"다리——?"

"다리를 좋아했던 거겠지. 그것만은 아닌가. 엿보았을 때 본 아내의 다리를 잊을 수 없었던 거겠지."

"그런——그 사람은 제 이야기를 진지하게 듣고."

"아오이 양! 너는 정말로——."

시바타가 굵은 목소리로 외쳤다. 이미——명백하다.

"그 사람은 제 말을 이해해 주었어요. 그 사람의 눈은 더러운 남자의 시선을 갖고 있지 않았어요. 저를 보는 눈은, 접하는 태도는, 항상 남녀의 격차를 느끼게 하지 않는, 대등한 것이었어요. 범죄자라고 하는데도 불구하고——그 사람은 당당했어요."

"그건 단순히 궁지에 몰려 있었기 때문이에요. 히라노는 자신이 충동적으로 살인을 되풀이하는 것에 대해서 어느 정도 이성적인 판단을 할 수 있었어요. 그건 체념입니다. 그는 무서웠던 게 틀림없어요."

"무섭다——고는 했어요——."

"그야 무섭겠지요. 용서받지 못할 죄를 저질렀다, 계속 저지르고 있다, 조만간 붙잡힐 거라는 것을 그는 어디에선가 인식하고 있었을 거예요. 그래서 그의 경우, 세 번째 이후의 범행은 한 명이나 두 명이나 마찬가지라는, 자포자기 같은 인상이 있습니다. 저는 그걸 용서할 수가 없는 겁니다. 첫 번째 범행을 저지른 단계에서 도망칠 수 있었던 것이 다음 범행으로 이어졌어요. 예기치 못한 당신의 비호는, 당신이 말하는 대의명분은, 그를 치료하기는커녕 도발하고 말았어요. 사상적인 배경도 명확한 동기도 없었던 충동 살인의 배경에, 당신은 고매한 이유를 뒤늦게 갖다 붙여 구축하고 말았습니다."

"저는——."

"자꾸 되풀이하는 것 같지만, 당신의 사고방식은 틀리지 않았어요. 게다가 당신이 있는 곳은 둘도 없는 소중한 곳이에요. 당신은 일본에 필요한 사람입니다. 하지만——당신은 그 정론의 그늘에서 자신을 죽여 버린 건 아닙니까? 이론과 현실의 괴리에 고뇌하고 있었던 것은——."

음양사는 고압적이었던 말투를 부드럽게 하며,

"——당신 자신이었겠지요."

하고 말했다.

아오이는 슬픈 듯이 살짝 웃었다.

"그러니까——히라노는 곧 실토할 것입니다. 아니, 지금쯤이면 이미 자백해 버렸을지도 모르지요. 경찰 취조실이라는 곳은 살풍경한 곳입니다. 그를 위협하는 백분도, 충동 살인에 의미를 주는 비호자도, 이미 그의 주위에는 보이지 않아요. 그는 연옥(煉獄)을 도는 듯한 불길한 편력을 마치고, 이제야——시선에서 해방된 겁니다. 그러니까——."

장식인형은 단정한 얼굴을 들었다.

"말씀하신 대로 히라노를 그 방에 숨겨준 건 저예요."

"아오이, 너——."

마사코가 숨을 삼키고, 아카네가 주저앉았다.

"아오이, 너 미도리까지, 네가——."

"아니에요, 언니."

아오이는 아마 처음으로 같은 높이의 시선을 언니 아카네에게 향했다.

"그건 아니에요. 나는 정말로 그 사람을 그냥 숨겨주었을 뿐이에요. 미도리뿐만 아니라 다른 사람도, 죽이자든가 속이자든가, 그런 생각을 한 적은——한 번도 없어요."

유리 안구가 유기적인 질감을 띠었다.

"다만 처음에 죽은 게, 아니, 살해되었다고 해야겠지요. 첫 번째 피해자가 그 가와노 유미에 씨였다는 사실이——제 안에 좋지 못한 상념을 불러일으킨 건 확실해요. 물론 가와노 씨에게 책임을 전가할 생각은 아니에요. 다만."

"매춘부 따윈 죽어도 당연하다고 생각한 건가."

기바가 낮게 말하자 아오이는 고개를 저었다.

"그렇지 않아요. 하지만 제 안에 있어서는 안 되는 차별의식이 싹터 있었던 건 사실입니다. 저는——이 추젠지 씨가 지적하신 대로 남근주의적인 계층차별의식을 갖고 있어요. 난혼이라는 말을 들으면 난잡하다고 생각해요. 요바이라는 말을 들으면 음란하다고 생각해요. 이치는 알아도 생각은 스쳐 지나가지요. 그건 시대의 문화 속의 권력구조에 의해 조직적으로 구축된 성적 환상을, 제가 어디에선가 향수하고 있기 때문일 거예요. 저는 창부를 깔보고 있어요. 죽어도 당연하다고는 생각하지 않지만, 역시 어쩔 수 없다고 생각하고 말았어요. 살인을 긍정하지는 않더라도 부정하지 않은 저는——히라노의 공범이겠지요."

"어디에서 히라노와?"

기바가 묻는다.

"네——."

하고 아오이는 침착하게 대답한다.

"저는――언니, 언니의 행동에 수상함을 느끼고 있었어요. 저는――유카리 언니를 죽인 사람은 아카네 언니가 아닐까 하고――의심했어요."

"뭐――."

아카네는 눈을 휘둥그렇게 떴다.

"왜 내가――언니를――."

"그 무렵――언니의 태도는 분명히 이상했어요. 언니는 그 고레아키라는 남자와 결혼하고 나서 줄곧――이상했지요. 저는 고레아키가 언니를 이용해서 이 집의 재산을 빼앗으려고 하는 거라고――그렇게 생각했어요. 집안도 재산도 가독도, 그런 건 저한테는 아무래도 상관없었지만, 언니가 그 비굴한 남자한테 지배당하고 있다고 생각하면 참을 수가 없었어요――우습지요. 집이라는 제도를 싫어하고, 부친이라는 장치를 싫어했던 제가 집을, 가독의 행방을 신경 쓰고 있었다니――."

아오이는 자학적으로 미소 지었다.

"――아까 들은 바로는 유카리 언니는 애초에 태어날 때부터 난치병을 갖고 있었던 허약한 체질이고, 사인에도 수상한 데는 없다고 하지만, 그런 건 몰랐으니까요――큰언니의 급사는 제 의혹을 키웠어요. 그리고 언니는 여봐란 듯이――수상한 행동을 했지요."

"수상한 행동――?"

"아까 언니 입으로 말씀하셨잖아요. 그, 가와시마라는 남자를 위해서 한 일. 큰언니가 죽자마자 언니는 아버지한테――평소에는 가지도 않는 서재에 갔어요. 그것도 쭈뼛쭈뼛, 주위를 신경 쓰면서. 그리고 그 후에 저한테 와서 신경정신과 의사를 모르느냐고 물었지요."

"그건 그러니까——."

"이유는 있었겠지요. 하지만 전부 평소의 언니 행동에서는 생각할 수 없는 말과 행동이었어요. 그리고 언니는 그날, 시게우라에 갔지요."

"너는 내 뒤를——."

"언니, 미행 같은 짓은 하지 않아요. 언니가 저한테 물었었잖아요. 시게우라의 이시다 씨 댁은 어떻게 가느냐, 너는 뭔가 조사하고 있지 않느냐——그런 오두막에, 이제 와서 대체 무슨 볼일이 있다는 것인지——."

아오이는 약간 히스테릭하게 말했다.

"언니는 자료를 보여 달라고까지 했어요. 저는 왜냐고 물었지요. 언니는 대답하지 않았어요. 그래서——그 오두막에 가 보았어요. 그리고——그 사람은 거기에 있었어요——."

——당신, 아주 잘 아는군.

——히라노 유키치에 대해서 말이오.

——마치 아는 사이 같아.

형사로서의 기바는 틀림없이 혜안이었던 것이다.

"저는 그 사람한테 언니에 대해서 캐물었어요. 하지만 그 사람은 언니를 모른다고 했어요. 그리고 저는, 제가 이야기하고 있는 상대가——시나노마치 엽기살인의 범인이라는 걸 알았어요. 그야——놀라지 않았다고 하면 거짓말이지요. 하지만 그 사람은——."

아오이는 거기에서 말을 멈추었다.

순간 도자기 뺨에 눈물이 흘렀다. 그 눈물은 튕겨 나와 딱 한 방울이 테이블에 떨어졌다.

"——그 사람은 제게 고백했어요. 자신이 그 아가씨를 죽여 버린 이유를 모르겠다고 하더군요. 그 아가씨는 미인이고, 친절하고 남 돌보기를 좋아하고, 죽일 이유는 어디에도 없었다고 했어요. 그리고 정신과 의사 이야기를 했어요. 자신은 이상자인 거냐고 제게 묻더군요. 저는 그 분석 결과에 몹시 불만을 느끼고, 그게 얼마나 편향된 분석인지를 설명했어요——."

아오이는 검지로 뺨의 눈물을 닦아냈다.

"그 아가씨는 분명히 악인은 아니지만, 남자의 시선을 향수하고 심지어 거기에 편승해서 무비판적으로 그냥 살아간다면 그건 본래 올바른 여자의 모습이 아니라고 저는 설명했어요. 그 사람은—— 몹시 안심하더군요. 지금 생각하면 추젠지 씨의 말씀대로, 저는 그 사람의 충동 살인을 저도 모르는 사이에 정당화하고 있었을 뿐이었네요——."

아오이는 정교하게 만들어낸 듯한 눈꺼풀을 움직여 눈을 감았다.

"——뿐만 아니라 저는——경찰에 신고하지도 않았어요. 그 사람은 제게 알려졌는데도 도망치지도 않고 계속 거기에 있었어요. 제가 신고하지는 않을 거라고 그렇게 믿은 것 같았어요. 저는 몇 번인가 식료품과 돈을 가져다주었어요. 반사회적인 행위라는 걸——충분히 알고서 한 행동입니다. 그 사람은 이 사회의 구조에서 튕겨져 나온 일탈자예요. 그런데도 굴복하지 않는 태도에 호감이 갔어요. 도망치고 있는 건 분명한데도, 그 사람은——."

"당신답지 않아."

기바는 내뱉듯이 말했다.

"그렇게——생각하겠지요. 그게 바로——제 열등감이었어요."

누구보다도 아름다운 용모. 누구보다도 뛰어난 지성. 그런 것이 열등감이 될 수 있다는 사실에, 이사마는 순수하게 놀랐다. 통상 상위로 여겨지는 개념의 우위성도 이렇게 되면 의심스럽다. 그렇다면 격식이나 계층 같은 것 또한 애초에 근거 없는 것이리라.

"그래요?"

기바는 순순히 물러났다.

"미안하군. 그래서 당신은 놈을 그 학교로 옮겼군. 그게 언제요?"

"9월 말쯤이에요."

아오이의 말에 반응해서 우우, 하고 신음 소리가 들렸다.

보니 목소리를 낸 사람은 시바타다.

시바타는——완전히 붕괴되어 있었다. 입이 다물어지지 않는다.

"그리고 히라노는 그 작은 방에서 듣고 만 거예요. 미도리 양이 주최하는 흑미사——저주의 의식의 내용을——."

음양사는 독백처럼 그렇게 말했다.

아오이는 고개를 끄덕이고, 그게 흑미사라고는 생각하지 않았지만요——하고 말했다.

"10월——그래요, 십오야(十五夜) 다음 날 밤이었어요. 그 사람은 밤에 학원을 빠져나와, 제게 그 사실을 알려주었어요. 그 사람은 우리 집이 그 학원 경영에 관여하고 있다는 걸 눈치채고 있었기에, 망설인 끝에 온 거라고 했어요. 학생들이 매춘을 하고 있다——그리고 공갈을 당하고 있다——경우에 따라서는 발각될지도 모른다——그래서 학생들은 공갈자를 저주해 죽이려고 하고 있다——놀랐어요. 그리고 공갈 상대는 하필이면, 그 가와노 유미에 씨더군요. 저는 이야기의 분위기로 보아 저주하고 있는 게 미도리라는 것도 금방 알았어요."

——그런 소녀는 그렇게 많지 않다.

"제게는——제 입장이 있어요. 유미에 씨가 매춘의 파트너로 미도리를 선택했다면, 제가 해 온 여염집 여성 매매춘 적발 운동은 어떻게 되나요? 저를 믿고 여성해방, 여성의 지위 향상을 위해 분투하고 있는 여성들은 어떻게 되겠어요. 그래서——그 사람에게 부탁했어요. 사실인지 아닌지, 유미에 씨를 조사해 달라고. 하지만 그 사람은——유미에 씨를 죽이고 돌아왔어요."

——화장을 하고 있었던 것이다.

"당혹스럽지 않았던 건 아니에요. 책임을 느끼지 않았던 것도 아니고요. 다만 어떻게 해야 할지 몰랐던 거예요. 그런 상태에 있었기 때문에 야마모토 씨가 비밀을 알았다는 말을 들었을 때는——솔직히 말해서 눈앞이 캄캄해졌어요. 그 사람은 여권신장 동지이기도 하고 논적이기도 했어요. 저를 잘 알고 있지요. 미도리의 일이 알려졌다면——."

추젠지는 중단된 말의 틈새에 파고든다.

"아오이 씨. 당신은 야마모토 교사에 대해서도 가와노 유미에 씨 때와 마찬가지로, 히라노에게 조사를 의뢰했습니까? 딱히 살해를 의뢰한 건 아니었지요?"

"저는——아무것도 부탁하지 않았어요. 다만 제가 곤란해하는 것을 보고, 그 사람은 자발적으로 야마모토 씨한테 간 모양이에요. 가서 어떻게 할 생각이었는지, 그건 저도 모릅니다. 분위기만 살필 생각이었는지, 아니면 위협할 생각도 있었는지도 몰라요. 며칠인가 미행을 했던 모양이더라고요. 그리고——죽일 생각은 없었는데 역시 죽이고 말았다고, 그렇게 들었을 때는 충격을 받았어요."

"아오이 씨. 문제는 세 번째예요. 마에지마 야치요 씨에 대해서는 어떻습니까?"

"그건 —— 역시 비밀을 안 사람으로서 저를 위해서 죽였다고 —— 그렇게 생각하고 있었는데요."

"당신은 아무것도 시사하지 않았다?"

"세 명째에는 저도 —— 익숙해지고 말았어요. 잔혹한 일이지요. 그저 가까운 사람의 일이 아니라는 이유만으로 현실감이 들지 않았어요. 그 사람 때는, 그게 —— 그러고 보니 —— 뭔가 미도리한테서 지시가 있었던 것 같다는 말을 들었어요. 장소 —— 시간 같은 게 서면으로 ——."

"이상하군요."

추젠지가 팔짱을 꼈다.

"미도리 양은 가와시마 기이치의 계획을 알고 있을 리가 없습니다. 정말로 일시와 장소를 알려 왔다면 그건 히라노 앞으로 보낸 진범의 지시서라는 뜻이 되지요. 또 마에지마 야치요 씨도 미도리 양의 비밀을 알 리 없어요. 쌍방에 서한이 도착했고, 서로 유도되었군요."

—— 역시 거미는 있는 것일까.

"아카네 씨, 당신은 기이치가 세운 마에지마 야치요 씨를 함정에 빠뜨리고 창피를 주는 계획에 대해서 —— 알고 있었습니까?"

"두 번째 사람이 확인되었다는 연락은 왔었어요. 아마 지난달 중순이 지나서였을 거예요. 모레, 마에지마라는 사람에게 창피를 줄 거다 —— 라고. 그 무렵에는 몇 번인가 전화로 이야기하곤 했어요."

"그 전화를 다른 사람이 들은 건 아니오?"

"그런 —— 듣고 있었다면."

"듣고 있었다면 뭐요?"

"그건 증조할머니 정도예요."

할머니라——하고 말하는 기바는 침묵했다.

그때.

"아오이 양——너는, 너는——."

시바타가 주문처럼 말을 자아냈다.

"너란 사람은——나는 바로 몇 시간 전까지 너를 믿고 있었어. 훌륭한 사람이라고 항상 감복하고 있었고, 존경도 하고 있었다——그건 전부——그 사람한테 들은 거였어——그 사람은——."

시바타는 테이블을 양손으로 힘껏 내리치며 자리에서 일어섰다.

"스미코 씨는 널 칭찬한 적은 있었어도 적대시한 적은 단 한 번도 없었어! 그런데 너는——."

시바타는 아오이에게 덤벼들었다.

"이 살인자! 미도리 양도 네——."

"어이, 그만해."

"그만하세요."

아카네가 아오이에게 매달리다시피 하며 끼어들고, 기바와 아오키가 시바타를 붙들어 아오이에게서 떼어냈다. 시바타는 팔을 휘두르며 저항했다.

"놔 주시오! 이 손을 놔!"

"왜 흥분하는 거야! 당신은 재벌 수장이잖나! 경거망동은 삼가라고, 이 멍청아!"

"시끄러워, 당신들이 약혼자를 참살당한 사람의 기분을 아나! 아오이! 뭐라고 말 좀 해 봐!"

"약혼자? 야마모토 스미코가 당신의?"

"그렇습니다! 그날도 저는 그녀와 만날 예정이었어요!"

"그래서 그 화장기 없는 교사가——화장을?"

기바는 손을 떼었다. 시바타는 주저앉았다.

"시바타 씨——그건——사실인가요?"

"사실이야, 아오이! 나는 여권신장론에는 찬성이었기 때문에 이사장 당시부터 그녀의 언동에는 경의를 표하고 있었어. 그녀는 너 못지않게 총명한 사람이었다. 평소에는 화장 같은 건 하지 않는데——."

그날은, 그날만은——몇 번이나 그렇게 고함치더니 시바타는 눈물을 흘리지 않고 울었다.

"——그날은 정식으로 결혼 승낙을 얻으려고, 시바타 가 사람들에게, 재벌 간부들에게 소개할 예정이었습니다! 그래서 그녀는——."

——화장을 했다. 그리고.

젠장, 이게 무슨 일이야——시바타는 울부짖었다.

그리고 원통한 듯이 융단을 몇 번인가 내리쳤다. 아오이는 공허한 눈으로 그 모습을 바라보고, 아카네는 그런 아오이에게 달라붙은 채 고개를 돌려, 역시 멍하니 그 모습을 보았다.

마사코는 거친 숨을 내쉬며 경직해 있다.

추젠지가 시바타 뒤쪽에서 물었다.

"시바타 씨! 그날 일은 정해져 있었던 일입니까? 그렇다면 언제 정해졌지요?"

"두——두 달이나 전부터, 날짜만은 정해져 있었습니다. 간부들을 모으는 건——."

"그 자리에는 유노스케 씨도 출석을?"

"무, 물론입니다. 요우코우 씨가 돌아가신 후, 아저씨는 제 부모나 마찬가지였으니까요——그, 그게."

"그렇다면——그 시기에 아사다 유코 양의 정보가 유출된 이유라는 건——그렇다면——이건 교묘하군요. 군더더기가 너무 없어요. 시바타 씨, 당신이 미워해야 하는 자는 아오이 씨나 히라노가 아니라——역시 거미예요!"

"거미——진범? 그런 놈이 있습니까? 저는 믿을 수가 없어요! 처음에는 묻지마 범죄에 당한 거라고 생각하고 체념했어요. 하지만 이건——묻지마 살인이 아니지 않습니까! 스미코 씨는 나쁜 짓이라고는 전혀 하지 않았어요. 이——아오이 양은, 그——."

"이 사람은 살해를 교사한 게 아니에요."

"수, 숨겨주었으면 마찬가지입니다!"

시바타는 다리를 벌리고 일어서서, 실내에 있는 전원을 노려보았다. 그 풍모는 아직 청년이다. 시바타 재벌이라는 무거운 짐을, 지금의 그는 짊어지고 있지 않다.

"아오이 양! 네 본의를 알려다오! 여러 가지 논리를 늘어놓았지만, 나는 조금도 모르겠어. 네가 총명한 건 인정하마. 추젠지 씨의 말대로, 네 사고방식도 틀리지는 않았겠지! 그렇다면 왜, 정론을 내건 총명한 네가 살인자를 감싸거나, 그 살인을 용인한 거냐! 그래서는 이치에 맞지 않아!"

"그건——."

시바타는 성큼성큼 아오이에게 다가갔다.

"대답해!"

시바타는 팔을 쳐든다.

"네가 전부 꾸민 거지!"

쳐든 팔을 에노키즈가 움켜쥐었다.

"당신도 알 수 없는 남자로군. 이 사람은 당신이 화내는 것과 같은 이유로 놈을 감싼 거야. 그 정도는 들으면 알지 않나. 이 둔한 거북 같으니!"

"뭐라고? 그건——."

그것을——아오이는 테이블을 떠나 시바타 옆으로 나아갔다.

"——그것을 연애 감정이라고 부르는지 어떤지, 저는 몰라요. 이치가——통하지 않으니까 판단할 수가 없어요. 아까 기바 형사님은 제 술회를 듣고 저답지 않다고 하셨지요. 그건 정말 그렇습니다. 모두 저를 그런 눈으로 봐요."

아오이는 어머니에게 얼굴을 향했다.

"어머니. 어머니는 저를 늘 자랑스럽게 이야기하셨지요. 명석한, 흠 잡을 데 없는 딸이라고 치켜세웠어요. 그리고 그 아버지조차 저를 두려워했어요——."

총명한 장식인형은, 그리고 유리구슬 같은 눈동자를 내리깐다.

"어머니. 어머니와 아버지는 칭찬하든 싫어하든, 어느 쪽이든 타인을 접하는 방식으로 우리 자매를 키워오셨어요. 유카리 언니는 부권에 유순해짐으로써, 아카네 언니는 철저하게 자기를 희생함으로써, 미도리는 현실에서 눈을 돌림으로써 자기를 지켜 왔지요. 제 경우는 이런 인간이 되는 것밖에, 살아갈 길이 없었던 거예요. 철저하게 이성적인 사람이 되면 체제에 찬성하기는 어려워져요. 저는 이 집 안에서조차——이질적인 소외자였어요."

"아오이——."

“그래서 저는 알면서도 인권의식이 희박한 윤리를 늘어놓고, 현실에서 괴리된 이치를 내걸고, 그저 기계처럼 계속 달릴 수밖에 없었어요. 저는 지적해 주시지 않아도 제가 진정한 여성원리주의자가 아니라는 사실은 잘 알고 있었어요. 제 안에는 보이지 않는 남근주의가 뿌리를 내리고 있었지요. 제 말은 정론이지만, 아까 지적하신 것처럼 말은 그것 자체가 남성 원리에 지배되고 있어요. 저는 제 안의 차별성을 은폐하고, 허구의 여성을 특권화하려고 할 뿐이었어요.”

“아오이 씨. 이제 됐어요. 사건과는 상관없는 일이에요. 당신한테서는 이미 —— 떨어졌어요.”

“괜찮아요, 추젠지 씨. 제가 저 자신을 해체함으로써 시바타 씨의 기분이, 그리고 언니의 기분이 나아진다면 —— 그건 해야 할 일이겠지요. 저 자신을 해체하지 않고서 체제 이데올로기와 투쟁하려는 건, 역시 기만에 지나지 않을 거예요.”

추젠지는 스윽 몸을 물렸다.

“저는 —— 그런 인간입니다. 그리고 아까도 말했지만, 그 이치가 바로 제 열등감이기도 했어요. 그 열등감을 극복하기 위해서, 저는 한층 더 그런 이치에 따라 살아가야 했지요. 저는 그런 이율배반적인 삶을 살 수밖에 없었어요. 저는 여자이려고 하면서, 여자로서 여자를 버리고, 성도, 모권도 기각한 사람이기도 해요. 남자든 여자든, 제게 성별을 의식하게 하는 시선을 던지는 사람은 모두 제 적이었으니까요. 그 히라노라는 사람은 —— 적어도 저를 여자라고도, 남자 같은 여자라고도 생각하지 않았던 것 같아요. 그것도 —— 저의 자의적인 착각에 지나지 않았던 모양이지만요. 그 사람은 역시 남자의 눈으로, 사물로서 저를 —— 보고 있었던 거였어요.”

"당신은 히라노의 지칠 대로 지친 시선을——본질만을 보는 공정한 시선, 또는 경계적인 경계를 넘은 사람의 시선이라고 착각한 거로군요."

아오이는 고개를 끄덕였다.

"저는——제게 여자도 남자도 요구하지 않는 그 사람에게——연애 감정을 품은 거지요. 그건——미칠 듯이 사랑하고 말았어요. 그건——아마 그럴 거예요."

시바타는 단정한 얼굴을 일그러뜨리고 아오이를 보았다.

물론 실내에 있던 거의 전원이 아연실색한 것은 말할 것까지도 없다.

용모단정하고 미목수려하며 두뇌가 명석하고 재색을 겸비한 자산가의 아가씨——모든 찬사를 동원해도 다 표현할 수 없을 정도의 아가씨가, 연쇄 엽기 살인범에게 첫눈에 반했다——는 바보 같은 이야기는——.

——그것도 계급의식의 덫일까.

그런 것은 상관없는 일이다. 돼지 목에 진주든 장어와 매실장아찌[71]든, 좋아하게 될 때는 좋아하게 되는 법일 것이다.

벽창호인 이사마로서는 분명하게는 알 수 없는 일이지만, 격식도 가치관도 서로 상극이라 해도 연애에는 상관없는 일일 것이다.

아오이는 스윽, 하고 힘을 뺐다.

"그러니까, 좋아하게 되어서 숨겨주었다——그게 진실일지도 몰라요. 그렇다면 논리는 필요 없지요. 그건 단 한 마디로 끝나는 일일 테고, 설령 그것 때문에 이치에 맞지 않는 언동을 취하는 일이 있었다

71) 일본에서는 장어와 매실장아찌를 함께 먹으면 좋지 않다고 한다.

고 해도 별로 이상한 일은 아니잖아요. 하지만 제게는 그 한 마디가 보이지 않았어요. 그래서 많은 말을 사용해서, 그럴듯한 설명을 갖다 붙이고 이론을 구축하고 있었던 건지도——모릅니다."

어째서냐고 기바가 물었다.

안 어울리잖아요, 하고 아오이는 대답했다.

"간단한 것일수록——말할 수 없는 법이지."

형사는 자기 일처럼 그렇게 말했다.

"솔직하게 좋아한다고 인정할 수 있었다면——어쩌면 범행을 막는 행동을 취했을지도 몰라요. 자수를 권했을지도 몰라요. 입장도 사상도 상관없다고 생각했을지도 몰라요——."

하지만, 하고 아오이는 말했다.

"그럴 수는 없었어요. 저는 맹목적인 연애 같은 건 할 수 없는 인간이에요."

"그렇게 규정되어——살아왔기 때문입니까."

추젠지의 물음에, 아닙니다, 하고 아오이는 대답했다.

"제가 그 사람한테 끌린 데에는, 실은 또 하나 이유가 있어요. 이것만은——추젠지 씨도 모르시는 일이겠지요."

거기에서 아오이는 크게 숨을 내쉬었다. 그리고 자세를 바로 했다.

"저는 주의, 주장이나 사상과는 상관없이——생식 행위를 할 수 없는 여자예요. 임신과 출산이라는, 몇 겹으로 여성을 옭아매는 메커니즘이 애초부터 결여되어 있습니다. 생식이라는, 여성을 말하는 데 있어서 불가피한 것을 갖고 있지 않으면서 그것을 말하고, 주장해 온 여자예요. 그래서 섹슈얼리티 자체를 진심으로 혐오하고 있었던 거겠지요——."

아오이는 천천히 전체를 둘러보며,

"저는 반음양(半陰陽)이에요. 의학적으로는──남성입니다."

라고 말했다.

무슨 말을 한 것인지 알 수가 없었다.

"아오이! 너──제정신이니!"

마사코가 큰 소리로 외쳤다.

"사실이에요, 어머니. 열여덟 살 때──알았어요. 물론 어머니한테는 말하지 않았어요. 주치의 이외에는 아무도 몰라요. 엄중하게 입막음을 했지요. 아무한테도 말하지 않았어요. 지금──처음으로 고백한 거예요──."

침착했다.

아오이 씨, 당신은──하고 추젠지는 머리카락을 쥐어뜯었다.

"알고 있어요, 추젠지 씨. 제가 남근주의를 완전히 탈피하지 못하는 것과 육체적인 특성은 전혀 상관없어요. 저는 생물로서는 수컷이지만 그래도 역시──그래도 저는 여자예요──."

──남자──여자.

"저는 지금까지 그걸 숨겨 왔어요. 여권신장론자의 최선봉이 실은 남자──라면 웃음거리도 못 될 거라고 생각했어요. 모처럼 지켜온 동지들의 사기도 떨어질 거라고, 그런 생각도 했어요. 하지만 그건 전부 변명이었어요. 이건 단순한 육체적인 특성에 지나지 않습니다. 성별이라는 건 문화적, 사회적으로 결정된 하나의 국면일 뿐이에요. 본질이 아니지요. 하물며 생물학적 성별이 남자든, 호적상의 기재가 여자든, 그건 상관없는 일이겠지요. 저는 저, 여자이기도 하고 남자이기도 해요."

"지금 그 말을——스기우라 씨에게 들려주고 싶습니다."

아오이를 보지 않고, 음양사는 조용히 그렇게 말했다.

"저는 조금 전 당신과 이야기하다가 그런 생각이 들었어요. 이건——부끄러워할 일이 아니라고요. 그걸 부끄러워하는 것, 은폐해 온 것이야말로 제가 안고 있는 차별적인 것의 병근(病根)입니다. 추젠지 씨, 당신의 말로 말하자면——씌어 있던 것이 떨어졌어요."

아오이는 처음으로 부드럽게 웃었다.

고귀하다. 반음양(半陰陽)이 아니다. 양성구유(兩性具有)라고, 이사마는 생각했다.

어느 쪽도 아닌 것이 아니라 어느 쪽이기도 하다——.

과연 사람이란 본래 이런 것이리라. 사람은 본래 남자이기도 여자이기도 할 것이다. 그것은 결정되어 있는 것이 아니라 스스로 결정하는 것인지도 모른다.

음 중의 양기——도롱이불의 오한에서, 이사마는 그제야 탈출했다.

아오이는 말했다.

"시바타 씨. 그래서 저는 성적 관계를 요구하지 않는 그 사람에게 필요 이상으로 호감을 가졌어요. 일방적으로 환상을 밀어붙였지요. 그 결과 저는 그 사람을 범죄로 몰아세우고, 그리고 당신의 약혼자와 제 동생까지 죽음으로 몰아넣었어요. 말씀하신 대로 나쁜 건——저예요."

"아오이 양——."

시바타는 어깨로 숨을 내쉬며 분노를 털어냈다.

잠시.

침묵이 지배했다.

입을 연 사람은 추젠지였다.

"아오이 씨. 묻고 싶은 게 있습니다. 히라노는 범행 후에 유미에 씨의 채찍을 가지고 돌아왔다, 는 말을 하지 않던가요?"

"채찍이요? 모르는데요."

"야마모토 교사의 안경은?"

"그것도 모릅니다."

추젠지는 눈을 가늘게 뜨고 눈썹을 찌푸렸다. 기바가 물었다.

"당신, 그――히라노를 어째서 그 고해실로 옮긴 거요? 열쇠는――어디서 났지?"

"마침 그 무렵――막 9월이 되었을 무렵에, 저는 그 방의 열쇠를 받았어요. 미도리를 생각하면 무서운 이야기지만 그때는――절호의 은거지라고 생각했지요."

"누――누구한테 받았소――또――말할 수 없는 거요?"

아오이는 마사코를 한 번 보고는,

"증조할머니예요."

하고 말했다.

"뭐라고――."

아카네가 동요했다. 마사코가 호흡을 멈춘다.

"분명히 언니――언니가 부르러 왔었어요. 할머니가 부르신다고. 방에 가 보니 주고 싶은 것이 있다고 하셨어요. 그리고 그 열쇠를 주시더군요. 학교의 열리지 않는 방의 열쇠다, 이헤에의 유품이라고 하셨어요. 왜 제게 주시는 거냐고 여쭈었더니, 너는 거기에 다니고 있잖니, 라고 하셨지요."

"치——치매인 건가——."

아오이는 고개를 끄덕였다. 그리고 말했다.

"언니——이제 됐잖아요. 언니한테 세 명의 창부 이야기를 한 사람도——증조할머니 아닌가요?"

"아——오이——."

"그, 그렇소?"

아카네는 힘없이 고개를 끄덕였다.

그 순간. 이사마는 무슨 일이 일어난 것인지 알 수 없었다.

흑과 백의 저택이 흔들리고 있는 게 아닐까 하고 생각했다.

실제로 경련적인 율동이 이사마를 감싸고 있었다.

전원이 긴장했다. 마사코가——웃고 있었다.

항상 의연하고, 자기 집의 비밀을 말할 때조차 그 엄격함을 무너뜨리지 않았던 마사코가 큰 소리로 웃고 있었다.

"이제 알았어요. 전부 알았습니다! 그 여자가 치매? 말도 안 돼. 치매가 아니에요!"

마사코는 비틀거리면서 추젠지 옆으로 나아가 그대로 그를 지나치더니, 등을 돌린 채 말했다.

"기도사께서는 떼어내겠다고 하셨지만, 그건 무리예요. 꼭 떼어내시겠다면, 그 여자를 불러야지요!"

"어, 어머니——."

"잘 들으렴, 아오이! 아카네! 이 사람은 꽤 대단한 사람이야. 다만, 이야기하지 않아도 되지 않겠느냐고 말씀은 해 주셨지만 그건 무리일 것 같구나. 형사님, 유지 씨도 들어 주세요. 이건 전부 그 여자가 꾸민 일! 그 여자——그래요, 오리사쿠 이오코의 짓!"

마사코는 외쳤다.

"유지 씨. 당신이 아까 말하려던 것, 그건 진실이에요. 저는 음탕한 오리사쿠의 여자. 부끄러워할 건 없다고 기도사께서는 말씀하시지만, 그걸 부끄러워하라고 아버지한테 배웠어요. 배워도 배워도, 어머니도 할머니도 용서해 주지 않았어요. 아오이, 아카네, 너희들의 아버지는 전부 다른 남자야."

"어머니! 정신 차리세요! 무슨 말씀을!"

"나는 제정신이야. 내 할아버지, 너희들의 증조할아버지가 되는 가에몬은 자신과 여공의 자식을 당주로 세웠다. 내 아버지인 이헤에라는 남자는 그 가에몬이 데려온 남자지. 그리고 이오코 도지――그 여자는 내 어머니인 데이코를 오리사쿠의 여자로 키웠어. 그런데 이헤에는 거기에 격렬하게 저항하고, 그 바보 같은 건물을 지었다. 이오코 도지는 지지 않고――어머니 데이코에게 한 것처럼 나까지 오리사쿠의 여자로 만들었어. 하지만 그래, 기도사께서 말씀하시는 대로 세상은 그런 시대가 아니었지. 내게 드나들던 남자들은 모두 나를 작부, 창부라고 업신여겼어. 내가 얼마나 괴로웠는지――아니!"

"부인! 이제 됐어요. 그만하십시오!"

추젠지는 엄하게 타일렀다.

마사코는 튕겨냈다.

"아뇨, 그만두지 않겠어요. 기도사님, 당신은 알면서도 숨기고 계시는군요. 이헤에는, 그런 바보 같은 건물로 오리사쿠의 인습을 봉인할 수 있을 거라고는 생각하지 않았어요. 그건 장식일 뿐이에요. 도지에 대한 비아냥이었지요. 그뿐이에요. 아버지는, 이헤에는 더욱 끔찍한 간계를 짜내어, 십 중 이십 중으로 손을 썼습니다! 이헤에라는 사람은 경건한 신앙자도 완고한 준법자도 아니었고, 인격자도 도덕자도 아니었어요! 자신의 혈통을 후세에 남기는 것에만 집착했던 망자입니다! 미도리는, 너희들 자매는 모두 그 망자의 피해자야!"

"그런——."

"사실이야——."

하며 어머니는 두 딸을 응시한다.

"——알겠니! 내가 왜 미도리를 그렇게 싫어했는지 가르쳐주마. 그 아이는 단 하나뿐인, 우리 부부의 아이야. 나와 나를 강간한 그 유노스케의 아이지!"

"강간?"

"그래, 강간이야. 누가 그런 남자랑 잘 것 같니? 그런 남자의 씨를 오리사쿠의 후계자로 삼을 수야 없지! 그자는 아버지 이헤에가 데려온 남자야. 처음부터——부부의 인연은 금지되어 있었어! 그걸 알면서 그 남자는 힘으로 나를 깔아뭉개고 강간했어. 오오, 생각만 해도 소름이 끼치는구나!"

"왜요! 이헤에라는 사람은 자신의 피를——."

"왜냐고요? 간단해요. 아버지는 자신의 피를 물려받은 사람만을 오리사쿠의 후계자로 앉히고 싶었던 거예요. 그래서——자신이 여공에게 낳게 한 유노스케를 사위로 들인 겁니다!"

"뭐라고? 그럼."

"유노스케와 저는 배다른 남매예요."

마사코는 그렇게 말했다.

잠시 시간이 멈추었다.

"미도리는 —— 그러니까 그 가엾은 아이는, 정말로 근친상간으로 태어난 아이예요. 무슨, 무슨 끔찍한 일인지! 부부 사이에서 태어난 유일한 아이가, 저주받은 피의 속박을 받은 아이라니 —— 나는 그 애가 귀여우면 귀여울수록 죽이고 싶어졌어! 가엾고 가엾어서 —— 제대로 얼굴을 볼 수가 없었어."

마사코는 꼼짝도 하지 않은 채 조용히 광란했다.

"그러니까 죽은 유카리는 유노스케가 다른 여자에게 낳게 한 아이. 그리고 아카네, 네 남편 고레아키는 고사쿠의 아내를 유노스케가 강간해서 만든 아이. 그 고레아키는 유노스케의 아들이야. 내가 네게 고레아키와는 절대로 부부 관계를 맺지 말라고 했던 건 그것 때문이란다."

"—— 당신이 —— 금지하고 있었던 건가!"

"당연하지요. 어머니는 다르다 해도 저와 유노스케는 남매예요. 즉 아카네와 고레아키는 사촌 사이지요. 좋은 아이를 낳을 수 있을 리 없어요. 유노스케라는 멍청한 남자는 아버지 이헤에조차 신경 썼던 근친혼도 신경 쓰지 않는, 짐승보다도 훨씬 못한, 인간쓰레기 같은 남자였어요!"

"그건 —— 너무해요! 그런 건 ——."

"그래, 너무하지. 그리고 이헤에의 바람은 이루어졌다. 이 집에 있는 사람 중에서 이헤에의 피를 물려받지 않은 사람은 이오코 도지 단 한 명. 누가 누구와 아이를 낳든 그건 전부 이헤에의 핏줄! 그리고 이 일련의 사건은."

"도지의 —— 복수?"

"이헤에의 혈통을 끊으려는, 그 여자의 계획이에요."

"그건 ── 그건 이상해요! 도지에게는."

"앉아 있어도 사람은 부릴 수 있어요. 그건 당신을 보면 알 수 있지요, 기도사님. 미도리에게 좋지 못한 거짓말을 불어넣고 그 방의 열쇠를 건넨 자는 도지예요. 이건 이헤에에 대한 복수입니다."

그래서 ── 그래서 미도리는 이름을 말하지 않은 것일까?

"그 바보 같은 건물과 위선으로 가득 찬 학원은, 그 단단한 돌벽으로 이헤에의 피를 진하게 물려받은 미도리를 죽였어요. 미도리는 이헤에가 남긴 수상쩍은 책에 물들어, 그 학원에서 죽었지요. 이헤에가 죽인 거나 마찬가지예요. 그리고 그 결과, 그 학원의 기만은 드러나고 마침내는 폐쇄 ── 도지는 웃고 있을 거예요! 아카네도 아오이도, 그리고 나도 ── 모르는 사이에 일치단결해서 그 아이를 죽이는 걸 거들었어요. 그 아이는, 그 불쌍한 아이는 ──."

그리고 마사코는 절규했다.

"그래도 내가 낳은 아이였어요!"

처절한 부인은 나선 아래를 향해 나아간다.

"그 여자가 시키는 대로 하는 건 이제 질색이에요! 나는 ── 미도리의 원수를 ──."

"그만둬요!"

기바와 아오키가 마사코를 붙들었다.

놓으세요, 그만둬요, 하며 마사코가 날뛴다. 아카네가 달려가 어머니를 달랜다. 마스다가 허둥거리며 그 주위에서 당황하고 있다.

"부인! 이오코 도지는 범인이 아니에요 ──."

추젠지가 뭔가 말하려고 한 그 찰나, 나선 아래에서 잔향(殘響)을 동반한 목소리가 울렸다.

"큰일이다, 큰일 났습니다!"

어두운 복도에서 커다란 그림자가 튀어나왔다. 고사쿠였다.

외국인 같은 커다란 눈이 탁해져 있다. 그를 괴롭혀 온 불초자식은 그의 주인과 그의 아내 사이에 생긴 아이였다고 한다. 고사쿠는 알고 있었을까. 삭발한 것 같은 대머리에는 땀이 배어 있다. 작업복의 허리에는 낫이 꽂혀 있다. 평상시와 똑같은 차림이다.

고사쿠는 광란의 소동을 보고도 동요하지 않고,

"마님, 도지 님이."

라고 말한 후 아오이 쪽으로 성큼성큼 다가갔다.

"도——도지가 어떻게 되었다는 건가요! 고사쿠."

마사코가 외친다. 고사쿠는 예에, 그것이, 라고 말하면서 아오이 앞에 섰다.

가까이에서 보아도 흠 잡을 데 없는 미인.

인간다움을 손상시킬 정도로 단정한 얼굴. 도자기로 만든 장식인형 같은 양성구유자.

"아가씨——."

고사쿠는 말했다.

"아까 저기에서 들었어요."

"무——엇을 말인가요?"

"당신이——범인인가요."

아오이는 의아한 얼굴을 했다.

"도망쳐, 큰일이다!"

에노키즈가 뛰어올랐다.

그보다 한순간 먼저,

"그렇다면 너는——저승으로 돌아가라!"

고사쿠의 굵은 팔이 아오이의 도자기 같은 목에 파고들었다.

굵은, 잘 울리는 목소리였다.

이사마는 이 세상의 것이 아닌 광경을 보았다.

아오이와 고사쿠가 댄스를 추고 있다. 아오이는 고사쿠를 기점으로, 마치 공원의 놀이기구처럼 빙글빙글 회전하고 있었다. 다만 고사쿠의 팔은 아오이의 허리에도 팔에도 감겨 있지 않다. 에노키즈가 날아가 바닥에 쓰러졌다. 아오이의 몸에 얻어맞은 것이다. 추젠지가 달려간다. 그러나 음양사도 아오이 자신의——히라노가 집착했던, 모양 좋은 다리에 튕겨 날아갔다. 기바가, 아오키가, 마스다가 차례차례 아오이 자신에 의해 공격을 받았다.

"그만해! 멈춰! 무슨 짓이오!"

추젠지가 고함쳤다. 고사쿠는 멈추었다.

회전이 멈추고, 아오이의 몸이 축 늘어졌다.

완전히——죽어 있었다.

이사마는 그제야 다리가 풀려 있는 것을 깨달았다.

"고——고사쿠!"

"마님. 죄송합니다."

"고——사쿠. 당신, 그 아이——."

"알고 있습니다. 마님. 이 아이가——."

"그 아이——아오이는."

"괜찮습니다."

"아오이는 당신 자식이에요!"

"그래서."

고사쿠는 한 손으로 아오이를 잡아 치켜들었다.

"그래서 —— 이런 무도한 짓을 저지른 겁니다."

아오이였던 것이 흔들흔들 흔들렸다.

"저 같은 고용인의 천한 피가 섞였기 때문에 살인 같은 걸 하는 겁니다. 마님, 죄송합니다."

"바 —— 바보 같은 소리 말아요!"

"네놈!"

기바가 고사쿠에게 덤벼들려고 했다. 고사쿠는 아오이의 몸으로 그것을 막고, 마사코 옆으로 달려갔다.

"고 —— 고사쿠, 아 —— 아오이를 놔요."

"이건 제 딸이에요. 이제 되었습니다. 마님 ——."

에노키즈가 일어섰다. 그것을 알아본 고사쿠가 긴장했다. 그 틈을 노려 마사코는 고사쿠의 허리에서 낫을 빼앗아, 그 목을 찔렀다. 순식간의 일이었다.

"마 —— 마님."

"이 아이는 누구의 아이도 아니야 ——."

"—— 내가 낳은 아이는 내 아이야."

휭, 하는 소리가 났다.

고사쿠의 목에서 시커먼 액체가 터져 나왔다. 상복을 입은 귀부인의 얼굴과 손이 순식간에 붉게 물들고, 검은 옷은 흥건히 젖어 한층 더 검어졌다. 고사쿠의 거구가 딸의 몸과 함께 천천히 쓰러졌다.

"미도리. 아오이. 미안하다 —— 나쁜 엄마였지 ——."

마사코는 고개를 몇 번인가 천천히 젓고는,
"아카네 —— 너만이라도 ——."
그렇게 말한 후,
자신에게 낫을 찔렀다.
아무도 막을 수 없었다.
이것이 정해진 결말이었다.
이렇게 거미의 큰 계획은 성취되었다.
"—— 이게 —— 마지막 장치 —— 인가."
추젠지는 그렇게 말하며 유령처럼 일어섰다. 이마에서 두 줄기 피가 흐르고 있다. 에노키즈가 그 옆에 섰다. 탐정도 입가가 찢어져 있다. 기바는 양손을 바닥에 짚은 채 굳어 있다. 시바타는 넋을 잃고 있다. 아오키는 기절하고, 마스다는 머리를 부딪쳤는지 일어서지 못하고 있다. 아카네는 어머니의 시체 앞에 주저앉아 있다. 이 세상의 광경이 아니었다.
겨우 몇 분 사이에 일어난 일이다.
추젠지는 눈을 감고 깊이 고개를 숙이며,
"이런 —— 이런 결말이 무슨 소용이 있나."
하고 말했다.
"이 사람은 앞으로 ——."
아오이를 생각하고 있다. 만일, 고사쿠가 나타나지 않았다면 분명히 이 집은 구할 수 있었을지도 모른다. 마사코의 저주도 풀렸을 것이다. 결국은 ——.
—— 이것은 고대의 저주가 아니라고?
"전부 —— 끝난 모양이군."

쉬었는데도 요염한 목소리가 났다.

"이것으로 —— 오리사쿠 가는 오리사쿠에게 돌아왔어."

달그락달그락하고 가느다란 소리가 울려 퍼졌다.

복도 안쪽의 어둠에서 목소리가 다가온다.

"뭐가 부권이냐. 이 집은 대대로 여자의 집이다."

달그락달그락, 베를 짜는 듯한 소리였다.

"보잘것없는 여공의 피는 이걸로 끊겼어."

달그락달그락 —— 거미가 나왔다.

그것은 미끄러지듯이 참극의 무대에 올랐다.

"다 —— 당신은 ——."

휠체어를 탄 자그마한 노파가 웃고 있었다.

은색의, 실 같은 백발을 곱게 틀어올리고,

호분을 바른 듯한 결 고운 피부를 가진,

작은, 작은 ——.

"이오코 —— 도지 ——."

이오코는 어린아이처럼 만면에 웃음을 띠고, 누워 있는 마사코의 시체를 내려다보며,

"꼴좋구나."

하고 말했다.

그리고 눈을 부릅뜨고 입을 벌린 채 죽어 있는 고사쿠와 그 옆에서 넝마처럼 되어 버린 그 딸을 보고, 더욱 즐겁다는 듯이 소리 내어 웃었다.

"이 천치 같으니. 고용인의 딸 주제에 오리사쿠의 당주가 되려고 하다니 교활한 것. 꼴좋다, 꼴좋아 ——."

그리고 넋을 잃은 채 떨고 있는 시바타를 알아본다.

"호오, 그대는 유지 씨인가, 유지 씨인가. 건재하구먼. 다행이야, 다행이야. 그대가 이 큰 할미를 만나러 와 준 겐가. 그래, 그래. 자, 보시게, 끔찍한 가에몬의 혈족이 모두 죽었네. 이제 그대 할미도 편안히 눈을 감을 수 있겠지."

"할미 —— 할머니 —— 할머니가?"

"그대 할미인 나가코는 내 딸 히사요일세. 그대는 내 증손자야. 그대는 정당한 오리사쿠의 피를 물려받은 자일세. 성이 달라도 대가 바뀌었어도, 그대는 대대로 물려 내려온 오리사쿠의 피를 이어받은 자야."

"오, 오리사쿠."

"나는 이날이 올 것을 생각하고 오리사쿠의 딸을 밖으로 내보냈네. 피가 섞이는 건 상관없지만, 피를 가로채는 것은 뻔뻔스러운 도둑질이지. 나는 그분과의 사이에서 생긴 히사요를, 이름도 나가코로 바꾸고 명문 호조 가에 양녀로 보냈네. 그게 그대 할미라네."

"제, 제가 오리사쿠의 ——."

"그래. 그대만 돌아와 주면 충분해. 이것으로 오리사쿠의 피는 지킬 수 있어. 그대가 사위로 와 주었으면 이런 짓은 하지 않아도 되었겠지만. 그 얼간이. 데이코라는 것은 가에몬이 사가미의 여공에게 낳게 한 아이. 이헤에라는 바보는 가에몬의 원래 생가의 본가 핏줄을 이은 남자라네. 가에몬은 그것으로도 만족하지 않았어. 이헤에의 아들에게 가독을 잇게 하고 싶었겠지. 집념도 깊기도 해라. 유노스케도 이헤에가 에치고의 여공에게 낳게 한 아이일세. 자기 딸인 마사코와, 자기 아들인 유노스케를 혼인시키다니, 얼마나 얼간이인가 ——."

——요괴다. 이것이 요괴의 정체다.

"혈통의——탈취."

"내버려둘 것 같은가. 남자는 아이를 낳을 수 없어. 남에게 낳게 한 아이 따위 어차피 타인일세. 남자에게 아이는 전부 타인이야. 여자는 피를 나누어주고 살을 나누어주어 아이를 낳는 것일세. 자신이 낳은 아이만이 육친이지. 여자는 그렇게 해서 집을 잇고, 세대를 잇고 집을 지키는 것일세. 영원히 말이야."

얼어붙은 듯이 아무도 움직이지 않았다.

아카네가 크게 떨면서 비틀비틀 기어가, 할머니 할머니 할머니, 하, 할머니가, 하고 망가진 축음기처럼 되풀이하며 이오코의 휠체어에 매달렸다.

"무례한 것! 너 따위에게 할머니 소리를 들을 이유는 없다! 하녀 주제에 친근한 척 말하지 마라."

"하——하녀?"

이오코는 지팡이로 아카네를 때렸다.

꼴좋다, 꼴좋아, 하고 요괴 같은 할망구는 시체를 찌르며 소리 높여 웃더니, 자, 이걸로 되었다, 오리사쿠의 피는 지켜졌어, 하고 유쾌한 듯이 외쳤다.

바위처럼 반석에, 영원히 끊이지 않고——.

추젠지는 말했다.

"다——당신이——."

◎ 고다마 [木魅]

백 살이 된 나무에는 신령이 있어 그 모습을 드러낸다고 한다.

—— 화도백귀야행(画図百鬼夜行) / 전편 · 음(陰)

11

내가 그 사건의 전모를 알 수 있었던 날은 이미 벚꽃이 한창 아름다울 무렵이었으니, 4월의 어느 날이었던 것으로 생각된다.

기바 나리와 에노키즈, 그리고 이사마야 등의 이야기를 단편적으로 듣고 모아 내 나름대로 정리는 해 보았으나, 아무래도 애매하고 형태가 뚜렷하지 않았다. 그래도 왠지 마음이 강하게 끌리는 바가 있어, 그 무렵에는 완전히 푹 빠져 있었다. 참담하다면 더없이 참담하고 희생자의 수도 많아서 흥미로 묻고 다니기에는 꺼려졌지만, 아무래도 멈출 수가 없었다.

결국, 마치코안을 만나고, 또 아오키와 마스다의 이야기까지 듣고, 나는 겨우 사건의 윤곽을 파악한 기분이 들었지만 그래도 납득이 가지 않아 결국 나는 현기증 언덕을 올랐다.

언덕 도중의 유토(油土) 담장 안에도 벚꽃색이 가득했다.

저것은 벚나무였던가 하고, 그때 생각했다.

교고쿠도는 늘 그렇듯이 휴업이었다. 나는 '쉼'이라고 적혀 있는 나무 팻말을 손가락 끝으로 찌르고 나서 안채로 향했으나, 안주인도 집을 비웠는지 불러도 두드려도 고양이조차 나오지 않았다.

별수 없이 멋대로 집 안으로 들어간다.

툇마루에서 들여다보니 방에는 도리구치 청년의 모습이 보였다.

도리구치는 이 또한 늘 그렇듯이 내 얼굴을 보자마자 우헤에, 하고 말하고 나서,

"세키구치 선생님, 이번에는 왜 출연이 없습니까?"

하고 말했다.

"출연이라니 무슨 소리인가. 나는 일상을 있는 그대로 보내고 있을 뿐일세. 배우가 대기실 뒤에서 게으름을 피우고 있는 것과는 달라. 출연이고 휴식이고 없지."

내가 그렇게 말하자 주인은 평소처럼 불쾌한 듯한 얼굴로, 이 또한 늘 그렇듯이 밉살스러운 말을 했다.

"자네 인생은 게으름을 피우기 위해서 있는 것이나 마찬가지 아닌가. 자네는 게으름뱅이로서 생을 받은 것일세. 멋대로 들어와서 인사도 없이 이게 뭔가?"

"현관에서 틀림없이 불렀네."

"자네 목소리는 뒤집어져 있어서 잘 울리지 않아. 그보다 무슨 용무인가, 세키구치 군. 게으름을 피우러 온 것이라면 되었네."

"뭐, 어떤가. 용무가 없으면 오면 안 되나? 에노키즈는 이 방에 자러 오기도 하지 않나. 와서 자다가 일어나서 돌아가지 않는가."

내가 그렇게 말하자, 그건 일단 친구니까——하고 교고쿠도는 말했다. 나는 아무래도 친구로 취급하고 싶지 않은 모양이다. 나는 주인이 권하지도 않는데 멋대로 방석을 깔고 주인의 정면에 앉았다.

"뭐, 친구든 지인이든 좋네. 오늘은 천하를 떠들썩하게 한 오리사쿠 가의 눈알 살인 및 교살사건의 전말에 대해서 자네의 강의를 들어보려고 이렇게 온 걸세."

교고쿠도는 몹시 싫은 눈치였다.

도리구치가 말했다.

"실은 저도 그 건으로 왔습니다. 우연은 와이셔츠보다 더 하얗군요. 정말 기이한 우연이네요."

"여전히 뜻을 알 수 없는 말을 하는군, 자네는. 그보다 교고쿠도, 자네는 뭔가, 다치기까지 했다면서. 괜찮나?"

교고쿠도는, 다치긴 누가 다친단 말인가, 하고 말했다.

"그보다 어떤가. 이번 사건은 그 오리사쿠의 나이 구십 몇의, 백 살이 다 되어가는 요녀(妖女)가 꾸민 짓이었나?"

신문에는 나오지 않았지만 나는 그렇게 물었다.

"요녀라니 무슨 소린가. 이오코 도지는 돌아가셨네."

"죽었다고? 어째서."

"그야 노쇠 때문이지. 심부전일세. 자네 말대로 백수를 눈앞에 두고 있을 정도의 고령이었다고 하니까. 일주일쯤 전이라고 하네. 그렇지, 도리구치 군?"

"그렇습니다. 편안히 눈을 감으셨습니다. 스승님, 그래서 그, 할머니의 소원은 이루어진 겁니까?"

"뭐, 이루어졌지. 이루어졌다고 생각하고 가셨으니까. 소원이란 그런 게 아니겠나."

확실히 행복감이나 만족감이라는 것은 개인적인 것이고 물론 계측할 수도 없으니, 옆에서 보기에는 아무리 부족함이 있다 해도 본인이 모든 소원이 이루어졌다고 생각한다면 그런 것이리라.

"하지만 그 차녀는——."

화제의 오리사쿠 아카네——라고 도리구치가 말했다.

"화제? 화제인가? 뭐, 그 사람이 살아 있으니 이헤에의 피는 끊지 못했다는 뜻이겠지. 왠지 가엾고, 게다가 그러면 엉뚱하게 휘말려서 죽은 사람들도 성불할 수 없을 것 같은 기분이 드는군."

"자네는 바보로군. 살해되었는데 성불하고 말고 할 것도 없지. 엉뚱하게 휘말렸다는 건 누구를 말하는 겐가? 이건 사고가 아니라 살인이니, 엉뚱하게 휘말린 게 아닐세."

"하지만 그 학교의 여자아이들도――."

"와타나베 사요코와 아사다 유코 말이군요――."

도리구치가 말한다.

"학교 선생님 두 명도――."

혼다 고조와 야마모토 스미코――.

"으음, 세 명의 창부들도――."

가와노 유미에와 마에지마 야치요와 다카하시 시마코――.

"딱히 죽어야만 하는 이유는 없지 않았는가."

"그렇지는 않네."

교고쿠도는 일어나, 활짝 열려 있던 정원에 면한 장지문을 닫았다.

"자네가 꼭 엉뚱하게 휘말렸다고 말하고 싶다면, 그렇지, 해당하는 사람은 히라노가 제일 처음에 죽인 야노 다에코 씨 정도일까. 그녀의 죽음은 우연이라고 말해도 좋으려나. 어쨌거나 사람이 너무 많이 죽었네."

병사한 사람까지 포함하면 열다섯 명이나 죽었다.

친구의 눈앞에서도 네 명이 죽은 것이다.

나는 조금 배려가 부족한 발언이었나 싶어서 말없이 반성했다. 친구는 그런 것을 싫어한다.

도리구치가 말했다.

"하지만 스승님, 아카네 씨만이라도 목숨을 건진 건 다행입니다. 불행 중 어쩌고라고——살아 있으면 좋은 일도 있지요. 죽은 후에 꽃이 피고 열매가 맺히는 건 사쿠라모치[桜餅][72] 니까요."

"좋은 일이라고? 가족 전원을 잃은 지 아직 한 달밖에 안 되지 않았는가. 그런 상중에 좋은 일이 있겠나?"

있습니다, 선생님, 하고 도리구치는 실실 웃었다.

"아카네 씨는 그 시바타 재벌 총수와 결혼하기로 결정되었습니다. 청상과부가 꽃가마를 타게 된 것이지요."

"그건 영단(英斷)이로군. 추문에도 전혀 신경 쓰지 않다니, 과연 시바타 재벌이야. 배짱이 크군."

"뭐, 정치적 판단도 있겠지. 노회한 사업가들이 생각할 법한 일일세. 살인사건으로 일가 참살, 게다가 관련 학교법인은 더러운 일에 휘말려 폐교. 많은 요인들의 딸을 맡고 있었던 듯하니 말이야. 반감도 사고 신용은 잃고, 권위는 실추되고 사업에 영향이 생기지. 잘라낸다고 해도 오리사쿠와 시바타는 복잡하게 관련되어 있는 셈이고, 이제와서 시바타와는 무관하다고 해도 통하지 않네. 차라리 살아남은 불행한 여자를 톱의 배우자로 맞아들인다는 당당한 모습을 보이는 편이, 추문을 미담으로 바꿀 수 있지 않겠는가."

"하지만 그 시바타 요우코우의 양자라는 사람은 돌아가신 이오코 도지의 증손자라고 하지 않나. 그렇다면 그 탓도 있는 게 아닌가? 그는 정말 오리사쿠의 피를 물려받았나?"

---

72) 물에 푼 밀가루를 타원형으로 얇게 구워서 팥소를 싸고, 소금에 절인 벚나무 잎을 두른 일본 과자.

"구경꾼 기질이 있군, 자네도."

하고 교고쿠도는 말했다.

도리구치는, 그것에 대해서는 조사했습니다, 하고 말했다.

"원래 시바타 유지라는 사람의 성은 호조라고 하는데요. 이건 현재는 영락(零落)했지만 본래는 유서 깊은 오래된 가문인 모양이더군요. 그 유지의 할머니가 나가코라는 사람인데, 이 사람이 양녀였어요. 틀림없습니다. 어쨌든 유지가 시바타 가에 양자로 들어올 때 어디에선가 유지를 데려와서 강력하게 추천한 사람이 이오코였습니다. 시바타 요우코우의 뒤를 이을 사람이니, 인선 때도 큰 실랑이가 있었던 모양인데, 요우코우의 입장에서 보자면 이오코는 은혜를 입은 가에몬의 배우자이니 결과적으로 억지가 통한 것이지요."

"그렇군."

나는 아이를 만드는 데에 생리적인 공포를 느끼는 남자다. 아이 자체는 귀엽다고 생각하지만, 자신의 유전자가 혼자 걸어 다니며 별개의 인격을 낳는다는 불가사의한 사상(事象)이 무의미하게 막연히 무섭다. 따라서 자손을 남기는 일에 집착하는 마음은 잘 이해할 수가 없다.

이오코는 자기 집안의 핏줄이 끊어지지 않게 하려고 자신의 딸을 다른 집에 맡겼다.

그리고 그 후예에게 훌륭하게 화려한 의자를 준비해 앉힌 것이다. 그러나——.

"하지만 교고쿠도. 아카네 씨가 시집을 가면 오리사쿠 가는 끊기게 되네. 그러면 그——이헤에라는 사람의 피가 끊기지 않았을 뿐만 아니라 뭔가, 오리사쿠 가문의 이름까지 사라져 버리는 게 아닌가?"

교고쿠도는, 그래, 사라지지, 하고 말했다.

나는 석연치 않았다. 집이라는 것은 이름이 있어야만 집이다. 가문의 이름이 끊어지지 않게 하려고 많은 오랜 가문들은 악전고투하는 것이다. 나는 오리사쿠 사건도 똑같은 것이라고 인식하고 있었다. 내가 그렇게 말하자 음험한 친구는 한쪽 눈썹을 치켜세우며,

"그래. 집이라는 것은 요괴와 똑같네. 이름을 붙이지 않으면 없는 것과 같지."

"그렇다면."

"그러니까."

"그러니까 뭔가? 분명하게 말하게."

성가시군, 하고 말하며 교고쿠도는 팔짱을 낀다.

"괜찮아. 그 집의 저주는 내가 풀었네. 이미 풀려 버렸으니 집도 없어지는 걸세."

"잘 모르겠군. 거미——오리사쿠 이오코의 교묘한 계략이라는 것은, 그건 가동되고 있을 때는 자네나 에노키즈도 손을 댈 수 없을 정도로 치밀했네. 모두가 자신의 의지로 행동하고 있는 듯한 착각 아래 조종되고, 누가 어떻게 움직여도 줄거리가 바뀌지 않을 정도로 완벽하게 기능하고 있었지. 그런데 어떤가. 성취되었다고 해도 뭐가 어떻게 되는 것도 아니지 않은가. 가문의 이름은 단절, 원수의 핏줄은 살아남고 결국 자신은 죽고 말았네. 그러면 무엇 때문에 열다섯 명이나 되는 사람이 죽고, 이렇게 세상은 떠들썩해진 건가? 내가 성불하지 못하겠다고 한 건 그걸 말하는 것일세."

"정말 성가시군——."

하고 말하며 교고쿠도는 다시 일어섰다. 그리고,

"——그 노부인은 역시 노인성 치매증이었네. 그러니 그런 계획은 세울 수 없어."

하고 말했다.

그리고 내가 진의를 물으려고 하는 것을 손으로 제지하며,

"나는 지금부터 그 오리사쿠 가에 가야 하네. 용무가 없다면 돌아가 주게. 아아, 도리구치 군, 알려주어서 고맙네."

하고 말했다.

"이보게, 왜 가는 건가?"

"일을 하러. 그 저택은 부술 거라고 하더군. 서화와 골동품은 이마가와 군이 처분했지만, 서재에는 산더미 같은 서적이 있지. 그 책의 처리를 부탁받았네."

"대외적인 일인가."

"자네는 바보인가? 일에 대외고 대내고가 어디 있나. 나는 책방 주인일세. 좋은 물건이 많이 있는 모양이더군. 호사가들에게 책은 골동품이니까. 자금을 융통해야겠어."

"그렇게 값이 많이 나가나?"

"그래서 고레아키는 서재로 간 거겠지."

"뭐?"

도리구치는, 그럼 가까운 시일 내에 또 뵙겠습니다, 그쪽도 잘 부탁드립니다——라고 말하고는 냉큼 돌아가 버렸다.

주인은 내가 있는 것을 거의 무시하고 외출 준비를 했다. 나는 그동안 사고를 정지하고 그저 멍하니 있었지만, 자 나는 그럼 나가네, 라는 말에 허둥지둥 뒤를 쫓았다.

"잠깐. 나도 데려가게."

"어째서 자네 같은 우둔한 종자를 동행시켜야 한단 말인가? 나는 에노키즈 같은 악취미의 남자와는 달리, 노예를 옆에 두는 것은 싫어하네."

"뭐, 어떤가. 방해는 하지 않겠네——."

거미줄 저택이 보고 싶었다.

"거리도 멀고, 작업에는 시간이 걸리네. 경우에 따라서는 자고 올 수도 있어. 교통비도 들 걸세."

상관없네, 하고 나는 말했다. 소설가는 시간에 얽매이지 않는 직업이다. 애초에 일을 하고 있지 않는다. 아내에게 전화 한 통만 넣으면 될 일이다.

역까지 가는 동안에는 말이 없었다.

기분 좋은 봄 날씨다.

이제 춥지는 않았다.

교고쿠도는 암갈색 기나가시에 검은 하오리를 손에 들고 있고, 짐이라면 보따리뿐이다.

정거장에 서서 교고쿠도는 말했다.

"세키구치 군."

"왜 그러나."

"자네는 치매이니 알겠지만, 예를 들어 매일 매일, 어떤 하나의 이야기를 듣고, 자도 일어나도 그 이야기가 나오고, 그런 상황을 상상해 보게."

"내가 치매인지 아닌지는 별도로 치고, 뭐 알겠네."

"그 이야기는 자네의 과거와 관련되어 있네. 그리고 자네의 오랜 원한을 풀어 주는 내용일세."

"아아. 그래서?"

"이야기한 사람은 마치 전에 이야기한 것을 잊어버린 듯 그 이야기를 되풀이하네. 자네는 어떻게 하겠나?"

"전에 들었다고 말하겠지."

"이야기하는 사람은 말하지 않았다고 주장하네."

"하지만 들었다고 말할 걸세. 들었으니까."

"하지만 이야기하지 않았다고 하네."

"그럼 반대로 내가 들려주지. 들었으니까 내용을 알고 있다. 그걸 알려주는 걸세."

"그걸 되풀이하네. 자네는 치매일세."

"무슨 말이 하고 싶은 건가?"

"그러다가 어느 날 갑자기, 이야기하는 사람은 모든 것을 잊어버린 듯 자네에게 그 이야기를 모르느냐고 묻네."

"물어? 그럼 가르쳐주지. 네가 말한 거라고."

"이야기하는 사람은 말하지 않았다, 처음 듣는다고 주장하네."

"뭐?"

"그걸 되풀이하네. 집요한 것 같지만, 자네는 치매일세. 어떻게 될까?"

"나는 —— 내 기억으로 —— 그 이야기를?"

"그렇다네. 반복재생, 반복입력을 되풀이하면 기억은 선명해져 가지. 그 후 입력원을 은폐하면 그건 그 사람의 기억이 되네 —— 그렇게 간단히 ——."

"이 —— 오코 도지?"

그때 전철이 왔다.

우리는 올라탔다.

차창 밖으로 지나가는 풍경도 완전히 봄이었다.

빛의 조절 때문인지, 똑같은 풍경이 전혀 달라 보인다.

그 풍경은 그 풍경대로 신기하다. 평범한 숲이며 강이 묘하게 신선했다.

"구온지——."

갑자기 교고쿠도가 그렇게 말하자, 평범한 풍경에 넋을 잃고 있던 나는 놀라서 숨을 삼켰다.

"구온지 료코 씨에게 에노키즈를 소개한 남자 말인데."

"무슨 말을 꺼내는 건가, 갑자기——."

"그건 오코치 군이었던 모양이야."

"오코치? 그 오코치 군 말인가?"

"그래. 그——오코치 군일세."

오코치라면 구제고교(舊制高敎)[73] 시절의 동창이다. 철학서를 늘 휴대하고 다니는 특이한 남자로 사교성이 좋지 못했고, 학생 시절에 울증을 앓고 있었던 나는 그에게 호감을 갖고 있었다.

유유상종——이라는 비유 그대로다.

구온지 료코는 내게는 잊을 수 없는 작년의——그 여름의——사건과 관련되어 있는 사람이다.

그녀가 의뢰인으로서 에노키즈를 찾아온——그 일이 그 사건의 시작이었다.

---

73) 구제(舊制)에서 중학교 4년 수료자 또는 동등 이상의 학력을 가진 남자에게 고등보통교육을 실시하던 학교. 수업연한은 3년. 1894년에 고등중학교를 개편하여 제일고등학교 이하 5교를 발족시키고, 이어서 전국의 주요 도시에 두었다. 제국대학의 예비과 역할을 하였으며, 전쟁이 끝난 후 학제개편 때 신제대학(新制大學)으로 편입되었다.

교고쿠도의 말이 사실이라면 사건의 사소한 계기를 만든 사람은 내 지인이었다는 뜻이 된다.

"그는 진주군을 상대로 통역 일을 하고 있었지. 오코치 군이라면 에노키즈를 알고 있을 걸세. 우리 대에서 그 바보를 모르는 사람은 없었으니까."

"하지만 탐정 일을 하고 있다는 건 아무도 몰라."

"에노키즈의 형님이 진주군을 상대하는 재즈클럽을 하고 있지 않았는가. 에노키즈는 이전에 거기에서 기타를 친 적이 있네. 주일 미군과는 교류가 있었던 모양이야."

"알고 있네. 에노 씨는 내게 베이스기타를 치라고 강요했지. 덕분에 칠 수 있게 되었네."

교고쿠도는,

"형편없는 실력이지 않은가."

하고 말하며 웃었다.

덜컹, 하고 전철이 흔들렸다.

"료코 씨는 약학 학교에 잠시 다닌 적이 있었네. 오코치 군은 그때 알게 된 사람이라고 하더군. 강사가 그의 친구였다나 해서. 인연이란 이상하기도 하지."

"정말 그렇군."

"오리사쿠 아카네 씨는 료코 씨의 동창일세."

"뭐――."

고가다리에 접어들어, 덜컹덜컹 차체가 삐걱거리는 소리가 나고 친구의 목소리는 조금 멀어졌다.

"그런가?"

"스기우라 미에 씨에게 에노키즈를 소개한 자도 오코치 군일세. 용건은 모르겠지만, 미에 씨도 료코 씨와는 재작년에 한 번 만난 모양이고, 그것도 오코치 군이 중개했다고 하네. 그는 여권신장론자가 되어 있었던 모양이야. 아오이 씨가 쓴 논문을 읽고 여성과 사회를 생각하는 모임과 접촉을 꾀한 모양인데——게재된 기관지는 그렇게 많이 나도는 것이 아닌데 말일세."

"무슨 말이 하고 싶어서?"

"그러니까 인연이란 이상한 걸세."

터널로 들어간다. 차창에는 멍청한 내 얼굴이 비치고 있다. 쿠웅 하는 소리가 난다. 어둠을 빠져나가자 눈에 익은 얼굴이 순식간에 온통 벚꽃으로 바뀌었다.

"뭐, 자네 말이 맞네만. 직업여성이 고르는 직종으로는, 의외로 약제사라는 업이 인기인 모양이니까. 자네가 관여했던 두 사건의 관계자가 동급생이었다는 우연도 있을 수 있겠지. 세상은 좁은 법이야."

"그렇지. 하지만 료코 씨와 마찬가지로 아카네 씨도 졸업은 하지 않았네. 아무래도 그 패전 직전의 잠깐 동안, 그녀는 가출에 가까운 형태로 도쿄에 가서 일하며 학교에 다니고 있었던 모양이더군. 무언가에 대한 저항이었던 걸까."

"이야기만 들어서는 그럴 사람 같지는 않은데."

"아주 겸허한 사람일세. 게다가 동생 못지않게 총명하고, 사회에 대한 주의와 주장도 확실하게 갖고 있어."

"치켜세우는군."

"뭐, 그렇지."

"교고쿠도. 자네는 애초에 여성의 사회참여는 바람직하다는 입장이지 않았나."

"맞네. 다만 아카네 씨는 약제사로 취직하지는 않았어. 결국, 그녀의 사회참여는 작년 여름부터 가을에 걸쳐, 남편의 비서를 한 일이 전부일세."

"그 고레아키 씨가 망하게 한 회사는 무슨 회사인가?"

"망하게 한 회사는 복식 관련 회사지만, 그건 봄에 망했네. 아카네 씨가 다닌 곳은 고레아키 씨가 좌천되어 간 작은 공장이야. 고가네이 초에 있네."

"고가네이?"

"기바 나리의 하숙집 옆이지. 고레아키는 그렇다 치더라도 대(大)오리사쿠의 차녀가 어째서 그런 공장에 ―― 라며 물의를 빚은 모양일세. 아카네 씨는 무슨 말을 들어도 끄떡도 하지 않았던 모양이지만. 마침 그 시기는, 마스오카 씨가 요우코우 씨의 상속 문제로 고가네이에 자주 드나들던 시기니까. 몇 번인가 찾아가기도 했던 모양인데. 차를 내거나 청소를 하는 등 바지런히 일하고 있었다고 했네. 비서가 할 일은 아니라고 생각하네만."

"그런 사람인 게지."

"그래. 넘어져도 맨손으로는 일어나지 않지."

"뭐?"

"이오코 도지도 아카네 씨가 헌신적으로 돌보고 있었던 모양이더군. 성실한 여성이지."

역에 내려서자 희미하게 바다 향기가 났다. 바다가 가깝다.

하늘은 묵직하니 벚꽃 철의 흐린 하늘 상태다.

마을을 빠져나가 어부 오두막이 늘어서 있는 바닷가 쪽으로 향한다. 투망이나 부낭 등이 독특한 색깔로 탈색되어, 쓸쓸한 풍경에 녹아들어 있다. 물고기의 비릿한 향과 새싹이 돋은 식물의 향기가 뒤섞여, 독특한 냄새가 되어 콧구멍을 스친다. 여름이 아니라서 불쾌하다고 할 정도는 아니다.

어촌의 봄이다.

"니키치 씨의 집은 이 근처일세. 아들과 살기로 한 모양이니, 이제 없을지도 모르지. 손녀인 미유키 양은 도쿄의 학교로 편입이 결정되었다고 하네. 아카네 씨의 소개로 시바타 씨가 교섭해 준 모양이야. 또 기숙사에서 지낸다고 하지만, 그 애는 야무진 아이이니 괜찮겠지."

"그러고 보니 그, 신상은 어떻게 되었나?"

"아카네 씨가 이마가와 군에게서 이만 엔에 사들였다고 하네. 두 개를 나란히 어딘가에 안치한다고 하던데."

"마치코안도 재난의 연속이로군."

하코네 산에서는 범인으로 취급되어 구류되고, 이번에는——.

"어쨌든 그는 자네가 특기인 장광설을 피로하고 있는 동안, 홀 바깥의 복도에서 얻어맞아 기절해 있었다고 하지 않는가. 씐 것을 떼어내는 강의를 절반도 못 들었다나 하면서 투덜거리더군. 그런 걸 듣고 싶어 한다는 것도 이상하지만, 문지기처럼 입구에서 감시하고 있었다고 하니. 그도 특이한 사람이야."

"오리사쿠의 서화와 골동품으로 엄청나게 돈을 번 모양이니 상쇄가 될 걸세. 이마가와 군은 고사쿠 씨에게 뒤통수를 얻어맞은 모양이야. 습격을 받은 시각은 아오이 씨가 진정을 토로하기 한참 전일세."

"그게 왜?"

"고사쿠 씨는 아오이 씨가 히라노를 등 뒤에서 조종한 사람——진범이라고 믿고, 그 결과 흉악한 일을 벌인 것인데——."

"그래서?"

"고사쿠 씨는 아오이 씨가 자백하기도 전에 그녀가 히라노의 배후에 있는 인간이라는 걸 어떻게 알았을까?"

"응?"

마치코안을 기절시켰다는 것은——.

그 시점에서 범행을 저지르기로 결심한 상태였다——그런 뜻이 되는 것일까?

이오코 도지에게 들었다——는 것일까.

친딸을——.

바닷가로 나간다. 파도 소리가 기분 좋다.

"좋은 곳이야."

"물고기는 맛있다네."

"참극에는 어울리지 않는군."

"참극에 어울리는 장소란 없네."

"그렇지."

"시게우라라는 곳은 맞은편 쪽인데——."

교고쿠도는 손가락으로 가리킨다.

"——재난이라면 이사마 군도 재난의 연속이지. 손가락이 조금 짧아졌다나 그랬으니까. 기바 나리가 목매다는 오두막에 생각이 미쳤을 때, 안내역의 고사쿠 씨가 경찰한테 발이 묶이지만 않았다면, 그 만사태평한 이도 다치지 않았을 것을——운이 나빴어."

"아니, 그건 내 생각에 경찰——아니, 그 나리 때문이겠지. 뭐, 자네 말대로 고사쿠 씨가 안내했다면 무사했겠지만, 그 고사쿠 씨도 민간인이니 마찬가지 아닌가. 나리는 고사쿠 씨가 길을 가르쳐주었다고 했지?"

"그런 모양이더군. 아카네 씨가 기지를 발휘했다고 이사마 군이 말했었네."

그렇다면 역시 나리 때문이야, 하고 나는 주장했다.

교고쿠도는 돌아보더니, 오늘은 나리의 책임을 몹시 추궁하는군, 하며 쓴웃음을 지었다.

"아니, 하지만 이야기만 들어서는 당연한 감상일세. 고사쿠 씨가 길을 가르쳐주었다면 굳이 이사마야나 마치코안이 동행할 필요는 없었지. 아카네 씨의 기지도 물거품이 된 걸세. 나리가 잘못했어."

"그건 그렇군. 그러고 보니——아카네 씨는 그때, 기이치에 대해서 경찰에 거짓말을 하고 있었지. 사실을 말하지 않으면서도 용케 오두막으로 가는 길을 가르쳐줄 마음이 들었었군. 만일 아직 기이치가 오두막에 머물고 있었다면, 자신의 거짓말이 탄로 나고 말았을 텐데——."

쏴아, 하고 바닷바람이 얼굴을 어루만졌다.

"——그렇게 생각하지는 않나?"

"으음, 그녀는 어디에선가 탄로 나기를 바라고 있었던 게 아닐까? 끝까지 거짓말을 할 수 있는 사람이 아니었던 게지."

"그렇군. 하지만 히라노도 기이치와 교대로 오두막에 들어간 거잖나? 본래 두 사람이 마주쳤을 가능성도 있는 셈이지. 아주 잘 만들어져 있어."

교고쿠도는 그렇게 말했다.

다시 드문드문 인가가 나타난다.

그 옆의, 경사가 가파른 옆길로 들어선다.

빈약한 숲을 빠져나가자 언덕 위에——.

온통 천으로 장식된——.

"벚꽃이로군——."

훌륭할 정도로 만개한 벚꽃의 산이었다.

안개라도 낀 듯——돌출된 끝 부분은 하늘에 녹아들고, 시야는 대지에 녹아들고, 경계는 바다에 녹아든, 온통 벚꽃.

"하아——."

나는 나도 모르게 한숨을 쉬었다. 눈이 어질어질하다.

그 벚꽃의, 그저 벚꽃뿐인, 오직 벚꽃 색깔의 농담(濃淡) 속에 그 건물은 한층 더 시커멓게 서 있었다.

——거미줄 저택.

바람을 타고 꽃잎 몇 장이 내 어깨에 앉았다.

황량한, 꽃도 피지 않는 고목나무 사이로 난 외길을 따라, 벚나무 정원을 향해 걸어간다.

검은 담, 검은 벽, 검은 지붕.

교고쿠도는 문 앞에서 하오리를 걸쳤다.

나는 잠시 건물의 위용과 무성하게 우거진 벚나무의 아름다운 풍경에 넋을 잃는다. 압권이다.

문이 열렸다.

벚꽃색 기모노를 입은 여성이 서 있었다.

"어서 오십시오, 추젠지 님."

부인은 정중하게 인사를 했다.

반달 모양의 커다란 눈. 벚꽃색의 자그마한 입술. 온화한 얼굴이다.

매끄러운 검은 머리카락을 틀어 올렸는데, 모양 좋은 아름다운 이마가 총명함을 상징하고 있다.

옷과 주위 꽃들의 색깔이 비쳐, 오리사쿠 아카네는 벚꽃색이었다.

부인도 처녀도 아니다. 실로 여성이다.

"건강해 보이시니 다행입니다. 이제 정리가 좀 되셨습니까. 지금은 ――혼자?"

"네. 너무 넓어서 청소도 제대로 못 하고 있어요. 다음 달에는 나갈 겁니다. 쓸쓸한 마음은 있지만―― 저어, 그분은?"

아카네가 내게 시선을 보내고 있다.

고개를 갸웃거리는 동작도 앳되다. 미망인으로는 보이지 않는다. 죽은 그녀의 자매들을 보지 못한 나로서는 뭐라고도 말할 수 없지만, 그녀들이 정말 이 사람이 흐려 보일 정도로 미인이었다면 그것은 역시 사람을 뛰어넘은 아름다움이었을 거라고 생각한다.

드물게 보는―― 여인(麗人)이다.

"이쪽은 세키구치라는 제 지인입니다. 신경 쓰지 마십시오. 싫으시다면 여기서 돌려보내겠습니다."

심한 말을 한다. 폭언을 듣고도 아카네는, 오리사쿠입니다―― 하며 깊이 목례를 했다.

"세, 세키구치입니다."

왜 이런 때에 말이 잘 나오지 않는 것인지, 나도 잘 모른다. 이런 촌스럽고 우둔한 태도가 내 인간성까지 수상쩍게 연출하고 있는 것은 분명하다.

저택 내부는 세련된 서양식 저택이라고 불리는 건물이 갖추어야 할 모든 것을 완비한 듯, 이사마야의 말에서 몽상했던 유기적이고 복잡한 마귀굴 같은 것과는 약간 어긋나 있었다. 다만 분명히 고풍스러운 구조는 메이지 시대의 것이었고, 만지면 부러져 버릴 듯한 세공은 섬세하다기보다 허약한 인상이었다.

참극이 있었던 홀을 빠져나가, 나선계단 밑의 복도로 들어간다.

교고쿠도는 그때, 홀 중앙의 고양이 다리 테이블을 보고 왠지 슬픈 듯한 얼굴을 했다.

거기에서 세 사람이 죽은 것이다.

막다른 길 같은 골목 끝.

오른쪽의 검은 문. 교고쿠도는 아카네를 슬쩍 추월해, 서재는 여기로군요――라고 말하며 문손잡이를 잡았다.

이 문 안에서 고레아키라는 남자는 살해되었다.

교고쿠도는 몇 번인가 손잡이를 돌려보더니 고개를 갸웃거리며,

"이상하군요, 문이 잠겨 있네요."

하고 말했다.

아카네는 불안한 듯이 미간을 찌푸렸다.

"네? 그럴 리는 없어요. 아까 청소했을 때는 문을 잠그지 않았는데요――."

"열쇠는 갖고 계십니까?"

교고쿠도는 왼손으로 손잡이를 찰칵찰칵 돌리면서 오른손을 아카네 쪽으로 내밀었다. 아카네는 당혹스러워하면서, 네, 하고 옷깃 언저리에 끼워져 있던 열쇠를 빼내어 그 손에 건넸다.

교고쿠도는,

"아아 고맙습니다, 이건 모든 방에 공통되는 열쇠로군요."

하고 말하며 열쇠를 밀어 넣더니, 어라, 이상하군, 뭔가 걸려 있어요, 하며 잠시 악전고투하고 나서,

"세키구치 군. 자네가 좀 해 보게. 자물쇠가 망가진 건지도 모르겠어."

하고 말하며 내게 열쇠를 내밀었다.

나는 어쩔 수 없이 그것을 받아들었다. 교고쿠도는 손재주는 좋지만, 힘이 없다.

친구를 옆으로 비키게 하고 두세 번 손잡이를 돌린다. 분명히 문이 잠겨 있었다.

"아아, 확실히 열리지 않는군요. 녹슬었나?"

신중하게 열쇠 구멍에 집어넣는다. 천천히 회전시키자 달칵, 하고 문은 열렸다.

"음, 되었네."

"다행일세. 어쩌다가 잠겼나 보군요."

교고쿠도는 그렇게 말하더니 나를 추월해 냉큼 실내로 들어갔다. 나는 열쇠를 아카네에게 건네고 뒤따라 들어갔다.

안은 비교적 넓다. 요철은 있지만 사용하기 편할 것 같은 서재였다. 크게 나 있는 창문 바깥은 온통 벚나무 숲이고, 꽃잎이 팔랑팔랑 춤추며 흩어지고 있다. 창 중앙에는 깔끔하게 판자가 쳐져 있다. 창틀째 파괴되어 있어 고쳐도 본모습과 같게 할 수는 없었을 것이다. 이것은 고사쿠가 수리한 것일까.

멀리 긴 복도가 보인다. 이사마야는 저기에서, 이곳에서 일어난 참극을 목격한 것이다.

교고쿠도는 이미 서가에 늘어서 있는 책의 등표지에 몰입해 있다. 안구가 바삐 제목과 저자명을 쫓는다. 그 모든 의식은 전부 그의 상품을 향하고 있는데도, 그래도 이 남자는 대화를 할 수 있다.

"꽤 좋은 책장입니다. 경향이 치우쳐 있지 않고, 또 분류가 솔직해요. 다만 유노스케 씨만의 물건이라고는 생각되지 않는군요. 이헤에 씨의 취향인가?"

아카네는 이마에 약간 수심에 찬 그늘을 드리우며 말했다.

"증조부님――가에몬이 정리한 것이 아닌가 하고――."

"아아, 이 저택이 생겼을 때의 당주는 가에몬 씨였지요. 이건――전부 처분하신다면 상당한 금액이 될 겁니다. 아, 부르는 값에 팔겠다고는 말씀하시지 마십시오. 이런 책은 싸게 사들여서 비싸게 팔아서는 안 되는 겁니다. 비싸게 팔리는 책은 비싸게 사들여야지요. 이익을 추구한 끝에 평가액보다 싸게 가격을 후려치고, 재고를 관리에서 가격을 조작하고 판매가를 올린다――는 것은 말도 안 돼요. 적정가격을 파괴하는 건 책에 대한 모독. 고서점 주인으로서는 올바르지 못한 사악한 도리입니다."

이미 건성의 독백이다.

그러나 아카네는 우수를 머금은 부드러운 눈빛으로, 계속해서 말하는 고서점 주인을 바라보며,

"알겠습니다. 비싸게 사 주세요."

하고 말했다. 그리고,

"시간이 한참 걸릴 테니 차라도 준비할게요. 저 혼자라서 실례가 되겠지만 잠시 자리를 좀 비우겠습니다."

하며 내게 목례를 하고 방을 나갔다.

나는 황송해하며 아카네를 문까지 배웅하고, 그 김에 몸을 굽혀 문손잡이를 조사했다. 저절로 문이 잠겨 버린다면 위험하다. 신중하게 돌려 보았지만 녹슨 것 같지도 않았다.

내가 열쇠 구멍을 들여다보자마자 등 뒤에서 교고쿠도의 목소리가 났다.

"뭘 하고 있는 건가, 자네는. 도둑 같군."

"아니, 어쩌다가 또 문이 잠기지는 않을까 싶어서."

"바보로군, 자네도. 아아, 자네를 처음 만났을 때부터 몇 번이나 바보라고 말했는지. 평생치의 바보를 다 쓰고 나면, 그 후에는 자네를 뭐라고 평가하면 좋단 말인가."

아까부터의 말투와 똑같이 건성인 어조다.

돌아보니 이쪽을 보지도 않고 감정을 계속하고 있다.

"자네는 원숭이니 바보니 하는 말도 하지 않는가."

"그건 에노키즈일세. 멍청이, 쓰레기, 는 기바슈."

사람을 우롱하는 말을 개인별로 누계해서 무슨 의미가 있다는 것일까. 나는 일어섰다.

"어디가 바보인가."

"그야 어쩌다가 잠기는 문은 없으니 그렇지."

"잠겨 있었어."

"내가 잠근 걸세."

"뭐?"

나는 감정인 옆으로 다가간다. 교고쿠도는 장부에 금액을 적지도 않고, 가끔 책을 뽑아들어 상태를 보거나 판권을 확인하고 있다. 빠르다.

"자네는——무슨 생각을 하는 건가!"

"채찍과 안경과 기모노를 어떻게 옮겼을까, 하는 것을 생각하고 있네. 세키구치 군, 거기 책상 서랍에 인감 같은 것이 들어 있지 않은지 좀 확인해 주게."

"뭔가! 이쪽을 좀 돌아봐도 되지 않나. 뭐라고?"

나는 영문을 모른 채 책상을 향해 다가가, 편안해 보이는 의자에 걸터앉아 서랍을 열었다.

인감은 곧 찾을 수 있었다.

크고 작은 것을 합쳐서 여섯 개 있었다.

"있네. 여섯 개. 상아와 회양목, 이건 마노인가? 값은 모르겠네. 보게."

"그런 걸 살 리가 있나. 근처에 있는 종이 아무 데나 찍어 보게."

"인주가 없네."

"그냥 눌러 보게."

"그냥?"

서랍에 편지지가 있었기 때문에 눌러 보았다.

"닳았군. 잘 나오지 않아. 이게 제일 낫구먼. 간신히 읽을 수 있어. 으음. 오리, 사쿠 유."

교고쿠도는 말이 끝나기도 전에 내 쪽으로 다가와,

"아아, 이 도장일세. 한 달이 지났는데 아직 찍히는군."

하고 말하더니 곧 발길을 돌려 서가 앞으로 돌아갔다.

"대체 뭐라는 건가. 교고쿠도."

"에노키즈의——."

또 이야기가 비약한다.

"――그 눈을 피할 생각이라면 어떻게 하겠나?"

에노키즈의 망막에는 타인의 기억이 재구성되는 모양이다.

물론 망막에 비치는 것이니 시각적 기억으로 제한되어 있다. 이치는 몇 번을 들어도 알 수 없었고, 본인 이외에는 진위 여부도 알 수 없다.

다만 빗나간 적은 없다.

"그건 막을 수가 없지 않은가. 당사자가 의식하고 말고는 상관없지 않나?"

자의적으로――의식적으로 에노키즈에게 보이는 정보를 조작할 수는 없을 것이다. 에노키즈에게 보이는 것은 사람의 마음이 아니기 때문이다.

"그러니까 있는 그대로의 정경(情景)을 솔직하게 고백하는 걸세. 그리고 그 정경――기억에 다른 의미를 덧붙이는 거지. 에노키즈는 그렇게 생각할 수밖에 없으니까."

"잘 모르겠군."

"예를 들어 자네가 유키에 씨한테 따귀를 맞았다고 하세."

"어째서인가. 부부 싸움인가?"

"그 후 에노키즈가 오네. 자네 얼굴을 보자마자, 이 원숭이가 무슨 나쁜 짓을 한 건가, 바람인가 도박인가 하고 다그치네."

"싫군."

"뭐, 자네는 그럴 능력이나 배짱이 있는 남자가 아니니, 이유는 사소한 것일세. 하지만 아프지도 않은 배를 만져대는 것은 싫겠지. 그래서 에노키즈가 오자마자, 자네는 이렇게 말하는 걸세――에노 씨, 조심하세요, 봄인데도 이 방에는 커다란 모기가 있어요!"

"모기?"

"그러면 그 탐정은 기뻐하며, 모기가 보고 싶다는 둥 내가 잡겠다는 둥 하겠지. 바보니까. 그리고 자네를 보고 이렇게 말하는 걸세 ── 뭐야, 원숭이의 뺨에도 모기가 앉나!"

"아아."

"유키에 씨의 통한의 일격은 훈훈한 모기 퇴치의 정경으로 결정되네. 뭐, 유키에 씨가 그 자리에 없거나, 있어도 말을 맞춰 준다면 말이지만."

과연, 과거의 정경에 다른 의미를 붙여 버림으로써 일어난 사실을 은폐하고 고쳐 다시 만들어 버리는 것이다. 그러나 잘 생각해 보면 우리들의 과거 인식법이라는 건 대개 그런 것이다.

교고쿠도는 책장을 옮겨 감정을 계속하면서,

"뭐, 바람을 피우다가 들켜서 얻어맞은 후에 에노키즈를 만날 때에는 이 방법을 채용하는 게 좋을 걸세 ──."

하고 바보 같은 말을 했다.

나는 일단 항의의 자세를 분명하게 드러낸다.

"어째서 내가 바람을 피운단 말인가? 분하지만 나는 자네 말대로 여자와 놀아날 만큼 능력이 있지도 않고, 도박을 할 정도로 배짱이 있지도 않네. 변명할 기회도 없을 거야."

교고쿠도는 어깨를 들썩이며 웃었다.

"뭐, 자네가 바람을 피우지 않더라도, 가령 내가 우리 집사람 치즈코나 아츠코, 그리고 기바슈 같은 사람한테, 세키구치 녀석은 아이가 잘 안 생기는 것을 핑계로 하필이면 여학생과 음란한 짓을 하고 있다 ── 고 심각한 얼굴로 이야기한다면 어떻게 되겠나? 모두들 직접

유키에 씨한테는 말하지 않겠지만, 자네에게는 의혹의 눈길을 향하겠지. 기바 같으면 호되게 윽박지를 것이 틀림없어. 그렇게 되면 조만간 아내에게 알려지고, 구타로 끝나면 다행이지만 자네의 가정 내 권위는 실추되고, 부부 사이에는 심각한 균열이 생길 걸세."

"책을 감정하면서 무슨 소리를 하는 건가, 자네는? 우리 부부 사이에 균열을 만들어서 어쩌자는 거야?"

"후후후, 이 경우, 자네의 결백은 입증되지 않지. 물론 결정적인 증거 같은 것은 없지만, 자네 쪽에도 부정할 수 있을 만한 비장의 패는 없네. 자네는 그저 결백하다, 결백하다고 연호하는 것 외에는 방법이 없어. 이 상태가 오래가면 자네는 스트레스 덩어리가 되겠지. 그런 자네 앞에 정말로 몸을 판다는 소문이 있는 여학생이 나타나네. 자네는——."

"그만하게, 악취미로군. 그래서는 마치."

——혼다 고조.

"어이, 교고쿠도!"

"혼다 고조는 16년 전에 서른 살의 나이로 중앙관청을 퇴직하고, 성 베르나르 학원의 교사가 되었네. 아내는 열여덟 살이나 연하고, 다시 말해서 첫 번째 제자지."

"제자와 결혼한 건가? 그건——또."

무슨 말이——하고 싶은 것일까.

나는 친구의 등을 응시한다.

"나는 혼다 씨가 관청을 그만둔 이유라는 것도 당시의 관계자에게 들었네만. 그는 그만두었다기보다 파면에 가까웠던 모양이야."

"무——무슨 짓을 했나? 횡령인가?"

"여자관계의 추문이라고 하네. 무슨, 여염집 여성을 폭행해서 관헌의 심문을 받았다거나, 사창가에서 창기를 때렸다거나――그런 소문이었지."

다시 말해서 혼다라는 남자는 본래 그런 일면을 가진 남자였다는 뜻일까. 서점 주인은 말을 이었다.

"지금 아내의 경우도――아무래도 책임을 졌다는 게 진실인 모양이더군. 건드린 소녀의 수는 더 많았던 모양이지만――하지만 결혼하고 나서는 그도 얌전해져서, 10년 가까이 좋은 남편, 좋은 교사를 연기하며 성실하게 근무하고 있었던 모양일세. 다만 아이가 생기지 않았네. 그건 혼다 씨 쪽에 장애가 있었던 모양이지만――작년부터 그의 가정생활 환경은 열악했던 것 같더군. 뭐라고 해도 아내는 자산가의 딸인 듯하고, 결혼한 계기가 계기인 만큼 머리를 들 수가 없는 처지였지. 게다가 사모님은 10년을 같이 살았는데도 올해 아직 스물여덟이라고 하네. 젊지."

――스물여덟 살.

"그럼 아내분은 아카네 씨와 동년배 아닌가?"

"그래. 혼다 씨의 아내와 아카네 씨는 동급생이라고 하네. 뭐, 그건 그렇다고 치고――혼다 고조의 심경이라는 것도 꽤나 짐작하고 남음이 있지. 그는 분명히 갱생했을 걸세. 그런데 그것이 흐트러지고 말았어."

말하자면――.

"자네는 혼다가 궁지에 몰린 거라고 말했다는데, 그건 그런 뜻인가? 전과가 있으니 학생에게 손을 댔다는 말을 들으면 아내는 신용할 것이다. 부부 관계가 싸늘해졌을 때――학생의 매춘 정보를――."

내 말이 끝나기도 전에, 서점 주인은 귀에 거슬리기라도 한다는 듯한 말투로,

"자네는 참 촌스럽군. 아주 세련되지 못한 남자야. 그런 말은 자세히 늘어놓지 않아도 되네."

하고 말했다.

"하, 하지만――."

왠지 모르게――나는 그제야 이번 사건이 매우 무서운 것이었다고 실감했다.

"――그럼."

"우연이 아니었다――는 것이지."

나는 불안해진다.

우연이란 무지의 고백이다――그런, 소위 말하는 단순한 결정론은 이미 옛날부터 부정되고 있지 않았는가.

교고쿠도는 내 심중을 꿰뚫어본 듯이,

"자신에 대해서는 의외로 모르는 법일세. 일본의 야마타노오로치 신화와 제철(製鉄)을 제일 처음 연결지은 것도 실은 일본인이 아닌 외국인이지. 하지만 많은 일본인 연구자들은 그것을 잊고, 마치 자신이 오리지널인 듯 행동하고 있지 않은가. 독창성이라는 건 어차피 그 정도의 것일세. 너무 소리 높여 개인을 주장하는 건――글쎄."

하고 말했다.

"하지만 교고쿠도, 자네는 이전에 불확정성을 내게 설명했네."

"설명했지."

"관측자가 관측할 때까지 세계는 확률적으로밖에 파악할 수 없다고 했네."

"그랬지."

"그럼――."

"비결정성과 자유는 같은 뜻이 아닐세. 게다가 설령 결정론을 물리친다 해도 자유의사란 그렇게 불안한 것일세. 라플라스의 악마[74]는 없어도 거미 한 마리로 이렇게까지 흔들리는 거야――."

――그런 것은. 그런 게 있을까.

교고쿠도는 내게 등을 돌린 채,

"이 세상에는 이상한 일이라곤 아무것도 없다네, 세키구치 군."

하고 말했다.

그리고 갑자기, 문득 돌아보았다.

계속 등과 대화하고 있던 나는 깜짝 놀라 친구의 눈이 응시하고 있는 방향으로 똑같이 시선을 보냈다.

문이 열리고, 은쟁반 위에 홍차 세트를 받쳐 든 아카네가 서 있었다.

나는 불안을 가슴 가득 품은 채, 천천히 평정을 가장했다.

그래도 겉으로는 상당히 불안정한 태도로 보였을 것은 분명하겠지만――.

"수고 많으십니다. 좀 쉬시면 어떨까요?"

아카네의 얼굴을 보고, 교고쿠도는 드물게 웃었다.

---

74) 주로 근세, 근대의 물리학 분야에서 미래의 결정성을 논할 때 가상되는 초월적 존재의 개념. 프랑스의 수학자 피에르 시몽 라플라스에 의해 제창되었다. 라플라스는 '확률의 해석적 이론(1812)'이라는 책에서 '만일 어떤 순간에 있어서 모든 물질의 역학적 상태와 힘을 알 수 있고, 또한 만일 그 데이터를 해석할 만한 능력의 지성이 존재한다면, 이 지성에게는 불확실한 것은 아무것도 없게 되고 그 눈에는 미래도 과거와 똑같이 전부 보일 것이다'라고 하였는데, 이 가공의 초월적 존재의 개념을 라플라스는 '지성'이라고 불렀으나 후에 이를 에밀 뒤부아 레이몽이 '라플라스의 영(靈)'이라고 불렀고 이것이 널리 전해지는 과정에서 '라플라스의 악마'라는 이름으로 정착되었다.

"아아, 그렇게 하지요. 이미 절반은 끝났고요——이런, 이 친구 몫까지 차를 준비해 주신 겁니까? 이거 정말 고맙습니다. 하지만 모처럼 마음을 써 주셨는데——이 친구는 코를 비틀면 간장과 커피도 구별하지 못할 정도의 미각치라서요. 죄송할 정도군요."

정말이지 지독한 말이다.

아카네는 재미있다는 듯이 웃으며 책상 위에 쟁반을 내려놓고 주위를 둘러보았다. 의자를 찾고 있는 듯 보였다.

"너무하지 않은가, 교고쿠도. 이분과는 처음 뵙는 것이니 진심으로 받아들이실 걸세."

내가 몇 번째인가의 항의를 하자 서점 주인은 하지만 사실이지 않나——라고 말하며 두세 번 손뼉을 쳐서 먼지를 털고 나서, 옆에 있던 의자를 책상 있는 데까지 가져와서 앉았다.

나는 비방을 당한 채 입을 다무는 것도 부아가 치밀어서, 이래봬도 나는 냄새로 홍차 상표를 가려내는 게 특기라네——하고 큰소리를 쳤다. 그렇다면 알아맞혀 보게, 세키구치 군, 하고 심술궂은 친구는 말했다. 아카네가 김이 피어오르는 호박색의 홍차를 권한다.

좋은 향기였다.

하지만 벚꽃의 방향(芳香)이 강하게 떠돌아, 결국 그것이 무엇인지 나는 알 수 없었다.

그것 보게, 하고 서점 주인은 말한다.

"자네의 미각이나 후각은 문화적이지가 않아. 미각은 획득형질이니까. 변변치 않은 음식에 만족하고 있다는 증거지. 아아, 그렇지, 그렇지, 후각 하니까 생각났는데요——."

교고쿠도는 거기에서 아카네에게 얼굴을 향했다.

"——당신이 스승으로 섬긴 오코치 교수, 그분도 전문은 후각이었다지요?"

"글쎄요, 저는 잠깐밖에 다니지 않아서요."

아카네는 그리운 듯한 눈을 했다.

"아니, 짧은 기간이었는데도 불구하고, 교수님은 당신을 잘 기억하고 계셨어요. 자백하자면 저는 지난주에 교수님을 뵈었습니다. 당신은 아주 우수한 학생이었다고 하더군요."

차 안에서 잠깐 화제에 올랐던, 옛 친구 오코치의 숙부라는 인물을 말하는 것이리라.

아카네는, 당치도 않아요, 1년도 다니지 않았는걸요——하며 고개를 저었다.

"아니, 겸손하실 것 없습니다. 오코치 교수님은 당시 향료의 자극이 인체에 미치는 영향에 대해서 연구를 하고 계셨어요. 당신은 교수님의 부탁을 받고 실험을 도우셨다면서요. 그때, 오코치 야스하루——이건 제 구제고교의 동창인데——그와 알게 되셨지요?"

그러고 보니 그런 일도 있었던가요——하며 아카네는 한층 더 그리운 듯한 표정을 지었다. 교고쿠도는, 그렇다면 히라노 용의자의 병에 대해서도 금방 이해하셨겠군요, 하고 온화하게 말했다.

"모두 당신처럼 총명하면 이야기가 빠를 텐데요. 아무래도 경찰들은 배운 것이 없어서 아직도 좀처럼 이해하지 못하는 듯하니 곤란한 노릇입니다. 히라노는 옥중에서 매우 유순하게 행동하고 있고 순순히 자백도 한 모양이지만, 아무래도 살인 부분이 나오면 이해를 받지 못하나 봐요. 뭐, 이렇게 말하는 것도 뭣하지만——그도 불쌍한 사람입니다——."

거기에서 교고쿠도는 아카네의 덧없어 보이는 얼굴을 바라보며,
"아아, 이거 실례했습니다."
하고 정중하게 사과했다.
"그는 당신에게는 동생의 원수였지요."
아카네는 몹시 슬픈 듯한 얼굴로.
"백분의 독은 강하니까요——."
하고 말했다.
그리고 검은 기모노를 입은 남자와 벚꽃색 기모노를 입은 여자는 온화하게 환담을 시작했다.
나는 뭔가 석연치 않은, 불안한 마음으로 향기 좋은 뜨거운 액체를 흘려 넣었다.
화제는 잡담에서, 이윽고 오리사쿠 아오이라는 과감한 여성운동가의 이야기가 되었다. 아카네는 슬프다기보다 그리운 듯한 얼굴을 하고, 지금은 죽은 동생의 추억을 아주 조금 이야기했다.
"언니인 제가 말하는 것도 뭔가 묘하지만, 아오이는 숭고할 정도로 총명한 데가 있는 사람이었어요. 동생한테는——평생 당해내지 못하겠다고 생각했었지요."
동감입니다, 하고 교고쿠도는 말했다.
"이제부터는——당신 차례입니다."
저 같은 건 도저히, 하며 아카네는 고개를 숙였다.
"아니, 제 우둔한 누이도 어엿하게 직업여성인 체하고 있어서요. 이 녀석은 그저 말괄량이일 뿐 아무런 장점도 없어요. 출판사에서 일하고 있는데, 데퉁스러워지기만 할 뿐이라 앞날이 걱정됩니다."
"출판사에서 일하시나요? 힘든 일이겠지요. 훌륭하시네요."

"뭐, 편집이라고 해도 심부름하느라 뛰어다니는 몸종 같은 겁니다. 아, 이건 제 동생이 여성이기 때문에 내리는 부당한 평가가 아니고, 단순히 동생의 능력 여하에 따른 정당한 평가입니다. 일하는 곳이 희담사라는, 우둔한 누이에게는 분수에 맞지 않는 회사라서요."

"어머나, 그런 것에는 어두워서 잘은 모르지만, 희담사라면 일류 회사가 아닌가요?"

뭐, 중견 회사일까요, 하고 교고쿠도는 대답했다. 그러고 나서, 그렇지, 희담사의 '근대 부인'은 읽으시지요, 하고 물었다.

아카네는 네, 하고 대답했다.

"이——."

교고쿠도는 높은 천장을 올려다본다.

"댁과 그 학원을 지은 건축가가 베르나르 프랑크라는 이름의 프랑스인이었지요. 건축가의 이름을 딴 학교라는 건 보기 드물어요."

아카네는 한층 더 덧없게 웃는다.

"용케 조사하셨네요. 저는 몰랐어요."

"여기는 부술 겁니까?"

"네. 28년이나 살았으니까 애착은 있지만, 제게는 무용지물이에요. 게다가 동생들이나 어머니가 생각나기도 하고요."

아카네는 눈을 내리깔고, 그 홀에는 혼자서는 못 있겠어요, 하고 말했다.

정말 슬퍼 보였다.

"무덤은 어떻게 하실 겁니까."

부지 내에 무덤이 있는 것이다.

나는 창밖을 보았지만, 벚나무만 보일 뿐 무덤은 보이지 않았다.

이장할 거예요, 하고 아카네는 말했다.

"그 신상과 함께, 가까운 묘지에 사당을 지어서 모실까 생각하고 있어요. 오리사쿠라는 가문의 이름도 이제 곧 끊길 테니까요——."

쓸쓸해 보이는 눈이다.

"그렇습니까. 그럼 성묘를 좀 보고오지요."

교고쿠도는 그렇게 말하며 자리를 떠나, 정원에 면해 있는 창 옆의 자그마한 책장 앞에 서더니, 여긴 안쪽에서는 열리지 않습니까——하고 물었다.

"아뇨, 열기 힘들 뿐이에요——."

라고 아카네는 대답했다.

"뭐야! 거, 거기는 출입구인가?"

"그렇다네. 이 건물에서는 모든 방에 반드시 두 개 이상의 문이 있거든. 그런 구조로 되어 있다네. 방이 막다른 곳이라면, 반드시 바깥을 향해서 열려 있지. 스기우라는 창을 깨고 탈출했으니까, 밀실인 것도 아니라서 아무도 침입 경로를 생각하지 않은 모양이지만, 그는 일전에 이 비밀의 문을 통해 서재로 침입했다고 자백했네. 미도리 양에게 들었다고 하더군. 다만 살해한 후에 도망치려고 했더니 좀처럼 열리지 않았고, 곧 문을 격렬하게 두드리는 소리가 나자 당황해서 창문을 깼다——고 하네."

교고쿠도는 그렇게 말하고 책장을 능숙하게 움직여 옆으로 힘껏 밀었다. 드르륵 소리가 나고 그것은 열렸다.

벚나무의 바다였다. 마치 가루눈이 내리듯 벚꽃 꽃잎이 춤추고 있다. 그 안쪽도, 또 그 안쪽도 벚꽃이었다.

벚나무 너머로 묘소가 보였다.

"아아—— 저기에 가에몬 씨도 이오코 씨도, 이헤에 씨도 데이코 씨도, 유노스케 씨도 마사코 부인도, 유카리 씨도 아오이 씨도 미도리 양도—— 오리사쿠의 사람들이 모두 잠들어 있군요——."

교고쿠도는 벚꽃의 바다로 몸을 내민다. 봄바람에 눈보라처럼 춤추는 벚꽃 속에서, 그 모습은 한층 더 검다.

그렇다, 벚꽃과의 대비로 그는 지금 완전히—— 검은 옷을 입은 남자였다.

그 등을 바라보면서 벚꽃과 똑같은 색깔의 여자가 간다.

하늘하늘, 팔랑팔랑 꽃이 춤춘다.

나는 마치 만화경으로 비밀의 도원향(桃源鄕)을 엿보는 듯한, 이상한 흥분을 느낀다.

"당신은—— 헌신적으로 저곳에 잠들어 계시는 오리사쿠 가의 사람들을 보살펴 왔어요. 미도리 양의 옷 같은 것도 한 달에 한 번은 —— 학원에 보내고 계셨지요?"

"네. 유카리 언니가 돌아가신 후에는 줄곧——."

그렇습니까—— 검은 옷의 남자는 말한다.

"조금 늦었습니다만—— 아카네 씨, 이번 일 축하드립니다——."

"왠지 믿어지지가 않아요. 과부인 제게는 지나친 신분이지요. 게다가 그분과는——."

"당신은—— 이와나가히메에서 고노하나사쿠야히메로, 그 모습을 바꾼 셈이군요."

벚꽃색 여자는 살짝 고개를 갸웃거리며, 글쎄, 어떨까요—— 하고 부드러운 목소리로 대답했다.

검은 옷의 남자는 희미하게 고개를 끄덕인다.

나는 그 등을 놓칠 뻔했다.

"아사다 대의사도, 와타나베 씨도 당신의 아버지는 아니었어요. 친아버지에 대해서 —— 당신은 이오코 도지에게서 들으셨지요?"

"글쎄요, 증조할머니는 매일 간병하는 저를 하녀라고 믿고 계셨던 것 같으니까요 —— 아무것도."

한층 더 강한 한 줄기 바람이 만개한 벚나무의 셀 수 없을 정도로 많은 꽃잎을 흐트러뜨리고, 주위를 종횡무진으로 뒤덮었다.

"혼다라는 사람은 —— 당신에게 ——."

"별로 듣고 싶은 이름이 아니에요."

"그렇군요. 그렇다면 묻지 않겠습니다 ——."

옛날 일이에요 —— 여자는 말했다.

옛날 일 —— 하고 남자는 되뇌었다.

"시마코 씨라는 여성은, 참으로 의리가 깊은 여성이었던 모양입니다. 마지막 순간까지 당신과 야치요 씨의 이름을 누구에게도, 절대로 말하지 않았다고 해요."

"—— 그 사람은 —— 당당한 사람이었어요."

"믿지는 않았습니까?"

"믿지 않아요."

눈앞에 벚꽃색 안개가 낀 것 같았다. 두 남녀의 모습은 어지러이 춤추는 수천수만의 벚꽃 사이로 나타났다 사라졌다 하면서, 당장에라도 사라져 없어질 것만 같았다.

나는 마치 두 사람에게서 수백 리, 수천 리나 떨어져 버린 듯한 기분에 사로잡힌다. 혼자 이쪽 기슭에 남겨져 버린 듯 불안해진다.

"기이치는 —— 어디에 있습니까."

"글쎄요. 다만 이제 제 앞에 나타나는 일은 없겠지요. 그분도 매우 배려가 깊은——분이었어요."

숨 막힐 듯한 꽃향기가 나를 덮쳤다.

그곳은 이미 이 세상과 이어져 있는 정토(淨土)다.

구름 사이로, 나무들 틈새로 꼭두서니 빛[75]의 저녁 해가 비쳐들어, 꽃잎들은 반짝반짝 명멸하고, 공간의 흰색과 그 너머의 검은 묘석과 그 앞에 서 있는 벚꽃색 여자와 그림자색 남자는 서로 실체 없는 환영(幻影)의 그림처럼, 서로 바탕이 되고 무늬가 되어 세상을 공유하고, 서로를 부정하고 있다.

내가 영원히 끊어지지 않을 거라고 믿는, 그러면서도 찰나마다 단절된 시간 사이를, 그들은 거기에서 오가고 있다.

나는 눈을 감고 얼굴을 돌렸다.

남자의 잘 울리는——목소리가 들렸다.

"당신 방에는 여덟 개의 문이 있지요."

---

75) 일본어로는 '아카네이로[茜色]' 검붉은 하늘빛을 묘사할 때 흔히 쓰인다.

"당신이 —— 거미였군요."

〈무당거미의 이치 · 끝〉

참고문헌

『도리야마 세키엔 화도백귀야행』(鳥山石燕画図百鬼夜行) / 다카다 마모루 감수(국서간행회)

*

『공창가 종사자의 수기』(赤線従業婦の手記) / 세키네 히로시 해제(토요미술사)
『악마』(悪魔) / 다카야마 히로시 옮김(연구사)
『신사담민화』(新史談民話) / 다나카 고가이 지음(동학사)
『상징철학체계Ⅲ』(象徵哲学体系Ⅲ) / 오누마 다다히로 외 옮김(인문서원)
『일본의 신들』(日本の神々) / 다니가와 겐이치 엮음(백수사)
『괴담대회 괴담 집성』(百物語怪談集) / 다치카와 기요시 교정(국서간행회)
『속편 괴담대회 괴담 집성』(続百物語怪談集成) / 다치카와 기요시 교정(국서간행회)

※ 또한, 요바이의 민속에 대해서는 선인(先人)들의 뛰어난 논고(論考)와 귀중한 보고를 참고로 했습니다. 특정할 수는 없지만 깊이 감사드립니다.

※ 마찬가지로 특정할 수는 없지만, 페미니즘 관련의 많은 문헌자료에서 귀중한 시사를 받았음도 권말에 기록합니다. 많은 선인들의 위업에 깊이 감사의 뜻을 표합니다. 단 작품 속에서 사용되고 있는 용어 등에 대해서는 좁게 정의하지 않고 다의적인 해석이 가능해지는 소설이라는 문맥 속에서 사용하고 있으므로, 논문 등의 용어와는 뜻이 분명히 다름을 밝혀 둡니다.

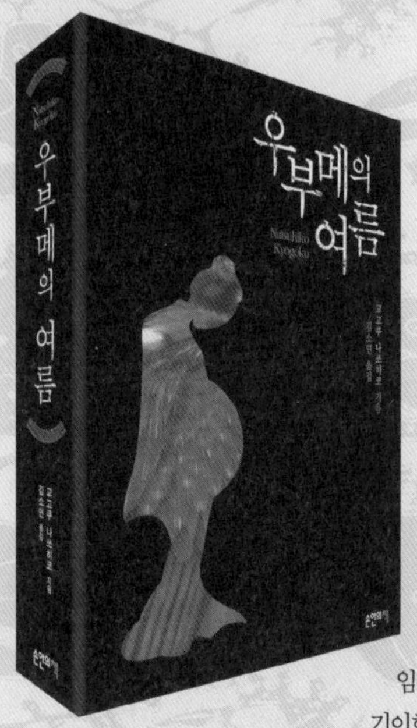

[개정판]

우부메의 여름

교고쿠 나쓰히코 지음
김소연 옮김

1950년대 도쿄,
유서 깊은 산부인과 가문의 한 남자가 밀실에서
연기처럼 사라져 버린다.
임신 중이던 그의 부인은 그 후로 20개월째 출산하지 못하는
기이한 상태가 이어지고, 우연히 이 일에 말려든 삼류 소설가와
고서점 주인의 손에 의해 사건은 예상치 못한 충격적인 결말로 치닫는데——.

※ ※ ※

"원래 이 세상에는 있어야 할 것만 존재하고, 일어나야 할 일만 일어나는 거야. 우리들이 알고 있는 아주 작은 상식이니 경험이니 하는 것의 범주에서 우주의 모든 것을 이해했다고 착각하고 있기 때문에, 조금만 상식에 벗어난 일이나 경험한 적이 없는 사건을 만나면 모두 입을 모아 저것은 참 이상하다는 둥, 그것참 기이하다는 둥 하면서 법석을 떨게 되는 것이지. 자신들의 내력도 성립과정도 생각한 적 없는 사람들이, 세상을 이해할 수 있을 것 같나?"

※ ※ ※

1994년에 간행된 교고쿠 나쓰히코의 데뷔작 '우부메의 여름'은 일본의 정통 미스터리계에 찬반양론의 대선풍을 불러일으켰다. 이 작가는 '우부메의 여름'에 이어서 '망량의 상자', '광골의 꿈', '철서의 우리'등 추젠지 아키히코가 탐정으로 등장하는 대장편소설을 발표했다. 일명 '요괴 시리즈'로도 불리는 백귀야행 시리즈는 현재 수많은 독자의 사랑을 받고 있으며, 미스터리의 시야를 넓히는 데에 크게 공헌했다.
현대의 본격 미스터리는 '있는 것은 보인다'는 일상적 세계의 지평을 내부에서부터 파괴하기 시작하고 있다. 탐정소설의 전제 조건을 철저하게 회의함으로써, 가까스로 현대적인 탐정소설은 가능하다는 역설. 이 역설을 정면에서 들이대는 '우부메의 여름'은 야마구치 마사야의 '살아 있는 시체의 죽음'이나 마야 유타카의 '여름과 겨울의 소나타'와 어깨를 나란히 하는, 현대 본격 미스터리의 기념비적 걸작이다.

차가운 학교의 시간은 멈춘다 上
차가운 학교의 시간은 멈춘다 下
上
차가운 학교의 시간은 멈춘다

옮긴이 | 김소연

한국외국어대학교에서 프랑스어를 전공하고, 일본어를 부전공하였다. 현재 출판기획자 겸 번역자로 활동하고 있으며 옮긴 책으로 다카무라 가오루의 〈리오우〉, 교고쿠 나쓰히코의 〈백귀야행 음, 양〉, 〈우부메의 여름〉, 〈망량의 상자〉, 〈광골의 꿈〉, 〈철서의 우리〉 등 백귀야행 시리즈와 〈웃는 이에몬〉, 〈싫은 소설〉, 유메마쿠라 바쿠의 〈음양사〉 시리즈와 하타케나카 메구미의 〈샤바케〉 시리즈, 미야베 미유키의 〈마술은 속삭인다〉, 〈드림버스터〉, 〈외딴집〉, 〈혼조 후카가와의 기이한 이야기〉, 〈괴이〉, 〈흔들리는 바위〉, 덴도 아라타의 〈영원의 아이〉 등이 있으며, 독특한 색깔의 일본 문학을 꾸준히 소개, 번역할 계획이다

무당거미의 이치 (下)

1판 1쇄 발행 2014년 8월 25일
1판 2쇄 발행 2016년 5월 25일

지은이 교고쿠 나쓰히코
옮긴이 김소연

발행인 박광운
편집인 박재은

발행처 손안의책
출판등록 2002년 10월 7일 (제307-2015-69호)
주소 서울 성북구 화랑로 214, 102동 601호
전화 02-325-2375 팩스 02-6499-2375
카페 http://cafe.naver.com/bookinhand
이메일 bookinhand@hanmail.net

ISBN 978-89-90028-92-1 04830

정가는 뒤표지에 있습니다.
파본이나 잘못된 책은 구입하신 곳에서 교환해 드립니다.

* 이 도서의 국립중앙도서관 출판예정도서목록(CIP)은 서지정보유통지원시스템 홈페이지(http://seoji.nl.go.kr)와 국가자료공동목록시스템(http://www.nl.go.kr/kolisnet)에서 이용하실 수 있습니다.(CIP제어번호: CIP2014024382)